200년 전 이 땅의 마이너리티, 그 삶의 보고서

조선 후기 소수자의 삶과 형상

200년 전 이 땅의 마이너리티, 그 삶의 보고서

조선 후기 소수자의 삶과 형상

김진영 외

보고사

소수자로 산다는 것

김진영(경희대 국어국문학과 교수)

1

어느 시대, 어느 사회에나 소수자(少數者)는 있게 마련이다. 특히 근대 이전의 사회에서는 제도적으로나 관습적으로 사람에 대한 차별 대우가 심하였다. 양반, 상민, 천민의 출신 성분에 따른 신분차대(身分差待)가 극심하였고, 남자는 존귀하고 여자는 비천하다는 남존여비(男尊女卑) 관념에 따른 성차대(性差待) 또한 엄존하였다. 사정이 이러하고 보니, 양반 남자를 빼고는 사람이면서도 제대로 사람대접을 받지 못하였다. 그들 소수 아닌 소수자들은 당대 사회의 변방에 위치한 존재들로, 어른이 되지 못하는 미성년자와 같이 취급되었으며 자신이 가진 역량을 발휘할 수 있는 기회도 주어지지 않았다. 이렇게 보면 근대 이전에는 차별 대우를 받는 사람들이 압도적으로 수가 많아서 그들이 대다수를 이루고 있고 이 점이야말로 바로 전근대(前近代) 사회의 단적인 모습이라 하겠다.

다른 한편 양반사대부 계층으로 제도적·관습적 제약이 없음에도 불구하고 자신의 천부적 기질이나 신념에 충실하고자 스스로 자신을 세상의 질서 밖으로 몰아간 천재들도 많았다. 이른바 방외인(方外人) 그룹이 바로 그들이다. 보통 사람들은 제도나 질서의 범주 안에서 당대의 지도이념이나 기성적인 가치를 존중하거나 받아들이면서 당대 사회 규범에 맞게 진출하여 관직에 오르거나 입신출세를 추구하기 마련이다. 그러나 이들 방외인들은 사회규범이나 제도, 기성의 가치를 부정하기도 하고 혹은 당대 사회가 지니고 있는 부조리를 용납하지 못하여 마침내 관습과 질서를 부정하거나 스스로를 규범 밖으로 내몰게 되는데, 이들은 이른바 국외자(局外者)라 부르는 부류이다. 이들은 사회 질서나 제도에 대한 진출 능력이 부족해서가 아니라 스스로의 의지와 신념에 따라 그 강고한 현실을 부정하거나 적대시하면서 목숨을 걸고 부정하다가 단죄되기도 하고 도피 은둔하여 방외인의 길을 걷기도 한다. 그리하여 범속한 양반사대부들이 추구하는 바와는 달리 다른 가치와 신념을 위해 일생을 걸게 마련이다.

이처럼 '소수자'가 반드시 이러한 차별 받는 계층이나 여성에서만 나타나는 것은 아니나, 우리가 다루고자 하는 주요한 소수자들이 거의 신분 차대와 성차대에 희생된 사람들이라는 점은 주목을 요한다. 특히 전근대 사회가 붕괴되고 근대로 이행되던 시기인 18~19세기는 새로운 각성의 시기로서 새로운 정신과 실천이 분출(奔出)하고 생동하던 시기였다. 이 시기 서얼, 중인, 천인, 노복, 기생, 무당 등 소수자들은 타고난 재주와 사회적 신분이 걸맞지 않아 그야말로 신세불합(身世不合)의 질곡을 안고 삶을 영위하였다. 그들의 삶의 모습은 기구하면서도 남다를 수밖에 없었는데, 그 남다른 점 때문에 바로 소수자가 되었고, 그들의 삶은 타성에 대한 통렬한 풍자와 야유, 비판이 되기도 하였고, 새 시대를 열어가는 창조적인 밑거름이 되기도 하였다.

2

역사학자 토인비는 『역사의 한 연구』에서 "창조적 소수자가 역사를 진전시킨다."고 하였다. 그들은 다수 대중이 흘러가는 대로, 시절 운세에 따라 돌아가는 대로 살아가는 것과는 달랐다. 그들이 지닌 비판정신으로, 또는 창조성과 천재성으로 역사의 방향을 바꾸어 놓기도 하고, 그들 창조적 소수자는 자신의 창조적 역량을 발휘할 수 있는 여건 속에서 새로운 세계를 열어놓기도 함을 역사를 통하여 증거하고 있다.

일찍이 '천지간의 한 괴물'이라 불리며 스스로 소수자로 살기를 선택했던 허균은 '유재론(遺才論)'에서 신분이나 성에 따른 차별을 통렬히 비판하면서 하늘이 낸 인재가 버려지고 있는 안타까움을 다음과 같이 토로한 바 있다.

> 나라를 경영하는 자는 임금과 더불어 하늘이 준 직분을 행하는 것이니 인재가 아니어서는 안 된다. 하늘이 인재를 내는 것은 본디 한 시대의 쓰임을 위해서이다. 그런데 하늘이 인재를 내는 것은 고귀한 집이라 하여 풍부하게 주고 미천한 집이라 하여 인색하게 주지는 않는다. 그래서 옛날에 어진 임금은 이런 줄을 알고, 더러는 인재를 초야(草野)에서도 구했으며, 혹 항오(行伍)에서도 뽑았고, 혹은 항복한 오랑캐 장수 중에서도 뽑았으며, 더러 도둑 중에서도 끌어올리고, 고지기를 등용하기도 하였다. 이들은 모두 합당한 자리에 등용되어 재능을 한껏 펼쳤다. 나라가 복을 받고 치적이 날로 융성케 된 것은 이 같은 방법을 썼기 때문이다.
>
> 그러므로 중국같이 큰 나라로서도 그 인재를 혹 빠뜨릴까 오히려 염려하였다. 옆으로 앉아서도 조심하고 밥 먹을 때에도 탄식하였다.

그런데 어찌해서 산림(山林)과 초택(草澤)에 살면서 큰 포부를 품고도 팔지 못하는 자가 수두룩하고, 영걸 찬 인재로서 낮은 자리에 침체해서 그 포부를 끝내 펴지 못하는 자가 많은 것인가. 참으로 인재를 모두 구하기 어렵고 모두 거두어 쓰기도 또한 어려운 일이다.

우리나라는 땅덩이가 좁고 인재가 드물게 나서 옛날부터 걱정하였다. 더구나 조선 시대에 들어와서는 인재 등용의 길이 더욱 좁다. 세족(勢族)으로서 명망이 드러나지 않으면 높은 벼슬자리를 얻지 못하고, 바위 구멍과 띠풀 지붕 밑에 사는 선비는 비록 기이한 재주가 있어도 억울하게 쓰이지 못한다. 과거에 합격하지 않으면 높은 벼슬에 오를 수 없으며, 비록 덕업(德業)이 훌륭한 자라도 경상(卿相)에는 오르지 못한다.

하늘은 재주를 고르게 주는데, 명문의 집안과 과거로써 제한하니 인재가 늘 모자라 걱정하게 됨은 당연하다. 동서고금에 서얼(庶孼)이라하여 어진 사람을 버리고 어미가 개가(改嫁)했다하여 그 인재를 쓰지 않는다는 말은 듣지 못했다. 우리나라만이 천한 어미를 가진 자손이나 두 번 시집 간 자의 자손을 벼슬길에 끼지 못하게 한다. 조그마하고 더욱이 두 오랑캐 사이에 끼어 있는 이 나라에서 모든 인재가 제대로 쓰이지 못할까 두려워해도 오히려 나라 일이 제대로 될지 점칠 수 없는데, 도리어 그 길을 막아 놓고 "우리나라에는 인재가 없다"고 자탄한다. 이것은 남쪽 나라를 치러 가면서 수레를 북쪽으로 내달리는 것과 무엇이 다르랴. 참으로 이웃 나라가 이를 알까 두렵다.

한 부인네가 원한을 품어도 하늘이 그를 위해 상심하는데, 하물며 원망을 품은 사내와 원한에 찬 홀어미가 나라의 반을 차지하니 화평한 기운을 이루기 어렵다. 옛날에는 어진 인재가 미천한 데에서 많이 나왔다. 그 때에 만약 지금 우리나라와 같은 법을 썼더라면 범문정(范文正)이 정승이 되어 이룬 공업(功業)이 없었을 것이고, 진관(陳瓘)과 반양귀(潘良貴)는 강직한 신하라는 이름을 얻지 못했을 것이며, 사마양저(司馬

穰苴)와 위청(衛青) 같은 장수도, 왕부(王符) 같은 문장도 끝내 세상에서 쓰이지 못했을 것이다.

하늘이 낳아 주는 것을 사람이 버리니 이것은 하늘을 거스르는 것이다. 하늘을 거스르면서, 하늘에 기도하여 나라를 길이 보전한 자는 없다. 나라를 경영하는 자가 하늘의 순리를 받들어 행하면 나라의 명맥을 훌륭히 지속시킬 수 있을 것이다.

그들이 만약 제대로 발탁되어 쓰일 수 있었다면 역사의 전개에 있어 생산적이고 창조적인 활동을 통하여 여러 분야의 지도자가 될 수 있었을 것이다. 학자, 사상가, 정치가, 문학가, 예술가, 군인, 사업가 등 다양한 분야에서 전문적이고 창조적 역량을 크게 발휘할 수 있는 지도자들로서 민족문화를 이끌어 나갈 수 있는 능동적 성원이 되었을 터이다. 그러나 그들에게는 그 기회가 충분히 주어지지도 못했거나 아예 막혀 있는 경우가 대부분이었다. 그들이 이렇게 버려진 일은 개인적으로만이 아니고 국가·민족적으로도 참으로 안타까운 일이었다. 그만큼 빼어난 민족 구성원의 역량의 발휘를 막아버린 셈이기 때문이다. 학술적 역량이 있는 이는 대학자로, 종교·사상적 신념과 철학이 깊은 이는 종교·사상가로, 정치에 수완이 있는 이는 정치가로, 문학·예술에 조예가 특출한 이는 시인·작가와 각 분야의 예술가로, 군사적 역량이 뛰어난 이는 군사전문가나 명장으로, 기업을 일구는 데 탁월한 이는 기업가, 사업가로 성장할 수 있도록 기회를 주어야 마땅함에도, 그러한 당위성조차 허용되지 못하였으니 어떻게 우리나라가 강성할 수 있었겠는가.

3

여기, 이러한 안타까움을 갖고 조선후기 생동하는 소수자들의 삶을 모아 보았다. 그 중 몇몇 인물의 사례만 살펴보기로 하자.

천주교 박해의 길고도 엄혹한 상황 속에서 선학(仙鶴)처럼 살다가 온갖 닭과 오리의 시샘을 견디며 맑게 우는 소리로 세속의 혼미함을 뛰어넘어 천상(天上)으로 비상한 이벽(李檗)의 모습은 '당대의 강고한 관념과 질서가 부여한 핍박을 이겨낸 숭고한 정신' 그 자체였다.

거지 우두머리이면서 현실에 안주하기를 거부하고 참된 인간성을 지닌 진정한 자유인으로 전 국토를 주유했던 달문(達文), 궁궐에서의 생활이 자신의 자유분방한 성격과 맞지 않아 여러 번 궁궐에서 도망해 벗어나기도 하고 공식적인 그림 그리기를 되도록 회피하고자 했던 화원 장승업, 또한 세상과 맞서 고독하게 싸우면서 기적(妓籍)에서 이름을 빼고 양민이 되어 억척스럽게 돈을 모아 흉년에 곳간을 열어 제주 백성을 살렸으되, 그의 꿈은 높은 신분이나 많은 재물, 빛나는 명예가 아니라 가슴에 품은 천하명산 금강산에 오르는 것이어서 마침내 그 꿈을 이룬 만덕(萬德)의 모습은 모두가 개성적이면서도 '현실에 안주하지 않는 꿈꾸는 진정한 자유인의 형상'을 보여주고 있다.

마이너리티인 서얼의 신분에서 메이저그룹에 진입하려던 백동수(白東脩)는 뛰어난 무예와 남다른 유교적 소양을 지니고 귀속 신분을 초월하여 당대 북학파의 거두들과 교류하면서 문무를 겸비한 조선후기의 진정한 원사(原士)의 모습을 보여준다. 그리고 기존의 의술에만 얽매이지 않고 개척적 정신으로 새로운 치료법을 개발해 나갔던 조선 중기 이후의 안덕수, 유상, 박광현 등 의원들과, 평생에 걸친 집념과 헌신으로 천인 신분이라는 운명적 한계를 극복하고 직품을 하사받아 사대부의 일원으로 편입되어 가문을 일으킨 유희경(劉希慶)과, 그를 극진히 사랑한 기녀 매창(梅窓)의 삶의 모습은 '한 시대의 관습에 얽매이지 않는 창조적·개척적 정신'을 보여주고 있다.

정절의 훼손을 참을 수 없어 자결하기보다 살인을 저지르고서 구차한 변명으로 목숨을 구걸하지 않았던 그리하여 유협(遊俠)의 기상을 보였던 은애(銀愛)의 기개와 지조, 자신의 성을 도구화하여 스스로 몸의 주체가 됨으로써 남성 중심의 성관념을 뒤엎고 여성 섹슈얼리티의 새로운 구조를 보여준 〈변강쇠가〉의 옹녀의 삶의 모습은 '여성에 대한 기존의 편견과 통념을 뛰어넘는 주체적인 여성의 삶'을 보여준다.

4

소수자에 대한 관심은 일제침탈기 장지연(張志淵)의 저작인 『일사유사(逸士遺事)』에서도 앞서 이루어진 바 있다. 거기에서는 주로 조선시대 양반 관료 사회에서 신분적 한계로 말미암아 타고난 재질을 제대로 발휘할 수 없었던 인물들의 구체적인 활동상을 『어우야담(於于野談)』, 『호산외기(壺山外記)』, 『숭양지(崧陽志)』 등을 비롯한 여러 야사류 기록과 전문(傳聞)에 의거하여 기술하였다.

우리가 여기에서 다룬 소수자 인물 군상은 이미 『일사유사』에서 주목한 인물도 일부 포함되고 또 새롭게 찾아진 인물도 있다. 역사의 변방에서 한 시대를 풍미하다가 소리 없이 사라져간 소수자들에 대한 진지한 탐색은, 주변과 중심이 어우러져야만 온전한 역사를 이룰 수 있다는 점에서도 앞으로도 지속적으로 전개되어야 할 것이다.

목차

제1부

걸인에서 몰락 양반까지

천주교인 이벽,
선학이 되어 하늘로 비상하다

진덕박학(進德博學)의 천주교인 이벽

조선 후기 인물 중 광암(曠菴) 이벽(李檗, 1754~1785)에 대해 천주교 신자가 아니라면 혹 생소할지 모르겠다. 사실 그는 한국 천주교회 창립에 관여한 중요한 인물로 활동했던 사람이다. 그러나 북경에 가서 한국 최초로 세례를 받은 이승훈처럼 교과서에 소개된 인물도 아니고, 정약용처럼 긴 유배생활 동안 엄청난 저술활동으로 대학자로 추앙받는 것도 아니며, 더구나 황사영처럼 배론의 토굴 속에서 조선을 위협하기 위한 배를 청하는 장문의 편지 즉, 백서(帛書)를 써서 사회적 파장을 일으킨 인물도 아니다. 이벽은 천주교의 최초 박해사건이라고 할 만한 '을사추조적발사건(乙巳秋曹摘發事件, 1785)' 직후에 33세의 나이로 요절하였다. 한국천주교회의 공식적인 기원이 이승훈의 영세 직후인 1784년이고 보면 이벽은 공식적으로 초창기 1년 남짓 활동한 사람일 뿐이다. 이러한 이유로 천주교 박해와 관련한 여러 가지 기록에도 그는 자세히 언급되지 않고 있다.

다만 그는 조선 후기 평범한 양반가에서 태어나 건강한 신체에 무술에 능했으며, 일찌감치 과거를 포기하고 학문에 전념할 정도로 세속에 초탈하였으며, 박학다식하고 언변도 좋은 사람으로 삶의 어느 시점부터 서학(西學)에 심취하여 천주교회 창립 활동에 참가한 사람이었다. 그렇기 때문에 이벽에 대한 연구는 주로 교회 내에서 이루어졌고, 일반적인 연구로 확산되지는 못하였다.

모든 위인들의 생애가 그러하듯이 그도 태어날 때 마을에 서기가 서려 모두들 비범한 아기로 생각하였다고 한다. 영특하고 경서에 정통한 그는 생전에 『숭례의설(崇禮義說)』, 『성교요지(聖教要旨)』, 〈천주공경가(天主恭敬歌)〉 등을 지었다. 그러나 『숭례의설』은 현재 전하지 않고 『성교요지』와 〈천주공경가〉는 이들 저술이 수록되어 있는 『만천유고(蔓川遺稿)』의 신빙성 자체에 문제가 있어 이벽의 학문을 정확하게 고증하기에는 어려운 부분이 많은 것이 사실이다. 그에 대한 직접적인 사료가 남아 있지 않기 때문에 천주교회사적 의미를 논외로 한다면 역사 속에 흔히 있음직한, '꽤 명석하였지만 아쉽게도 요절한' 인물 정도라고 평할 수 있다.

위대한 학자나 사상가 뒤에는 그에게 가장 크게 영향을 준 스승이 늘 있게 마련이다. 다산(茶山) 정약용(丁若鏞)에 있어서 이벽은 바로 그러한 사람이었다. 홍이섭 교수가 지적했듯이 다산 정약용은 〈우인이덕조만사(友人李德操輓詞)〉에서 이벽을 선학(仙鶴)에 비유하였으며, 〈강학우천진암(講學于天眞菴)〉 등 여러 편의 시에서 그에 대한 그리움을 절절이 표출하고 있다. 또한 〈자찬묘지명(自撰墓誌銘)〉에서는 자신뿐만 아니라 정약전(丁若銓), 이가환(李家煥), 권일신(權日身) 등 당대의 학자들이 이벽을 추종했다고 기록하고 있다.

한편 강진 유배시절에, 다산은 정조 8년(1784)에 임금에게 지어바쳐 크게 칭찬받은 『중용강의(中庸講義)』를 기워 손질할 때 "내가 써 내려 온 문장은 사실 광암 이벽의 문장이며, 광암의 학설이며, 광암의 해석이다."라고 고백하면서, "나와는 비교가 안될 만큼 출중한 덕행과 해박한 지식[進德博學]이 있던 이벽이 세상을 떠났으니 이제 누구에게 물어보랴. 책을 어루만지면서 흐르는 눈물을 금할 수 없구나." 라고 기록하고 있다. 이처럼 다산에게 있어서 이벽은 스승 같은 존재였다고 할 수 있다.

이러한 사실은 광암 이벽이 정약용을 비롯한 당대 학자, 특히 서학에 관심을 갖던 남인 계통의 학자들에게 큰 영향을 끼친 인물이라는 것을 알려준다. 따라서 이벽은 천주교와 관련하여 역사의 이면에 깊숙이 관여하였지만 요절하였기 때문에 표면적으로는 드러나지 못했던 인물이었다고 할 수 있다. 이러한 점에서 그의 삶은 조선 후기 전형적인 마이너리티의 모습을 지닌다.

이 글에서 주목하는 것은 이벽의 실제의 삶이 지니는 사실적이고 구체적인 모습은 아니다. 그의 실제적 삶에 대한 탐구는 직접적인 자료가 부족한 만큼 접근하기도 어려울 뿐더러 그렇게 해서 얻어진 성과 자체도 객관성을 확보하기 어렵다. 1984년 소재영에 의해 〈여니벽선싱몽회록〉이 소개된 바, 이 글에서는 이벽의 모습이 이 작품에 어떠한 모습으로 형상화되어 나타나는가를 살펴보고자 한다.

논의는 먼저 단편적인 자료와 지금까지의 연구 결과를 통해 이벽의 삶을 재구해보고, 이를 바탕으로 한 〈여니벽선싱몽회록〉에서의 구현 양상을 살펴보는 순으로 진행할 것이다. 더불어 이를 통해 조선 후기 사회변동과 함께 나타난 우리 사회의 일련의 종교적 흐름과 문학과의 상관관계를 통해 진리와 영생을 갈망하는 인간의 마음을 읽어보고자 한다.

이벽, 판도라의 상자를 열다

이벽의 삶에 대해 직접적으로 언급한 기록은 없다. 다만 그의 삶이 단편적으로 기록된 것은 다음과 같은 것을 들 수 있다.

· 경주(慶州) 이씨(李氏) 족보 『계유보(癸酉譜)』
· 이만채(李晩采), 『벽위편(闢衛編)』
· 황사영(黃嗣永), 〈백서(帛書)〉
· 정약용(丁若鏞), 『여유당전서(與猶堂全書)』
· 『순조실록(純祖實錄)』
· 『추안급국안(推案及鞫案)』
· 샤를르 달레(Dallet, Claude Charles), 안응렬 · 최석우 역, 『한국천주교회사』(Histoire de L'église de Corée)
· 다블뤼(St. A. Daveluy) 주교, 「조선순교자 역사 비망기(Notes pour l'histoire des Martyrs de Corée)」
· 〈여니벽선싱몽회록〉

이 중에서 이벽의 삶을 온전하게 파악할 수 있는 자료는 없다. 이들 자료는 대체적으로 이벽과 인간 관계를 맺었던 사람들을 중심으로 하는 기록이기 때문에 그 자체로 한계를 가질 수밖에 없다. 그 외, 고향인 포천군 일대 이씨 가문을 중심으로 약간의 구전 자료가 전하긴 하는데 이 역시 크게 신빙성이 있는 것은 아니다. 이러한 한계를 전제하면서 기왕의 기록의 검토를 통해 이벽의 삶을 재구해 보기로 한다.

이벽은 조선 후기 학자로 본관은 경주(慶州), 자는 덕조(德操, 혹은 德祖), 호는 광암(曠庵), 세례명은 세례자 요한이다. 그의 집안은 임진왜란 때 좌승지(左承旨)로서 선조를 모시고 피난하고, 이후로는 의병을 규합하여 왜적에 항거한 공신이며 훌륭한 성리학자였던 지퇴당(知退堂) 이정형(李廷馨, 1549~1607)의 후손으로, 아버지 이부만(李溥萬, 1727~1817)과 어머니 청주(淸州) 한씨(韓氏) 사이에서 3남3녀 중 둘째 아들로 태어났다. 그의 가문은 대대로 문관으로 현달하다가 조부 이달(李鐽, 1703~1773)이 무과에 급제, 벼슬이 호남병마절도사(湖南兵馬節度使) 부총관(副摠管)에 이르렀으며, 아버지 이부만 역시 무과에 급제, 가의동중추(嘉義同中樞)까지 오름으로써 무반 가문이 되었다.

달레의 『한국천주교회사』(Histoire de L'église de Corée, 1874)에는 이벽이 이러한 집안의 내력으로 '키가 8척이요, 한 손으로 능히 백 근을 들 수 있었다'고 언급하고 있다. 그의 아버지 부만은 자식들이 무관으로 출세하길 원하였고, 이에 따라 그의 형인 격(格), 아우 석(晳)이 모두 무과로 급제하여, 벼슬이 각각 황해병마절도사(黃海兵馬節度使)와 좌포장(左捕將)에 이르렀다. 그러나 그는 어려서부터 부친이 권장하는 활쏘기와 말타기를 거부하여 아버지에게 미움을 샀으며, 이러한 관계는 그가 죽을 때까지 지속된 것으로 보인다.

이벽의 출생지에 대해 달레는 『한국천주교회사』에서 경기도 광주라고 했는데, 1979년 변기영 신부에 의해 경기도 포천에서 이벽의 묘가 발굴되었고, 집터와 가족묘지, 농경지와 소유 전답, 족보와 가승 등이 발견됨으로써 경기도 포천군 내촌면 화현리가 그의 출생지라는 것이 새롭게 밝혀졌다. 이후 어렸을 때는 경기도 광주의 두미(斗尾) 마을에서 자라고 배웠으며, 커서는 서울 수표교 부근에서 살았던 것으로 파악된다.

그의 어린 시절과 학문 수학에 대해서는 알려진 바가 없다. 각 문헌에 전하는 단편적인 요소를 종합하면 어린 시절 매우 총명하여 다섯 살에 이미 철이 나기 시작하였고, 일곱 살 때 이미 경서를 읽어, 성호(星湖) 이익(李瀷)으로부터 '이 어린이는 앞으로 커서 반드시 아주 큰 그릇이 될 것'이라는 평을 들었다고 한다.

이후 정확한 시기는 알 수 없지만 한동안 순암(順菴) 안정복(安鼎福)의 문하에서 공부한 적이 있고, 1774년 21세 때 당시 충청도 덕산에 있던 성호 이익의 조카 이병휴(李秉休)를 찾아가 그 문하에서 제자가 되어 수학하였다. 이때 이병휴의 제자인 복암(伏菴) 이기양(李基讓), 녹암(鹿菴) 권철신(權哲身) 등과 교분을 쌓았고, 1776년을 전후해서는 성호 이익과 권철신의 문하에 들어가면서 녹암계(鹿菴系)의 일원이 된다. 1777년에는 권철신, 정약전, 정약용 등과 함께 고향 인근에 있던 천진암에서 자주 만나 학문을 토론하였으며, 이후 그들 사이의 교류는 죽을 때까지 계속되었다. 이러한 관계는 이벽의 둘째 누이가 정약용의 큰 형인 정약현과 결혼함으로서 정씨 집안과 인척관계가 된 것과 무관한 것 같지는 않다.

이벽이 언제 어떠한 경로로 천주교 서적을 접하고, 신앙으로 발전시켰는가에 대해서는 분명하지 않다. 그러나 1777년 당시 권철신, 정약용, 정약전 등과의 강학에 참여하면서 하늘, 세상, 인성 등에 대해 토론하고 성현들의 윤리서와 서양선교사들이 지은 한역 서학서를 접하면서 기초적인 신앙생활을 시작한 것으로 판단된다. 당시 성호학파들은 이미 18세기 초부터 서학서를 접해오고 있었고 이벽도 이러한 분위기 속에서 다른 사람보다 적극적으로 천주교 교리에 대해 관심을 갖고 연구하였던 것은 분명하기 때문이다. 구체적인 시기는 고증할 수 없어도 이벽은 분명히 성장과정에서 이미 천주교 서적을 접하고 있었다.

> 제 일생에 성현을 한 분 만났사온데, 이 어른은 우리 종교에 관한 책을 이미 가지고 계셨고, 그 책 내용에 대하여 아주 여러 해 동안 전념하며 자신을 거기에 적응시켰습니다. 이 어른의 노력은 헛되지 않았으니, 우리 종교의 여러 가지 점들, 특히 이해하기 가장 어려운 점들에 대해서까지도 아주 잘 파악하고 계셨습니다. 그러나 우리 종교에 대한 이 어른의 신덕(信德)과 열성은 교리지식보다 훨씬 더 대단한 수준이었습니다. 바로 이 어른이 저를 가르쳐주신 스승이시고, 저에게 혼을 넣어주신 분이십니다. 저는 이 어른을 모시고 함께 천주를 섬기는 데 있어 상부상조하였습니다.

윗글은 1789년 이승훈(李承薰)이 북경 선교사에게 보낸 편지인데, 여기서 이승훈은 이벽이 천주교에 대한 책을 이미 가지고 있었다고 언급하고 있다. 그렇다면 이벽은 어떠한 경로로 천주교 서적을 지니고 있었을까?

우리나라에는 17세기부터 사신으로 갔던 사람들에 의해 이미 과학문명이나 천주교 관련 서적이 유입되어, 학자들 사이에서 크게 유행하였다. 이수광(李睟光)의 『지봉유설(芝峰類說)』이나 유몽인(柳夢

寅)의 『어우야담(於于野談)』 등에서 서구에 대한 소개가 이루어지고 천주교에 대해 언급하고 있는 것은 이러한 사회분위기를 반영하는 것이다. 그리고 시기적으로 이벽과 가깝게는 1720년과 1766년 이이명(李頤命)과 홍대용(洪大容)이 북경을 다녀왔는데 이때 가져온 서학서를 그가 구해 읽은 것으로 설명되기도 한다. 그러나 이벽이 서학서를 구해 본 것이 아니라 '이미 가지고' 있었으며, 이에 대한 보다 개연성 있는 근거는 이벽의 집안 내력에서 찾을 수 있다.

그의 6대조 이경상(李慶相)은 소현세자가 청나라로 끌려갔을 때 수행하였는데, 여기서 그는 독일인 선교사 아담 샬(Johann Adam Schall von Bell 1591~1666, 湯若望)과 접촉하여 천문학, 수학 등의 선진학문과 대포 제조 기술 등을 배우게 된다. 그리고 소현세자가 귀국하여 병사하게 되자, 이경상은 향리인 포천으로 물러나 은거하였다. 이 때 이경상은 청국(淸國) 서책을 담은 상자를 가져왔는데 이것을 개봉하면 멸문지화를 당한다는 유언을 하고 죽었다. 그 후 그의 6대 후손 이벽은 어느 교포신문 기자가 말한 것처럼 이 판도라의 상자, 즉 그 가전(家傳)의 궤짝을 운명적으로 열고 말았다. 아마도 이승훈이 말한 바, 이벽의 집안에는 이미 서학에 대한 책이 있었다는 말은 이를 두고 이르는 말인 듯하다. 이벽은 여기서 나온 한문본 서학, 서교 관련서적을 보았으며, 이는 그가 천주교를 깊이 연구하는 계기가 되었을 것이다.

이렇게 하여 서학에 관심을 갖게 된 이벽은 1779년 권철신이 정약전, 김원성, 권상학, 이승훈, 정약종, 이총억, 정약용, 권일신 등과 함께 천진암 주어사에서 강학회를 개최한다는 소문을 듣고 한밤중에 백 리길을 걸어 참여하게 된다. 이때부터 이벽의 천주교 활동은 본격적으로 시작되는데 이 천진암 강학회를 시점으로 서학이 서교(西教), 즉 천주교(天主教)로의 전환이 이루어진 것만큼은 확실하기 때문이다. 유홍렬은 『증보 한국천주교회사』에서 그 상황을 다음과 같이 기록하고 있다.

정유년(丁酉年, 1777)에 권철신이라는 유명한 학자가 정약전 등 여러 학자들과 더불어 산골에 있는 그윽한 절에서 깊은 뜻을 서로 토론한다 함을 듣고, 그는 몹시 추운 날에 100리나 되는 눈이 쌓이고 험한 산길의 어두움과 호랑이떼들과 싸우면서 걸어가 그날 밤으로 그 모임에 참가하였다. 연구회는 10일 이상을 두고 계속되어 천(天), 세계(世界), 인성(人性) 등에 대하여 서로 이야기하였다. 옛 성현들의 학설을 끌어내어 일일이 토론하였는데, 갑이 주장하면 을이 반박하여 그칠 줄을 몰랐다. 이 때 그들은 북경에서 가져온 과학, 산수, 종교에 관한 예수회 신부들이 지은 책을 연구하기 시작하였다. 그 중에는 천주의 섭리와 영혼이 없어지지 않음을 가르치되, 칠악(七惡)을 이겨내어 덕을 쌓을 것을 가르쳐 주는 『천주실의(天主實義)』, 『성리진전(性理眞銓)』, 『칠극(七克)』등 유명한 천주교 교리서도 있었다. 여태까지는 확실치 않고 앞뒤가 서로 맞지 않는 점이 많은 유교에 관한 책만 읽고 있던 그들은 이 새로운 진리의 빛을 맛보자, 모두 천주교가 훌륭하고 높고 아름답고 이치에 맞는 것임에 감격하고 탄복하지 않을 수 없었다. 그리하여 그들은 가르침에 따라 아침저녁으로 기도를 드리고 매월 7일, 14일, 21일, 28일에는 일을 쉬고 오로지 깊이 생각하며 가만히 묵상에 잠겨 재계를 엄격히 지키려고 애썼다.

위 예문을 살펴보면 유홍렬은 달레의 『한국천주교회사』에 근거하여 강학회가 1777년에 개최되었다고 보고 있다. 그러나 정약용은

〈녹암묘지명(鹿菴墓誌銘)〉에서 "옛날 기해년(1779) 겨울에 천진암에서 권철신 녹암 선생이 강학을 하고 있었을 때 주어사는 설중이었는데, 이벽은 밤중에서야 천진암에 도착하였으며, 그 때 우리 모두는 촛불을 켜 놓고 경서를 읽으며 담론하였었다."라고 언급함으로써 달레의 1777년과 2년의 차이가 난다.

10여 일 계속된 강학회에서 이벽은 여러 학자들과 유불선의 여러 경서에 담긴 도리를 비교 검토하였고, 그 결과 생활규정을 지어 아침저녁으로 기도를 드렸음을 알 수 있다. 그리고 이때 〈천주공경가(天主恭敬歌)〉와 〈십계명가(十誡命歌)〉가 각각 이벽과 정약전에 의해 창작되었다. 이처럼 촛불을 켜놓고 밤새워 토론하는 가운데 규정을 정해놓고 기도를 드리며 종교적 내용이 확인되는 작품까지 창작했다면, 이는 단순한 학문적인 성격을 넘어 이미 종교적인 분위기와 성격을 띤 모임이었다고 판단할 수 있다. 이러한 사실은 한국 천주교의 창립 시점이 이승훈이 북경에서 영세를 받은 1784년이 아니라 1779년이라는 주장의 근거가 된다.

이후 1783년에 이벽은 마재에 가서 정약현의 아내였던 누이의 기제(忌祭)를 지내고 서울로 오는 배 안에서 정약전, 약용 형제들과 함께 하느님의 존재와 그 유일성, 천지창조, 영혼의 신령성과 불멸성, 후세에서의 상선벌악(賞善罰惡) 등 철학적 논제에 대해 토론하였다. 정약용은 〈선중씨묘지명(先仲氏墓誌銘)〉에서 이때의 놀라움을 "천지가 창조되는 시원이나 신체와 영혼 또는 삶과 죽음의 이치에 관하여 들으니 놀랍고 의아하여 마치 은하수가 무한한 것과 같았다. 서울에 돌아오자 이벽을 따라가 『천주실의(天主實義)』와 『칠극(七克)』 등 몇 권의 책을 보고 비로소 기뻐하여 마음이 기울어졌다."라고 고백하고 있다.

이때 이미 이벽은 상당한 수준으로 교리를 이해하고 있었으며 또 서양선교사들이 중국 북경에 와 있었다는 사실도 알고 있었던 것 같다. 그러나 북경에 갈 수 있는 유일한 통로는 연행사(燕行使) 일행에 들어가는 것인데 이 일이 그에게는 불가능했다. 그러던 중 이벽은 1783년 겨울 이승훈이 동지사(冬至使)의 서장관(書狀官)으로 임명된 아버지를 따라 북경에 간다는 소식을 듣고 그를 찾아가 천주교에 대해 소개하고 북경에 가서 서양 선교사들을 만나 교리를 배우고 영세도 받아서 돌아오도록 부탁하였다. 그리고 이와 함께 천주교 서적을 구해 오라는 부탁도 잊지 않았다. 1783년 북경에 도착한 이승훈은 북당(北堂)에서 예수회 선교사들을 만나 교리를 배우고 이듬해 그라몽(Grammont, Jean Joseph de, 1736~1812, 梁棟材) 신부에게 영세를 받는다. 이승훈이 1784년『천주실의』,『기하원본(幾何原本)』과 같은 서학, 과학문명 관련 서적과 상본(像本), 망원경(望遠鏡) 등을 가지고 귀국하자, 이것을 받아든 이벽은 외딴 집을 세내어 천주교 교리연구와 묵상에 몰두하였다. 이를 통해 이벽은 학문으로서가 아니라 새로운 진리이자 신앙으로서 천주교를 더욱 깊게 이해하게 된다.

서학서를 통한 교리 이해와 깊은 성찰을 통해 실천에 나선 이벽은 1784년 여름부터 시간이 나는 대로 정약전, 약용 형제들에게 천주교 교리를 설명해주었고, "서교(西教)가 비록 명설(名說)이긴 하지만 정학은 아니다."고 주장하는 사헌부 지평(持平) 이가환과 토론하여 그를 교인으로 인도하게 된다. 이후 교회 서적을 가지고 경기도 양근의 감호(鑒湖, 현 양평군 강상면 대석리)로 스승 권철신과 권일신 형제를 방문하여 본격적인 활동을 권하기도 하는 등 적극적으로 천주교 창립활동을 주도하게 된다.

천주교의 활발한 활동에 대해 당시 유림들은 우려감을 나타냈고, 그 중 이기양은 이벽을 설득하러 왔다가 이벽이 세상의 기원, 우주의 질서, 하느님의 섭리, 영혼의 본성, 후세의 상벌과 조화에 대해 설명하자 아무 말도 못하고 물러 나왔다고 한다. 안정복은 제자들에게 척사(斥邪)의 입장을 견지하도록 충고하고 있었으며, 상당수의 유림은 천주교 교리가 국가의 지도이념인 성리학적 윤리체제를 송두리째 파괴한다고 생각하였다.

이벽은 1784년 음력 9월경 수표교에 있던 자기 집에서 권일신, 정약전·약용 형제와 함께 이승훈에게 세례를 받는다. 이 세례식이 바로 '한국 천주교회의 창설'이며 여기에 모인 사람들은 창설의 주역이 된 것이다. 얼마 지나지 않아 이벽의 집에서 두 번째 세례식이 있었고, 이 때 홍낙민(洪樂敏), 최창현(崔昌顯), 김범우(金範禹) 등이 세례를 받았다. 이후 이벽, 권일신 등에게 교리를 배운 충청도의 이존창(李存昌), 전라도의 유항검(柳恒儉) 등이 영세를 받아 초기 신앙공동체는 이승훈과 이벽의 주도로 빠르게 확산되고 있었다. 그리고 김범우는 명례방(明禮坊)에 있던 자신의 집 한 켠을 집회장소로 제공함으로써 초기 공동체는 수표교에서 명례방으로 옮겨가게 된다.

1785년 봄 이승훈, 이벽, 정약전·정약종·정약용 형제, 권일신 부자 등이 명례방 김범우의 집에서 모임을 갖고 이벽이 천주교 교리에 관해 강론을 하고 있었다. 이때 형조의 관리들이 우연히 이를 적발, 천주교 서적과 성화상(聖畵像, Icon) 등을 압수하고, 모임에 참가한 이들을 모두 형조로 압송해가는 사건, 즉 '을사추조적발사건'이 발생하게 된다. 이때 형조판서 김화진(金華鎭)은 체포된 이들이 모두 사대부이므로 중인 출신의 집주인 김범우만을 가두고 나머지 사람들을 훈방했다. 이에 대해 권일신은 그의 아들과 이윤하(李閏夏), 이총억(李寵億), 정섭(鄭涉) 등과 함께 형조로 가서 김범우의 석방과 성화상의 반환을 요구하였다. 그러나 김화진은 이들을 돌려보내고 김범우를 간단히 문초한 다음 충청도 단양(丹陽)으로 유배시키게 된다.

이것으로 사건은 일단락되었으나, 이 사건이 유생들에게 널리 알려짐으로써 사회적 파장은 더욱 크게 확대되었다. 이해 3월 태학생 이용서(李龍舒), 정숙(鄭淑) 등은 척사위정의 통문(通文)을 돌려 이 사건과 관계있는 사람들로 하여금 자신뿐 아니라 친구 친척에게까지 천주교를 물리치기를 강요했고, 안정복은 직접 천주교를 배척하기 위해 『천학고(天學考)』, 『천학문답(天學問答)』을 저술하는 등 천주교 반대 운동이 일어나게 된다. 이러한 사건의 반향으로 인해 이벽은 이승훈과 함께 집안 식구들에게 배교를 강요당하게 되었다. 특히 이벽의 부친은 그가 천주교인들과 접촉하는 것을 막기 위해 집안에서 나가지 못하게 하였으며, 천주교 신앙을 버리도록 하기 위해 스스로 자살을 시도할 정도로 반대가 심했다고 한다. 그러는 가운데 이벽은 그해 여름(일설에 의하면 그 다음해 봄) 페스트에 걸려 사망, 선산이 있는 포천의 화현리에 안장되었다.

이벽, 순교(殉教)인가 배교(背教)인가?

앞에서도 언급했듯이 사실 천주교회사적 의미를 제외한다면 이벽의 삶은 그리 큰 주목을 받을 만한 것이 못된다. 역사 속에 늘 있어

왔고 또 있을 수 있는 꽤 똑똑한 사람일 뿐, 학문적 성과나 사회적 업적이 뚜렷하지 않기 때문이다. 교회사적으로 보아도 초창기 교회에서 잠깐 동안 열심히 활동한 사람에 불과할 뿐이라고 치부해버릴 수도 있다. 그러나 그가 뿌린 씨로 인해 200여년 후 한국의 천주교는 신자수 500만에 가까운 큰 집단으로 성장하였고, 사회적으로 건강한 영향력을 행사하고 있다고 볼 때, 초창기 교회에서의 그의 영향력과 위상은 결코 작은 것이라고 볼 수 없다. 천주교 운동이 일어나던 조선 후기에는 사회적인 모순이 누적되면서 공리공론에 불과한 주자학에 대해 심한 반발을 느낀 많은 학자들이 자신들의 변화된 지형을 서학을 통해 구현하려고 하였고, 이벽은 그 선두에 서 있었기 때문이다.

종교 심성을 포함한 민족의 정신사적 측면, 조선시대 천주교의 사회적 위상과 성격, 그리스도 신앙의 절대성 등 여러 가지를 고려할 때 이벽의 삶에서 문제가 되는 것은 사망 시점과 사망의 성격으로 요약된다. 따라서 사실 확인의 차원에서 이를 고구할 필요가 있다.

1980년대까지는 달레의 『한국천주교회사』와 이의 고본(稿本)인 다블뤼(St. A. Daveluy, 1818~1866) 주교의 「조선순교자 역사 비망기(Notes pour l'histoire des Martyrs de Corée, 1860)」를 근거로 하여, 이벽은 배교자로서 1786년 봄에 전염병 페스트로 사망했다는 주장이 정설로 자리잡고 있었다.

(李)承薰 베드로와 (李)檗 요한 세자는 천주교의 주요한 두목이요 선동자로 공공연하게 지목되어 있었다. 그러므로 그들 친척 중에서 신앙을 받아들이지 않은 사람들은 (金)範禹 토마스의 형벌을 보고 크게 놀

라, 자신들과 그 집안의 불행을 가져오게 될 종교를 버리게 하기 위하여 갖은 수단 방법을 다 썼다. 그들의 흉악한 계획은 충분히 성공하였다.……(중략)…… (李)檗의 아버지는 성질이 급한 사람으로서 새 종교 이야기를 듣는 것을 결코 원하지 않았다. 그는 자기 아들의 마음에서 신앙을 빼버리기 위하여 일찍이 들어본 일이 없는 노력을 하였다. 그 일은 성공할 수 없으므로 그는 실망에 빠져, 하루는 자살을 하려고 목에 줄을 감았다. 벽은 이런 광경을 보고 마음이 흔들려 용기가 없어지는 것을 깨달았다. 그러나 아직도 굴복은 하지 않고 있었다. 천주교인이라는 명칭이 부당한 어떤 신자가 그의 멸망을 결정적인 것으로 만들기 위하여 벽을 찾아왔다. 그는 상상할 수 있는 모든 계략과 모든 거짓말을 썼다. 그리고 그는 마침내 시달림에 지치고 배교자에게 속고, 실망에 빠진 아버지를 보고, 그의 말을 들음으로써 정신이 착란된 벽이 넘어가게 되도록까지 하였다. 명백한 배교는 주저하여, 두 가지 뜻을 가진 말을 써서 자기의 신앙을 감추었다. 그의 마음은 용기가 없어졌고, 하느님은 그 마음에서 이미 첫 자리를 차지하고 계시지 않으므로 하느님께서도 그를 버리셨다. 왜냐하면 성경에 '자기 아버지나 어머니를 나보다 더 사랑하는 자는 내게 합당치 않은 자'라고 씌어 있는 까닭이다. 그때부터 그는 외교인인 그의 친척과 친구들에게 에워싸여 천주교인들과는 아무런 연락도 가질 수가 없었다.……(중략)…… 병오(丙午, 1786)년 봄에, 그때 기세를 떨치던 페스트(중국 사람들이 역병이라고 부르는, 티푸스의 일종)에 걸려 8일간 앓은 뒤 33세의 나이로 죽었다. 그의 최후가 어떠하였는지는 확실히 알 수가 없었다. 신자들이 그에게까지 가서 그의 죄를 뉘우치라고 권고할 수 있었다는 말도 있으나, 이 말은 어떤 확실한 기록에 근거한 것은 아니다.

위의 예문에서와 같이 이벽은 아버지가 목에 줄을 감는 것을 보고 마음이 흔들렸고, 계속되는 주변의 계략과 시달림, 그리고 실망한 아버지를 보고 배교하여 하느님이 그의 마음에서 이미 첫 자리를 차지하지 않는다고 언급함으로써 달레는 이벽을 배교자로 규정하고 있다.

이렇게 배교자로 보는 견해와는 달리 주재용 신부 등 천주교내 일부 학자들은 1786년 사망 시점을 인정하면서도 정약용의 「중용강의보(中庸講義補)」 등 일련의 기록과 당시의 정황 등을 들어 조심스럽게 그를 증거자(證據者)로 규정하고 있다. 증거자란 어떤 상황에서도 '예수가 그리스도임'을 고백함으로써 의연한 신앙의 자세를 견지한 사람들을 말하는 것으로 신앙을 고백하다가 죽음을 당한 순교자와 구별된다. 그들은 이벽이 해박했던 유가적 경학사상에 입각한 서교 수용을 통하여 혼탁한 조선 후기 사회에서 새로운 정신적 인간의 추구를 부르짖고 나선, 현실 속에서 실로 보기 드문 진인(眞人)이자 의인(義人)으로 보고, 달레가 그를 배교자로 파악한 것은 동양의 전통적인 풍습이나 정신 및 분위기에 대한 몰이해에서 기인한 것이라고 비판하였다.

이벽을 '배교자'로 단정한 달레나 조심스럽게 '증거자'로 파악한 주재용과는 달리 변기영 신부는 정약용의 기록과 경주 이씨 족보 등을 근거로 그는 순교자이며, 사망시점은 1785년이라고 주장하고 있다. 그는 달레의 기록을 조목조목 비판하면서 이벽보다 32년이나 더 오래 살았던 부친 이부만과 맏형 이격, 그리고 동생 이석의 생존 중인 1813년에 목판으로 간행된 「경주이씨 족보 계유보」에 근거하여 이벽의 사망 연도가 1785년으로 되어 있다는 사실을 고증하였다. 이 견해는 정약용의 『여유당전서』에 수록된 이벽의 죽음을 애도한 만사(輓詞)가 을사년 1785년 여름과 가을 사이에 수록되어 있어 그 신빙성이 더욱 크다고 할 수 있다.

그리고 이벽이 천주교 활동을 계속할 경우에 일가의 족보가 문중에서 삭제되는 동시에 탈관삭직당하고 패가망신하게 될 절박한 위기에 직면한 사실에 주목하여 가정 내 박해가 있었다고 주장하였다. 이러한 그의 주장은 1979년 6월 21일에 이루어진 이벽의 유해 발굴 작업을 통하여 일부에서 제기된 독살설의 근거를 발견한 것과 무관하지 않다.

발굴에 참여한 가톨릭의대 해부학 주임교수 권흥식 박사팀은 시신을 면밀히 관찰한 결과 음독 사망의 흔적이 발견된다고 증언하였기 때문이다. 즉 발굴된 유해는 치아 끝이 모두 까맣게 타다 남은 것 같았고, 목과 복부만이 유독 검푸르게 짙은 색깔을 띠고 있었는데, 이는 음독 사망자들의 시신에서만 나타나는 현상이기 때문이라는 것이다. 이것이 사실로 판명되면 이벽은 순교자일 가능성이 훨씬 높아진다. 그가 문중에서 추방당하고 패가망신당할 것을 염려한 아버지 이부만의 가공할 위협에 굴하지 않았고, 목을 매달아 자살하려는 아버지의 죽음을 만류하면서도 결코 배교를 하지 않았기에 외부와의 접촉이 단절된 가운데 가혹한 문중의 박해를 받고 순교적 죽음을 맞았을 개연성이 충분하기 때문이다. 따라서 유해는 이벽에 대한 순교·배교 논쟁을 마무리할 수 있는 중요한 증거이므로 보다 과학적인 검증을 위해 현재 원형 그대로 보존처리 되어 보관되고 있다고 한다.

결론적으로 이벽의 죽음과 관련한 종교적 논쟁은 배교자에서 점차 증거가 보강되면서 순교자 쪽으로 기울고 있는데, 순교자로 보는 주장에는 여전히 이벽이 처한 상황에 대한 무리한 추론이 없는 것은 아니기 때문에 보다 정밀한 검증을 필요로 한다고 하겠다.

이벽, 신선이 되어 세상에 외치다

지금까지 이벽과 관련된 단편적인 자료를 통하여 이벽의 삶에 대해 재구해 보았다. 그러나 문학을 연구하는 입장에서 더욱 의미 있는 것은 이러한 이벽의 삶이 작품 속에 어떻게 반영되어 있는가 하는 점을 추적하는 것이다. 이벽의 특이한 삶은 이후 천주교도들 안에서 하나의 구비 전승을 이루게 된다. 이미 전래 초기에 『셩죵도』, 『셩종도보』, 『셩녀 더리사』, 『셩녀 아가다』, 『셩녀 위도리아』, 『셩녀 간지다』, 『셩부 마리아』, 『셩 희네의』, 『유시 마리가』 등 한글로 번역된 서양의 천주교 성인전(聖人傳, hagiography)이 있었고, 이후 사회적 상황에 따라 순교자가 발생함으로써 우리의 순교자전 등의 전기류(傳記類)가 새롭게 창작되고 있었다. 그러나 이러한 내용은 교리교육의 차원에서 구비전승될 수밖에 없었는데, 그것은 신유박해(辛酉迫害) 이후 교회 구성원 자체가 양반 중심에서 평민 중심으로 이동하였고, 계속되는 박해로 문자생활을 영위하기 어려웠기 때문이었다. 특히 초창기 교회에 대한 영향력이 컸던 이벽에 대해서는 구비전승이 형성되어 천주교인들 사이에서 폭넓게 유포되고 있었다는 정황은 여기저기에서 살펴볼 수 있다.

다블뤼 주교는 그의 비망록에서 한국 교회의 기원을 이승훈의 북경 영세에 두지 않고 "진정한 의미의 조선천주교회의 역사는 이벽의 저 위대한 강학에서 시작되었다"고 지적하며, 이벽은 천주께서 간택하여 쓰신 도구라고 기술하고 있다. 또한 김대건 신부가 1845년 사제가 되기 직전 신학생 시절에 쓴 〈조선천주교회약사보고서(朝鮮天主教會略史報告書)〉는 다음과 같이 이벽에 대한 기술로 시작하고 있다.

조선에는 많은 철인들(philosophantes)이 우주만물의 창조주요 주재자이신 참 천주(天主)가 계시다는 것(naturali lumine [⋯] verum Deum [⋯])을 자발적으로 연구하여 인식하고 섬기었는데, 그들 중에 뛰어나게 가장 유명한(inter eos celebrior) 사람은 이벽이라는 분이었습니다. 이 분은 아주 깊이 연구하여 참되신 천주를 공경하고자 노력한 나머지, 당시 북경에는 천주 공경이 번성하고 있다는 소식을 듣고, 사람들을 북경에 보내어 천주교서적을 가져오게 하려고 작정하고 있었는데, 마침내 이승훈은 이벽(doctor I Pieki)에게 가서 자신이 아버지 이동욱을 따라 북경에 간다는 말을 하였으며, 이벽은 이승훈에게 북경에 가거든 서양 사람들을 찾아가 천주교 서적을 얻어오라고 하였습니다.

당대의 정황으로 보아 1821년 충남 솔뫼에서 태어나, 7세 때 경기도 용인 산골로 피난 와서 8~9년을 살다가 15세 때(1836) 마카오로 떠난 김대건이 한국 천주교회의 약사를 기술한다는 것 자체가 어찌 보면 무리일 수 있다. 박해를 피해 숨어다니는 상황, 즉 생명을 위협받는 고통 속에서 서책을 통해 지식을 익히기도 어려웠고, 역사나 교리를 체계적으로 가르쳐 줄 교회 조직도 제대로 없는 상황이었기 때문이다. 그럼에도 불구하고 비교적 소상히 기록될 수 있었던 것은 사제가 되기 위한 신학교 교육이나 김대건의 영특함만으로는 설명되지 않는다. 오히려 생활 속에 깊이 녹아 있었던 신앙과 그것이 구현된 구비전승이 당시 천주교 신자들 사이에 널리 퍼져 있었기에 가능했다고 볼 수 있다. 이러한 구비전승의 대표적인 작품은 천주가사이나, 모범이 될 만한 신앙 선조들의 종교적인 삶 역시 전승 속에 포함되어 있었을 것이다. 이벽의 삶과 관련하여 이러한 전승의 결과로 나타난 것이 〈니벽선싱몽회록〉이다.

〈니벽선싱몽회록〉은 기본적으로 종교적 진리를 추구하는 이벽의 실제적인 삶과 사상을 바탕으로 한다. 그러나 여기에 천주교인 사이에서 떠돌던 구비전승이 가미되면서 작품화되었기 때문에 실제와는 다소의 거리가 있다. 따라서 사료적인 시각에서 이 작품에 접근하는 것은 올바른 방법이 아니다. 작품의 구체적인 내용에서 이벽의 조상을 이항복(李恒福)이라고 한다거나 둘째 아들인 그를 셋째 아들이라고 하거나, 이벽의 사망 시기를 을사년(1785)이 아니라 병오년(1786)으로 표시하는 실제적인 오류부터 아버지 이부만을 이박만으로 제시하는 표기법상의 오류가 많아 사료로서의 가치는 크지 않기 때문이다.

그럼에도 불구하고 〈니벽선싱몽회록〉은 우리 문학사에서는 보기 드물게 천주교인을 주인공으로 설정하고 있으며, 우리 고유의 몽유록(夢遊錄), 전(傳) 양식으로 주제의식을 표출한다는 점에서 매우 의미 있는 작품이다. 또한 이벽이라는 인물의 실제적인 삶과 조선 후기 실존했던 사람의 인물전과의 거리를 정확하게 포착함으로써 문학양식의 시대적 변이를 가늠하는 데 적절한 지표를 제시할 수 있는 좋은 자료가 된다. 따라서 이에 대한 접근은 실제의 이벽이 어떠한 모습인가에 대한 관심보다는 이벽이 이 작품 속에서 어떠한 모습으로 형상화되었으며, 그것은 어떠한 의미를 지니는가에 비중이 주어져야 할 것이다.

먼저 자료의 서지 사항에 대해 간단하게 살펴보면 다음과 같다. 이 책은 김양선(金良善, 1907~1970)의 수장본인데, 그가 죽은 후 1983년 숭실대학교 기독교박물관에 기증되었다. 전체 분량은 11장 22면으로 되어 있으며, 전원국지(典圜局紙)에 깨끗한 정자체로 매장

10행, 매행 18자 내외로 필사되어 있다. 겉표지에 '니벽젼'으로 제명이 붙어 있고, 속표지에는 '니벽전 단'이라 기록되어 있다. 또 작품이 시작되는 첫행에는 제목을 '여니벽선싱몽회록'이라 밝히고 있으며, 작품의 맨 마지막 장에는 '니벽몽회록 둉니라'라는 기록이 보인다.

작품의 말미에 '뎡유뎡아오스딩셔우등셔졍이라' 기록되어 있어 정유년(丁酉年, 1777)에 정약종이 쓴 것으로 되어 있는데 그 기록 자체가 신빙성이 있는 것은 아니다. 작품의 설정이 1846년 6월 14일에 꾼 꿈의 내용을 기록한 것으로 되어 있으며, 꿈속에서 1794년부터 1846년까지의 역사적 사실을 언급하고 있다. 따라서 기록 자체를 그대로 믿는다고 했을 때 창작 연대는 1897년으로 보는 것이 타당하다. 이 때가 창작 시점인가 필사 시점인가에 대해서도 고찰할 필요성이 있다. 한편 작품 속에서 이벽과 대화하는 주인공 정학술은 정약종 다음 대에 해당하는 항렬인데, 실제 학술이라는 인물은 확인되지 않는다. 따라서 주인공의 설정은 정씨 집안의 신앙적 권위에 의탁하여 작품의 권위를 높이고자 하는 장치로 보인다.

소재영 교수는 영인본과 함께 이를 처음으로 분석하여 해제를 작성 소개하면서, 필사자나 몽중 설화자가 실제 인물인 몽유록이라는 점, 유불도(儒佛道)를 부정하는 새로운 서학사상을 설득하고 있다는 점, 〈텬쥬밀험기〉라는 예언서를 통해 천주의 재림을 이벽의 환생을 통해 예언하고 있다는 점 등을 들어 그 문학적 가치를 평가하고 있다.

〈니벽선싱몽회록〉은 꿈속의 이야기와 이벽의 생애를 기록한 부분 등 크게 두 부분으로 대별된다. 앞부분은 '몽회록' 부분으로 서술자인 정학술이 꿈속에서 긴히 전할 일이 있어 하강한 이벽을 만나 천주교 교리에 대해 문답하고, 〈텬쥬밀험긔〉를 찾아 교도들에게 알리라는 말과 함께 그 중 〈ᄅᆡ세례언긔〉의 일부분이 소개되고 잠을 깨는 장면까지를 말하며, 뒷부분은 '이벽전'으로 이벽의 가계와 탄생, 학문과 신앙수양의 모습, 아버지와의 신앙 갈등 속에 〈텬쥬밀험긔〉를 짓고 승천하기까지를 기록하고 있다. 이는 이 작품이 소설을 비롯한 한국 서사문학의 몽유양식과 전양식을 동시에 수용하는 것으로 매우 특이한 형태라고 할 수 있다.

작품의 의미단락을 중심으로 분석하면 다음과 같다.

[몽유록 부분]

1) '여'(정학술)은 이벽의 사후 60년이 되는 병오년 6월 14일에 기이한 꿈을 꾸고 그것을 기록함.
2) 이벽이 꿈에 나타나 긴히 전할 말이 있어 내려왔다고 함.
3) 이벽과 정학술이 천지창조, 인간창조, 선인, 악인을 막론하고 고난받는 이유, 천주와 유불선(儒佛仙)의 문제, 제사, 천주교 박해문제 등 천주교 교리에 대해 문답함.
4) 지난 병오에 지은 〈텬쥬밀험긔〉를 찾아 재사(再寫)하여 교도들에게 알리도록 지시함.
5) 이벽이 〈텬쥬밀험기〉 중 〈ᄅᆡ세례언긔〉의 내용 일부를 알려줌.
6) 잠을 깨니 달이 밝고 인시(寅時)가 됨.

[이벽전 부분]

7) 이벽의 가계 소개.
8) 이벽의 비범한 탄생과 성장과정이 소개됨.
9) 이벽의 학문과 신앙수양의 모습이 제시됨.
10) 아버지와 신앙 갈등으로 두문불출하며 〈텬주밀험긔〉를 지음.

11) 이벽이 몸을 감추고 승천직로함.

이 작품은 이미 조성용이 「〈여이벽선싱몽회록〉 연구(1998)」에서 언급했듯이 현실-꿈-현실의 구조를 지닌 몽유양식의 전통 속에서 창작되었으나 사실적인 꿈의 기록이라는 몽기적(夢記的) 성격이 강하며, 천주교 신앙체계에 대한 옹호의 논리를 지니고 있고, 실제 현실 속에 일어난 일을 예언의 형식으로 언급함으로써 비기류(秘記類) 산문의 성격을 띠고 있다. 한편 이벽의 생애를 기술하고 있으나 인정서술(人定敍述)-행적(行蹟)-평결(評決)이라는 전의 일반적인 형식에서 볼 때, 이벽의 생애를 연대순으로 나열하는 단순성을 지니며 인물에 대한 포폄이 없는 반면 이벽의 능력과 성품을 기리고 찬미하는 내용이 중심이 되어 있다는 점에서 행장(行狀)과 유사한 특성을 지닌다.

이러한 특성과 더불어 이 글에서 주목하고자 하는 것은 천주교인 이벽이 어떠한 모습으로 묘사되어 있으며, 그것이 어떤 의미를 갖는가 하는 점이다.

ᄒᆞᄂᆞᆯ에 먹당ᄀᆞᆺ흔 검정 구름이 온통 듸덮고 잇ᄉᆞ온ᄃᆡ 사방은 혼ᄆᆡᄒᆞ야 안ᄀᆡ가 씨여 잇ᄉᆞ오니 ᄃᆡ턱을 분별ᄒᆞ옵기 심히 난ᄒᆞ온 ᄀᆞ온ᄃᆡ로 급긔야 일장셔긔가 빗ᄂᆞ더니 뢰셩일갈ᄒᆞ고 돌풍우 모라치니 괴암샹에 ᄒᆞᆫ 션비가 셔 계시드라 쇼싱이 황급ᄒᆞ야 물너서셔 정색ᄒᆞ야 국궁ᄃᆡ령ᄒᆞ얏드니 션비 옥안션풍 곱고 육사단졉 ᄇᆡ자 밀화단쵸 다라 입고 도포 밧쳐 흑사ᄯᅴᄅᆞᆯ 흉즁의 늘러 ᄆᆡ고 육분당혜 신고 서셔 넌즈시 웃스신 모습이 신션이 ᄂᆞ려온 듯 슬긔로와 재ᄇᆡ읍ᄒᆞ얏도다 쇼싱이 황공ᄒᆞ야 ᄃᆡ령분부 기ᄃᆞ리졋더니 낭ᄌᆞᄒᆞ고 청ᄉᆞᄒᆞᆫ 말ᄉᆞᆷᄒᆞ시는지라 여가 이 세샹을 ᄯᅥ는지

육슌 병오 뉴월 열나흣날 오늘이라 너에게 긴히 홀 젼갈이 잇서 듬에 나왓노라 ᄒᆞ시드라

위 예문은 이벽이 정학술 앞에 나타나는 장면이다. '검은 구름이 뒤덮인 상태에서 사방에 안개가 끼어 있는 가운데 일장서기가 빛나는' 장엄하면서도 신비로운 분위기 속에서 괴암 위로 이벽은 출현하고 있다. 더구나 그렇게 해서 나타난 '신선이 ᄂᆞ려온 듯' 서있는 이벽은 천상선관(天上仙官)의 모습으로 묘사되고 있다. 이러한 모습은 '청의선관이 학을 타고 공중에 높이 떠' 바다에 떠 있는 꽃을 보고 헌화하는 선인들에게 경고하는 〈심청전〉의 관련 부분과 크게 다르지 않다.

특히 '옥안선풍 곱고 육사단접 배자에 밀화단추를 달아 입고 도포를 받쳐 흑사띠를 맨' 신선으로 제시된 주인공에 대한 묘사는 고소설의 인물묘사와 크게 다르지 않다. 그리고 주인공 이벽의 이러한 모습은 『벽위편(闢衛編)』 권이(卷二)에서도 비슷하게 묘사되고 있다. 즉 을사년 봄에 명례방 김범우의 집에서 '푸른 두건으로 머리를 덮어 어깨까지 드리우고' 아랫목에 앉아 이승훈, 정씨 형제 등 모인 사람들에게 설법하는 이벽의 모습도 신선의 분위기를 형성하고 있는 것이다. 다만 차이가 있는 것은 실제의 기록에 비해 〈이벽선싱몽회록〉에는 이러한 신비적인 분위기가 크게 강화되고 있다는 점이다.

이러한 신비적인 분위기는 작품의 곳곳에서 보이는데 정학술에게 〈텬쥬밀험긔〉를 찾아 재사하여 교도에게 알리라는 장면에서도 '풍운죠화룰 ᄐᆞ고 가시기 젼에 물어 뵈옵쟈고 ᄒᆞ얏드니'라고 표현함으로써 '구름을 타고 바람을 조정하여 오고가는' 신선의 모습을 보이고 있다. 이러한 모습은 작품의 말미에서 더욱 분명하게 묘사되고 있다.

병오 시셰 공이 두문불출이러ᄃᆞ가 쟈져 텬쥬밀험긔ᄅᆞᆯ 쟉ᄒᆞ야 시ᄒᆞ니 부 이로써 진로ᄒᆞ야 비오자라 ᄃᆡ언하시드라 시 벽상에 투필ᄃᆡ셔ᄒᆞᄃᆡ 왈 무협즁봉디셰 샤입듕텬 은하열슉디년 금환텬국이라 하드라 후 죵적ᄋᆞᆯ 감추드니 필경 득도ᄒᆞ야 뉴월 십ᄉᆞ일 ᄌᆞ시에 승텬직로 ᄒᆞ시다 ᄒᆞ나니라

위 예문의 내용은 이벽이 죽기 직전 부친의 외출 금지령으로 두문불출하면서, 삶의 종말에 처한 자신의 심정을 시로 표현하는 부분이다. 문제는 다음에 나타나는 표현들이다. 여기에서 이벽은 죽지 않고 종적을 감추었으니 끝내는 득도하여 승천하였다고 언급함으로써 분위기나 표현 모두 이벽을 죽지 않고 승천하는 신선의 형상으로 제시하는 점이 발견된다.

신선이라는 존재는 초월자를 의미한다. 도교에서는 상천(上天)에는 피안의 세계가 있고 거기에는 초월자, 즉 모든 것을 지배하는 제왕이 있다고 말한다. 제왕은 지상세계에서 일어나는 모든 인간의 동태를 자세히 살피며 현세인간의 수명이나 행동 등을 전부 기록한다고 한다. 인간의 운명은 이 피안의 세계에 있는 신들에 의하여 좌우된다고 믿으며 제왕에게 선택된 자만이 선인이 될 수 있고, 그 중에서도 뛰어난 자만이 승천하여 신들 속에 끼일 수 있다고 하는 것이 도교의 종교적 중심사상이다. 이런 의미에서 〈니벽선싱몽회록〉에서 이벽이 신선의 모습으로 나타난 것은 교리상의 유사성을 포함하여 현실을 뛰어넘어 절대적 진리를 추구하던 주인공의 위상을 제시한다고 하겠다.

한편 이러한 점은 조선 후기 널리 유행했던 신선전의 주인공들과 유사성을 지닌다. 조선 후기 신선전의 인물들은 조선조 질서에 포용

되지 못하고 선술을 통해 방달하고 초탈한 삶을 추구했던 방외인적 인간유형으로 파악할 수 있다. 이들의 지향은 장생불사로 결구화되어 제시되며, 이는 초기 천주교 신자들의 대부분이 영생을 추구한다는 점에서 유사성을 보이고 있다. 전래 초기 천주교인들 중에서도 이러한 예는 어렵지 않게 찾아볼 수 있는데 황사영백서(黃嗣永帛書)에 의하면 정약종이나 김건순(金建淳), 강이천(姜彛天) 등도 선도(仙道)나 선술(仙術) 등 장생불사에 대한 관심을 통해 천주교로 입교하였다고 한다. 따라서 장생 혹은 영생을 추구하는 신선전의 등장은 주자학적 세계관으로부터 벗어나기 위해 몸부림치던 조선 후기 사회와 문화의 역사적 기반에서 비롯되었다고 볼 수 있으며, 〈니벽선싱몽회록〉도 여기에서 예외는 아니라고 할 수 있다.

그러나 이러한 인물 묘사가 신선사상에 입각해 있다고 해도 〈니벽선싱몽회록〉에 일관되게 나타나는 것은 아니다. 앞의 몽유록 부분에서 꿈속에 나타난 이벽과 정학술이 천주교의 교리 즉 천지창조설, 인간창조의 이유, 원죄론과 예수의 구속(救贖) 강생(降生) 등 천주교의 본질에 대해 문답하는 내용이 나타나고, 이어 유불선 등 종교의 문제, 조상 제사 등을 언급함으로써 종말론 등으로 이어지고 있다.

> 그러하오면 셕씨 불가 말ᄉᆞᆷ ᄯᅩᄒᆞᆫ 죄짓ᄂᆞᆫ쟈 그 죗가ᄀᆞ 뫼양 잇서 그 악보ᄅᆞᆯ 벗디 못ᄒᆞ온다 ᄒᆞ시믄 ᄯᅳ시 텬쥬와 ᄀᆞᆺᄒᆞᆫ 거시오니ᄶᅡ ᄒᆞ얏드니 므릇 불씨 셕가ᄂᆞᆫ 사ᄅᆞᆷ이니 그 죄와 쇽세의 고로움을 면ᄒᆞᆯ 방도와 텬당 디옥을 험ᄒᆞ야 ᄯᅩᄒᆞᆫ 널리 사ᄅᆞᆷᄋᆡ 알리ᄂᆞᆫ 공이 잇다 ᄒᆞᆯ지나 그가 텬쥬ᄭᅴ셔 ᄒᆞ신 사ᄅᆞᆷᄋᆡ 불과ᄒᆞ온ᄃᆡ 오로지 높다ᄒᆞ믄 불가ᄒᆞᆫ 거시라 ᄒᆞ옵드니 ᄯᅩᄒᆞᆫ 공맹지도ᄂᆞᆫ 인륜ᄋᆞᆯ 긔망 셰워 사ᄅᆞᆷ의 ᄒᆞᆯ 도리ᄅᆞᆯ 가르키신 분이라

홀지나 그가 ᄂᆡ 사ᄅᆞᆷ이 밋ᄉᆞ올 신이 아니믈 올아야 ᄒᆞᄂᆞ니라 ᄒᆞ시고 ᄯᅩ ᄒᆞᆫ 옥황상졔나 룡황님이라 ᄒᆞᄂᆞᆫ 거슨 사ᄅᆞᆷ이 만드러 지여ᄂᆡᆫ 미신이니 이ᄅᆞᆯ 모시고 밋ᄉᆞᄒᆞ오ᄂᆞᆫ 거슨 텬쥬ᄅᆞᆯ 크게 비ᄒᆞ야 ᄃᆡ죄ᄅᆞᆯ 저지ᄅᆞᆫ 거시라 ᄒᆞ시드라

위 예문은 종교의 문제를 문답하는 내용이다. 여기서 이벽은 유일신 사상에 입각하여 이를 신으로 모시는 것은 부정하고 있으나 부처나 공자, 맹자의 공적에 대해서는 인정하는 관대한 인식을 보이고 있다. 부처에 대해서는 속세의 괴로움을 면할 방도와 천당, 지옥의 존재에 대해 사람들에게 알려주는 공이 있다고 하며, 공자와 맹자에 대해서는 인륜을 세워 사람의 할 도리를 가르친 공을 인정하고 있다. 그러나 옥황상제나 용왕에 대해서는 이를 모시는 것은 천주를 크게 배반하는 대죄(大罪)라고 말하고 있다. 불교, 유교와 관련하여 여기에 나타나 있는 종교간 대화의 모습은 상대방을 인정한다는 측면에서 오늘날과도 크게 차이가 나지 않는다. 그러나 무속에 대해서는 단호한 입장을 취하고 있는 점이 매우 흥미롭다고 하겠다. 이는 여러 가지 각도로 접근할 수 있는데, 이 작품에서 묘사된 이벽은 신선의 형상을 취한다는 점에 착안하여 접근해보도록 한다.

옥황상제는 도가(道家)의 최고신이며 흔히 민속에서는 용 무늬가 있는 예복을 입고, 머리에는 구슬 장식의 모자를 쓰며, 손에는 비취로 만든 의식용 명판을 들고 옥좌에 앉아 있는 모습으로 표현된다. 다시 말하면 옥황상제는 신선들의 임금인 셈이다. 여기에서 주인공 이벽에 대해서는 전반적으로 신선의 모습으로 묘사하면서도 옥황상제는 부인하는 이중적 인식을 발견할 수 있다. 따라서 〈니벽선싱몽

회록〉에 나타나 있는 이러한 이중적 인식을 어떻게 해석할 것인가가 문제가 된다. 이 점에 대한 해명 없이 주인공을 비롯한 이 작품의 전체적인 흐름이 신선사상에 입각해 있다는 것은 성급한 결론이 될 수 있기 때문이다.

17세기 한국의 지식인들이 처음부터 천주교를 종교로 수용한 것은 아니다. 이들은 성리학적 세계관의 한계를 인식하고 새로운 세계관을 모색하는 가운데에서 서학 즉 논리적인 학문으로써 천주교를 접했으며 이후 신앙으로 발전시켜 나갔다. 이는 선교사 없이 천주교가 이 땅에 유입될 수 있었던 가장 큰 이유가 된다. 결국 이들은 생활로서가 아니라 논리와 이성으로 무장한 의식(意識)으로서 서학을 수용하여 신앙으로 발전시킨 것이라 할 수 있다. 이 점에서 옥황상제를 부인하면서도 주인공을 신선으로 묘사하는 이중적 인식을 해명할 수 있는 실마리를 찾아볼 수 있다. 즉 의식지향으로서는 천주교를 수용하고 있지만 의식하지 못하는 가운데 파고든 구체적인 삶의 현장인 생활 속에서는 여전히 한국적이라고 할 수 있기 때문이다. 이를 달리 표현하면 한국적으로 표현된 천주교라고 할 수 있으며, 이러한 생활과 신앙의 이중성 문제는 초창기부터 시작하여 오늘날까지 해결되지 않은 부분이라고 할 수 있다. 따라서 〈니벽선싱몽회록〉은 몽유록과 전 등 우리의 문학적 관습에 따라 창작되어 가장 한국적인 분위기를 연출하지만 그 내용에 있어서는 새로운 사상 즉 천주교 교리를 담고 있으므로 형식과 내용이 엇갈리는 뒤틀림 현상이 나타났다고 하겠다. 부언하면 결국 새롭게 유입된 천주교 신앙은 의식지향으로서 삶의 변화를 가져왔지만 이외의 부분에서는 여전히 우리의 문화적 상황 속에 존재한다고 하겠다.

이러한 의미에서 마지막으로 짚고 넘어가야 할 부분이 〈텬쥬밀험긔〉 부분이다.

갑인을묘에 셔방인 동방텬사 뢰빈ᄒᆞ야 형세ᄅᆞᆯ 알리고 텬당으로 가ᄂᆞ니 다시 됴뎡과 민심이 동ᄒᆞ야 크게 괴변이 닐어나고 병진뎡사에ᄂᆞᆫ 부쟈 형뎨 닐가 친텩이 셔로 반목ᄒᆞ야 샨텬이 음샨ᄒᆞ고

긔미경신지ᄀᆞᆫ에ᄂᆞᆫ 국운이 어지러워지고 신유임술지ᄀᆞᆫ에ᄂᆞᆫ 셔학교도가 참샬당ᄒᆞ니 그 피가 강산을 물드리고 사ᄅᆞᆷ인 쟈ᄂᆞᆫ 함구무언이라

……(중략)……

임진계샤ᄋᆡᄂᆞᆫ 윤질괴질이 대치ᄒᆞ니 셔방텬사가 다녀ᄀᆞ니 길흉을 판별치 못ᄒᆞ리라 갑우을미ᄋᆡᄂᆞᆫ 곡셩이 진동ᄒᆞ야 부지라

병시뎡유ᄋᆡᄂᆞᆫ 다시 셔방샤쟈 ᄅᆡ도ᄒᆞ니 만민이 경악ᄒᆞ고

무슐긔히지ᄀᆞᆫᄋᆡᄂᆞᆫ 다시 셔학교도 참샬당ᄒᆞ야 민심이 흉흉ᄒᆞ고 경ᄌᆞ신축지ᄀᆞᆫᄋᆡ ᄅᆡ셩이 부지ᄒᆞ고 ᄇᆡᆨ일ᄒᆞ에 ᄃᆡ우가 ᄂᆞ리니라

임인ᄀᆡ묘지ᄀᆞᆫ은 당쟁 잇스리라

갑진을샤지ᄀᆞᆫᄋᆡᄂᆞᆫ 민심이 스ᄉᆞ로 동요ᄒᆞ야 동ᄒᆞ리라

병오후로ᄂᆞᆫ ᄅᆡ세가 림ᄒᆞ야 죄잇ᄂᆞᆫ쟈 모두 토멸당ᄒᆞ야 션ᄒᆞ고 텬쥬공경ᄒᆞᄂᆞᆫ 쟈 혹 세샹을 니어갈 ᄊᆡ가 오고 잇ᄂᆞ니라 ᄒᆞ드라

……(이하생략)

위 예문은 〈텬쥬밀험긔〉 중에서 〈릐셰례언긔〉인데, 간지(干支)와 결합하여 재난이 열거되는 형태를 지니고 있다는 점에서 그 형식과 문체가 당시 사회에 널리 유행하던 『정감록』과 매우 유사하다. 차이가 있는 것은 내용으로 동양문화와 우리의 민속을 바탕으로 한 예언 대신 천주교 교리에 입각한 예언으로 구성되어 있다는 점이다. 구체

적으로 예수의 재림과 그에 이은 세계의 종말과 심판을 예언하고 있으며, 심판의 때가 이르면 다양한 자연재해와 기상 이변, 전쟁 등으로 혼란할 것이며, 이는 종말과 심판의 징조라고 제시하여 여타의 비기류와 변별성을 지닌다.

불안한 시대에 종말론과 예언이 나타나는 것은 인간 사회의 보편적인 현상이다. 따라서 크게 보아 〈니벽선싱몽회록〉에 나오는 〈텬쥬밀험긔〉는 우리 민속과 결합하여 역사에서 많이 나타났던 예언서 즉 참서(讖書)의 내용이 천주교적으로 각색되었다고 볼 수 있다.

그러나 이러한 표현이 〈니벽선싱몽회록〉만의 특징은 아니다. 정약종이 1790년대 지은 『주교요지』에도 "세상이 장차 끝날 때에는 천하만국이 서로 싸우고, 서로 죽이며, 흉년이 들고, 나쁜 병이 크게 돌고, 재앙이 무수하여 사람이 많이 죽고 바다가 뒤끓고, 산이 무너지며, 온 땅이 진동하고, 하늘이 어지러이 흔들리며, 해와 달과 별들이 다 그 빛을 잃는다. 하늘로부터 큰 불이 내려와 초목과 짐승과 사람을 죄다 불태우고 …" 등으로 종말론이 제시된다.

여기에서 조선 후기 우리나라의 사회적 상황에 대해 간단하게 정리할 필요가 대두된다. 17세기 이후에 조선에서는 급격한 사회변동이 진행되고 있었으며 이 과정에서 조선의 정통적인 지도이념이었던 성리학에 대한 재검토 작업과 함께 성리학을 기반으로 하는 여러 문화현상에 대한 반성이 일어나고 있었다. 이러한 반성의 결과로서 나타난 것은 크게 세 가지로 대별할 수 있는데 첫째는 제도권 지식인들의 정권 재창출의 필요에 의해 나타난 실학이요 두 번째는 과학 문명에 대한 관심으로 시작하여 신앙으로 발전한 서학의 흐름이다. 그리고 셋째는 실학이나 서학과는 별도로 성리학의 가치를 부인하는 실천적 행동이 민속과 결부되어 나타난 유불선의 회통사상(會通思想)이다. 그 대표적인 것이 1686년과 1737년 해서지방에서 발생한 용녀부인(龍女婦人) 사건으로 구체화된 불교의 미륵신앙과 임진왜란을 전후로 해서 출현하여 17・8세기에 유행했던 『정감록비결(鄭鑑錄秘訣)』 등 참서(讖書)나 비기(秘記)에 대한 신봉을 들 수 있다. 이러한 것은 무력한 지배층에 대한 일종의 저항의식으로, 사회변동에 수반된 위기의식의 표현이며 동시에 현실도피적・은둔적 경향을 내포하는 말세 사상에 기초하고 있다.

여기서 지식인들이 중심이 된 실학은 실제적인 헤게모니를 장악하지는 못했지만 여전히 제도권 안에 머무르면서 변화를 시도하였고, 미륵신앙이나 참서 등 유불선의 회통사상은 때때로 새로운 창조를 위해 분란을 일으키며 민중들의 생활 속에서 큰 영향력을 행사하고 있었다. 반면 지식인들의 과학기술에 대한 관심으로부터 시작된 서학은 신앙운동인 천주교로 전환되면서 큰 시련에 봉착하게 된다. 구체적으로 조상 제사 문제로 제기된 진산사건(珍山事件) 이후 신유박해(辛酉迫害)까지 상당수의 지식인들이 교회를 떠나게 된다. 이러한 박해로 인한 죽음과 지식인의 대거 이탈로 교회의 중심이 지식인에서 일반인으로 이동하면서, 천주교는 사회적 지향점을 잃어버리고 개인의 구원을 위주로 하는 내세 지향의 신앙으로 변화되고 있었다.

이점에서 〈니벽선싱몽회록〉에 제시되어 있는 〈텬쥬밀험긔〉는 당대의 사회상을 반영하는 것이면서 동시에 지식인에서 출발하여 서민 민중 속으로 정착한 결과로 나타난 것이라 하겠다. 달리 말하면 천주교의 내용과 우리의 기층문화가 융합한 사례라고 할 수 있다.

이벽, 프란치스코, 동양과 서양의 다르고 같음

이벽은 한국 천주교의 초기에 아주 짧게 살다가 죽었음에도 불구하고 여전히 한국 천주교회의 중심에 선 사람이다. 그는 아주 영특하여 천주교 진리를 남보다 더 깊이 수용하였으나 불행히도 천주교를 용인할 수 없는 사회적 분위기로 말미암아 요절하고 말았다. 또한 학문적으로나 사회적으로 뛰어난 업적이 없기 때문에, 그리고 집안에서도 배척하였기 때문에 생전의 모습을 온전히 파악할 수 있는 자료도 남아 있는 것이 별로 없으며, 천주교를 제외하고는 일반의 관심도 크지 않다. 따라서 몇몇의 자료를 통해 그의 삶을 재구할 때 여전히 문제는 많이 남아 있다. 그럼에도 불구하고 재구된 이벽의 모습 속에서 우리는 논리와 학문으로 무장하고 삶의 영원한 진리를 추구한 철저한 천주교인이며 활동가를 만날 수 있었다.

암울한 시대에 구원의 빛을 찾고자 힘써 노력했다는 점에서 이벽은 아씨시의 성프란치스코(Francesco, 1128~1126)와 공통점을 지닌다. 그러나 하느님을 위해 아버지와 결별을 선언하고 가족을 떠난 아씨시의 성프란치스코와 비교할 때 이벽의 삶은 천주교도이지만 또한 전형적인 동양 선비의 모습을 지닌다. 이런 점에서 이벽은 하느님과 효라는 동양윤리를 동시에 지켜내기 위해 죽음을 선택한 의인이며 실천가라고 할 수 있다.

이후 이벽은 긴긴 박해라는 한국 천주교회의 특수한 상황 속에서 구비전승 속에 살아 있다가 19세기 어느 시점에서 〈니벽선싱몽회록〉이라는 한국 고유의 몽유록과 전양식이 융합된 작품을 통해 이채로운 모습으로 나타나고 있다. 여기에서 이벽은 시대를 고뇌하며,

멀리 중국에까지 사람을 보내 탐구하던 실제적인 모습과는 달리 신비화되고 신격화된 모습으로 나타나 현세에 대한 예언까지도 전하는 인물로 묘사되고 있다.

이러한 차이는 실존 인물과 인물전을 통해 제시된 인물과의 거리감을 나타내는 것으로 실존 인물에 대한 인식이나 사회의 문화적 전통과 분위기 혹은 해당 인물전 출현시기의 문화적인 흐름 등이 반영된 것으로 파악할 수 있다. 또한 인물전이란 의식적이든 무의식적이든 간에 해당 인물에 대한 시대적인 요구로 출현한다고 보았을 때, 이 시대적인 요구에 따라 다양한 층위에서 많은 것을 포괄하는 우리의 삶 속에서 강조점이 달라질 수 있다는 것도 실제 인물과 인물전 인물의 차이가 나는 원인이라고 하겠다. 그럼에도 불구하고 실존인물의 인물전이 나타난다는 사실은 해당 인물의 사회적 위상이나 역할 등이 심대하다는 것을 의미하는 것임에는 틀림이 없다.

이벽은 천주교인이면서 동시에 신선적인 모습을 지닌다. 민족의 석학 다산 정약용이 쓴 여러 편의 글들에서 이미 이러한 모습의 단초를 발견할 수 있다. 따라서 마지막으로 〈우인이덕조만사(友人李德操輓詞)〉를 제시하면서 이 글을 마무리하고자 한다.

仙鶴下人間	선학이 인간 하계에 내려오니
軒然見風神	그 풍채 신처럼 높이 당당하게 보이고
羽翮皎如雪	날개깃 백설처럼 휘날리니
鷄鶩生嫌嗔	닭과 오리가 미움과 시새움에 사네.
鳴聲動九霄	우는 소리 온 세상을 진동시키고
瞭亮出風塵	맑고 명료하여 세속의 혼미함을 뛰어 넘었네.

乘秋忽飛去	가을바람 타고서 홀연히 날아가 버리니
怊悵空勞人	인간의 노력이 슬프고 공허하도다.

필자 : 김영수(가톨릭대 연구교수)

참고

변기영, 『한국천주교회창립사논증』, 한국천주교회창립사연구원, 1988.

샤를르 달레, 안응렬 최석우 역, 『한국천주교회사』, 한국교회사연구소, 1980.

소재영, 「니벽선싱몽회록 해제」, 『숭실어문』1, 숭실대학교, 1984.

窪德忠, 최준식 역 『도교사』, 분도출판사, 1990.

유홍렬, 『증보한국천주교회사』, 가톨릭출판사, 1962.

이만채 김시준 역, 『천주교전교박해사-벽위편(闢衛編)』, 국제고전교육협회, 1984.

이성배, 『유교와 그리스도교』, 분도출판사, 2001.

정약용, 『여유당전서(與猶堂全書)』, 여강출판사, 1985.

조 광, 『조선 후기 천주교사연구』, 고려대학교 민족문화연구소, 1990.

조성용, 「여니벽선몽회록 연구」, 고려대학교 석사학위논문, 1998.

하성래, 『천주가사연구』, 성황석두루가서원, 1985.

그림과 사진을 통해 본 조선 후기 무당의 삶

그림과 사진으로 보는 우리 무속

무속은 한국 문화의 뿌리이다. 알게 모르게 무속적인 사고를 보이는 것이 한국인이다. 그러나 무속에 대한 정보 자체는 그렇게 많지가 않다. 본격적으로 무속이 학문의 대상이 된 것은 해방 이후부터이니 해방 이전의 무속 실상은 알려진 것이 많지 않다. 해방 이전의 무속 실상은 서양인들의 피상적인 관찰과 일제에 의한 개괄적인 조사가 주를 이룬다. 우리 손으로 이루어진 무속 조사는 거의 없다고 해도 과언이 아니다. 서양인들은 19~20세기에 우리나라에 들어오면서 한국문화를 탐구하는 과정의 일환으로 한국 무속의 여러 사정을 기록하고 사진으로 남겼다. 제국주의를 바탕으로 하여 우리 문화의 가치를 폄하하고, 기독교를 중심에 둔 시각으로 미신으로 여긴 문제점은 있지만, 그들이 찍어놓은 사진은 매우 유용한 자료이다. 사진은 거짓말을 하지 않아서 당시의 상차림과 무복, 굿하는 방식 등을 알 수 있다. 일제에 의해 조사된 자료 역시 많은 문제점을 안고 있지만, 무가 사설까지 기록해 놓고 있어 20세기 초반의 한국 무속의 실상을 알 수 있다.

이 정도 외에는 20세기 초반 한국 무속의 실상을 알 수 있는 자료는 없다. 지배층에서는 무속의 가치를 폄하하고 있어, 기록으로 남겨 둔 것들도 무속의 부정성 내지는 무속을 숭배하는 백성들의 몽매함에 치중한다. 이러한 기록을 통해 당시 무속의 실상을 알아낼 수는 없다. 결국은 다른 기록들을 통해서 당시 무속의 실상을 알아내어야 하는데 이때 매우 요긴한 자료가 그림과 호적(戶籍)이다. 호적에는 지배층의 편리를 위해 백성들의 삶의 양태를 기록했는데 거기에 무속인들의 삶과 무속의 실상이 단편적이지만 나타나 있다. 최근 역사학계에서 이러한 호적을 분석한 임학성의 일련의 연구 성과는 그런 점에서 매우 값지다.

시대는 기록을 남긴다. 문자가 기록의 일차적인 수단이 되겠지만, 그림과 복식도 기록의 수단이다. 특히 풍속화는 당대의 여러 사정을 알 수 있는 유용한 도구이다. 한 권의 책보다 한 폭의 그림이 오히려 더 많은 정보를 준다. 그림을 그리면서 화가는 당대 사회상을 무의식중에 가져온다. 풍속화를 통해 당대의 사회상을 읽으려는 학문적인 시도는 이러한 풍속화의 의미를 전제로 한 것으로 최근 혜원 신윤복의 그림에서 당대의 풍속을 읽은 강명관의 연구 성과와 판소리와 풍속화가 실상은 상통하는 세계관을 가지고 있다고 한 김현주의 연구 성과는 의미가 있다. 따라서 풍속화를 보게 되면 당시의 무속 사정을 알 수 있다. 하지만 풍속화에서 무속이 나타나는 것은 많지 않다. 이 글에서 대상으로 삼은 자료는 신윤복의 그림과 서울대학교 규장각에 보관되어 있는 〈무당내력〉이다. 신윤복의 그림에는 다행

스럽게 굿을 하는 그림의 한 장면을 포착한 것이 있어 그림에 나타난 여러 정보를 꼼꼼하게 분석해 볼 필요가 있다. 〈무당내력〉은 당시 서울굿을 거리별로 그림과 함께 정리한 것으로 간단하지만 상차림이 그려져 있고 무복이 비교적 정확하게 그려져 있어 실제 굿의 실상을 알 수 있다.

이처럼 조선시대의 무속은 다양한 자료에 단편적으로 남아 있는데 이것은 조선시대에는 무속이 천하게 대우받고 주류로는 대접받지 못했다는 뜻이다. 단편적으로 남아 있는 자료를 통해 당대 무속의 실상을 알아내기가 그래서 어렵다.

이 글에서는 조선 후기 무속의 실상을 알 수 있는 몇 장의 그림과 사진을 통해 조선 후기 무속인의 생활 단면을 정리하는 것을 목적으로 한다. 당대 무속의 실상을 온전하게 재구할 수는 없는 법이어서 단편적인 자료를 통해 그 행간에 숨어있는 무속의 모습을 파악하는 것이 일차적인 목적인 셈이다. 그림과 사진은 객관적인 전달을 하지 않는다. 해설과 분석은 연구자의 몫이 될 터인데, 그림과 사진 이면에 들어있는 무속의 사정을 정리하는 데에는 현재의 한국 무속을 관찰한 내용을 기반으로 한다.

굿판에서 만난 양반과 무당

굿을 연행하는 중심인물로 무당이 존재함은 지극히 당연한 일이다. 이 당연한 사실을 여기에서 논의하는 것은, 굿판의 주체가 무당임을 강조하기 위해서이다. 조선시대에 무속인이 분명 천대의 대상이었지만, 굿판에서만큼은 주인공이었다.

신윤복의 그림 〈무녀신무(巫女神巫)〉를 본다. 그림에는 한창 굿이 진행되고 있다. 무녀는 홍철릭을 걸치고 손에는 부채를 들었다. 갓을 쓴 것으로 보아 성주거리가 아닌가 한다.

▲ 신윤복-무녀신무

장고를 치는 악사 한 사람과 피리를 부는 악사 한 사람이 무녀의 춤에 반주를 맞춘다. 피리를 부는 악사는 갓을 눌러 쓰고 고개를 숙이고 있고, 장고를 치는 악사는 정면만 응시하고 있다. 지금 굿판과는 달리 악사들이 무녀와 일정한 거리만큼 떨어져 있고, 무녀와 악사 사이에는 굿판에 온 재가집(굿을 요청한 사람을 가리키는 말)들이 앉아 있다.

굿을 진행하기 위해서는 악사와 무녀의 호흡이 맞아야 하고 일정한 대거리가 이어져야 한다. 하지만 이 굿판은 서로 떨어져 있어 대거리가 이루어지기 힘들다. 굿판에 온 재가집은 모두 4명이다. 턱을 바치고 굿 구경에 한창 빠진 어린 소녀는 하녀인 듯하고, 머리를 얹은 여인 둘은 고개를 들고 굿을 보고 있다. 날씨가 제법 찬 지 한 사람은 바로 앞에 화로를 놓고 불을 쬐면서 굿을 본다. 뒤에는 치마로 얼굴을 가린 여인네 한 사람이 고개를 살짝 돌리고 무녀의 말을 듣고 있다.

여러 정황으로 보아 이 굿은 양반들이 몰래 하는 굿이다. 우선 무녀 뒤에 있어야 할 굿상이 보이지 않는다. 한지를 덮어 놓은 작은 상이 하나 있을 뿐 여러 음식을 차려 놓은 상이 없다. 굿상이 없이 굿을 진행할 수는 없는 법이니 이것은 맞지 않다. 상이 놓여있어야 할 곳은 여염집의 대청은 아니다. 구조로 보아 신을 모시는 당집 같다. 무녀의 왼 편에 담장이 있는 것으로 보아 겨우 한 칸 건물이 들어가 있을 정도이고, 건물 정면의 문짝은 따로 떼어 낼 수도 있으니 당집이라고 보는 것이다. 담밖에 다른 집들이 보이지 않고 산이 이어져 있어 마을에서 어느 정도 외로 떨어진 집이다. 담밖에는 하인으로 보이는 남자 하나가 일어서지도 않은 채 불편한 자세로 굿을 보고 있다. 장고를 치는 사람이 악사라는 데에서 이날 굿판에 다른 무녀가 불려오지 않았음을 알 수 있다. 분명 장고를 전문으로 치는 기대라 불리는 무녀가 있을 터인데 장고를 남자 악사가 잡고 있다는 것은 굿이 널리 알려지기를 바라지 않은 재가집의 부탁 때문일 것이다. 그래서인지 장고는 소리가 크게 울리지 않게 축수(縮綬)로 축승(縮繩)을 바짝 조이지 않았다. 이런 경우에는 장고소리가 가볍고 멀리 가지 않는다. 피리를 부는 악사도 그리 힘껏 피리를 부는 얼굴이 아니어서 이런 추정을 가능하게 한다.

악사들이 무녀와 멀리 떨어져 있으면서 무녀를 바로 보지 않고 다른 곳을 응시하거나 고개를 숙이고 있는 것은 이러한 굿판의 사정 때문이다. 게다가 자신들과는 신분이 다른 양반집 부인네들이 굿판에 왔으니 바로 보기가 쉽지 않았을 것이다. 그래서인지 재가집과 악사 사이에 약간의 거리가 있어 서로 구분된다. 무녀가 한창 공수를 주는데도 재가집은 일어서지 않고 앉아 있는 데에서 이들의 신분이 예사롭지 않음을 알 수 있다.

그러나 역시 굿판의 주인공은 무당이다. 전체적인 그림의 구도를 볼 때 당당한 모습은 신분이 낮은 무녀이고, 굿판에 온 재가집은 양반이어서 한껏 자신을 드러내려 하지만, 앉아 있는 모습이 작고 초라하게 느껴진다. 신윤복의 그림이 당대 풍속을 있는 그대로 그렸다면, 재가집의 신분이 고귀하건, 굿판의 성격이 비밀을 요하건 역시 무당이 굿의 중심임을 알려준다. 비밀을 요하는 굿이라면 악사를 부르지 말았어야 한다. 하지만 악사가 와서 피리를 불고 있으니 무당은 나름대로의 체신을 세운 셈이다. 그래서 굿판의 주인이 무당임을 드러내고 있다.

신윤복의 다른 풍속화 〈홍루대주(紅樓待酒)〉, 〈주사거배(酒肆擧杯)〉를 보면 청색 치마를 입은 기녀가 나온다. 다른 그림인 〈쌍검대무(雙劍對舞)〉에도 기생이 청색 치마를 입고 남자 사이에 앉아 있어 〈무녀신무〉에 나오는 여인들이 기생이 아님을 알 수 있다. 부채를 들고 막 공수를 주는 무녀의 당당함은 비록 일상생활에서는 천한 신분이지만, 굿판에서만큼은 무당이 주인임을 명확하게 드러내는 것이다.

굿판의 주인인 무당을 위한 그림 〈무당내력〉에서 이러한 양상이 더더욱 확인된다. 악사라는 이름으로 그려놓은 그림을 보면 장고는 무녀가 잡고 있다. 남자 악사는 장고 뒤쪽에 두 명 앉아 피리와 해금을 들고 있다.

굿판에서 악사는 반주자 역할을 하는데 서울굿에서는 피리 부는 악사를 목잽이라 하여 가장 중요하게 친다. 이렇게 피리 부는 악사 한 사람 만을 앉히는 것을 외잽이라 한다. 양잽이는 악사 둘을 부르는 것인데 피리와 해금을 함께 청한다. 해금은 줄을 켜는 악기여서 쉬지 않고 소리를 낼 수 있어, 피리를 부는 악사가 호흡을 고르면서

▲ 무당내력-악사

잠시 쉴 때도 소리가 끊어지지 않는다. 장고 옆에는 제금을 친 무녀가 함께 앉아 있다.

이렇게 보면 신윤복의 그림에는 마땅히 있어야 할 장고 치는 무녀가 없는 대신에 악사가 둘이 앉아 있다. 재가집에서 무녀보다는 악사를 더 신뢰했을 수도 있어, 무녀가 그냥 악사만을 부른 셈이다. 만약 장고를 치는 무녀가 함께 왔다면, 지금 장고를 치는 악사는 해금을 연주했을 가능성이 높다. 대금도 중요한 악기지만, 삼잽이를 앉히는 경우에는 대금을 연주하므로, 이날 굿판에는 대금이 나올 수 없다.

그런데 제금을 연주하는 무녀가 없다. 재가집이 몰래 굿을 하면서, 다른 무녀를 부르지 마라 했으니, 제금을 치는 무녀도 오지 못했다. 굿판에서 제금은 대개 입무(入巫)한 지 얼마 되지 않은 무당이 박자에 맞추어 연주한다. 서울굿판의 장단이 그렇게 어렵지 않아 굿판에 몇 번 따라 나오게 되면 금방 제금을 맞출 수 있다. 서울의 무속이 강신무권이어서 무당들은 제금 소리를 선호한다. 제금의 금속성 소리가 있어야 신명을 더 낼 수 있기 때문이다. 그런 점에서 이날 굿판에 제금이 없다는 것은, 이 굿판이 가진 비밀성 때문이다. 나무로 엮은 사립문이 닫혀 있는 것도 동일한 맥락으로 풀 수 있다. 굿판이라면 구경꾼도 많아야 함은 물론, 드나드는 사람이 많아야 한다. 그런데 사립문이 닫혀 있으니 더 이상 이 굿판에 사람들이 들어오지 않기를 바란 것이다.

그러면 이러한 정황을 추론할 수 있다. 재가집에서는 부득이하게 굿을 해야 했다. 어쩌면 고개를 살짝 돌리고 있는 여인네의 신변에 변화가 있을 수도 있을 것이다. 그래서 단골로 다니는 무당을 찾아가 굿을 청하면서 소문내지 않게 굿 진행은 혼자서만 해달라고 했다. 혼자서 모든 굿거리를 진행할 수는 없지만, 지체가 높은 양반집 부탁이니 무당은 거절할 수 없어 굿을 맡기는 맡았다. 굿판에 장고가 없을 수 없어 할 수 없이 악사에게 부탁을 하는데 여자들만 있는 굿판에 남자 악사 한 사람만 부를 수는 없으니, 무당은 자신의 자존심을 지키는 차원에서 피리를 부는 악사를 함께 부르기로 한다. 장고를 치는 악사는 자신의 체모에 어긋나기는 하지만, 당주무당과 당주악사의 관계를 고려할 때 거절할 수는 없었을 것이다.

굿판에서 재가집과 관계가 있어 굿을 주재하는 무당을 당주무당이라 칭한다. 원래 당주무당은 마을굿을 맡아하면서 마을당을 관리하는 무당을 가리키는 말이었으나 최근에는 개인굿을 맡는 무당도 당주무당이라 한다. 조선시대에 이 말이 있었는지 예단할 수는 없지만, 현재의 무속을 바탕으로 이렇게 지칭한 것이다. 당주무당에게는 전속으로 따라다니는 악사가 있어 이들의 관계는 쉽게 깨어지지 않는다. 무당은 굿이 있을 때마다 전속 악사를 부르고 전속 악사는 다른 굿판에 갈 계획이 잡혀 있어도 반드시 간다. 이를 당주악사라 부른다.

당주악사는 당주무당에 매인 사람이면서, 당주무당에게 상당한 영향력을 발휘한다. 당주무당은 여러 편의를 봐주는 대신에 당주악사에게 궂은일을 맡길 수도 있다. 그런 점에서 이날 장고를 잡은 악사는 무당과 전속관계가 있는 악사일 가능성이 높다. 두 악사의 얼굴에 수염이 없는 것으로 보아 아직 그렇게 굿판의 습속에 젖어든

▲무당내력–만신말명

사람은 아니어서 비밀을 요하는 굿판에는 적당했을 것으로 보인다. 그저 무당이 하라는 대로 따르는 젊은 악사 둘을 불러와 격에 맞지 않은 장고연주를 맡긴 것이다.

이날 굿판의 성격을 짐작하게 하는 또 하나의 단서는 무당이 든 부채에 있다. 무당들이 굿을 진행하면서 사용하는 부채는 대개 색이 화려하거나 부처가 그려져 있는 불사부채이다. 조선 후기에 그려진 〈무당내력〉에서 부채가 나오는 그림 하나를 가져와 비교해 본다. 만신말명거리에서 무녀는 오른 손에 부채를 들고 굿을 하고 있다. 무당이 든 부채가 매우 화려하다. 이것이 굿판에서 사용하는 부채이다. 그런데 신윤복의 그림에 나오는 부채는 담백하다. 더욱이 굿판 어디에도 다른 무구나 무복이 보이지 않는다. 이로 미루어 보아 무당은 굿을 진행하면서 급하게 부채를 준비했을 가능성이 있다. 아니면 굿을 하는 것을 알리지 말라는 재가집의 부탁에 따라 무구를 가져오지 않았을 가능성도 있다.

그러면 어떻게 무당은 홍철릭과 갓은 가져왔을까. 굿의 흐름을 볼 때 성주거리일 가능성이 매우 많은 이 그림에서 단서를 잡아낼 수 있다. 성주란 집안의 으뜸가는 신격이다. 그런데 이 성주가 산란하면 대주가 흔들린다는 믿음이 있다.

그렇다면 이날 굿을 하는 것이 혹, 고개를 돌린 여인네의 남편이 다른 여인네를 사랑하고 있어서 굿을 하는 것은 아닐까. 그렇다면 모든 정황이 설명된다. 정작 마음이 아픈 여인네는 굿판이 진행되어도 당당하게 나서지를 못하고 그냥 고개를 돌린 채 공수를 듣기만 한다. 함께 온 집안의 어른들로 보이는 다른 여인네들은, 자신의 직접적인 일은 아니어서 태연하게, 그러나 호기심을 가지면서 굿을 볼 수 있는 것이다. 남편 때문에 마음 아파하는 여인네가 한편으로는 안쓰러우면서도 굿구경을 하고 바깥바람을 쐴 수 있으니 손해 볼 일은 아닌 셈이다. 그래서 화롯불까지 쬐면서 굿을 볼 수 있는 여유가 있다. 굿판 정면으로 나서지 못한 당사자를 대신해서 어쩌면 맞장구를 치면서 무녀의 공수를 받아주었을 수도 있다.

무녀가 다른 무구나 무복은 가져가지 않고 성주의대만을 챙긴 것도 무녀 나름의 판단이 작용했다. 재가집에서 너무 조심스러워 굿을 조용하게 진행해 달라 했는데, 그래서 무녀는 여러 무구나 무복을 가져오지 못했을 것이나, 재가집의 사정을 들어서 홍철릭과 갓만은 가져가야 한다고 우겨 자신의 자존심을 세운 것이다. 정식으로 굿을 하면서도, 신령님의 위엄을 드러내지 않으면 안 되는 법을 무녀가 익히 알고 있어서, 최소한의 무복을 가져가면서, 최소한의 인원인 악사 둘을 불러서 자존심을 세운 것이다. 재가집의 부탁을 들어주면서도 최소한의 구성원을 갖추면서 실속을 챙긴 점에서 무녀는 이날 굿판의 주인공이다.

제국주의적 시선에서 본 관찰의 대상으로서의 무당

한국 민간신앙의 역사를 연구할 때 연구자들이 봉착하는 가장 큰 문제점은 자료의 부족이다. 해방 이후에 우리 손으로 한국 문화에 대한 연구가 진행되면서 본격적인 자료 수집 및 연구가 진행되었으므로, 그 이전의 실상을 알기는 매우 어렵다. 조선시대의 지배층에서는 민간신앙 자체에 관심을 가진 이가 적었을 뿐 아니라, 기록을 남기더라도 극히 주관적인 판단을 전제로 하고 있어 온전한 실상을 알기가 어렵다.

이러한 자료의 공백은 19세기 말 서양과 접촉이 이루어지면서 약간은 해소된다. 조선에 들어온 많은 서양인들이 자신의 경험담 내지는 여행기를 통해 조선의 문화에 대해 언급을 했는데, 문화의 한 부분으로 민간신앙에 대해 사진과 함께 언급을 하고 있어 유용한 자료가 된다. 국권 상실 이후에는 조선을 효율적으로 지배하기 위하여 일제는 한국의 기층문화에 대한 집중적인 조사를 진행하는데 이러한 조사 사업의 일환으로 한국의 민간신앙에 대한 본격적인 자료서가 간행되었다. 식민지배의 효율성을 위해 작성한 조사 자료집이 오늘날에 유용한 자료가 되고 있는 이 기막힌 현실이 한국 민간신앙 연구자가 놓여있는 위치이다.

이러한 민간신앙 기술 자료를 모두 모아 세밀하게 검토한다면, 19세기말에서 20세기의 한국 민간신앙의 모습이 어느 정도 밝혀지리라 생각한다. 하지만 그러기에는 자료적인 접근이 여전히 쉽지 않다. 일본인들이 조사하여 간행한 자료는 대부분 공간되어 있어 모든 이들이 쉽게 접근할 수 있고, 이를 대상으로 한 상당한 연구 성과가 이루어진 것도 사실이다. 특히 『조선무속의 연구』 같은 자료집은 한국 무가 사설을 수록한 최초의 자료집이라는 명성에 걸맞게 많은 연구자들이 이를 자신의 연구에 적극 활용했다. 일제가 조사한 자료가 비교적 접근이 용이한 데 비하여 서양인들이 기술한 자료는 접근이 쉽지 않다. 대부분 서양에서 간행되었을 뿐 아니라, 간행된 지 100여년이 넘는 바람에 대부분의 책들이 희귀본 대우를 받고 있어 더더욱 어렵다. 앞으로 이러한 책들의 소장처를 탐문하여 한국 민간신앙 관련 부분을 분석한다면 좋은 연구 성과가 나올 것으로 기대한다.

단편적이지만 한국 무속에 대한 기록은 19세기말부터 간행된 여러 기행문에서 찾을 수 있다. 비록 피상적인 관찰에 그치고 있을 뿐 아니라, 한국 문화에 대한 이해 없이 자신의 주관을 가지고 관찰한 기록이어서 신빙성에 의문을 가질 수 있지만, 당시의 한국 무속이 어떠했는지를 알고 싶은 연구자들에게는 매우 유용한 자료이다. 또한 여러 선교사들이 조선에 들어오면서 그들은 포교활동을 통해 자신이 경험한 조선 문화에 대해 기록을 남겼는데 이 또한 단편적이지만 한국 무속의 흐름을 찾아낼 수 있다.

이 중 주목되는 사진 한 장이 있어 가져와서 내재된 의미망을 읽어본다. 아폴리트 프랑뎅이 찍은 한 장의 사진에 무당들은 모두 손을 번쩍 들고 있다. 왜 이들은 이렇게 손을 들어야 했을까.

▼ 무당사진

서양인들이 무속을 바라보면서 보인 시각은 대개 세 가지로 정리된다. 첫째는 낯설어하면서 관찰하기로, 조선에 들어와 만난 무속을 신기한 대상으로 보는 관점이다. 이들은 그러면서 자신의 본분을 잊지 않아 꼼꼼하게 무속의 실상을 기술하면서 다수의 사진과 그림을 사용한다.

다음으로는 분석하기이다. 그런데 이들은 분석의 틀을 기독교 중심의 자신의 시각을 가지고 한다. 그러다보니 무속을 악령을 위한 제의라고 보는 등 왜곡된 시선을 가지게 된다. 셋째는 왜곡하기이다. 처음부터 한국을 지적 호기심과 분석의 대상, 거리감을 가지고 바라보는 대상으로 존재하고 있었기 때문에 한국 무속을 바탕으로 하여 실상을 왜곡하는 모습도 서양인의 기록에서 자주 찾아 볼 수 있다. 한국 무속에 등장하는 귀신이 인간을 억압하는 존재라고 기본적으로 전제한 것이 왜곡의 시작이라면, 판수와 무당이 사회악이어서 민비의 시해와 함께 타격을 받았다고 한 비숍의 기록은 왜곡의 절정이다. 커즌이 『100년 전의 조선 100년 후의 교훈』에서 한국인들은 미신에 끌리기 때문에 무녀를 찾는다고 본 것도 무속이 가진 본질적인 의미를 탐구하지 않고 자신의 관점에서 무속을 바라본 예이다.

퍼시벌 로웰이 『내 기억 속의 조선 · 조선 사람들』에서 장승을 한국 무속의 범주에 포함시키면서, 장승을 무시하는 사람들의 모습에서 슬픔을 느낀다는 애정을 보여주다가, 조선인은 소박하기 때문에 동기만 부여하면 종교로 인도할 수 있다고 한 것은 한국인의 원형적 심상을 무시한 처사이다. 이러다 보니 와그너가 『한국의 아동생활』에서 무속에 존재하는 다양한 여러 신격을, 유일신인 하나님을 희화화한 것이라고 기독교 중심의 발언까지 하는 것은 이상한 일이 아니며, 야손 그랩스트는 무당에 대한 언급을 하다가 뜬금없이 기독교는 코레아 사람들에게 잘 맞는 종교라고 말하기도 한다. 퍼시벌 로웰이 한국에는 당파가 둘 있었는데 유교를 지지하는 당파가 당파싸움에서 불교를 지지하는 당파를 이기는 바람에 불교가 산속으로 들어가게 되고 이때부터 한국의 종교에는 여러 문제가 생겼다고 한 것도 그 한 예이다.

이러한 인식은 무속의 모든 것을 돈으로 연결해 해석하는 시각에서도 보인다. 끌라르 보티에는 『프랑스 외교관이 본 개화기 조선』에서 굿의 연행에 대해 상세하게 기술하다가, 마지막에 무당이 자신에게 돈을 요구하자 매우 불쾌하게 여기면서 부정적인 시각을 내비친다. 그리고 많은 기록에서 무속과 돈을 연결해 무속의 부정적인 측면을 나타내는 것도 무속의 본상을 알지 못한 왜곡의 한 단면이다. 이리하여 베네데크는 『코리아 조용한 아침의 나라』에서 한국의 무속신앙은 이 세상에는 나쁜 영혼이 가득 차 있는 것으로 본다고 무속의 의미를 일축해버리는 구절까지 나오는 것이다.

이러한 왜곡의 결정이 바로 앞에 제시한 사진 한 장이다. 이 사진 속으로 들어가 보자. 무당들의 복색과 손에 들고 있는 무구 방울을 들었다. 여러 사람이 굿판에 모여 있는 것으로 보아 재수굿판에서 찍은 사진으로 보인다.

규모가 어느 정도는 있는 굿이었을 가능성이 있다. 손을 들고 서 있는 두 명의 무녀가 모두 나름대로 격식을 갖춘 무녀로 판단되기 때문이다. 한 사람은 갓을 썼고 한 사람은 벙거지를 썼다. 그런데 이 무녀들이 손에 들고 있는 무구와 복색이 서로 맞지 않는다. 이처럼 서로 다른 무복을 입고 동시에 굿을 진행할 수는 없고, 어울리지 않는 무구를 두 무녀가 들고 있는 것도 어색하다. 그렇다면 이것은 순전히 사진을 찍기 위해 격식을 따지지 않고 무복을 걸치고 방울과 부채를 들고 사진기 앞에 섰다는 뜻이다. 그것도 두 사람이 나란히 서서 손을 번쩍 들고 있다.

굿판에서 이처럼 두 명의 무녀가 나란히 서로 다른 무복을 입고서는 경우는 없다. 무녀들은 혼자 한 거리를 도맡아 진행한다. 다른 무녀들은 무복을 벗고 평복을 입은 채 한 쪽에 앉아 굿 진행을 지켜본다. 황해도굿이라면 여러 무당이 함께 서서 만세받이를 할 수도 있지만 그 경우에도 제대로 무복을 갖춘 무당은 한 사람에 불과하다. 이 사진처럼 두 명이 무복을 갖추고 섰다는 것은 이 사진을 찍을 때 정황이 비정상적이라는 의미이다. 굿 구경을 하던 이들도 모두 사진기를 응시한다. 사진을 찍으러 온 서양인은 모처럼만에 피사체의 절대적인 도움으로 질 좋은 사진을 찍을 수 있게 된 것이다.

다음과 같은 정황 추론이 가능하다. 여러 사람들이 모인 가운데 재수굿이 신명나게 열린 굿판이다. 처음 보는 외국인이 굿판에 등장하였는데 이상한 기계를 목에 걸고 있다. 그 외국인은 한동안 굿을 구경하다가, 통역을 시켜서 굿을 연행하는 무당들의 사진 찍기를 원하였다. 한동안 망설임이 있은 후에 굿거리를 진행하던 무녀가 사진기 앞에 용감하게 나섰다. 외국인은 옆에 서 있던 다른 무녀에게도 사진 찍기를 권유한다. 그 무녀는 역시 망설이다가 되는대로 모자를 쓰고, 굿판에서 자주 사용하는 무구인 방울과 부채를 들고 사진기 앞에 섰다. 아무래도 어색한 두 무녀의 모습에 외국인은 손을 들어줄 것을 청한다. 어쩌면 손에 든 무구가 사진기에 잘 잡히기를 바랄 수도 있다. 무당들은 손을 천천히 들다가 아주 손을 번쩍 들어 주기로 한다. 그래서 위의 사진이 나오게 된 것이다.

무당을 바라보는 외국인은 구경꾼의 입장이 아니라 적극적인 관찰자의 입장에서 사진을 찍을 수 있기를 바랐다. 그래서 그는 무녀에게 사진기 앞에 나서서 손을 번쩍 든 자세를 요구했다. 어쩌면 그는 조선 무당들 손을 번쩍 들게 함으로써 조선 문화 전체가 손을 들기를 바랄 수도 있다.

무당에게 외국인이 낯설면서도 친근하다. 어쩌면 신령님이 현세(現世)한 것으로 여겼다. 그녀는 자신이 모시고 있는 여러 전안 신령님들을 생각한다. 이 세상에 있는 모든 것이 신령님이 될 수 있고, 살아있는 사람은 죽은 후 누구나 조상신이 될 수 있다. 제약 없이 열려 있는 상태에서, 처음 보는 외국인까지 마음을 열고 받아들이기로 한다. 비록 어색한 동작을 취하라고 하지만, 따지고 보면 이 동작은 산거리에서 산바래기를 통해 신령을 맞이하는 동작이 아닌가. 손을 번쩍 들어 "네 너희 이방인들을 맞아주마."라고 마음먹는다.

외국인은 사진기를 통해 무당을 바라보고 있지만 무당은 모든 것을 신령으로 바라보는 열린 시각으로 오히려 사진을 찍는 외국인을 바라본다. 누가 누구를 구경하고 있는지 모른다. 비록 한 장의 사진이 남아 무당이 그 속에 들어가 있지만, 사진기를 든 외국인은 무당의 마음에 오랫동안 각인되었을 법하다.

낯선 땅에서 낯선 문화를 바라보는 서양인들은 우리 무속문화가 관찰의 대상일 뿐, 정신문화라는 의식 아래에 탐구의 대상은 될 수 없었다. 그들에게 동양은 자신들의 이익 추구를 위한 대상에 불과했기 때문이다. 사진기에 무당들을 담으면서 그들은 전리품으로서 우리 무속을 바라보았을 것이다. 손을 번쩍 든 무속인들에게서 항복의 의미를 보았으리라.

반면 사진기를 바라보는 우리 무당들은, 서양인이 자신을 관찰한다는 것을 알면서도 손을 들어주었다. 배격하기보다는 과감하게 포용하면서 그들은 끌어당긴 것이다. 손을 드는 것이 항복의 의미가 아니라, 액운을 물리치는 벽사(辟邪)의 의미였음을 서양인들은 몰랐을 것이다. 단순히 벽사의 차원을 넘어서서 그들은 서양을 받아들인다. 지금도 굿판에서 사진 찍기가 쉽지 않은 일인데, 20세기 초에 기꺼이 사진기를 굿판에 들어오게 한 무당의 오지랖이 참으로 넓다.

한 장의 사진에 서로 다른 두 시선이 담겨있다. 조선을 지배와 탐구의 대상으로만 바라보는 서양인의 관점과 함께, 낯선 것을 거부하기 보다는 열린 마음으로 받아들인 조선 무속인의 마음이 그것이다. 제국주의 입장에서 관찰의 대상이어서 조선은 그 후 외세의 침탈에 허덕여야했지만, 낯선 것을 부정하지 않고 받아들인 열린 마음은 그 어려움까지 넘어서서 오늘의 한국을 낳은 것이다.

우리 근원 찾기의 대상으로 무당을 주목하기

18~19세기는 각성의 시대이다. 사회 전면에 나서지 못했던 중인계층 이하가 전면으로 나서는 시대이다. 민중들의 문화라고 일컬어지던 판소리가 상류층의 고급문화로 올라가고, 여러 가객들이 등장하여 민중의 소리를 고급 예술로 만들었다.

우리 것의 소중함에 대한 각성도 함께 일어난다. 우리가 발 딛고 살아가는 이 땅에 대한 소중함도 알게 되어 비로소 우리는 우리 땅의 모습을 제대로 그린 지도를 갖게 된다. 한 가지 자신의 독특한 분야에 취하여 일가를 이룬 이들도 다수 등장한다.

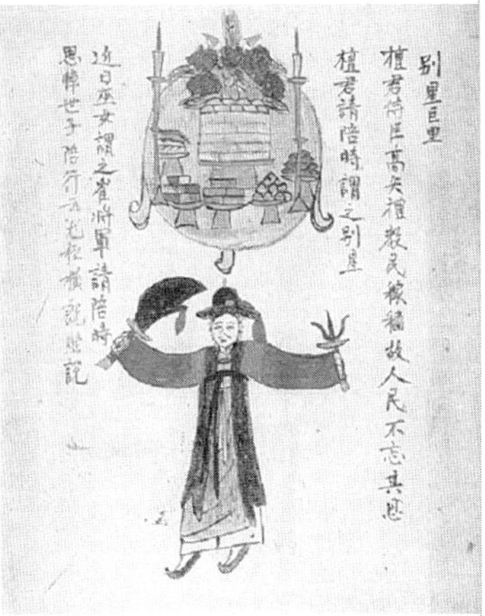

▲ 무당내력-별성거리

이 시대에 〈무당내력〉이라는 굿 그림이 등장한 것도 이러한 시대의 흐름과 맞물려 있다. 독특한 분야에 대한 관심과 함께 우리 것에 대한 각성이 함께 맞물린 결과물이다. 지배층에서 한 번도 제대로 평가하지 않은 굿을 관찰의 대상으로 여겨서 굿거리 별로 무당의 옷차림을 정확하게 그리면서 상차림까지 그려 놓은 것이다. 각 굿거리마다 상세한 설명을 달아놓아 굿거리의 실상을 알 수 있다. 특히 굿상을 배경으로 하면서도, 굿을 연행하는 무녀의 정면을 그려놓은 것은 이 그림이 정보 전달에 매우 치중했음을 알려준다. 대개의 경우라면 무녀가 굿상을 보면서 굿을 하기 때문이다. 정면을 보여줌으로 인해 무녀가 입은 복색 모양을 분명하게 알 수 있다.

〈무당내력〉을 보게 되면 지금의 굿거리와는 사뭇 다른 여러 정보를 얻을 수 있다. 〈무당내력〉에는 1)감응청배 2)제석거리 3)별성거리 4)대거리 5)호구거리 6)조상거리 7)만신말명 8)신장거리 9)창부거리 10)성조거리 11)구릉 12)뒷전이 그려져 있다. 이들이 굿거리 순서임을 고려하면 굿거리 명칭이 서울지역의 굿임을 알 수 있다. 그런데 순서가 지금 굿과는 다르다. 이러한 굿거리를 현재 행해지고 있는 서울지역의 굿거리 순서대로 배열한다면 다음과 같다. 1)감응청배 5)호구거리 7)만신말명 6)조상거리 4)대거리 3)별성거리 8)신장거리 2)제석거리 11)구릉 10)성조거리 9)창부거리 12)뒷전 순이다. 굿거리의 순서가 매우 달라졌다. 특히 이 중 5)호구거리는 현재 서울굿에서는 부속거리로만 존재할 뿐 독립된 굿거리가 아니다. 11)구릉도 성주거리나 산거리에서 부속신으로 들어올 뿐 독립된 거리로 모셔지지 않는다. 순서만 바뀐 것이 아니라 굿거리의 비중이 달라진 양상이 확인된다.

감응청배는 여러 신격을 굿판에 모셔 굿문을 여는 의미가 있다. 제석거리는 사람들에게 복을 주는 거리로 불사거리와 혼동이 되기도 한다. 그러므로 감응청배 다음에 제석거리가 올 수도 있다. 별성거리가 세 번째로 온 것은 의외이다. 특히 대거리 보다 앞서 와서 더더욱 그렇다. 대거리는 최영장군을 모시는 거리로 무당들이 자신들의 조종으로 대우하는 신격이다. 그래서 지금 서울굿에는 별성거리가 대거리보다 뒤에 나온다. 그런데 〈무당내력〉에는 별성거리가 먼저 나와 있다. 신장거리는 거리 이름이 유일하게 기록되어 있지 않다. 그래서 내용과 무복을 보고 신장거리라 이름했다. 어쩌면 당시에는 굿거리 이름 없이 그냥 굿이 연행되었을 가능성이 있다. 현재 서울굿에서 연행되는 대감거리가 숫제 없는 것으로 보아 신장거리와 대감거리는 후대에 만들어졌을 가능성이 있다.

구릉은 현재 성주거리에 포함되어 모신다. 경우에 따라서는 산거리에서 산신군웅이 들어오기도 하여 매우 복합적인 신격이다. 당시에는 구릉이 독립된 하나의 거리였음을 알 수 있다. 호구거리가 독립된 거리라는 것은 지금과는 매우 다르다. 지금은 부속거리로 변하여 불사거리나 산거리에서 잠깐 모셔진다. 당시에는 호구거리가 독립 거리로 존재하고 있어 호구신의 위상이 시대에 따라 변화하였음을 보인다.

여기에서 주목하는 것은 별성거리가 대거리보다 먼저 기록되었다는 것이다. 별성은 현재 별상이라 부르는 신격으로 성격이 매우 복합적인 신격이다. 현재 서울굿에 등장하는 별상에 대한 언급을 정리하면 다음과 같이 몇 가지로 나눌 수 있다.

· 사신별상
· 호구별상
· 이씨 별상
· 홍씨 별상

사신별상과 호구별상은 모두 한 곳에 고정되어 있지 않고 여기저기를 떠돌아다니는 신격이라는 공통점을 가지고 있다. 호구신을 청배하는 여러 무가 사설을 보게 되면 이들은 강남에서 강을 건너 대한국으로 들어온 신격으로 묘사된다. 경기도당굿에 손님노정기가 있어 이들이 들어온 과정을 알 수 있다. 사신별상에서 사신은 한 곳에 멈추어 있으면 임무를 수행할 수 없다. 그러므로 호구별상과 사신별상은 정착이 아닌 이동이면서 외래와의 관련성을 가졌다.

동해안의 별신굿에서 모셔지는 별신이 천연두신격임을 고려하면 별상과 별신은 상통하는 점이 있어 모두 두려움의 대상이었다. 이러한 두려움의 대상을 사신과 호구라는 말과 결합하여 강조한 것이다. 그런데 호구별상은 호구라는 신격이 따로 존재하고 있으므로, 진작 다른 신격으로 전환할 수 있다. 호구신이 가진 두려움의 표상이 호구별상과 결합하면서, 별상에 두려움의 의미를 부여한 후 호구가 떨어져 나가면서 별상 자체가 두려움의 대상이 되었다.

이씨 별상과 홍씨 별상이라면 사도세자의 죽음과 관련이 있는 두 성씨를 떠올린다. 사도세자의 성씨가 이씨이고, 그 반대편에 서서 사도세자를 죽음으로 몰아간 노론의 영수가 홍씨이다. 지금 서울에서 별상을 사도세자로 간주하는 것과 두 성씨의 관련성이 이렇게 확인된다. 〈무당내력〉에도 별상은 사도세자라고 기록되어 있다.

이것은 당시 조선의 민중들이 사도세자의 죽음을 억울한 죽음으로 인식했음을 의미한다. 한국 무속에서는 억울하게 죽은 이들을 숭배하여 신격으로 모신다. 서해안 풍어굿에서 임경업 장군을 풍어신으로 모시고, 최영장군을 상산이라 하여 만신의 조종으로 간주한다. 남이장군도 용산구 용문동에서 부군당의 신으로 모신다. 이러한 맥락 아래에 사도세자가 억울한 죽음을 당했다고 여겨서 무속에 신격으로 모신 것이다. 그렇다면 왜 사도세자가 별상이 되었는가. 사도세자가 가진 속성과 별상의 속성이 일치한 점이 있다. 여느 장군신보다 한층 더 지체가 높은 사도세자였으니 존경과 함께 두려움의 대상이었을 것이다. 무속에서 억울한 죽음을 당한 인물을 숭배하는 것은 그들의 한풀이를 위해서가 아니라 그들이 한이 살아있는 사람들에게 다가오기를 꺼리는 마음 때문이다. 그래서 사도세자를 두려움의 의미를 가지고 있는 별상신과 연결시켜 숭배한다.

그렇다면 〈무당내력〉에 신격으로 보게 되면 하위 신격인 별성거리를 대거리보다 먼저 그린 이유를 짐작할 수 있다. 대거리는 글자 그대로 큰거리로 최영장군을 모시는 거리이다. 지금 최영장군을 모시는 거리가 사도세자를 모시는 거리인 별성보다 먼저 진행하고 있는 점에서 최영장군에 대한 무속인의 각별한 생각을 짐작할 수 있다.

그러나 〈무당내력〉이 그려질 당시만 해도 사도세자가 죽은 지 얼마 안 된 시점이어서 사도세자에 대한 기억이 뚜렷했다. 무엇보다 조선 왕실이 지배하는 나라였으므로 별성거리를 대거리 앞에 기록했다.

〈무당내력〉에서 주목되는 것은 이보다 많은 거리를 단군과 연결하여 설명하고 있다는 것이다. 제석거리에서 "단군을 삼신제석이라 한다."고 기록한 것과 별성거리에서 단군 때 신하 고수레를 잊지 않기 위하여 단군을 청배할 때 함께 청배한다고 기록한 것, 대거리의 복색을 단군과 연결한 것, 성조거리에서 그 연원을 단군과 연결하여 이해한 것 등에 나타나 있다. 이것은 우리 것에 대한 각성과 긴밀한 관련성이 있다. 민족종교로 대종교가 등장하게 된 배경을 이 그림에서 찾는 것은 조금 과장된 시선일 수도 있지만, 우리 것에 대한 탐구심은 이런 그림까지 낳게 했다. 〈무당내력〉과 성격이 같으면서 더 상세한 그림에 〈무당성주기도도〉가 있다. 서울대학교 규장각에 보관되어 있는 이 그림은 한 폭의 족자형태인데 부정풀이부터 뒷전까지 굿거리 전반이 상세하게 그려져 있다.

이 두 종류의 그림에 나오는 무당들 대부분은 굿에 몰두한 모습이다. 우리 것에 대한 관심을 가진 이들은 무속의 정적인 면을 그리기보다는 동적인 모습을 그리려 했고, 그러한 인식은 각각의 굿거리에서 연행에 몰두한 무당을 그리게 했다. 무복과 무구까지 상세하게 그려 무속의 사정을 잘 전달하고 있다. 우리 것에 대한 탐구가 당대의 무속 실상을 온전하게 전달하게 한 것이다.

무속이라는 특별한 분야에 대한 관심과 우리 것에 대한 관심으로 여러 굿거리를 단군과 연결하여 이해한 것에서 〈무당내력〉은 무당이 우리 근원 찾기의 대상이 될 수 있음을 보여준다.

그림과 사진읽기의 당대사

시대는 여러 기록을 남겨 그림과 사진도 그 기록의 일부이다. 문자로 기록되는 것은 해석이 용이하여 주어진 그대로 이해하면 될 것이나, 그림이나 사진은 그렇지 않다. 그림을 그리는 사람은 그림 곳곳에 당대를 이해할 수 있는 여러 장치를 함께 그린다. 사진을 찍는 사람도 사진 속에 자신의 의식을 집어넣는다.

신윤복의 그림에서 작은 부분들 하나하나의 의미를 분석하여 볼 때 신윤복이 그림을 그린 의도가 명확해진다. 사진을 하나의 정지된 풍경으로 볼 것이 아니라 사진을 찍은 사람과 찍힌 사람의 의도가 반영된 것으로 보아야 당대사를 알 수 있다. 이런 점에서 〈무당내력〉은 무속의 실상을 그린 그림이면서, 당대를 살아간 사람들이 무속으로 대표되는 우리 것을 어떻게 인식했는지를 알 수 있는 단서이다.

인왕산 국사당 사진 두 장을 가져온다. 1965년 국사당 사진과 2000년 국사당 사진이다. 동일한 국사당 건물이지만 두 사진의 양상은 다르다. 1965년은 굿 구경을 하는 이들이 국사당 밖에 빙 둘러

▼1965년 국사당-장주근 선생 촬영

서서 안쪽을 바라보는 모습이다. 문의 창호지가 찢어져있으며 주로 아이들 관객이 굿을 구경한다. 아직 굿은 중요한 구경거리이다. 그래서 아이들이 둘러서서 굿을 본다. 어쩌면 아이들은 굿구경보다는 굿상에 차린 음식에 관심이 더 많았을 수도 있다. 그리고 아이들까지 둘러서서 보고 있다면 우환굿보다는 경사굿일 가능성이 높다.

2000년 국사당은 문이 닫혀 있다. 아무도 굿에 관심을 가지지 않는다. 더욱이 국사당 건물 자체에 변화가 있다. 건물 양쪽에 방을 확대했다. 무성했던 나무도 사라져 보이지 않는다. 나라굿의 상징이라 할 국사당이 이제 그냥 영업용 굿당으로 변모한 것이다. 문이 닫힌 저 안에서 굿이 진행되더라도 그 굿을 보아줄 관객이 없다. 사람들은 굿보다 더 재미있는 다른 구경거리들을 찾아 떠나갔다.

2006년 지금도 국사당에서는 굿을 한다. 아직 국사당이 가진 상징성을 믿는 무녀들이 있기 때문이다. 하지만 더 이상의 관객은 없다. 인왕산 중턱까지 들어온 아파트만이 말없이 국사당을 올려볼 뿐이다. 훗날 두 장의 사진을 놓고 보는 사람은 문 열린 인왕산 국사당과

▼2000년 국사당

문 닫힌 국사당 사진을 나란히 놓고 두 사진 사이의 거리를 짐작할 수 있다. 사진을 통해 당대의 무속에 대한 인식까지 추론할 수 있다.

그림을 그리는 사람이 그림 속에 자신의 생각을 감추어두었다면, 사진을 찍는 사람들은 사진을 바라보는 시선과 생각을 사진 속에 숨겨둔다. 그것을 찾아내어 읽는 것은 그림과 사진을 감상하는 사람의 몫이다. 이런 점에서 이 글은 그림과 사진 속에 숨은 의미를 제대로 읽어내지 못했다는 평가를 받을 수도 있겠다.

이처럼 사진 한 장에는 글로 나타낼 수 없는 당대의 역사가 숨어 있다. 그래서 사진과 그림은 기록이면서 역사이다. 이 글은 조선시대 무당의 삶이라는 제목으로 기술했지만, 사실 조선시대 무당의 삶을 기록한 것을 찾기가 쉽지 않다. 그래서 택한 것이 사진과 그림 몇 장을 통해 내재된 무속 정보를 추출해보는 것이었다. 이 글에서 검토한 내용은 다른 자료들을 통해 보완되어야 한다. 신윤복의 그림뿐만이 아니라 다른 그림들 속에 나타난 무속의 실상에 대한 검토도 필요하고, 풍속화 뿐 아니라 민화까지 범위를 넓혀 의미망을 구축할 필요가 있다. 그런 점에서 이 글은 단편적인 기술로서, 그림과 사진을 통한 무속의 양상 고찰이라는 시도의 시작이다. 더 많은 자료를 보충하여 그림과 사진 속에 숨어있는 의미를 도출해야 한다.

필자 : 홍태한(중앙대 대우교수)

참고

그렙스트, 김상열 역, 『스웨덴 기자 아손 100여년 전 한국을 걷다』, 책과 함께, 2005(W.A. Grebst, I Korea, Goteborg, 1912)

끌라르 보티에, 김상희 역, 『프랑스 외교관이 본 개화기 조선』, 태학사, 2002(M. Clarie Vautier, En Corée, 1902)

비숍, 신복룡 역, 『조선과 그 이웃 나라들』, 집문당, 1999(I.B.Bishop, Korea and Her Neighbore, New York, 1897)

와그너, 신복룡 역, 『한국의 아동생활』, 집문당, 1999(E.C.Wagner, Children of Korea, London, 1911)

임학성, 「조선 후기 경상도 단성형 호적을 통해 본 무당의 존재 양태」, 『대동문화연구』 47집, 성균관대학교 대동문화연구원, 2004.

임학성, 「조선 후기 호적 자료를 통해 본 경상도 무당의 무업 세습 양태」, 『한국무속의 강신무와 세습무의 유형 구분 문제』, 민속원, 2006.

커즌, 라종일 역, 『100년 전의 조선 100년 후의 교훈』, 비봉출판사, 1996(G. N. Curzon, Problems of the Far East, 1897)

퍼시벌 로웰, 『내 기억 속의 조선 조선사람들』, 예담, 2001(P.Lowell, Choson: the Land of the Morning Calm, a Sketch of Korea)

홍태한, 「100여년전 서양인이 만난 한국 무속」, 『중점연구소발표논문집』, 단국대학교 동양학연구소, 2006.

홍태한, 『인물전설의 현실인식』, 민속원, 2001.

매화와 여인과 노래,
그 속을 주유한 순정의 가객 안민영

고루와 참신의 간극

안민영(安玟英)은 스승 운애(雲崖) 박효관(朴孝寬)과 함께 평생을 노래만을 위해 살았던 가객이다. 가객이란 노래를 전문적 또는 전업으로 하는 예능인으로 당시에 가곡·가사·시조 등 성악곡에 능통했던 사람들을 일컫는 호칭이다. 안민영은 스승 박효관과 함께 『가곡원류(歌曲源流)』를 편찬하기도 했고, 개인 가집인 『금옥총부(金玉叢部)』를 남기기도 하여 19세기 시조사에 중요한 위치를 차지하는 인물이다.

그럼에도 안민영에 대한 평가는 사뭇 다르다. 이러한 상반된 평가는 조선 후기 예술사에서 18세기와 19세기가 확연히 구분된다는 관점에서 출발한다. 18세기는 실학이 문학의 사상적 기반으로 작용하였고, 문학의 담당층이 양반에서 중인이나 평민에까지 확장된 시기이다. 이러한 외연의 확장은 내용에도 영향을 미쳤다. 18세기 시조는 형식에서 평시조의 정형성을 파괴한 사설시조가 왕성하게 창작되었고, 내용에서도 관념적이고 고답적인 틀에서 벗어나 삶의 생생한 모습을 국문을 사용하여 그려냈다. 예술사의 측면에서 볼 때 18세기는 한 마디로 예속으로부터의 독립, 예술적 개성을 추구한 시기였던 것이다.

반면 19세기의 시조에 대한 평가는 창작력의 쇠퇴, 모방과 답습으로 규정된다. 정형적인 4음보 율격을 깨고 자유로운 삶의 모습을 그려냈던 사설시조가 18세기 시조의 대표적 양식이라면 19세기는 오히려 평시조가 압도적 우위를 보였고, 사설시조에서도 표현과 기법에 몰두하는 양식적 경향을 보인 시기였다.

안민영에 대한 평가도 여기서 벗어나지 못한다. 초기의 연구자들은 안민영의 작품 세계를 모방·답습·투어(套語)·찬조(燦調)로서 하등의 창의·창작이 없었고 모두 옛사람들의 그것을 되풀이한 극히 진부한 수작들로 평가했다. 또 안민영의 시조가 시대가 변천함에 따라 문학관도 일대 전환을 꾀하여야 한다는 기초적인 상식에 눈이 어두웠고, 시야가 좁았으며, 극히 제한된 개방성에 자족했을 뿐 시조문학사에 큰 획을 긋는 일에는 실패했다는 비판을 받기도 했다. 안민영의 활동 영역에 있어서도 가창에 능하지 못했으며, 음률에도 능하지 못한 작사자로 보는 견해도 있다.

안민영을 가창보다 작사와 비평을 주로 한 가곡의 완성자나 집대성한 상업 예인으로의 자세가 투철한 전문 음악인으로 보아야 한다는 견해도 있다. 이러한 관점은 안민영을 단순히 시조의 창작자나 시조집의 편찬자로 보는 제한된 연구의 틀을 넘어섰다는 데 의의가 있다. 또 안민영의 시조를 예술사적 흐름 위에서 살피고 주제적 측면에서 다양한 변용을 보여줄 뿐 아니라 정련된 형식과 다듬어진 표현기교를 중시하는 양식화의 경향이 미적인 것을 추구하는 심미주의적 지향에서 나온다거나 시가사에서 혼란스러운 가악의 현실을 인식하고 적극적으로 대처한 전문 가객의 근성이 심미 또는 탐미라는 근대 서정시의 특징을 발현했다고 보는 견해 등은 안민영의 시가사적 위치를 재평가하고자 하는 노력의 산물이다.

안민영이 살았던 19세기는 전문적이고 고급한 예술과 대중적이고 통속한 예술이 분화한 이원화 현상이 나타난 시대였다. 이러한 시대를 살았던 안민영에게도 고루·답습, 서정성의 발현이라는 극단의 평가가 따른다. 그렇다면 이러한 간극을 어떠한 관점으로 바라보아야 할까? 이를 안민영이 지향했던 관념의 상징물인 매화와 인간 본연의 심미적 욕구 대상이었던 여인들의 이미지 차이를 통하여 살펴보고자 한다. 안민영은 중인이면서도 구포동인(口圃東人)이란 호를 대원군이 지어줄 만큼 집권자인 대원군과 그의 아들 우석공(又夕公)을 패트런으로 두고 절대적 비호를 받은 인물이다. 이러한 관계가 작품에서 어떻게 표출되었는가, 그 의미는 무엇인가도 궁금하다.

흥청의 세계에 살았던 안민영

안민영의 삶의 행적을 분명히 보여주는 기록은 없다. 『가곡원류』에 붙인 박효관의 발문과 『금옥총부』의 기록, 장지연(張志淵)의 『일사유사(逸士遺事)』 기록을 종합해보면 안민영에 대한 흔적을 찾을 수 있다. 본관이 순흥(順興)인 안민영은 순조 16년(1816년)에 경기도 광주에서 출생한 것으로 보인다. 죽은 해는 정확하지 않으나 『금옥총부』에 기록된 마지막 작품이 70세 되던 해인 고종 22년(1885년)에 창작된 것으로 보아 그 이후까지 생존했던 것으로 추측할 수 있다.

19세기를 살았던 안민영의 삶은 한 마디로 풍류라고 할 수 있다. 박효관은 『금옥총부』의 서문에서 "성질이 본디 고결하고 자못 운취가 있어 산수를 좋아했으며, 명리를 구하지 않고 거리낌 없이 놀았으며, 노래를 잘 짓고 음률에 정통했다."고 안민영을 평가했다. 안민영 자신도 『금옥총부』 후기에서 "나는 어릴 때부터 호방자일(豪放自逸)하여 풍류를 좋아하여 배운 것은 사(詞)와 곡(曲)이요, 거처한 곳은 모두 번화했고 사귀는 사람은 모두 부귀했다."고 하여 평생을 풍류 속에서 살았음을 밝히고 있다.

평생을 물질적인 풍요로움 속에서 살았던 안민영의 성격은 그가 남긴 작품에서도 잘 나타난다. 안민영의 개인 가집인 『금옥총부』에 실린 181수를 분류해보면 다음과 같다.

· 기생 관련 61수
· 대원군 및 왕실 관련 46수
· 가객 풍류 37수
· 유람 명승지 감회 19수
· 한시의 시조화 11수
· 예인 아닌 인물에 관한 시 7수

안민영의 작품에는 기생과 관련된 작품이 61수로 가장 많고, 가객들과 즐긴 풍류가 37수, 팔도의 명승지를 유람하면서 느낀 회포를 술회한 작품이 19수나 된다. 중인 신분의 안민영이 살아온 풍류적 삶은 매우 부유했다는 사실 뿐만 아니라 대원군과 우석공 이재면(李

載免)을 후원자로 두었다는 점에서 가능했던 것으로 보인다.

그렇다면 안민영이 풍류적 삶을 누릴 수 있었던 사회적 분위기는 어떠한가? 주지하다시피 임란 직후인 17세기부터 조선의 사회 질서는 급격히 변화하기 시작했다. 오랜 전쟁과 반정(反正)과 반란 등으로 조선 사회의 외형은 물론 내면적인 가치와 인식이 개혁의 수준으로 변화했다. 전쟁으로 국토는 황폐화 되었으며 생산성은 하락했다. 또한 신분질서도 급격히 붕괴되어 권력에서 소외된 양반층은 경제적으로도 몰락했고 상대적으로 평민이나 중인계층은 농업과 상업을 통해 부를 축적하여 신분 향상을 도모하기도 했다. 사상적으로 조선 초기 사회를 지배했던 성리학은 백성의 현실생활을 외면하고 있다는 비판을 받았다. 이때 청나라를 통해 백과사전식의 다양한 지식이 유입되었고, 함께 유입된 서양의 물질문명은 성리학이 지배하던 조선의 사상적 기반을 온통 흔들어 놓았다. 이런 배경에서 출발한 것이 실학이다. 실학은 탁상공론의 철학이 아니라 백성들의 삶의 문제에 관심을 둔 학문이었다. 실학자들은 정통 성리학자들의 사농공상관(士農工商觀)을 부정하고 상업과 공업 활동의 가치를 인정했다. 도시에서는 물자 유통의 중요성을 인식하고 상업과 무역을 장려하는 한편 공업의 중요성을 강조했다. 농촌에서는 이앙법과 같은 새로운 농업기술을 도입하여 생산량의 증대를 가져왔다.

농업 생산량의 증대와 상업으로 부를 축적한 중인과 평민들이 늘면서 도시를 중심으로 서민 문화도 활발해졌다. 문학에서는 소설이 활발하게 창작되어 읽혔고, 미술에서는 진경산수화나 풍속화, 연행예술에서는 판소리, 가곡창이나 잡가 등이 새로운 예술로 자리를 잡았다. 이러한 19세기 시정의 모습은 여러 갈래의 문학 작품에서 찾아볼 수 있다.

화려(華欐)가 이러할 제 놀인들 없을소냐
장안(長安) 소년(少年) 유협객(遊俠客)과 공자(公子) 왕손(王孫) 재상(宰相) 자제(子弟)
부상(富商) 대고(大賈) 전시정(廛市井)과 다방골 제갈동지(諸葛同知)
별감(別監) 무감(武監) 포도군관(捕盜軍官) 정원사령(政院使令) 나장(羅將)이라
남북촌(南北村) 한량(閑良)들이 각색(各色) 놀음 장(壯)할시고
선비의 시축(詩軸) 놀음 한량(閑良)의 성청(成聽) 놀음
공물방(貢物房) 선유(船遊) 놀음 포교(捕校)의 세찬(歲饌) 놀음
각사(各司) 서리(書吏) 수유(受遊) 놀음 각집 겸종(傔從) 화류(花柳) 놀음
장안(長安)의 편사(便射) 놀음 장안(長安)의 호걸(豪傑) 놀음
재상(宰相)의 분부(吩咐) 놀음 백성(百姓)의 중포(中脯) 놀음
각색(各色) 놀음 벌어지니 방방곡곡(坊坊曲曲) 놀이처(處)ㄹ다.

1840년 한산거사가 지은 〈한양가〉의 일부이다. 여기에는 서울에서 벌어지던 놀이판의 모습이 생생하게 묘사되어 있다. 작품에는 놀이의 주체가 나타난다. 서울의 놀이판을 주도한 패들은 유협객, 공자, 왕손, 재상 등의 양반 계층은 물론 시전상인과 별감, 무감, 포도군관 등 중인 계층이 주를 이루지만 일반 백성들도 놀이판에 모습을 드러내고 있다. 양반 귀족들이 놀이판에 나섰다는 것이 그리 흥미로울 것이 없다. 부를 축적한 상인계층과 중인 계층은 물론 백성들까지 놀이판에 등장하는 것은 19세기 문화의 외연이 그만큼 넓어졌다

는 것을 의미하는 것이다.

19세기의 놀이문화는 예술 수요의 저변을 넓혔다. 18세기에 비롯된 연행예술의 전문화 현상은 놀이판 수요의 증대에 따라 더욱 발전하고 다양한 모습으로 변화했다. 창곡의 경우 가곡과 시조, 가사와 같은 정악은 물론이고 민속악에 이르기까지 분화 발달이 일어났다. 창곡은 변창(變唱), 변박(變拍)으로 종류와 체제가 늘어나면서 다양하게 분화 발달하였으며 가창가사, 잡가, 판소리 등이 새로운 음악 형태로 자리를 잡게 된다.

이러한 창곡의 변화에 위기를 느끼고 등장한 사람이 박효관과 안민영이다. 이들은 올바른 가곡을 정리하자는 의미로 고저와 장단을 표시한 가곡집을 펴내 표준으로 삼고자 했다. 특히 안민영은 대원군과 가까운 관계를 유지하며 위항예술이 세련된 격조를 지닐 수 있게 하는 것을 사명으로 삼았다. 그러나 안민영은 군자의 정음 회복을 주창하면서도 전국을 유람하며 판소리 명창인 송흥록의 집을 찾기도 하고 신만엽, 김계철, 송계학을 만나 놀기도 했다. 또한 기생과 어울려 가곡은 물론 시조와 가사, 잡가를 즐기기도 했다. 안민영은 최상층 고객의 심미안을 만족시키기 위해 겉으로는 상층지향의 가곡을 수호하려는 노력을 보였다. 그러나 개인적으로는 당시에 유흥 공간에서 환영을 받았던 가사나 시조, 잡가는 물론 대표적 서민예술인 판소리를 즐기기도 했다. 안민영의 양면적 삶의 모습은 작품에서 구체적으로 확인할 수 있다.

매화와 여인, 둘 사이의 동질성

안민영의 작품 중에서 사람들에게 가장 많이 알려진 것은 연작인 〈매화사(梅花詞)〉 8수이다. 〈매화사〉는 경오년 겨울, 운애산방(雲崖山房)에서 매화 몇 송이가 반쯤 핀 모양을 보고 지은 작품이다. 〈매화사〉는 『금옥총부』에 '우조(羽調) 초삭대엽(初數大葉), 이삭대엽(二數大葉), 중거삭대엽(中擧數大葉), 평거삭대엽(平擧數大葉), 두거삭대엽(頭擧數大葉), 삼삭대엽(三數大葉), 소용(搔聳), 회계삭대엽(回界數大葉)'까지 각 1수씩 배치되어 있다. 이러한 배치는 〈매화사〉 8수가 개별 작품인 것처럼 보이기도 하지만 안민영은 각 작품의 말미에 "운애산방(雲崖山房) 매화사(梅花詞) 제(第)○"라는 설명을 붙여 연작임을 분명히 하고 있다. 그렇다면 안민영이 매화를 통하여 말하고자 한 것은 무엇인가?

梅影이 부드친 窓에 玉人金釵 비겨신져
二三白髮翁은 거문고와 노릭로다
이윽고 盞 드러 勸 하랼제 달이 ᄯᅩ한 오르더라.

(『금옥총부』6)

후기에서 안민영은 산방에서 기생들과 어울려 노래와 거문고를 즐기다가 박효관이 매화 새순을 가리어 책상에 올려놓으니 그윽한 향기가 피어오르는 것을 보고 〈매화사〉 일편(一篇) 팔절(八節)을 지었다고 밝혔다. 〈매화사〉에는 풍류 공간의 그윽한 분위기가 형상화되어 있다. 꽃 같은 미인들과 어울려 풍류를 즐기는 노인들의 곁에는 매화 그림자가 함께 하고 있다. 술과 풍류, 미인들이 함께 하는 공간은 19세기의 유흥적 분위기 그 자체의 모습을 대변하고 있는 듯하다. 그러나 이 공간은 젊음의 열기가 판을 벌이는 퇴폐적인 공간이 아니다. 은은한 거문고의 가락과 미인들의 입에서 새어나오는 느릿느릿한 노래가 흐르는 산방은 매화의 그림자와 어울려 마치 신선이 노닐던 무릉도원을 연상케 한다. 여기에 술잔에 흐르는 달빛은 세속의 모든 번뇌를 씻어내는 듯한 분위기를 연상케 한다.

안민영이 매화에서 본 것은 빙자옥질(氷姿玉質)과 아치고절(雅致高節)이다. 빙자옥질이 매화의 외양이라면 아치고절은 안민영이 매화에서 추구한 정신적 가치이다. 빙자옥질은 눈 속에 쌓여 흰 꽃잎을 피어내는 매화의 모습에서 떠올린 것이라 할 수 있다. 안민영은 차가운 눈 속에서도 추위에 굴하지 않고 그윽한 향기를 피워 올리며 봄을 기약하는 매화의 모습을 아치고절로 표현했다. 오상고절(傲霜孤節)로 상징되는 국화의 이미지와 대응되는 매화의 아치고절은 고고한 선비의 모습을 떠올리게 한다. 물론 안민영이 매화에서 표현한 아치고절의 모습은 스스로 발견한 것이 아니라 이미 오래 전부터 문학작품에서 그려진 관념화된 이미지이다.

안민영이 매화를 사랑한 것은 무엇 때문일까?

> 어리고 셩근 梅花 너를 밋지 안얏더니
> 눈 期約 能히 직켜 두셰 송이 푸엿구나
> 燭 잡고 갓가이 사랑할 졔 暗香浮動하더라.
>
> (〈매화사〉 제이(第二))

> 氷姿玉質이여 눈 속에 네로구나
> 가만히 香氣 노아 黃昏月을 期約ᄒᆞ니

아마도 雅致高節은 너뿐인가 ᄒᆞ노라.

(〈매화사〉 제삼(第三))

ᄇᆞ람이 눈을 모라 山窓에 부딋치니
찬 氣運 ᄉᆡ여드러 ᄌᆞ는 梅花를 侵勞허니
아무리 어루려허인들 봄 ᄠᅳᆺ이야 아슬소냐.

(〈매화사〉 제육(第六))

〈매화사〉 첫수가 시조를 짓게 된 동기를 표현한 것이라면 제이(第二)는 매화를 아끼고 사랑하는 이유를 밝힌 것이다. 늦겨울의 매서운 바람을 이기고 성긴 가지에서 눈을 틔워 꽃을 피우는 매화의 생명력은 마치 세상의 불의와 타협하지 않고 절의를 지키려는 선비의 고고한 정신과 통한다. 때문에 안민영은 매화의 외양을 빙자옥질로 그려냈으며, 이를 통해 아치와 고절의 정신적 가치를 드러내고자 했다. 안민영은 매화에서 아치와 고절이라는 정신적 가치만 본 것이 아니라 찬바람을 이겨내고 봄을 기약하는 희망을 찾기도 했다. 그러나 안민영은 매화를 통해 관념화된 규범의 세계만을 지향하지는 않았다.

눈으로 期約터니 네 果然 푸엿고나
황혼에 달이 오니 그림ᄌᆞ도 셩긔거다
淸香이 盞에 ᄯᅥᆺ스니 醉코 놀녀 허노라.

(〈매화사〉 제사(第四))

黃昏 돗는 달이 너와 긔약 두엇더냐
閤裡의 ᄌᆞ든 ᄭᅩᆺ치 향긔 노아 맛는고야
ᄂᆡ 엇지 梅月이 벗되는 줄 몰낫던고 ᄒᆞ노라.

(〈매화사〉 제오(第五))

〈매화사〉 제사(第四)에서 그려낸 것은 매화의 외양도 정신적 가치도 아니다. 안민영은 교교한 달빛 속에서, 눈을 틔워 꽃을 피우겠다는 약속을 지킨 매화의 향취를 맡으며 취흥에 젖어 있다. 달과 어울린 매화의 모습은 고고한 지조를 지키려는 선비의 모습도 아니다. 황혼에 달과 어울려 맑은 향기를 피우는 매화는 단지 취흥을 돋우는 배경일 뿐이다.

〈매화사〉 제오(第五)도 같은 맥락에서 이해할 수 있다. 중장의 합리(閤裡)에 자는 꽃은 규방의 여인을 연상하게 한다. 매화가 여인의 자태를 연상시킨다면 달은 안민영 자신의 이미지를 투영시킨 것이다. 매화의 그윽한 향기가 달을 벗으로 맞이하듯 안민영은 청아하고 고결한 매화의 자태를 지닌 여인과 벗이 되기를 바라고 있는 것이다. 〈매화사〉의 매화가 규범적 의미를 지닌 고절한 선비의 모습만이 아니라 청초한 여인의 이미지와 겹친다는 것은 다음 작품에서도 확인할 수 있다.

乾坤이 눈이여늘 네 홀노 푸엿구나
氷姿玉質이여 閤裏에 숨이 잇셔
黃昏에 暗香動ᄒᆞ니 달이 조차 오더라.

(『금옥총부』21)

안민영은 이 작품이 동래부 제일의 명희인 옥절(玉節)에 대한 찬사를 담아 지은 것이라고 후기에서 밝히고 있다. 이 작품에서 빙자옥질의 자태로 합리 즉 규방에 숨어있는 매화는 기생 옥절이며, 매화의 그윽한 향기를 따라 솟아오르는 달은 안민영 자신의 모습인 것이다. 이렇듯 안민영은 매화를 고절한 품격을 지닌 선비와 청초한 아름다움을 지닌 여인의 두 모습으로 그려내고 있었던 것이다.

안민영에게 매화는 자신이 지향하고자 하는 정신적 가치를 드러냄과 동시에 아름다움에 대한 욕구가 공존하는 대상이다. 즉 안민영은 매화를 고고한 절조를 지닌 선비의 모습으로 그려내 규범적인 가치를 드러냄과 동시에 매화를 청아한 품격을 지닌 여인으로 표현하고 서로 벗이 되기를 바라는 인간 본연의 지향을 동시에 드러내고자 했던 것이다. 매화에 대한 이러한 안민영의 시선은 앞 시대를 살았던 선비들의 그것과는 다른 것이다. 안민영에게 매화는 고고한 선비의 품성을 연상시키는 관념적 대상이 아니라 아름다움에 대한 욕구를 만족시키는 주정적인 관점과 심미안의 대상이었던 것이다.

안민영이 매화와 여인을 바라보는 관점은 사뭇 다르면서도 동일하다. 그렇다면 안민영이 사랑한 여인은 어떤 모습일까? 안민영은 20대부터 팔도를 유람하며 많은 여인을 만나 정을 나누었다. 안민영이 팔도를 주유하며 정을 나누었던 기생은 40여 명이나 된다. 안민영이 이같이 많은 여인을 만날 수 있었던 것은 대원군, 우석공과 같은 최상층의 후원자를 배경으로, 이들의 연회나 국가적 행사에 예인들을 동원하기 위한 예술 중개자의 역할을 했기 때문에 가능했던 것으로 보인다.

안민영은 자신이 만난 여인들을 대체로 호의적인 시각으로 평가하고 있다. 안민영이 여인을 바라보는 관점은 뛰어난 용모와 출중한 기예의 두 가지로 구분할 수 있다.

희기 눈 갓트니 西施에 後身인가

곱기 꼿 갓트니 太眞에 넉시런가
至今에 雪膚花容은 너를 본가 허노라.

(『금옥총부』53)

『금옥총부』에 가장 많이 등장하는 해주의 옥소선(玉簫仙)은 안민영의 지극한 사랑을 받았던 기생이다. 안민영은 옥소선의 자태를 중국의 서시와 양귀비를 빌어 묘사했다. 고전문학 작품에서 서시와 양귀비는 미인의 대명사처럼 등장하는 인물이기는 하지만 구체적인 모습을 연상하기는 어렵다. 안민영이 여인의 자태를 묘사하는 방법은 관념적인 묘사의 틀에서 벗어나지는 못한다. 그러나 설부화용이란 표현에서 옥소선은 깨끗한 피부를 지닌 전형적인 자태의 미인임을 짐작할 수 있다.

푸른 빗치 쪽예 낫스되 푸루기 쪽의셔 더 푸루고
어름이 물노 되야스되 차기 물에셔 더 차다더니
네 엇지 一般 靑樓人으로 쎄여나미 이 가트뇨.

(『금옥총부』163)

역시 해주 기생 옥소선의 외양을 표현한 작품이다. 초장과 중장은 『순자(荀子)』의 "靑取之於藍 而靑於藍 氷水爲之 而寒於水"에서 끌어다 쓴 표현으로 종장을 끌어내기 위한 전제이다. 쪽빛보다 푸른 빛, 물보다 차가운 어름이란 표현에서 옥소선의 외양이 다른 기생과는 다른 청초하고 깨끗한 모습임을 연상할 수 있다. 여인의 청초함과 깨끗함을 즐기는 안민영의 미인을 보는 관점은 운애선생과 산방에 마주 앉아 있을 때 술병을 들고 찾아온 평양 기생 산홍이에 대한 묘사에서도 나타난다.

桃花는 훗날니고 綠陰은 퍼져온다
꾀꼬리신 노릐는 烟雨에 구을거다
마초아 盞 드러 勸허랼 제 澹粧佳人 오더라

(『금옥총부』26)

이 작품은 미인의 아름다움에 대한 예찬보다는 고즈넉하고 한적한 초여름 산방의 분위기 묘사에 초점이 놓여있다. 녹음이 퍼져오는 산그늘에 복숭아꽃이 흩날리고 안개비에 꾀꼬리 소리가 구르는 산방의 분위기는 흥취를 돋우고 있다. 이때 담장가인이 술병을 들고 찾아오고 있다. 담박하게 단장한 미인의 모습은 산방의 운치가 있는 분위기와 잘 어울린다. 추상적이고 관념적이거나, 혹은 제법 구체적이고 사실적인 묘사이거나 안민영이 예찬을 한 미인의 모습은 농염하고 색태가 뚝뚝 떨어지는 모습이기보다는 청초하고 단아한 모습들이 대부분이다. 안민영이 미인을 보는 관점은 빙자옥질과 아치고절로 묘사한 매화를 보는 시선과 다름이 없다. 결국 안민영의 미인을 보는 관점은 “고결하여 운취가 있고, 산수를 좋아하며 공명을 구하지 않고 거리낌 없이 놀고 호방하게 지내는 것을 제일로 알았다.”고 안민영의 성품을 표현한 박효관의 언급과 일치한다.

안민영이 여인을 예찬했던 또 하나의 관점은 그들이 지닌 기예였다. 뛰어난 기예를 지닌 여인을 바라보는 관점은 금향선에 대한 언급에서 잘 나타난다.

내가 고향집에 있을 때 이천 오위장 이기풍(李基豊)에게 통소 〈신방곡(神房曲)〉의 명창 김군식(金君植)으로 하여금 한 가아(歌娥)를 보내도록 했는데, 이름을 물으니 금향선(錦香善)이라 했다. 외양이 추악해서 상대하고 싶지 않았다. …… 여러 사람들이 그 아이를 보고 모두 얼굴을 가리고 웃었다. …… 먼저 그 아이에게 시조를 청하니 그 아이가 용모를 추스르고 단정히 앉아 창오산붕상수절지구(蒼梧山崩湘水絶之句)를 불렀는데, 그 소리가 애원 처절하여 깨닫지 못하는 사이에 구름이 머물고 티끌을 날리니 가득 앉은 사람들이 눈물을 흘리지 않을 수 없었다. …… 시조 삼장을 창한 후에 이어서 우조·계면조 한 편을 청하였다. 또 잡가를 모흥갑·송홍록 등 명창격으로 부르는데, 경악하지 않을 수 없었다. 진정 절세명인이라 할 만하다. 좌상에서 눈을 씻고 다시 보니 잠시 전의 추악함이 이제는 홀연 예쁜 얼굴이 되어 비록 오희월녀(吳姬越女)가 이보다 낫지는 않을 것 같았다. (『금옥총부』157)

명창 김군식과 함께 온 금향선에 대한 첫인상은 추악함이었다. 그러나 금향선이 부르는 시조 삼장과 잡가를 들은 후 안민영의 눈에 금향선은 오희월녀보다 빼어난 절세명인으로 보이기 시작한 것이다. '추악→오희월녀보다 나은 절세명인'으로의 변모는 사람들의 눈물을 흘리게 하는 뛰어난 가창 솜씨에 기인한 것이다. 안민영이 여인을 바라보는 관점은 용모보다는 그가 지닌 기예였다는 것이 단적으로 나타난 사례의 하나이다.

예인으로서 안민영이 뛰어난 외양과 가무를 지닌 여인을 사랑한 것은 어쩌면 당연한 것인지도 모른다. 그러나 안민영의 시선은 여기서 머물지 않는다. 안민영은 말을 잘하는 여인이나(금옥총부73), 글과 글씨에 능한 여인을 사랑하기도 했고(금옥총부61), 활쏘기에 정통한 여인을 예찬하기도(금옥총부72) 했다. 아무리 외양이 뛰어날지라도 인품을 갖추지 못하고 재주가 없는 여인은 안민영에게 꽃이 될 수 없었다.

> 꼿츤 곱다마는 香氣 어이 업선는고
> 爲花而不香하니 오든 나뷔 다 가거라
> 그 꼿츨 이름하이되 不香花라 하노라
>
> (『금옥총부』124)

전주의 설중선(雪中仙)은 유일하게 악평을 받은 기생이다. 남방 제일의 미인이라는 설중선이 안민영에게는 향기 없는 꽃일 뿐이다. 성격이 한독(旱毒)하고 가무에 어두웠기 때문이다. 이렇듯 안민영은 뛰어난 용모보다는 재주 있고 청초한 아름다움을 지닌 여인을 사랑했다. 이러한 관점이 동료애적인 유대가 함축되어 있는, 즉 남자가 아닌 예인으로서의 시선일지라도 이들을 사랑하고 그리워하는 마음은 내면에 잠재되어 있는 그의 본심일 것이다.

> 이리 알뜨리 살뜨리 그리고 그려 病되다가 萬一예 어느 쎠가 되던지 만나보면 그 엇더할고
> 應當 이 두 손길 뷔여잡고 어안 벙벙 아모 말도 못하다가 두 눈예 물결이 어릐여 방울방울 떠러져 아로롱지리라 이 옷 압자랄예
> 일것셰 만낫다 하고 丁寧이 이럴 쥴 알 냥이면 차라리 그려 病 되넌이만 못하여라. (『금옥총부』181)

안민영이 진심으로 사랑한 여인 중의 한 사람이 강릉 기생 홍련

(紅蓮)이다. 안민영은 양갓집 여인으로 기생이 된 홍련의 자태에 반해 기생의 신분에서 벗겨주고 평생을 함께 하자고 약속하였다. 그러나 뜻을 이루지 못하자 골수에 맺힌 정을 잊지 못해 홍련의 모습을 그려 벽에 걸어두고 보다가 불에 태워 버리기도 했다.(금옥총부128) 떠나간 홍련을 만났을 때의 정황을 상상하고 그려낸 마음이 너무나 절절하다. 떠나간 여인을 다시 만났을 때는, 두 손길을 부여잡고 두 눈에 눈물이 흘러 옷 앞자락에 방울방울 아롱질 것이기에 병 되는 것만 못하다고 한 안민영의 마음은 재주 있는 기생을 가려 뽑아 서울의 놀이판으로 올려 보내는 예인의 태도는 아니다. 다만 사랑하는 임을 잊지 못하고 그리워하는 평범한 인간의 본능인 것이다. 여인을 그리워하는 정서의 곡진한 표현은 18세기 사설시조에서 표현되고 있는 관능적이면서도 사실적인 표현과 동일한 선상에 놓여있다. 다만, 사용된 수사법과 언어들이 섬세하면서도, 여성적인 정서를 겉으로 드러내고 있다는 점은 전대의 사설시조와는 다른 양상이다.

이상과 같이 매화와 여인을 다룬 안민영의 작품을 살펴보았다. 안민영이 매화에서 그려내고자 한 것은 빙자옥질과 아치고절이라는 정신적 가치이다. 사군자의 하나인 매화는 분명 고결함을 지향하는 군자의 모습과 상통한다. 안민영이 매화에서 바라본 것은 그뿐만이 아니다. 안민영은 매화에서 청초하고 깨끗한 이미지의 여인의 모습을 발견하고 있다. 매화를 바라보는 그의 시선은 평생 그가 사랑했던 많은 여인들에 대한 이미지와 유사하다. 빙자옥질의 깨끗하고 청초한 모습, 그리고 아름다운 외모보다는 사람들의 심금을 울리는 예인으로서의 자질은 군자가 지닌 아치고절의 이미지와 겹친다. 매화와 여인을 바라보는 안민영의 관점은 사뭇 다르면서도 동일하다. 표면적으로는 매화를 지향하는 관념인 사회적 자아와 여인을 사랑하는 인간적인 본능, 개인적 자아가 서로 충돌하며 갈등을 일으키고 있는 듯 보이면서도 이 둘은 조화를 이루고 있는 것이다.

권력이라는 예술가의 배경

안민영은 중인출신이면서도 20대부터 삶의 대부분을 전국을 유람하며 유흥적 분위기 속에서 취락으로 삶을 즐겼다. 『금옥총부』를 통해 확인할 수 있는 안민영의 행적은 27세 때인 임인년(헌종 8년, 1842년)에 우진원(禹鎭元)과 함께 호남(순창·운봉·남원)을 여행할 때부터이다. 이때 안민영은 주덕기·송흥록·신만엽·김계철·송계철 등 판소리 명창을 만나기도 하고 명월이란 기생과 만나 정을 나누기도 한다. 37세 때는 영남을 여행하고, 47세 때는 금강산을 오르기도 한다.

안민영이 본격적으로 문면에 나타나는 것은 평생의 후원자인 대원군을 만난 52세 때인 고종 4년, 정묘년(1867) 이후이다. 이때부터 안민영은 대원군이나 우석공과 같은 최고 권력자를 후원자로 두고 예술 활동을 했다.

> 上元이 甲子之春에 우리 성상 卽位신져
> 堯舜을 法 바드ᄉᆞ 光被四表 허오시니
> 美哉라 億萬年 東方紀數ㅣ 이로 좃ᄎᆞ 비로솟다.
>
> (『금옥총부』1)

太極이 肇判 後에 聖帝明王 혜여허니
堯舜이 읏듬이요 禹湯文武ㅣ 버금이라
至今은 東方에 吉祥이 만흐니 聖人 나실 美漸인져

(『금옥총부』2)

『금옥총부』 첫수는 고종의 즉위를, 두 번째 수는 성세자(훗날의 순종)의 탄강을 축복하며 예찬하는 작품이다. 안민영은 고종의 즉위를 요순의 법을 받아 조선의 운수가 이로부터 비롯되었다는 말로 예찬하고 있으며, 고종이 즉위했을 때 여러 상서로운 일이 있더니 성세자가 탄생했다고 예찬하고 있다. 『금옥총부』에는 이외에도 대원군과 우석공을 예찬한 작품 20수, 행사 축하시 19수, 왕실 건축물을 읊은 시가 7수 등 46수나 된다.

우리가 알고 있는 19세기는 부패한 관리들의 수탈, 외세의 침입으로 국가의 근본이 흔들리고 백성들은 도탄에 신음하던 시기였다. 이러한 관점에서 본다면 당대를 태평시대로 여긴 안민영은 시대의 아픔을 외면한 시대착오적인 인물일 수도 있다. 그렇다고 왕실을 예찬하고 지배 이데올로기를 옹호하는 것이 당대의 현실을 안이하게 보는 데서 비롯된 것이라 단정 지을 수 있는가 하는 점은 의문이다.

기본적으로 중세의 문학작품에는 지배체제를 옹호하고 왕실과 임금을 송축하는 내용이 많이 있다. 조선 초기의 악장은 물론이고 정철의 가사, 윤선도의 시조 등 사대부들의 거의 모든 작품에서 이러한 의식은 자연스럽게 노출된다. 이러한 경향은 사대부 계층에 국한된 것만은 아니다. 18세기 시조를 이끌었던 『청구영언』의 찬자 김천택(金天澤)도 현실적인 불만을 작품 속에 노출시켰지만 기본적으로는 양반사대부의 의식을 작품 속에 표현하고 있다. 비록 안민영의 작품이 대원군 일가에 대한 충성으로 변질되었다고는 하나 근원적으로는 앞 시대의 체제옹호적인 주제의식과 맥을 같이 하는 것이기 때문에 안민영 작품 고유의 성격이라 보기는 어렵다.

자신을 후원한 대원군이나 우석공 등 집권자들을 예찬하는 안민영의 시선은 자신의 내면적인 감정을 작품에 투영시키기보다는 관찰자의 차원에 머물러 있다. 이러한 태도는 앞에서 살펴본 매화나 기생들을 바라보던 시선과는 사뭇 다른 것이다. 매화를 바라볼 때 안민영은 자신은 달이 되어 함께 어울리기를 바랐고, 여인을 바라볼 때는 그리움과 함께 하지 못하는 슬픔으로 옷깃을 눈물로 적시며 곡진하게 그려냈다. 그러나 송축적 태도를 보인 작품들은 내면의 본질적인 감정을 그려냈다기보다는 관습적인 차원의 서술에 그치고 있을 뿐이다.

이와는 달리 동일한 대상임에도 예찬의 태도가 다른 작품이 있어 눈길을 끈다.

國太公之亘萬古英傑 이졔 뵈와 議論컨ᄃᆡ
精神은 秋水여늘 氣象은 山岳이라 萬機를 躬攝허니 四方에 風動이라
禮樂法度와 衣冠文物이며 旍旄節旗와 劍戟刀鎗을 燦然更張 허시단 말가
그 밧게 金石鼎彝와 書畵音律에란 엇지 그리 발근신고

(『금옥총부』175)

이 작품에서는 대원군의 정신과 기상 등 영웅적 풍모를 예찬하는 동시에 서화음률에 어찌 그리 밝으신가 하고 찬탄하고 있다. 안민영

은 『금옥총부』에서 석파대로와 우석상서가 음률에 정통하여 신의 경지에 들어섰다고 예찬하고 있는데(『금옥총부』38 후기), 이러한 면은 단순히 중세적 질서와 가치관을 옹호하고자 하는 관점과는 다른 것이다.

> 玉露에 눌린 꼿과 淸風에 나는 닙흘
> 老石에 造化筆노 깁 바탕에 옴겨슨져
> 美哉라 豈有香가만은 暗然襲人 허더라.
>
> (『금옥총부』3)

이 작품은 대원군이 친 난의 아름다움을 묘사한 것이다. 안민영은 이슬이 맺혀있는 꽃잎과 난초 잎 사이를 흐르는 맑은 바람을 비단에 옮겨낸 대원군의 난 치는 솜씨를 극찬하고 있다. '아름답구나'라고 한 감탄은 다른 작품에서 그려낸 관습적인 어투가 아니라 진심어린 마음에서 우러나온 것이다. 안민영은 대원군이 친 난을 추사(秋史) 김정희의 글씨와 자하(紫霞) 신위(申緯)의 시, 소산(蘇山) 송상래(宋祥來)의 묵죽, 석연(石蓮) 이공우(李公愚)의 매화와 견주었을 때 가장 뛰어나다고 극찬을 하기도 했는데, 실상 대원군이 친 난은 석파난(石坡蘭)이라 불릴 정도로 당대에 이름이 높았다고 한다. 이와 같이 안민영이 대원군을 예찬하는 태도는 난초를 치고, 음률에 정통하다는 등 예술적 능력에 초점이 맞추어져 있다.

그런데 안민영이 대원군의 뛰어난 예술적 능력을 예찬하는 태도는 그가 교류했던 당대의 가객이나 기생들에 대한 것과 다르지 않다.

벽강(碧江) 김윤석(金允錫)은 자가 군중(君仲)인데 일대의 묘경에 이른 명금이다. 취죽(翠竹) 신응선(申應善)은 당세의 명가(名歌)이며 신수창(申壽昌)은 양금의 독보이다.……이때 해주의 옥소선이 올라왔는데 이 사람은 재예와 색태가 일도에서 으뜸일 뿐 아니라 노래와 거문고에 모두 능하여 비록 옛날 이름을 날리던 자가 다시 태어난다 해도 기꺼이 선두를 양보하지 않을 정도이니 진실로 나라 안에서 으뜸가는 여인이다. 전주의 농월은 이팔청춘의 아름다운 용모를 갖추고 있으며 노래와 춤에 뛰어나 가히 한 시대의 이름 있는 여인이라 할 수 있다.

(『금옥총부』179 후기)

안민영은 당대의 가객 및 금객, 뛰어난 기생의 재주를 간결하고 주관적인 관점으로 비평하고 있다. 물론 예능인들의 뛰어난 재주를 비평하기 위해서 평어, 비유, 비교, 해설 등의 방법을 차용한 것은 한시 비평의 방법을 원용한 것이다. 결국 안민영이 대원군이나 우석공을 바라보는 시각도 권력을 가진 집권자로 보는 것이 아니라 예술가의 눈임을 알 수 있다.

안민영은 대원군 집권 시기, 예술 분야에서 최대의 수혜자라 할 수 있다. 안민영이 대원군과 인연을 맺은 것은 52세가 되던 해부터이다. 그 이전에도 안민영은 전국을 유람하며 송흥록 등과 같은 판소리 명창들과 교유하기도 했고 재색을 갖춘 기생들과 인연을 맺기도 했다. 그러나 『금옥총부』에 실린 작품들의 연보를 보면 대원군과 인연을 맺은 후에 창작된 작품이 대부분으로 대원군과 관련된 왕실을 예찬하는 내용이 주를 이룬다.

그렇다고 해서 안민영을 지배자의 힘에 기대고자 했던 권력지향적 인물로 볼 수는 없다. 동시대 판소리 명창들의 후원자로 명성을 떨쳤던 신재효 역시 판소리 명창들을 양성·후원하고, 한양의 연회에 자신이 양성한 기생을 올려 보냈다. 또한 경복궁 중건에 원납전을 내기도 했고, 수만 냥의 돈을 풀어 호남의 가뭄에 시달리는 백성들을 구제하여 비록 명목상의 벼슬일지라도 통정대부, 가선대부와 같은 벼슬을 제수받기도 했다. 그러나 안민영은 52세 때 대원군과 인연을 맺어 20년 이상을 곁에 모시며 함께 가악을 즐겼으면서도 작은 벼슬 하나도 받았다는 기록이 없다. 대원군은 소리를 잘한다는 이유만으로 천한 신분이던 판소리 광대들에게도 벼슬을 내렸던 인물이다. 그렇다면 대원군과 20년 이상 인연을 맺은 안민영이 아무런 벼슬도 하지 못했다는 것은 결국 안민영 자신이 원하지 않았기 때문일 것이다. 안민영이 대원군을 비롯한 지배층에 송축시를 지어 바친 것은 중세적 지배 개념으로서가 아니라 자신의 예술적 역량을 인정·보호해주는 최고의 고객에 대한 대접의 차원으로 이해해야 할 것이다.

중인 출신의 안민영이 대원군과 같은 지배층과의 인연을 소중히 여긴 까닭은 그가 지향했던 음악관과도 관계가 있다. 안민영은 『금옥총부』의 서두에 〈가곡원류(歌曲源流)〉와 〈논곡지음(論曲之音)〉을 수록하였다. 이 글들은 원래 중국 가곡의 원류를 따지기 위해 남송의 문인 오증(吳曾)이 쓴 『능개재만록(能改齋謾錄)』의 일부를 전재한 것으로, 퇴폐적인 시속 음악에 맞선, 의식적으로 정비된 궁중 중심의 정악에 가곡의 원류가 있음을 밝히고 있다. 안민영의 정음 선언은 격조 높은 음악을 추구했던 최상층 고객의 기호에 맞았기 때문일 것이다. 또한 『금옥총부』에 수록되어 있는 181수의 시조가 우조(羽調)-계면조(界面調)-농·낙·편(弄樂編)의 순서인 가곡창의 곡조별로 배열되어 있다는 점도 이와 관계가 있을 것이다.

그러나 안민영이 가곡의 정음을 수호하려고 노력하던 이 시기는 이미 가곡이 분화되어 새로운 변주곡들이 계속 파생되고 가곡과 시조 외에도 12가사, 잡가, 판소리가 대중적 인기를 구가하던 때였다. 때문에 안민영이 근엄한 가곡류의 노래만을 지향하지는 않았다.

> 내가 壬寅年 가을에 禹鎭元과 더불어 호남 순창에 내려가 朱德基를 데리고 雲峯 宋興祿을 방문했다. 이때 申萬燁 金啓哲 宋啓學 등 일대 명창들이 마침 그 집에 있어서 나를 보고 흔쾌히 맞아 주었다. 서로 더불어 머물면서 수십 일을 질탕하게 놀았다. (『금옥총부』141 후기)

> 長安 名琴 名歌들과 名姬賢伶이며 遺逸風騷人을 다 모와 거나리고 羽界面 ᄒᆞᆫ 밧탕을 겨러 불너 ᄂᆡᆯ 졔 歌聲은 嘹亮ᄒᆞ야 들ᄲᅩ 틔ᄭᅳᆯ 날려 ᄂᆡ고 琴韻은 冷冷ᄒᆞ야 鶴의 춤을 일의현다. 盡日이 迭宕ᄒᆞ고 酩酊이 醉ᄒᆞᆫ 後의 蒼壁의 불근 입고 玉階의 누른 ᄭᅩᆺ츨 가 각기 ᄭᅥᆺ거 들고 手舞足蹈 ᄒᆞ올 젹의 西陵의 ᄒᆡ가 지고 東嶺의 달이 나니 蟋蟀은 在堂ᄒᆞ고 萬戶의 澄明이라. 다시금 盞을 씻고 一盃一盃 ᄒᆞ온 후의 션소리 第一名唱 나는 북드러 노코 牟宋을 比樣ᄒᆞ야 ᄒᆞᆫ 밧탕 赤壁歌를 멋지게 듯고 나니 삼십삼천 罷漏소릐 ᄉᆡ벽을 報ᄒᆞ거늘 携衣 相扶ᄒᆞ고 다 各기 허여지니 聖代에 豪華樂事ㅣ 아 밧긔 ᄯᅩ 잇ᄂᆞᆫ가 (『금옥총부』178)

안민영은 일찍이 팔도를 유람하면서 수많은 예인과 접촉하였으며, 말년에도 판소리 광대를 비롯한 당대의 명금, 명희, 현령, 유일풍소인 등을 불러 함께 유흥을 즐겼다. 또 안민영은 금향선이라는 기생이 부르는 시조 삼장을 듣고 눈물을 흘리기도 했으며, 그가 부른 우계면과 잡가를 듣고 모흥갑과 송흥록의 격조를 통달한 명인이라고 칭찬하기도 했다. 안민영이 시조와 잡가를 지었다거나 판소리를 좋아했다는 문면의 기록은 존재하지 않는다. 그러나 이들 하층의 예인들과 격의 없이 함께 즐겼다는 사실만으로도 안민영이 이들의 음악에 정통했고 재능을 인정했다는 사실은 부인할 수 없다.

안민영은 중인 출신의 예인이면서도 대원군과 우석공이라는 당대 권력자의 보호를 받으며 일생을 유유자적하며 풍류를 즐긴 인물이다. 안민영은 당대를 태평성대로 보고 이를 예찬하고 송축하는 노래를 지은 것은 이들의 절대적인 후원을 받는 입장에서는 당연한 일인지도 모른다. 그렇다고 해서 안민영의 문학관을 비판적 시각으로만 볼 수는 없다. 안민영이 집권층의 기호에 맞는 송축의 노래를 불렀다는 것은 부인할 수 없는 사실이다. 대원군이나 우석공은 당대의 뛰어난 예술적 심미안을 갖춘 인물이었다. 때문에 안민영이 이들을 송축・예찬하고, 정음을 선언한 것은 당대 지배층의 기호에 부응하려는 의도도 있겠지만 서로의 예술적 관점이 일치했기 때문일 것이라 보는 것이 타당할 것이다.

안민영의 작품 세계를 몇 개의 어휘로 단정적으로 규정짓기는 어렵다. 지나치리만큼 두드러진 송축적 태도가 있는가 하면 사설시조에서 발견할 수 있는 자유분방한 연정을 표출하기도 했다. 결국 안민영에게 최고의 권력을 잡은 지배층이나 기생이나 판소리 광대와 같은 하층 예인이라는 신분 구분은 큰 의미가 없었다. 안민영의 관심은 인간 자체가 소유한 예술적 재능에 초점이 놓일 뿐이다. 안민영의 작품이 비록 현실의 고통을 외면한 반역사적 징후가 있을지라도 그가 한 시대를 오직 전문 예능인으로 아름다움을 탐미하면서 살았다는 사실에 주목하여야 할 것이다.

아름다움, 오직 아름다움만을 위한

안민영은 19세기 문학 및 음악사의 정점에 있으면서도 양극의 평가를 동시에 받는 예인이다. 스승인 박효관과 함께 당대의 대표적 가단인 승평계를 조직하여 당대의 풍류를 이끌었고 가곡의 보급을 위해 『가곡원류』를 편찬하기도 했다. 또한 개인 시조집인 『금옥총부』를 엮어 우리에게 19세기 문학사와 음악사에 대한 단서를 남겨주기도 했다. 그는 평생을 자신이 좋아한 음악, 그리고 미인과 함께 보낸 풍류랑이기도 하다. 이러한 안민영의 작품 세계를 우리는 그가 변혁과 혼란 속에서 백성들이 도탄에 빠져 있는 현실에서 지나치게 지배이데올로기를 옹호한 시대착오적인 인물이라거나 그의 작품이 현실을 외면하고 모방 · 답습 · 투어 · 찬조 등으로 일관한 진부한 수작들이라는 평가를 매기기도 한다.

그러나 이러한 지적은 오히려 문학작품이 현실의 개선에 이바지해야 한다는 관념적 비평의 범주에서 바라본 평가일 수 있다. 안민영은 모든 것을 아름다움이라는 가치로만 판단한다. 그에게 신분이나 계급은 아무런 의미가 없다. 대원군이나 우석공과 같은 최상의 고객들에게는 자신이 마음껏 흥을 즐길 수 있는 환경을 만들어 준 것에 대하여 감사했고, 또 그들이 지닌 예술적 심미안에 찬사를 보냈다. 또한 여인이 지닌 아름다움과 뛰어난 재능에 감탄을 했고, 그들의 노래에 눈물을 흘릴 줄 알았다.

안민영 문학의 진정한 가치는 그가 사랑했던 여인들과의 인연을 표현한 작품에서 발견할 수 있다. 사랑했던 여인과의 이별에 가슴 아파하고, 그리워하는 절절한 마음의 표출이야말로 안민영의 작품이 지닌 진정한 가치를 대변하고 있는 것이다. 그는 진정한 자유주의자였으며 예술을 오직 예술로만 생각했을 뿐이다.

안민영에게 어떤 아름다움을 추구했느냐 하는 물음은 의미가 없다. 그에게는 눈을 헤치고 꽃을 피우는 매화나 여인의 미모와 자태, 그들이 지닌 모든 재능이 아름다움의 대상이었으며, 심지어 권력자에게 받는 은혜까지도 아름다움의 대상이었을 뿐이다. 안민영은 모든 것을 아름다움의 대상으로 보았고, 오로지 아름다움만을 위해 평생을 살아간, 19세기의 오롯한 탐미주의자인 것이다.

필자 : 이기형(경희대 강사)

참고

고미숙, 「19세기 시조의 전개 양상과 그 작품 세계 연구」, 고려대 박사논문, 1993.
고미숙, 「안민영의 작품세계와 그 예술사적 의미」, 『한국학보』 62, 일지사, 1991.
김현식, 「안민영의 가집 편찬과 시조 문학 양상 연구」, 서울대 석사논문, 1999.
박노준, 「안민영 시조의 기본 '틀'과 지향세계」, 『고전문학 연구』5, 한국고전문학회, 1990.
박애경, 「조선 후기 시조의 통속화 과정과 양상 연구」, 연세대 박사논문, 1997.
안민영 저, 김신중 역주, 『역주 금옥총부』, 박이정, 2003.
윤광봉, 「18~9세기 공연예술의 확대」, 『한국학연구』 7집, 고려대학교 한국학연구소, 1995.
이동연, 「19세기 가객 안민영의 예인상」, 『이화어문논집』13, 이화여대 국문학과, 1994.
이병기·백철, 『국문학전사』, 신구문화사, 1965.
임형택, 「18~9세기 예술사의 성격」, 『한국학연구』 7집, 고려대학교 한국학연구소, 1995.
장지연, 『일사유사』

서얼 무사 백동수,
이 남자가 사는 법

무(武)에 대한 선망과 편견

사람은 누구나 힘을 동경한다. 남에게 힘으로 굴복당하는 것을 즐거워할 사람은 없다. 국가도 마찬가지이다. 그래서 개인이나 국가가 강력한 힘을 갖추는 것은 예나 지금이나 하나의 선망이 아닐 수 없다. 그러나 역사와 현실을 돌아보면 그러한 선망에도 불구하고 무에 대한 사회적 인식은 편견으로 가득 차 있음을 알 수 있다.

조선 왕조는 명분으로는 늘 문무를 똑같이 중시한다고 하였지만 실제는 그렇지 못한 사회였다. 고려 말의 신흥 무장 출신인 태조 이성계는 즉위 교서에서 '문·무 어느 한쪽도 소홀히 해서는 안 된다(文武不可偏廢)'고 천명하였다. 누구보다도 무력이 국가의 안위와 직결된다는 것을 체험으로 잘 알고 있었던 군주의 소망과는 달리, 문을 숭상하고 무를 낮추어보는 이른바 '숭문언무(崇文偃武)'의 관념은 왕조가 끝날 때까지 지속되었다.

문치주의 국가인 조선 사회에서 무인(武人)으로 살아간다는 것은 어떤 것이었을까? 조선 왕조는 문·무 양반관료체제를 갖추면서 문과와 무과를 균형 있게 실시하려 하였다. 그래서 문과를 실시할 때마다 동시에 무과를 실시하였다. 『경국대전(經國大典)』 등 법전에서도 문과와 마찬가지로 무과의 절차를 소상히 규정해두고 그에 따라 인재를 선발하였으며, 과거 응시 자격도 천인이 아니면 결격 사유가 없는 이상 누구나 응시할 수 있는 등 최소한 시스템 상에서는 차별을 찾아볼 수 없다.

그러나 현실적으로는 아무런 차별이 없었다고 할 수 없다. 실제 문·무과 모두 양반 신분이 아니고는 응시하여 합격하기가 어려웠다. 죄인의 자손에게는 물론이고 재가한 여인의 자손에게도 응시 자격을 주지 않았고, 태종 때에는 서얼금고법(庶孼禁錮法)을 만들어 서얼은 영원히 문과나 생원진사 시험에 응시할 수 없도록 하였다. 이후 서얼에 대한 차대는 다소 완화되기는 했으나 사회적 인식은 크게 변하지 않았다.

정해진 절차에 따라 시행되던 무과는 조선 왕조가 북으로부터 여진, 남으로부터 왜의 침입을 받게 되자 크게 변질되어 대량으로 시취(試取)하기에 이른다. 특히 많은 인원을 시취하기 시작한 것은 임진왜란 이후였다. 이후 무과는 단독으로 실시되는 경우가 많아졌고, 또 한꺼번에 1만여 명의 합격자를 내기도 하여 대량 합격자를 내는 무과를 만과(萬科)라 부르기도 하였다. 이러한 무과 시행은 군수 물자 고갈에 허덕이던 국가 재정에 보탬이 되므로 계속 실시되었고, 결국은 천민까지 만과에 진출하게 되자 무과는 사대부 자제들로부터 천시되고 외면받기에 이르게 되었다.

문과와 달리 무과 응시에 사실상 서얼, 천민의 진출까지 허용하게 된 것은 그만큼 조선 사회가 문과와 무과를 차별적으로 인식하고 운영하였음을 말해주는 것이다. 그러므로 문인 우위의 관직 구조에서 무관으로 성공하고 출세한다는 것은 이미 어느 정도 한계가 있을 수밖에 없었다. 그래서 그 출신이 서얼이라면 그 사회에서 겪는 좌절과 아픔은 짐작하기가 어렵지 않다.

우리는 그 동안 조선은 선비의 나라요 그에 관련한 전통만이 우리 문화의 전부인 양 여겨왔다. 그래서 오늘날도 문인의 삶을 조명한 경우는 많아도 무인들의 이야기에는 크게 귀를 기울이지 않았던 게 현실이다. 일찍이 근대 선각자 중 한 분인 자산(自山) 안확(安廓)은 『조선무사영웅전』을 지어 이렇게 현실을 개탄하였다.

> 어느 국민 어느 시대를 막론하고 그 성쇠는 무사정신이 어떻게 발휘되는가에 달려 있다. 서양의 여러 나라는 물론이고 조선의 역사를 살펴보더라도, … 조선 오백 년 간은 무를 낮추고 문을 닦게 하여 무사가 문사의 뒤에 서게 됨으로서 모리배들이 발호하여 국운이 미약해졌던 것이다. 정치에서만 그런 것이 아니라 학문을 닦든지 상업을 경영하든지 모든 일들에 인내, 근면, 용맹, 단결, 예의 등의 무사적 덕성이 없고서는 결국 실패하고 말 것이니, 오늘날 우리가 어찌 이 무사정신을 강구하지 않을 것이며 또 어찌 서로 얻으려 하지 않을 것인가?

안자산이 역설한 무사적 덕성은 무가 단지 기예에만 머물지 않음을 말해준다. 무엇이든 한 분야에서 일가를 이루면 결국 모든 것에 통한다고 하지 않았던가. 우리는 조선 후기 최고의 무예가였던 한 무사, 그것도 서얼 출신 무사의 구체적인 일생을 통해 그것을 살펴보고자 한다. 정조 대 편찬된 무예서 『무예도보통지(武藝圖譜通志)』

는 '조선 무예의 완성'이자 '동양 무예의 보고'로 일컬어진다. 이 조선 무예를 집대성하고 체계화하는 작업에 크게 기여한 이가 바로 우리가 살펴볼 무사 백동수(白東脩 1743~1816)이다.

백동수는 서자로 태어났지만 의로운 삶을 살다간 조선 무사의 한 전형이었다. 그는 뛰어난 무예 실력을 갖춘 무사이면서도 무의 세계에만 한정된 인물이 아니었다. 시·서·화를 비롯한 유교적인 소양을 두루 갖추어 18세기 대표적인 문인학자 이덕무(李德懋), 박제가(朴齊家), 박지원(朴趾源), 성대중(成大中) 등과의 교류 속에 '무로써 문을 이룬 사람'이라고 평가될 정도였다. 그렇지만 백동수의 생애는 최근에 와서야 한두 차례 소개될 정도로 그동안 알려진 바가 없었다. 우리는 서얼 무사 백동수의 삶을 통해 조선 사회의 시대적 모순과 그 속에서 살다간 소수자들의 애환을 엿보는 기회를 갖게 될 것이다.

조선 무예의 집대성

백동수는 누구인가? 백동수의 자는 영숙(永叔), 호는 야뇌(野餒), 점재(漸齋), 인재(靭齋) 등이고 본관은 수원이다. 증조부 백시구(白時耉)는 무관으로 병마절도사를 지냈는데, 평민 첩 사이에서 조부 백상화(白尙華)를 낳는 바람에 백동수는 서얼 후계가 되었다. 부는 백사굉(白師宏)이고 모는 평산 신씨, 처는 진주 유씨(1738~1790)로 역시 서얼 출신이다.

백동수는 29세에 무과에 급제하였고, 45세에 국왕의 호위부대인

장용영(壯勇營)의 초관(哨官)이 되었다. 그때 정조의 특명으로 이덕무·박제가와 함께 『무예도보통지』를 편찬하는 데 참여하여 무예 실기 고증을 담당하였다. 뒤에 관직으로는 비인 현감과 박천 군수를 역임하였고, 정조 사후에는 탄압을 받아 유배되기도 하였다. 이상이 공식적인 기록에 드러나는 백동수의 행적 전부이다. 행장이나 전(傳)은 따로 전하지 않고 뒤에 살펴볼 교유 인물들의 단편적인 기록이 있을 뿐이다.

백동수라는 이름이 후세에 전하는 가장 큰 이유는 『무예도보통지』 편찬 덕이다. 정조는 '문과 무를 병용하는 것이 국운을 장구하게 하는 계책이다.'(『홍재전서(弘齋全書)』)라고 천명하며 무예의 중요성을 강조한 군주이다. 그리고 실제 무인의 활약상을 담은 『임충민공실기(林忠愍(慶業)公實記)』, 『김충장공유사(金忠壯(德齡)公遺事)』 등을 간행하게 하고 충무공(忠武公) 이순신의 문집을 간행하게 하였다. 역대 무장들의 전기를 집성한 홍양호(洪良浩)의 『해동명장전(海東名將傳)』 또한 동시대 같은 맥락에서 나온 저작이다.

정조는 특히 조선의 역대 무예를 총집성하는 사업을 벌이는데, 그 결과가 바로 『무예도보통지』이다. 이 책은 1790년 4월 규장각 검서(檢書)인 이덕무, 박제가와 장용영 초관 백동수 등이 왕명을 받아 편찬한 종합 무예서로 최초 4권 4책이었지만 이후 언해본 1책이 추가되었다.

조선의 최초 무예서는 임진왜란 당시 일본군에 비해 절대 열세였던 근접전 능력을 향상시키기 위해 1598년(선조 31) 훈련도감의 낭관 한교(韓嶠)가 『기효신서(紀效新書)』에 나타난 장창(長槍) 등 6가지 무예를 정리한 『무예제보(武藝諸譜)』이다. 이후 1759년(영조 35)

사도세자(思悼世子)에 의해 새로이 12가지 무예를 추가하여 『무예신보(武藝新譜)』가 편찬되어 조선의 이른바 18반 무예가 완성되었다.

정조는 여기에 마상월도(馬上月刀), 마상쌍검(馬上雙劍), 기창(騎槍), 마상편곤(馬上鞭棍), 마상재(馬上才), 격구(擊毬) 등 마상 무예(馬上武藝) 6가지를 추가하여 『무예도보통지』를 간행하였다. 이 책의 체재는 첫머리에 정조의 서문이 있고, 이어서 범례, 병기총서(兵技總叙), 척모사실(戚茅事實), 기예질의(技藝質疑), 인용서목(引用書目) 등이 있으며, 본문에는 24가지 무예를 수록하고 있다. 이 책은 당시의 병서들이 대체로 전법에 대한 내용을 담고 있는 것과는 대조적으로 실제 전투 기술을 수록하고 있다는 점에서 대단히 중요한 의미를 가지고 있다.

조선 후기 임진왜란을 겪으면서 무예의 필요성과 군사훈련의 교범이 있어야 되겠다는 절실함이 무예종합서 『무예도보통지』라는 걸작으로 결실을 맺었다. 실학사상의 영향이 컸음은 이덕무, 박제가라는 저명한 실학자들의 존재를 통해서도 알 수 있다, 특히 박제가는 40여세라는 장년의 나이에 문과보다 하위의 위상으로 존재했던 무과에 진출하는 성과를 거두었는데, 이는 그가 서얼 출신이라는 한계와 더불어 실학사상의 실증적 수단으로 결단을 내린 것으로 여겨진다, 이러한 시대적 배경에서 탄생한 『무예도보통지』는 24기의 실전 전투능력배양을 위한 훈련서로서 임진왜란 직후인 1596년부터 200여 년의 오랜 기간 동안 국가 수호책에 대한 관심의 결과 동양 삼국과 조선 전래 무예의 실용화를 연구, 수용 발전시킨 우리 무예의 총화라고 할 수 있다.

이 책은 『기효신선』, 『무비지』, 『도검록』을 비롯하여 『시경』, 『맹자』까지 인용되었을 정도로 내용이 방대하며 한중일 삼국의 서적 224종을 참고하였다. 이 책은 조선 건국 후 일시적으로 평화기가 계속 되자 무비를 소홀히 하고 숭문 일변도가 되었다가 임진왜란과 병자호란을 겪으면서 유비무환의 필요성을 절감하여 군사들에게 무예를 상습 연마시켜 국방에 만전을 기할 필요성에서 편찬되었다.

이 책은 오랜 기간에 걸쳐 국가의 시책으로 현존하는 무예 자료를 조사하고 실증적인 실용화 연구를 통해 외래 무예를 섭렵, 전통의 무예로 재창조하여 자주적이고 독창적인 군사 실용훈련지침서로서 뿐만 아니라 무예백과사전으로 창출된 우리 민족무예의 정체성을 세운 18세기 최대의 무예 유산이다.

백동수가 조선 무예의 집대성 작업에 참여하게 된 것은 물론 왕명에 의한 것이지만 무엇보다도 자타가 공인하는 무예에 대한 조예 때문이었다. 백동수에게 무예는 가학(家學)이기도 했지만 그 바탕 위에 다시 숙종대 검선(劍仙)이라 불리던 김체건(金體健)의 아들 김광택에게서 조선검법을 전수받게 된다. 유본학(柳本學)의 〈김광택전(金光澤傳)〉에 따르면, 검선으로 불린 김체건은 신선술과 검술을 배워 타의 추종을 불허하는 검술을 지니고 있었다고 한다. 특히 칼춤에 빼어난 재주를 보인 그는 검무 솜씨가 가히 입신의 경지에 들어 땅 가득히 꽃잎이 흩어지는 형세를 취할 줄 알았고 몸을 숨겨 보이지 않게도 했다고 전해진다. 아들인 김광택 또한 당시에 명성이 대단했던 것으로 전하고 있다. 김광택은 성대중이 여항에 숨어 있는 다섯 기사(奇士) 중 한 사람으로 소개한 이었다.

백동수가 무예를 익힌 과정이나 그에 관련한 기록이 전하고 있지 않아 그 실상을 제대로 알기는 어려우나 『무예도보통지』에 나타난 무예에 대한 그림과 해설의 상세함을 통해서 그가 얼마나 무예 실기에 정통하며 정밀하게 고증하였는가를 짐작할 수 있다. 오늘날 전통무예를 계승하고 복원하고자 하는 이들의 입을 통해서도 그 성가를 확인할 수 있기 때문이다.

문무의 교차점, 우정과 인정의 꼭짓점

백동수는 한낱 거리의 완력을 쓰는 무리와는 다르다. 동시대 인물들의 글을 통해 인간 백동수의 면모를 살펴보면, 이채를 띠는 것은 그가 교류한 인물들 중에는 조선 후기 사상사와 문학사의 걸출한 문인들이 대거 포진해 있다는 것이다. 과연 그들이 전하는 백동수의 모습은 어떠한가.

그는 서울 누대 무관의 집안에서 태어났지만 조부 때부터 서얼의 굴레를 물려받는다. 어린 시절에 평생의 벗이자 매부가 된 이덕무를 만나고, 이어 박제가, 박지원을 벗으로 삼는다. 부친 백사굉의 영향으로 이인상, 이윤영, 원중거 등 문인에게도 가르침을 받았다.

백동수는 명망 있는 선비에게 배우고 재주 있는 벗과 사귀면서도 서자라는 신분에 대한 불만과 열등감 때문에 상인, 건달, 농부, 백정 등과도 사귀며 낮은 곳에 처하고자 했다. 전설의 검객인 김체건을 흠모하여 그 아들이자 검술의 명인 김광택을 스승으로 삼고, 의술·단학·글씨·그림에도 눈을 뜬 그는 과격하고 굽힐 줄 모르는, 고삐로 묶으려 해도 묶이지 않는 성격의 소유자였다.

이덕무의 증언을 들어보자.

야뇌(野餒)는 누구의 호인가? 나의 벗 백영숙(동수)의 자호(自號)이다. 영숙은 기위(奇偉)한 선비인데 무엇 때문에 비이(鄙夷)하게 자처(自處)하는가? 나는 이 까닭을 알고 있다.

무릇 사람이 시속에서 벗어나 군중에 섞이지 않는 선비를 보면 반드시 조롱하기를,

"저 사람은 얼굴이 순고하고 소박하며, 의복이 시속을 따르지 아니하니 야인(野人)이로구나. 언어가 질박(質朴)하고 성실하며 행동거지가 시속을 따르지 아니하니 뇌인(餒人)이로구나."

한다. 그리하여 드디어는 그와 함께 어울리지 아니한다. 온 세상이 모두 이러하니 이른바 야뇌라고 하는 자도 홀로 행하여 다난하고 세상 사람들이 자기와 함께 어울리지 않는 것을 탄식하여, 후회해서 그 순박한 것을 버리거나 부끄러워하여 그 질실(質實)한 것을 버리고서 점차로 박한 것을 좇아가니 이것이 어찌 진정한 야뇌이겠는가? 참으로 야뇌스러운 사람은 볼 수 없다.

영숙은 고박(古樸)하고 질실한 사람이라 차마 질실한 것으로써 세상의 화려한 것을 사모하지 아니하고, 고박한 것으로써 세상의 간사한 것을 따르지 아니하여 굳세게 우뚝 자립해서 마치 저 딴 세상에 노니는 사람과 같다. 그러므로 세상사람 모두가 비방하고 헐뜯어도 그는 조금도 야(野)한 것을 뉘우치지 아니하고 뇌(餒)한 것을 부끄러워하지 아니하니 이야말로 진정한 야뇌라고 이를 수 있지 않겠는가? 이러한 것을 누가 알 것인가 ? 나만이 잘 알고 있으니 그렇다면 야뇌라고 이르는 것은 세상 사람들은 하찮게 여기는 것이지만 나는 그대에게 기대하는 바이니 앞서 내가 이른바,

"비이한 데 자처한다."

한 것은 마음에 격동하여 말한 것이다. 영숙은 내가 자기 마음을 알아준다 하여 그 서문을 청하므로 써서 준다. 행여 이것을 가지고 말을 교

묘하게 하고 낯빛을 좋게 꾸미는 자에게 보이게 되면 반드시 비웃고 또 꾸짖어 이르기를,

"이 글을 지은 자야말로 더욱 야뇌한 사람이로구나."

하겠지만 내 어찌 성내랴?

백동수가 자신의 거처 이름을 야뇌당(野餒堂)이라 짓고 그의 벗인 이덕무에게 그 의미를 써주기를 부탁하자 위와 같이 풀이했다는 것이다. 소위 '야(野)'라는 것은 세련됨을 의미하는 '사(史)'의 반대편에 있는 것이다. 그러므로 순박, 질박, 소박함이니 시속의 흐름과는 거리가 먼 모습이다. '뇌(餒)'는 곧 굶주림이요, 낮고 천한 상태이니 모두가 꺼리는 바이다. 이는 곧 백동수의 시류를 따르지 않는 천품을 가리키는 것이요, 이해타산과는 거리가 먼 성품을 말하는 것이다. 야뇌는 누추해도 당당하고 가난해도 부끄럼 없이 살겠다는 다짐으로 스스로를 가장 잘 표현한 호이다.

이덕무는 백동수의 또 다른 자호를 풀이한 〈점재기(漸齋記)〉에서는 이렇게 쓰고 있다.

영숙이 이미 그 현판에 '점(漸)'이라고 호를 하고는 나에게 그 서문을 청하였다. 나는 묻기를,

"점(漸)이라고 실명(室名)을 지은 것은 그대가 마음으로 즐거워하여 스스로 취한 것인가, 아니면 선생이나 장자(長者)가 이렇게 명하여 호를 하게 한 것인가?"

하였다.

아, 의미가 심장하다. 참으로 영숙의 호여! 중후(重厚)하고 관서(寬舒)한 사람이 아니면 감당할 수 없는 것이다. 『주역』의 괘서(卦序)에 이

르기를,

"간(艮)은 그치는 것[止]이니 물(物)은 끝내 그칠 수만은 없는 것이다. 그러므로 점(漸)으로 받았다."

하였고, 또 이르기를,

"천천히 나아가는 것이 점(漸)이니 나아가기를 순서대로 하고 차례를 넘지 아니하는 것이 완(緩)하는 것이다."

하였다.

나는 천하의 만물과 만사는 모두 시종(始終)과 본말(本末)이 있어, 이것을 벗어나고서는 성취될 수 없다고 생각한다.

나는 일찍이 두 손을 마주잡고 용모를 단정히 하고 정중하게 서서히 걸어 문에 들어선 다음 마당을 거쳐 계단을 밟아 청당에 오른다. 그런 다음 좌석을 정하여 엄연(儼然)한 태도로 단정히 앉아서 조용한 마음으로 여유있게 말하면 그 말이 반드시 조리가 있을 것이니 이렇게 하는 것이 날마다 하는 위의(威儀)의 시종이요, 본말이다. 황급하거나 촉박한 뜻이 없어, 천천히 나아가서 순서를 넘지 않는 것을 여기에서 볼 수 있다.

만일 이와 달리 갓이나 띠가 흩어지거나 풀어지고 행보가 건들거리고 방정맞으면, 다만 엎어지고 자빠지며 넘어질 염려가 있을 뿐만 아니라 필연코 때에 맞지 않게 웃거나 헤아리지 않고 말하게 되어 점(漸)이라는 의의가 여기에서 완전히 없어지고 말 것이니, 이 얼마나 크게 두려운 것이 아니겠는가?

세상에 그 마음을 바루지 아니하고서 몸이 닦여지고 집이 다스려지기를 기대할 사람은 있지 않다. 소학으로부터 대학에 진학하는 것도 또한 이것으로 말미암는다. 그러나 유독 이것만 그러한 것이 아니라 실로 옛 성현이 사람을 유도하고 후학을 교훈한 천만 마디의 많은 말도 그 용심(用心)한 것을 구명(究明)하여 보면 또한 여기에서 벗어나지 않는다. 아, 영숙은 뜻이 있는 자이다. 이미 '점(漸)'이라 호하고 또 나에게 그 의의를 천명해 줄 것을 청하니, 그 입지가 어찌 천박하고 용렬한 것이랴?

만일 나를 망령된 것으로 여기지 아니한다면 어찌 일상 사용하고 있는 미세한 일을 가지고서 시험하여 보지 않는가? 바라건대 나를 위하여 손을 모으고 용모를 단정히 하고 정중하게 서서히 행보하여 문에 들어가고 청당(廳堂)에 오르기를 예법대로 하며 마음에 여유있게 담화를 하라. 이렇게 하기를 이미 오랫동안 하고 나면 반드시 얻는 것이 있을 것이다. 그때 그대는 필연코 말하기를,

"명숙(明叔)은 거짓말하는 사람이 아니다. 내가 시험하여 보니 과연 이와 같구나."

할 것이요, 나도 또한 이를 따라 기뻐하면서 이르기를,

"영숙은 더욱 힘쓰라. 그리하여 말(末)과 종(終)을 성취하여다오."

할 것이며, 만일에 이를 따르지 아니한다면 반드시 정색하고 경계하여 이르기를,

"영숙은 어찌하여 그리 천박한가? 점(漸)의 의의가 어디 있는가? 소학과 대학의 차제(次第)에 대한 말이 비로 쓴 듯이 없어지고 말 수가 있는가?"

할 것이며, 그러면 그대는 반드시 소스라쳐 두려워하고 대번에 돌이켜서 고치겠는가, 않겠는가? 나는 여기에서 망령된 말인가 아닌가를 결정하리라.

사십대 초반까지의 젊은 무사 백동수의 행적은 서얼 차별에 대한 분노와 저항 의식 속에서도 야뇌, 점재, 인재 등으로 호를 고쳐 가며 자신을 추스르려 한다. 성대중은 〈인설, 비인 현감으로 가는 백영숙에게 주다(韌說贈白永叔之官庇仁)〉라는 글에서 너무 강하면 꺾이게 된다는 이치로써 그에게 강함과 부드러움의 조화를 요구하기도 하였다.

한때 장사에 눈을 돌리기도 한 백동수는 스물아홉이 되던 1771년

식년 무과에 급제한다. 하지만 '선달'에 오른 것에 만족해야 했던 그는 박지원, 이덕무와 전국을 유람한 후 강원도 인제의 기린에 들어가 농사와 목축에 종사한다. 이때 박지원이 써서 준 글이 남아 당시의 사정을 알게 한다.

백영숙은 장수 집안의 후손이다. 그의 선조에는 충성으로 나라를 위해 목숨을 바친 사람도 있어 지금까지도 사대부들이 서글퍼하고 있다. 백영숙은 전서(篆書)와 예서(隸書)에 능하고 전고(典故)에도 숙달되어 있다. 젊어서는 말도 잘 타고 활도 잘 쏘아 무과에 급제도 했다. 비록 시운을 만나지 못해 영달하지는 못했지만 군주에 충성하고 나라를 위해 목숨을 바치려는 그 뜻은 충분히 선조의 공렬(功烈)을 계승할 만하여 사대부에게 부끄럽지가 않다.

아, 그런데 백영숙이 어째서 식구를 몽땅 이끌고 강원도 두메산골로 들어가야 하는가?

백영숙이 전에 나를 위해 금천(金川)의 연암협(燕巖峽)에 살 곳을 잡아 준 적이 있다. 산은 깊고 길은 험난해 종일을 가도 사람 하나 만날 수 없었다. 둘이서 갈대밭에 말을 세우고 서서 채찍으로 높은 언덕배기를 구획지으며,

"저기에다 뽕을 심어 울타리를 세울 만하군. 갈대를 불사르고 밭을 일구면 한 해에 조 천석은 건을 걸세."

라고 말하고는 시험 삼아 부시를 쳐서 바람을 따라 불을 놓아 보았다. 꿩이 놀라 푸드득 날아오르고 작은 노루가 우리 앞에 튀어나와 냅다 달아났다. 팔을 걷어붙이고 뒤쫓아 가다가 시냇물에 막혀 돌아와 마주 보고 웃으며,

"백년도 못 되는 인생을 어찌 답답하게 목석과 함께 살며 조 농사나 지어 먹고 꿩・토끼 사냥이나 하는 자로 지내겠는가."(말을 세우고부터

여기까지는 모두 백영숙의 일을 기술한 것이다.)

이러던 백영숙이 이제 기린협에서 살려고 송아지 한 마리를 끌고 들어가니, 길러서 밭을 갈겠다는 것이다. 그 고장엔 소금과 메주도 없고 산아가위나 돌배로 장을 담가 먹어야 한다. 그 험하고 궁벽하기가 전날의 연암협에 어찌 비교나 되겠는가.

그런데 나 자신도 이럴까 저럴까 망설이면서 아직 거취를 결정하지 못하고 있으니 백영숙이 떠나가는 것을 감히 만류하겠는가. 나는 그의 결심을 장하게 여길지언정 그의 곤궁함을 슬퍼하지는 않는다.

박지원의 증언에서도 알 수 있듯이 백동수는 벼슬길이 순탄하지도 살림살이가 넉넉하지도 못했던 것으로 보인다. 조선 전기 『경국대전』의 규정대로 무과에 28명만을 선발했던 과거시험이 조선 후기에 이르면 한번에 1만 명의 합격자를 낼만큼 느슨해지게 된다. 그래서 무과를 소위 만과(萬科)로 부르기도 했다. 재정적 필요에 의해 많은 수의 합격자를 배출하니 결국 관직의 수가 턱없이 부족해 벼슬을 얻지 못하는 사람이 부지기수였다. 백동수 역시 그런 처지가 오래되자 서울생활을 청산하고 강원도 산골에서 들어가 10여년 농사를 지으며 무예를 연마하며 세월을 보냈다. 이후 정조가 즉위하고 친위군영인 장용영을 조직하면서 서얼 무사들을 등용할 때 그는 창검의 일인자로 추천 받았고, 마흔 다섯에 드디어 장용영 초관에 임명되었던 것이다.

위의 박지원의 글에서 곤궁했던 당시를 생생히 그리고 있는 데, 또 한편으로 주목되는 바는 그가 서예에 능하고 전고에 밝았다는 사실이다. 전고에 관해서는 이덕무의 기록이 이를 증명하고 있다. 〈앙

엽기(盜葉記)〉라는 글을 보면, 이런 얘기가 나온다.

백영숙(白永叔)이 일찍이 말하기를,

"당나귀가 아비이고 말이 어미인 데서 낳은 것을 '노새'라 하는데, 바로 『설문(說文)』에서 말한 나(羸)이고 『고금주(古今注)』에서 말한 맥이다. 다리는 길고 궁둥이는 위로 솟았으며 꼬리털은 홀쭉한 편이고 갈기털은 짧다. 말 아비와 당나귀 어미 사이에서 난 것을 '것귀'라 하는데, 바로 『병아(駢雅)』에서 말한 등맥이다. 크기는 당나귀만하고 귀는 말보다 크며, 뒤는 노새와 같고 앞은 말과 같다. 노새 아비와 말 어미 사이에서 난 것을 '버새'라 하는데, 노새 같으면서도 꼬리는 노새보다 조금 길고 귀는 노새보다 작다. 말 아비와 소 어미 사이에서 난 것을 '특'이라 하는데, 세속에서는 특(特)을 말과 소가 교미하여 낳은 새끼라 하므로, 널리 자서(字書)를 상고해 보았으나 소로만 훈고가 나 있었다. 뒤는 소와 같고 앞은 노새와 같다. 소 아비와 말 어미 사이에서 난 것도 '특'이라 하는데, 크기는 말과 같지만 갈기가 무성하지 않아 좀벌레가 갉아먹은 것 같다. 앞은 말과 같고 뒤는 소와 같다."

하였고, 또 말하기를,

"말 아비와 당나귀 어미 사이에서 난 것도 '것귀'라 하는데, 아래 앞니 두 개는 길면서도 안으로 굽었고 발굽은 당나귀와 같이 둥글지만 중간에 실같이 가는 틈이 있다."

하였다.

노새에 대한 실제 모습은 물론 각종 관련 전고를 꿰뚫어 말하는 백동수에게서는 당대 실제 경험과 고증을 통한 박학을 장기로 하던 실학자의 모습이 비춰지기도 한다. 어느 날 당대 최고 화가인 김홍도와 함께 화론에 갑론을박을 했다는 일화가 전하는 것으로 보아서도 백동수는 단지 무예만 익힌 무사가 아니었음을 알 수 있다.

박제가 또한 일찍부터 연장인 백동수와 교유하며 나이를 잊은 벗으로 함께 하였다. 그래서 누구보다도 백동수의 지나온 내력과 성품을 잘 알고 있었다.

천하에서 가장 친밀한 벗으로는 곤궁할 때 사귄 벗을 말하고, 우정의 깊이를 가장 잘 드러낸 것으로는 가난을 상의한 일을 꼽습니다. 아! 청운에 높이 오른 선비가 가난한 선비 집을 수레 타고 찾은 일도 있고, 포의의 선비가 고관대작의 집을 소매 자락 끌며 드나든 일이 있기는 합니다. 하지만 그렇게 절실하게 벗을 찾아다니지만 마음 맞는 친구를 얻기는 어려우니 그 이유가 무엇일까요?

벗이란 술잔을 건네며 도타운 정을 나누는 사람이나, 손을 부여잡고 무릎을 가까이하여 앉는 자를 의미하는 것만은 아닙니다. 말하고 싶은 것이 있어도 입 밖으로 꺼내지 않는 벗이 있고, 말하고 싶지 않은 것이 있으나 저도 모르게 저절로 입 밖으로 튀어나오는 벗이 있습니다. 이 두 부류의 벗에서 우정의 깊이를 짐작할 수 있습니다.

아끼는 물건이 없는 사람은 없으므로 누구나 사유하고 싶어 하는데, 사유의 대상으로는 재물보다 더한 것이 없습니다. 또한 사람은 남에게 부탁할 일이 생기지 않을 수 없는데 누구나 그런 부탁을 꺼리고, 꺼리는 대상으로는 재물보다 더한 것이 없습니다. 사유한 재물을 논하는 것도 꺼리지 않는 친구라면 다른 것은 오죽 하겠습니까?

『시경』에 "옹색하고 가난한 내 처지! 힘든 줄 아는 자 하나도 없네!"라는 시구가 있습니다. 내가 아무리 가난하게 살아가도 남들은 털끝만큼도 자기 것을 덜어 보태주지 않습니다. 그렇기 때문에 남이 베푼 은혜에 감동하거나 원한에 사무쳐 하는 세상사가 일어납니다.

가난한 사정을 감추고 말을 꺼내기 싫어하는 사람이 있다고 합시다.

그 사람이 남에게 부탁할 일이 전혀 없을까요? 하지만 그는 집문 밖을 나서서는 억지로라도 웃는 얼굴을 하고 만나는 사람과 정담을 나눕니다. 그가 차마 오늘 먹어야 할 밥이나 죽에 대해서 몇 번이나 운을 뗄 수 있을까요?

그는 평소에 하던 이야기를 이것저것 두루 꺼내면서도 정작 지척에 놓여 있는 쌀궤의 자물쇠를 여는 일에 대해서는 감히 묻지 못합니다. 하지만 머뭇머뭇하는 사이에 대단히 꺼내기 힘든 말이 숨어 있습니다. 정말 부득이하기에 조금 운을 떼기 시작하여 잘 끌어가다 쌀이나 돈을 꾸어달라는 본론으로 화제를 돌릴 찰나 상대방의 미간에서 좋지 않은 반응이 은근히 나타나는 것을 눈치챕니다. 그러면 앞에서 이른바 말하고 싶은 것이 있어도 입 밖으로 꺼내지 못하는 이야기를 설령 꺼낸다 하더라도 실상은 꺼내지 않은 것과 똑같게 됩니다.

그러므로 재물이 많은 사람은 남이 무엇을 그에게 바라는 것이 싫으면 지레 그가 재물 없음을 말해버립니다. 남의 기대를 아예 끊기 위해서 일부러 아무 말도 꺼내지 않는 거지요.

그렇다면 이른바 술잔을 건네며 도타운 정을 나누고 손을 부여잡고 무릎을 가까이하여 앉는 벗이라 해도 대개는 서글픔으로 인해 떨어지지 않는 발걸음을 떼어 실의와 비감에 차서 제집으로 돌아갑니다. 그렇지 않을 사람이 드물 것입니다.

나는 이 일을 통하여 알았습니다. 우정의 척도로 가난을 상의한다고 한 말이 쉽게 얻어진 것이 아니고, 무언가에 격분하여 그렇게 말한 것임을…….

곤궁할 때의 벗을 가장 좋은 벗이라고 말하는데 허물이 없고 시시콜콜한 관계라고 경시해서 그럴까요? 또 요행으로 얻을 수 있다고 해서 그럴까요? 아닙니다. 처한 사정이 같은 고로 지위나 신분에 얽매일 필요가 없고, 근심하는 바가 같은 고로 서로의 딱한 처지를 잘 이해하므로 그렇게 말하는 것입니다.

손을 맞잡고 노고를 위로할 때에는 반드시 친구가 끼니라도 제대로 잇고 있는지, 또 탈이 없이 잘 지내는지를 먼저 묻고 그 뒤 살아가는 형편을 묻습니다. 그러면 말하고 싶지 않았던 것인데도 저절로 입 밖으로 튀어나옵니다. 친구의 처지를 안쓰러워하는 진실한 마음과 또 친구가 마음 써준 데 대한 감격이 그렇게 시킨 것입니다.

다른 사람에게는 말을 꺼내기가 지극히 어려웠던 사정도 이제는 망설임 없이 입에서 곧바로 쏟아져 나와 말문을 막을 길이 없습니다. 어떤 때는 친구집 문을 벌컥 열고 들어가 안부를 묻곤 하루종일 아무 말 없이 베개를 청하여 한잠 늘어지게 자고 떠나기도 합니다. 그래도 다른 사람과 십년간 사귀며 나눈 대화 보다 낫지 않습니까?

그 이유는 다른 데 있지 않습니다. 벗을 사귐에 마음이 맞지 않으면 무슨 말을 나누어도 말을 꺼내지 않은 것과 똑같은 법입니다. 벗을 사귐에 간격이 없다면 비록 서로가 묵묵히 할 말을 잊고 있다 해도 좋을 것입니다. 옛말에 '머리가 세도록 오래 사귄 친구라도 처음 만난 것처럼 서먹서먹하고, 길거리에서 우연히 만나 사귄 친구라도 옛 친구와 다름없다'라고 한 말이 바로 이런 경우를 두고 한 것이 아니겠습니까?

저의 벗 백영숙은 재기를 자부하며 살아온 지 30년이로되 여태껏 곤궁하게 지내며 세상에서 대우를 받지 못하였습니다. 그분이 이제 양친을 모시고 깊은 산골짜기에 들어가 생계를 꾸려가려 합니다. 오호라! 그분과의 사귐은 곤궁함으로 맺어졌고, 그분과의 사귐은 가난함으로 채워졌습니다. 저는 그것이 못내 슬픕니다.

비록 그러하나 저와 영숙의 사귐이 어찌 곤궁한 자의 우정에나 그치겠습니까? 영숙은 집안에 이틀 양식이 구비된 것도 아닐 텐데 저를 만나면 오히려 차고 있던 칼을 끌러서 술을 받아 마셨습니다. 마신 술로 거나해지면 목청 높여 노래 부르며 남을 깔보듯 꾸짖고는 껄껄 웃어버립니다. 천지간의 애환, 염량세태의 변화, 인생의 단맛 신맛이 그 속에 모두 담겨 있습니다. 아아! 영숙이 곤궁할 때의 벗에 불과했다면 그렇게 자주 저와 주저 없이 어울렸겠습니까?

영숙은 일찍부터 세상에 이름이 알려졌습니다. 그분과 우정을 맺은 사람은 나라 안에 두루 퍼져 있습니다. 위로는 정승 판서와 목사 관찰사가 그분의 벗이고, 다음으로 현인(顯人) 명사(名士) 또한 그분을 인정하고 추켜세웠습니다. 그 밖에 친척이나 마을 사람들, 그리고 혼인의 의를 맺은 사람들이 한둘이 아닙니다.

게다가 말을 달리고 활을 쏘며, 검을 쓰고 주먹을 뽐내는 부류와 서화, 인장, 바둑, 금슬, 의술, 지리, 방기(方技)의 무리로부터 시정의 교두군, 농부, 어부, 푸줏간 주인, 장사치 같은 천인에 이르기까지 길거리에서 만나서 누구하고나 날마다 도타운 정을 나눕니다. 또 줄을 이어 문을 디밀고 찾아오는 사람들을 상대하여 영숙은 누구냐에 따라 낯빛을 바꾸어 대우하여 그들의 환심을 얻었습니다.

또 각 지방의 산천과 풍속, 명물, 고적뿐만 아니라 수령의 치적과 백성의 숨은 불평, 군정(軍政)과 수리(水利)의 일까지 모두 훤히 꿰뚫고 있습니다. 그러한 장기를 가지고 사귀고 있는 많은 사람들 사이에서 노닐고 있으니 마음껏 질탕하게 즐길, 뜻에 맞는 친구 하나쯤 어찌 없겠습니까? 그런데 때때로 저의 문만을 두드립니다. 이유를 물으면 달리 갈 곳이 없다고 말합니다.

영숙은 저보다 나이가 일곱이 위입니다. 저와 더불어 같은 마을에 살던 때를 회상해보니 그때는 동자였던 제가 벌써 수염이 나 있습니다. 10년을 헤아리는 사이에 낯빛의 성쇠가 이와 같은데도 우리 두 사람은 하루와 같이 생각되니 그 사귐이 어떠한지를 알 수 있습니다.

오호라! 영숙은 평생 의기를 중히 여겼습니다. 천금을 손수 흩어서 남을 도운 적이 여러 번이었습니다. 그러나 끝내 우대받지 못하여 사방 어디에서도 입에 풀칠조차 할 수 없게 되었습니다. 활을 잘 쏘아 과거에 급제하기는 했으나 녹록하게 세상의 비위를 맞추어 공명을 얻는 데 뜻을 두지 않았습니다.

이제 영숙이 또 집안 식구들을 거느리고 기린협으로 들어갑니다. 제가 듣기로는 기린협은 옛날에는 예맥의 땅이었는데 험준하기가 동해 부근에서 제일이라 합니다. 그곳은 수백 리 땅이 모두 큰 봉우리와 깊은 골짜기로서 나뭇가지를 부여잡고서야 들어갈 수 있다 합니다. 그곳 백성들은 화전으로 곡식을 가꾸며 판자로 집을 짓고 살 뿐이요 사대부는 살지 않는다고 합니다. 소식은 겨우 일 년에 한 번 서울에 이를 것입니다. 낮이 되어 문밖을 나서면 열 손가락에 못이 박힌 나무꾼과 봉두난발의 광부만이 화로를 앞에 두고 빙 둘러 앉아 있고, 밤이 되면 솔바람이 쏴르르 일어 집을 돌아 스쳐가고, 외로운 산새, 슬픈 짐승이 울부짖어 그 소리가 골짜기에 울려 퍼질 것입니다. 옷을 떨쳐입고 일어나 사방을 휘둘러 볼 때 눈물이 옷깃을 적시며 서글프게 서울을 그리워하지 않을 수 있을까요?

오호라! 영숙이여! 거기서는 또 무슨 일을 하렵니까? 한 해가 저물어 가면 싸라기눈이 흩뿌리고, 산중이 깊은지라 여우, 토끼가 살쪄 있으리니 활을 당기고 말을 달려 한 발에 맞춰 잡고, 안장에 빗기 앉아 한바탕 웃음을 터트리면, 악착같던 의지도 속 시원히 풀리고, 고독한 처지도 잊혀지지 않을까요? 어찌 또 거취의 갈림길에서 연연해하고 이별의 순간에 미련을 가질 필요 있으리오? 어찌 또 서울 안에서 먹다 남긴 밥이나 찾아다니며 남들의 싸늘한 눈치를 보아가면서 말 못할 처지의 남에게 하고 싶은 말을 꺼내지 못하는 꼬락서니를 하며 지낼 필요가 있겠습니까?

영숙이여! 떠나십시오! 저는 지난 날 궁핍 속에서 벗의 도리를 깨달았습니다. 그렇지만 영숙과 제 사이가 어찌 궁핍한 날의 벗에 불과하겠습니까?

박제가는 〈송백영숙기린협서(送白永叔基麟峽序)〉라는 윗글에서 30년 지기 백동수의 인간됨을 가감 없이 드러내고 있다. 재물을 가볍게 여기고 인정을 소중히 여기는 그 마음, 상하 차별 없이 모든 이를 벗 삼으려 했던 그의 호협한 품성이 짧지만 잘 부각되어 있다. 또 이 글은 비단 두 사람만의 교유가 아니라 과연 진정한 벗은 무엇인가라는 물음에 대한 답변이기도 하다. 그리하여 궁핍한 날의 벗에게 무엇보다 소중한 우정을 상기시키며 무한한 격려를 보내는 것이다.

백동수와 교유하며 그를 잘 아는 인물 중에는 성대중이 있는데, 성대중의 아들인 성해응(成海應, 1769~1839)은 대를 이어 교유를 나누기도 하였다. 그래서 백동수의 생애와 특히 말년의 모습을 전해주고 있다.

영숙 백동수는 본관이 수원이다. 그의 증조부 절도사 백시구는 경종 때에 정책대신들과 함께 화를 입었는데, 시호는 충장이다.

백동수는 나면서부터 굳세고 기백이 있었다. 또한 그는 명가의 자제로 젊은 나이에 무과에 급제하여 선전관이 되었다. 그러나 항상 그 일을 즐거워하지 않았으며, 협사(狹斜, 유곽)를 쫓아 놀기를 좋아했다.

한번은 그 무리들을 데리고 북한산 누대에 올라, 바야흐로 술잔을 돌리고 기생들은 노래하려는데, 마침 무뢰배들이 몰려와 쫓아내려 하였다. 백동수가 바로 눈을 부릅뜨며 소매를 떨치고 일어나니, 수염이 다 곧추섰다. 그러자 무뢰배들은 두려워서 달아났다. 내가 그의 이름은 진작 들었으나 그를 만나보지는 못했다.

무신년(1776) 봄에, 청장관 이덕무가 악대를 동원하여 노친을 즐겁게 한 자리가 있어서, 나도 가서 축하드렸다. 그 자리에 졸고 있던 어떤 사람이 갑자기 일어나서는, 얼큰히 취한 채 눈을 치켜뜨고 화가 김홍도에게 노선화(老仙畵) 한 폭을 부탁하고 화법에 대해 매우 상세하게 이야기하는 것이었다. 그가 바로 백동수였다. 나는 또한 그의 재주를 기이하게 생각하였다.

당시에 부친께서 비성(秘省)에 근무하고 계셨는데, 한 때의 명사들이 술을 들고 자주 찾아오곤 했다. 백동수 또한 가끔 찾아와서는 역사상의 치란 흥폐의 원인과 중국 산천 및 국경 수비의 형편을 하나하나 이야기하는데, 응대하는 것이 머뭇거림이 없었다.

그는 말하였다.

“예법을 중시하는 사람을 만나면 나 또한 예법에 맞게 그를 상대하고, 글을 짓거나 서화를 그리는 선비를 만나면 나 또한 글을 쓰고 서화를 하는 법으로 그를 상대하였지요. 또 복서 의약 방기 술수에 밝은 선비를 만나면, 나 역시 거기에 합당한 법도로 그들을 상대하지요. 그들이 예법을 좋아하면, 나 또한 겸손으로 상대하는 것이랍니다.”

나는 또 그의 재주가 미치지 않는 곳이 없음을 감탄하였다. 그는 이어서 말하였다.

“나는 이 세상을 볼 때마다 내 마음에 맞지가 않았지요. 그래서 춘천의 산 속으로 들어가 메마른 땅을 직접 개간하여, 수수와 기장을 많이 심고, 닭과 돼지를 많이 치고, 계절마다 술을 빚어, 이웃 어른들을 불러 즐겁게 술을 마시면서, 오래도록 그곳에 살며 돌아오지 않으려고 했었지요.

그런데 얼마 지나자 멀리 떨어져 사는 괴로움을 많이 느끼게 되었지요. 그래서 다시 가족을 모두 데리고 도성 안으로 들어와 집을 빌려 살며, 마음 맞는 사람을 찾아가 기분 좋게 담소를 나누면서 만족할 수 있었습니다. 이 또한 유쾌한 일 중의 하나였습니다.”

나는 다시 그의 의지로도 하지 못하는 일이 있다는 것에 놀랐다.

정조 기유년(1789)에 장용영을 설치하였다. 임금께서 백영숙의 재주를 알고 초관을 제수하시고 『무예도보통지』를 편집하는 일을 맡기셨다. 그 일이 끝나자 임금께서는 비인현 현감을 제수하였는데, 백동수는 부친의 상을 당하여 오래도록 고향으로 돌아가게 되었다. 다시 박천 군수로 있다가 얼마 뒤, 관직을 그만두었다.

백영숙의 집은 본래 넉넉하였는데, 그는 가난한 사람들을 도와주기를 좋아하여, 이 때문에 가산을 허비하게 되었다. 그러나 그는 베풀기를 그치지 않았고, 몇 칸 집에 굶주려 누워 있는 경우가 많았다. 게다가 얼마쯤 돈이 생기면, 빌린 돈을 갚고 나머지로 먹을 것을 사려다가 이웃집의 이름 있는 관리가 죽어서 추렴할 데가 없다는 소리를 듣자, 곧 돈을 주어버렸다. 그가 지방에서 고을살이를 할 때, 봉록을 받으면 빚을 갚기에도 모자랐다.

백영숙은 이미 늙어 병들고 아내는 죽고 첩은 떠났으며, 교유하는 사람들은 적고 살아있는 친구도 드물었다, 내가 그가 힘들게 쓸쓸히 살고 있는 것을 슬퍼하여, 가끔 그를 찾아뵈었다. 그러면 그는 수족이 말을 듣지 않아 일어나지도 못하면서도, 기뻐하며 웃는 것은 예전과 같았다. 그리고 그는 말하였다.

"내가 비록 병들었으나, 아직 아침저녁으로 밥 한 그릇씩은 먹어 치우니, 내 목숨은 한결같이 보존되고 있다네. 그러니 무슨 근심이 있겠소?"

나 또한 그의 남다른 기상이 여전함을 소중하게 생각하였다. 이제 들으니, 그는 영원히 세상을 떠났다고 한다. 저 옛날 비상하게 뛰어났던 사람들은 차라리 그 궤적을 굽혀 시세에 몸을 맡길지언정, 그 뜻을 굽혀 권문세가에게 아첨하여 공명을 취하지는 않았다. 그래서 뜻있는 선비들 또한 그를 찾아, 자신들의 뜻을 모두 얻고는, 오로지 감흥과 기쁨에 경도되어, 싫증내지 않았다. 이것은 대개 시대를 걱정하고 속된 풍조를 개탄하는 마음에서 그러했던 것이다.

나는 일찍이 구양수가 쓴 〈석비연시집서(釋秘演詩集序)〉를 읽고 감탄한 적이 있는데, 내가 마침내 영숙 백동수의 개인사를 기록하게 되었다. 애석하도다! 기남자를 다시 볼 수 없음이여!

성해응의 〈서백영숙동수사(書白永叔東脩事)〉는 내용으로 보아 사실 백동수의 행장이라고 할 수 있다. 소략하지만 그의 가계와 어린 시절, 청년기 일화, 행적과 사망에 대한 기록이 갖춰져 있어 아쉬운 대로 백동수라는 인물의 생애를 조감하는 데 좋은 자료를 제공하고 있다. 젊은 시절 무뢰배를 떨쳐버린 일화와 재물을 주위에 흩어버린 미담에서는 협사의 풍모가, 김홍도와의 일화에서는 다양한 재능이, 사대부들과의 교유에서는 문무를 겸비한 선비의 모습이 잘 드러나고 있다. 그런데 다재다능하고 많은 사람들에게서 신망을 받았지만 그의 말년의 모습이 결코 행복하게 묘사되지 않은 데에서는 씁쓸한 느낌을 지울 수가 없다.

박지원의 아들인 박종채가 기록한 『과정록』의 한 대목에서는 어느 날 박지원 앞에서 주정을 부리던 백동수가 박지원에게 책망을 듣고는 사과를 했다는 이야기가 나온다. 문면 그대로 보면 하나의 실수담으로 비춰지지만, 여타 기록의 정확도가 떨어지는 것으로 보아서는 아무리 친하게 지내도 결국은 신분의 차대를 벗어나지는 못한 사건으로 읽히기도 하는 것이다.

백동수는 특히 이덕무, 박제가 등과는 같은 서얼 신분으로 동질감을 느꼈고, 어릴 때부터 교유를 나누며 평생 동지로 지냈음을 알 수 있다. 그 과정에 나온 여러 글을 통하여 백동수가 한낱 서얼 무사로서 살아간 것이 아니라 문무의 역량을 함께 갖춘 인물임을 엿볼 수 있었다.

기남자(奇男子)가 남긴 것

과거에도 조선의 뒷골목에 조직폭력이 횡행했다는 보고가 있다. 이름난 주먹장이들 가령 표철주 같은 인물들의 이야기도 인구에 회자되고 있다. 그러나 우리가 살펴본 인물은 이런 거리의 사내가 아니다. 과연 이 세상에 제 마음대로 되지 않는다 하여 또 억울하다고 하여 무력으로 해결할 수 있는 일이 얼마나 될 것인가.

마이너리티인 서얼의 신분에서 메이저로 진입하려했던 인물 백동수. 서얼로 산다는 것은 귀속 신분이 평생을 좌우했던 조선에서는 영원한 마이너리티에 머무는 것이다. 그러나 그는 뛰어난 무예와 무사로서의 남다른 유교적 소양을 지니고 당대 북학파의 거두들과 교류한 인물이다.

유교적 이념이 뿌리 깊게 자리 잡은 조선에서 그는 무인이자 서얼이라는 신분적 한계에 끊임없이 부딪치는 역사적 소수자였다. 그래서 처남, 매부 사이였다는 이덕무, 친구인 박제가, 박지원 등은 후세에 이름을 남긴 반면 무인 백동수는 문집은 물론 행장 하나 남은 게 없다.

그러나 그는 무예에 대한 열정으로 조선이라는 국가에 한없는 사랑을 던져 조선의 다시 없는 무인으로 평가받고 있다. '야뇌'라는 호 또한 들사람처럼 거침없이 살고 싶은 조선의 청렴한 무인 백동수의 깊은 뜻이 담겨져 있다.

조선 왕조는 적어도 외형적으로는 문무의 균형을 통해 국가를 이끌어 간 나라이다. 고려와 달리 조선 왕조가 무사 선발을 위해 무과를 실시한 것도 바로 그 때문이었다. 특히 국왕의 입장에서 문무의 균형은 국가를 가장 잘 이끄는 방법이었고, 정조가 『무예도보통지』

를 비롯한 많은 병서를 편찬한 것도 그러한 의도가 깔린 것이었다.

그러나 조선은 문약한 나라요, 무사가 천시 받던 나라이다. 다만 문무의 균형을 유지하기 위해 무과를 시행하고 『무예도보통지』가 만들어졌다 해서 문약에서 벗어나거나 무사를 잘 대우한 것은 결코 아니었다. 여전히 조선 사회는 건국 초기부터 왕조가 끝날 때까지 철저히 문인 관료에 의해 주도되었다. 정조 시대에 장용영이라는 친위 군영을 만들고 새로이 측근 무인을 양성하며, 『무예도보통지』를 만들어 왕권 강화를 시도하였지만, 정조의 죽음으로 빛을 보지 못하였다. 따라서 정조대 『무예도보통지』의 편찬과 백동수에 대한 대우만으로 문약으로부터 벗어났다거나 무사를 천시하지 않았다고 볼 수는 없다.

박제가가 그를 '경서와 사기를 능히 논할 만하다'고 했고, 박지원이 '전서와 예서에 뛰어나다'고 했으며, 성대중이 '무로써 문을 이룬 사람'이라고 한 평가에서 알 수 있듯이, 백동수는 문무를 겸비한 무사가 틀림없다. 이점은 오히려 그가 문 중심의 사회구조 안에 충실했던 인물이었음을 말해 주는 것이다. 다만 서얼이라는 신분의 한계는 분방하고 일탈된 행동 양식을, 그러나 의협적 삶을 살게 한 배경이 되었다.

그럼에도 뛰어난 무예와 무사로서의 남다른 유교적 소양, 그리고 당대 북학파의 거두들과의 교류 등은 그로 하여금 관직 진출과 함께 『무예도보통지』의 편찬 참여라는 역사적 역할을 가능케 하였다. 그러한 역할이 가능했던 또 다른 배경에는 18세기 후반 서얼의 정치 참여가 허용되면서 신분제가 해체되던 역동적인 시대였다는 점도 빼놓을 수 없다.

결국 18세기 후반 급변하는 사회구조 속에서 백동수는 서얼 무사의 전형적 모습을 어쩌면 가장 잘 간직하고 있는지도 모를 일이다.

지금까지 우리는 18세기 후반 조선의 한 무사의 삶이 어떻게 전개되었는지를 살펴보았다. 그의 생애는 현대를 살아가는 우리에게 의협적인 삶이 무엇인지 잠시나마 생각하는 계기가 될 수 있을 것이다. 사마천은 협객을 사회 규범에서 벗어난 행동을 보이면서도 약속과 의리를 위해서는 죽음도 두려워하지 않는 존재라고 정의하였다. 박지원도 힘으로 남을 구하는 것을 협(俠), 재물로 은혜를 베푸는 것을 고(顧)라 하며 협과 고를 겸하는 것을 의(義)라고 하였다. 또한 '아래로는 농공과 나란히 서며 위로는 왕공과 벗할 수 있는 존재'를 원사(原士)라고 하였다. 박지원의 말을 빌리자면, 백동수는 의협 정신을 바탕으로 문무를 겸비한 조선 무사의 전형이자 원사인 셈이다.

필자 : 안영훈(경희대 교수)

참고

김영호, 『조선의 협객 백동수』, 푸른역사, 2002.
나영일, 『정조시대의 무예』, 서울대학교출판부, 2003.
박제가, 안대회 옮김, 『궁핍한 날의 벗』, 태학사, 2003.
박종채, 박희병 옮김, 『나의 아버지 박지원』, 돌베개, 2005.
박희병, 『연암을 읽는다』, 돌베개, 2006.
심승구, 「'기억의 망각'에서 건져낸 한 무사의 삶」, 『서평문화』 제47집, 2002.
안확, 심승구 옮김, 『조선무사영웅전』, 한국국학진흥원, 2005.
이덕무, 『국역 청장관전서』, 민족문화추진회, 1980.
이성무, 『한국역사의 이해』, 집문당, 1995.
진재교 편역, 『알아주지 않는 삶』, 태학사, 2005.
『역주 무예도보통지』, 장용영, 2002.

상하 경향을 아우른 휴머니즘과 자유인의 형상, 달문

달문, 그 생소한 이름

달문(達文)이라고 하면 생소할지 모르겠다. 연암의 〈광문자전〉, 〈서광문전후〉에 나오는 광문(廣文)이 바로 달문이다. 연암 자신도 〈광문자전〉에서 달문은 광문의 또 다른 이름임을 밝히고 있다. 달문의 이름과 행적은 〈영조실록〉이나 〈추안급국안〉과 같은 공식 기록물뿐만 아니라 홍신유의 〈달문가〉, 이규상의 〈달문〉 등과 같은 수종의 달문 전승에도 다양하게 나타나고 있다. 그런데 유독 연암만 달문이 아니라 광문으로 쓰고 있다. 달문은 역모 사건에 얽혀 고초를 당한 바 있는데, 그 사건의 주동자는 달손이란 이름을 가지고 달문의 동생으로 사칭했다. 연암은 달손도 〈서광문전후〉에서 광손으로 쓰고 있다. 연암이 왜 '달'을 '광'으로 바꿨는지는 알 수 없다. 어쨌든 정부의 공식 기록물에서도 달문으로 쓰고 있으니, 우리가 알고 있는 광문의 본명은 달문임이 분명하다.

연암의 글을 보면 달문은 종로바닥의 거지였다. 거지였으니 행색은 말할 것도 없거니와, 입이 커서 주먹이 들락날락할 정도로 생김새도 추했다. 그러면서도 신의가 있고 의로운 행실을 보여 윗사람에게도 사람 대접을 받았던 인물이다. 뿐만 아니라 역모 사건에 휘말려 임금 앞에서 태장을 맞고 국문을 당하기도 한 인물이다. 국문을 당했다고 하면 주동자급이었다고 할 수 있다. 조선 후기 사회에서, 거지패들이 일단의 무리를 지어 자신들의 패두를 따라다니며 작패를 부릴 수는 있었겠으나, 역모와 관련된 사건을 주동하기는 쉽지 않았을 것이다. 그리고 달문 역시 실제로 역모를 주동했던 것은 아니다. 무고하게 얽혀들었던 것이다. 어쨌든 국문의 현장에 있었다는 자체만으로도 분명 이채롭다. 또 달문은 남쪽으로 전라도 순천에도 발길을 했고 북쪽으로는 백두산에까지 갔다 온 인물이다. 이 외에도 달문의 행적은 많다. 그러나 종로바닥의 거지 출신이 역모 사건에 휘말리고 국토의 남북을 종단했다는 행적만으로도 충분히 세인의 주목을 받을 수 있다. 달문을 주목한 대부분의 사람들도 달문의 그와 같은 기이하면서도 이채로운 행적을 중심으로 글을 썼던 것이다. 물론 달문의 기이한 행적만이 주목의 근거는 아니다. 종종 달문의 의로움, 신의 등에 초점이 모아진 글도 있다. 그러나 당대인들은 '달문이 어떻게 하여 명성을 얻었는가, 달문의 진정한 형상은 무엇인가' 하는 문제를 좀더 천착하기보다는, 대개 행적 자체에 초점을 맞추고 힘써 기록하고 있다.

따라서 나는 이 글에서 달문의 삶을 재구해 보고, 그를 토대로 달문이란 인간 형상의 본질적 측면이 무엇인가를 살펴보고자 한다. 또한 달문을 통해 조선 후기를 살았던 한 사람의 휴머니스트이자 고독한 자유인의 모습을 만나보고자 한다.

달문의 처음과 끝

달문의 행적을 담고 있는 기록물에는 다음과 같은 것들이 있다.

[공식기록물]

· 추안급국안(推案及鞫案) 권 22.

· 왕조실록 권 44, 영조 40, 10월.

[개인기록물]

· 홍신유(洪愼猷, 1724~?), 『백화자집(白華子集)』, 〈달문가(達文歌)〉

· 이규상(李奎象, 1727~1799), 『병세재언록(幷世才彦錄)』, 〈달문(達文)〉

· 박지원(朴趾源, 1737~1805), 『방경각외전(放璚閣外傳)』, 〈광문자전(廣文者傳)〉, 〈서광문전후(書廣文傳後)〉

· 이옥(李鈺, 1760~1812), 『담정총서(潭庭叢書)』, 〈도화유수관소고(桃花流水館小藁)〉

· 조수삼(趙秀三, 1762~1849), 『추재집(秋齋集)』, 「추재기이(秋齋紀異)」, 〈달문(達文)〉

· 유재건(劉在建, 1793~1880), 『이향견문록(里鄕見聞錄)』, 〈이달문(李達文)〉

· 이원명(李源命, 1807~1887), 『동야휘집(東野彙輯)』, 〈운기가광문관무(雲妓家廣文觀舞)〉

이 중에서 유재건의 〈이달문〉은 조수삼의 〈달문〉을 작품 말미의 시를 빼고 전재한 것이고, 이원명의 글은 연암의 〈광문자전〉을 축약한 것이기 때문에 둘 다 가치가 없다. 또 왕조실록의 기록은 〈추안급국안〉의 내용 중 공초의 결과만을 요약한 것이어서 이 역시 자료적 가치가 상대적으로 적다. 이에 비해 〈추안급국안〉, 〈달문가〉,

〈광문자전〉, 〈서광문전후〉는 달문에 대한 가장 많은 정보를 담고 있어 주목을 요한다.

〈추안급국안〉은 조선시대 변란, 역모, 당쟁, 괘서 등에 관련된 중죄인의 공초를 기록한 책이다. 1601년(선조34)~1892년(고종29) 간의 일을 기록하고 있다. 그러면 달문은 어찌하여 이 범죄 기록에 등장하고 있는가?

공초 기록을 보면, 이태정(李太丁)이란 자가 중이나 노비, 점쟁이 등 일단의 무리를 모아 역모를 꾀했는데, 그 무리에 가담했던 자근만(者斤萬)이란 자가 경상감사 정재겸(鄭存謙)에게 밀고함으로써 발각이 된다. 이에 정감사는 가담한 무리들을 체포하여 모두 서울로 압송하였는데, 여기에 달문이 들어 있었던 것이다. 영조가 친림한 가운데 1764년 4월 17일부터 일일이 국문을 당하게 된다. 대상자는 이태정을 포함하여 총 11명이었는데, 주동자 이태정은 주살되고 자근만, 이상묵(李尙默), 달문은 정배를 당하며 나머지는 모두 방송된다. 이때 달문은 두 차례의 형문을 당하는 동안 60대의 태장을 맞았다. 공초 기록에 의하면, 달문은 아무 영문도 모른 채 연루되었다. 이태정이란 자가 달문의 유명세를 활용하고자 달문의 동생 달손으로 사칭하고 다녔기 때문에 얽혀든 것이었다. 국문을 통해 달문의 이러한 처지가 대체로 인정되어, 달문은 경성(鏡城: 지금의 함북)으로 정배를 당한다.

"죄인 달문은 나이가 58세인데, 우주의 사이에 금수도 각자 짝이 있고 집이 있거늘 너는 지금 나이가 몇인데 아직 배필도 없이 팔방을 돌아다니며 정처가 없느냐?" "저는 7년 동안에 세 번이나 상을 당했기 때문에 장가를 갈 수 없었습니다. 저는 어머니쪽 친척은 있으나 아버지쪽 친척은 20촌 안에는 없습니다. 저는 길에서 걸식을 했지만 역적의 무리와는 수작한 일이 없습니다. 제가 하향한 지 이미 7년이 지났지만 양반과 서로 친하게 지낸 적은 없으며 길에서 걸식하다 이런 지경에까지 이르렀습니다. 비록 장가를 가려 해도 수중에 돈이 없기 때문에 갈 수 없었습니다. 만약 석방하여 주신다면 내일이라도 장가를 가서 마누라를 얻겠습니다. 저는 선심으로 사환의 일을 했기 때문에 상한(常漢)들이 혹 접대를 해주어서 밥을 얻어먹을 수 있었습니다. 저의 족보는 조부가 살아계실 때 불에 타버렸는데 조모가 말해 주셔서 알았습니다. 저는 5년 동안 다리에 병이 나서 혹 남에게 전염될까봐 밖에 나가지 않았기 때문에 만나본 사람도 없습니다."

위의 인용문은 심문중에 나온 달문의 답변이다. 1764년 현재 58세이니, 달문은 1707년생이다. 그리고 영남으로 하향했다고 한 것을 보면 고향은 영남의 어느 곳인 것 같고, 7년 전인 1757년에 하향했다. 하향한 이유는 분명치 않으나, 7년 동안 세 번의 상을 당한 것으로 봐서 가족의 상을 계기로 하향을 한 것 같다. 그리고 주된 생활은 걸식이었다. 족보가 있었다는 말로 볼 때, 애초의 출신성분은 그리 천하지 않았던 것으로 보인다. 공초 기록에는 달문이 국족으로서 영남에 유명했다는 말도 나온다. 이로서 달문의 성명은 이달문임을 알 수 있다. 홍신유도 〈달문가〉에서 달문을 안평대군의 후손으로 적고 있다. 연암은 〈서광문전후〉에서 "광문은 제 자신의 성도 모를뿐더러 평생 독신으로 형제나 처첩이 아예 없었다."라고 하였는데, 이는 아마도 달문이 자신의 신변을 주변인들에게 말하지 않고 스스로 고아임을 자처하고 돌아다녔기 때문에, 그렇게 쓴 것으로 보인다. 조수삼은 〈달문〉에서 달문이 어머니를 봉양하며 살았다고 했다.

〈서광문전후〉에 의하면, 연암은 18세 때에 겸인들로부터 달문의 이야기를 듣고 〈광문자전〉을 썼다. 그러면서 연암 자신도 어렸을 적에 달문을 직접 보았다고 했다. 연암이 18세면 1754년이다. 연암은 이어서 "당시 광문은 남으로 전라도, 경상도의 여러 고을로 다니며 놀았는데 그가 가는 곳마다 소문이 높았다. 그 후 다시 서울에 들르지 않은 것이 십수년이었다."라고 쓰고 있다. 그리고 연암은 그 십수년의 부재 기간을 역모 연루 사건으로 채워 넣고 있다. 연암의 기록은 이렇다.

> 경북 개녕(開寧)의 수다사(水多寺) 절밥을 얻어먹고 있던 한 거지 아이가 달문을 호평하는 중들의 말을 몰래 듣고 달문의 아들로 사칭하여 융숭한 대접을 받고 지낸다. 이때 영남의 한 요망한 자가 역모를 꾸미고 있었는데, 수다사의 거지 아이의 행실을 알고, 아이에게 자신을 작은 아버지라고 불러준다면 부귀를 같이 할 것이라고 꾄다. 그리고 자신도 스스로 달문의 동생 달손으로 사칭한다. 그러나 일이 곧 발각되어 달문과 함께 모두들 붙잡히게 되는데 서로 대질해서 심문해 보니 서로 간에 일면식도 없는 사이였다. 이에 그 요망한 자는 죽음을 당했고 거지 아이는 귀양을 갔다.

그런데 연암의 이 기록은 〈추안급국안〉의 공초 사실과 정확히 일치한다. 다음은 〈추안급국안〉에 기록된 바 역모 주모자 이태정의 진술이다.

> 저의 아버님은 역적으로 죄를 받은 자로 성은 이이고 이름은 상자(上

字)는 하(夏), 하자(下字)는 정(定)이라고도 하고 징(徵)이라고도 합니다.(……)금년에 자근만(者斤萬)을 개녕 수다사에서 만났는데 그가 달문의 아들이라는 이야기를 듣고 저도 또한 달문의 동생인 달손이라 칭하여 숙질로서 정의가 서로 좋았습니다. 때문에 수작할 때에 과연 흉측한 이야기를 자근만에게 했습니다.

이를 통해 볼 때, 연암의 기록 중 수다사의 거지 아이는 자근만이고 요망한 자는 이태정임을 알 수 있다. 〈추안급국안〉은 앞서 언급한 대로 선조34년~고종29년까지의 기록이므로, 이 자체는 고종29년 이후에 완성된 책이다. 따라서 연암이 이 책을 본 것은 아닐 것이다. 다만 선조34년 이후의 방대한 공초 기록들이 누적적으로 필사되었을 것이므로, 연암이 중간에 얻어 봤을 가능성은 있다. 그러나 그것보다는 국문이 서울에서 영조의 친림 아래 행해졌기 때문에, 당시 서울에 살았던 연암이 국문 자체를 목격했거나 아니면 관여자로부터 소문으로 전해 들었을 가능성이 더 크다.

앞서 언급한 대로 〈추안급국안〉에는 달문이 정배에 처해진 것으로 되어 있다. 그러나 실제로 유배지로 갔는지 아니면 바로 풀려났는지는 알 수 없다. 역모 연루 사건 이후의 달문의 행적에 대해서는 〈달문가〉와 〈서광문전후〉에만 나타나는데, 〈달문가〉에는 달문이 귀양을 갔다가 이내 풀려났다고 되어 있고, 〈서광문전후〉에는 '놓여난(得出)' 것으로 기록되어 있다. 그리고 〈달문가〉에서 홍신유는 "앙상한 머리에 전립을 쓰고 비쩍 마른 몰골에 누더기 걸쳤으며 세파 풍상 겪은 나머지에 기특했던 기운 사그라졌구나. 어느 날 어디론가 훌쩍 떠나버려 종적 구름처럼 찾을 수 없네."라고 표현함으로써 달문의 마지막을 간략히 언급하고 있으나, 연암은 달문과 표철주(表鐵柱)의 대화를 장황하게 기록함으로써 달문의 만년을 비교적 소상히 언급하고 있다. 특히 이 부분에는 한 시대를 그야말로 바람처럼 살다 간 달문의 삶이 집약되어 있어 읽는 이로 하여금 묘한 감정을 불러일으키고 있다. 〈서광문전후〉를 좀더 보자.

달문이 유배를 가지 않고 바로 풀려났다고 치면 58세인데, 이 무렵의 달문의 형상은 이렇다. "광문은 빠진 머리를 아직도 땋고 있어 쥐꼬리 같이 보였다. 이빨이 빠져 입도 합죽해져서 이제는 주먹을 입안에 넣지 못했다."

달문은 표철주를 만나 몇 마디 위로의 말을 주고받은 뒤 바로 영성군과 풍원군의 안부를 묻는다. 표철주는 영성군, 풍원군 모두 죽었다고 대답한다. 영성군(靈城君)은 박문수(朴文秀)이고 풍원군(豊原君)은 조현명(趙顯命)이다. 둘 다 영조 때의 소론 명신들로서, 영성군은 1756년이 몰년이고 풍원군은 1752년이 몰년이다. 달문이 이들의 죽음을 몰랐다는 것은 달문이 1752년 이전에 이미 서울을 떠났음을 말해준다. 앞서 인용한 공초 기록에서 본 바와 같이, 달문이 1757년에 영남으로 하향했다고 했으니, 그 사이 5,6년 동안에는 서울을 떠나 여러 곳을 주유했던 것이 아닌가 한다. 마지막으로 연암은 달문이 또 어디로 갔는지 알 수 없다고 했다. 이러한 언급은 홍신유도 했고, 이규상도 "나이가 늙어서는 어디로 갔는지 알지 못하였다. 영남으로 내려가 여관에 고용되어 있다고도 한다."라고 하고 있어 서로 비슷하다.

그런데 조수삼은 달문에 대하여 다소 특이한 행적을 남기고 있다. 영조 때에, 집이 가난해 관례와 혼례를 치르지 못한 백성들에게 나라에서 비용을 대어 예를 치르도록 했는데, 달문도 이때 혼인을 했다는 것이다. 그리고 늘그막에 영남 땅으로 내려가 집의 자식들을 모아 장사를 시키며 살았고, 서울 사람을 볼 때마다 흐느끼면서 혼인을 치러준 나라의 은덕을 이야기하곤 했다는 것이다. 영조가 가난한 백성들에게 관례, 혼례를 치르도록 해준 것은 영조 33년(1768년)에 있었던 역사적 사실이다. 그러나 1768년이면 달문의 나이가 62세인데, 과연 이때 혼인을 했는지는 알 수 없다. 다만, 앞서 인용한 공초 기록에서 달문은 석방만 시켜준다면 바로 장가를 가겠다는 말을 한 것으로 볼 때, 늘그막까지 혼례를 포기한 것은 아니라고 보인다. 달문이 62세 때 조수삼은 7살이었다. 「추재기이」의 서문을 보면 조수삼은 총기가 매우 뛰어나 6,7세 때 이미 경사자집(經史子集)을 외었다고 한다. 또 70세 이상의 노인들 틈에서 많은 이야기를 들었다고 한다. 그리고 회갑이 넘은 늘그막에, 어릴 때부터 메모해 둔 것과 기억나는 것을 참고하여 「추재기이」를 엮었다는 언급을 하고 있다. 조수삼이 지은 〈달문〉은 이 「추재기이」에 실려 있다.

일단 이렇게 정리하고 보면, 젊은 날의 행적을 제외한 달문의 생평은 다음과 같이 정리된다. 달문은 1707년생으로서 영남에서 태어난 것으로 보인다. 성명은 이달문이며 애초에는 그리 천하지도 않았고 또 가족도 있었던 것으로 보인다. 풍원군이 죽은 1752년 이전에 서울을 떠났다. 연암이 어렸을 때에 달문을 직접 봤다고 했는데, 〈광문자전〉을 지은 18세 때가 1754년이니 아마도 연암은 13,4세 무렵에 달문을 본 것으로 보인다. 달문은 51세 때인 1757년에 영남으로 하향했다. 그 후 7년 동안 상을 세 번이나 치르고 걸식을 하면서 살다가 58세 때인 1764년에 역모 사건에 연루되었다. 62세에 장가를 들었을 수 있다.

젊은 날의 달문

홍신유에 의하면 달문은 안평대군의 자손이었는데 지금에 와서 상사람이 되었다고 스스로 말하였다 한다. 그런 달문이 고향을 떠나 서울에서 거지 노릇을 한 연유는 전혀 알 수 없다.

달문 관련 자료는 달문의 생애를 거지에서 출발시키고 있다. 이규상의 〈달문〉과 연암의 〈광문자전〉에서 달문은 종로바닥의 거지였다. 그러다가 뭇 거지들의 추대를 받아 패두가 되었는데, 그렇게 된 것은 아마도 달문이 나이가 많았거나 거지들 중에서도 남다른 면이 있었기 때문일 것이다. 그런데 어느 추운 겨울날 달문이 돌보던 거지 하나가 그만 죽게 되었다. 한기가 나고 전신을 떨며 신음했다고 하니, 아마도 제대로 먹지 못한 상태에서 심한 감기에 걸렸던 모양이다. 아이가 곧 죽게 되자 달문은 직접 밥을 빌어 왔다. 그러나 먹이려고 하다 보니 아이는 이미 죽어 있었던 것이다. 이것이 빌미가 되어 달문은 무리에서 쫓겨나게 된다. 다른 거지들이 달문이 그 아이를 죽였다고 오해를 했기 때문이다. 쫓겨난 달문은 동네의 어느 집에 의탁했고, 집주인은 다음날 달문이 수표교 아래에 버려진 그 아이를 손수 수습하여 공동묘지에 묻어주는 모습을 보고 의롭게 여겨 후하게 대접했다. 그리고 달문을 약국의 부자에게 추천하여 점원이 되게 했다. 이것이 달문이 거지 노릇을 하다가 거지 아닌 다른 사람과 조우하게 된 첫걸음이다.

나는 1970년대 초반인 초등학생 이전과 초등학생 전반기 시절에, 농촌 시골에 살면서 거지들과 매우 친근하게 지냈다. 거지들은 사시사철 아침이면 우리 집으로 밥을 빌러 왔고, 우리 어머니는 으레 하는 말로 왜 또 왔냐며 한 마디 하고는 있는 대로 바가지에 넣어주고 내일은 오지 말라며 돌려보냈다. 그러나 그 거지는 다음날에도 어김없이 왔다. 그러나 그때도 우리 어머니는 또 손에 잡히는 대로 주었다. 지금 생각해 보면 다들 없이 살던 시절에 그냥 박절하게 내쳐도 될 것인데, 올 때마다 큰 불평 없이 선뜻 내어주던 모습이 인상 깊게 남아 있다. 어머니뿐만 아니라 아버지나 할아버지, 할머니 등 다른 가족들도 거지들을 유다르게 홀대하지 않던 모습이 지금도 기억에 생생하게 남아 있다. 구걸이 끝나면 거지들은 동네 어귀의 다리 밑에서 대개 잠을 잤다. 지금이야 시멘트로 만든 신식 다리지만, 그때만 해도 홍수가 한번 나면 흔적 없이 쓸려 내려가고 마는 나무 다리였는데, 그 밑에서 지푸라기나 나뭇가지를 치우고 대충 기거하며 살았다. 겨울에는 어디에서 구했는지 낡은 천조각들로 몸을 둘둘 말고 돌아다녔다. 특히 여름이면 냇물, 냇가가 우리들의 놀이공간이었는데, 그때는 거지들과 같이 놀았다. 지금 기억으로는 거지들의 나이가 제법 있었던 것으로 생각되나, 그들이 거지였기 때문에 막말로 대하고 막말로 놀리던 일이 예사였다. 그러다보면 안면도 익숙하게 되었다. 간혹 생전 처음 보는 거지가 나타나 끼어들기도 하고, 그동안 있었던 거지가 없어지기도 했는데, 지금 생각해보면 없어진 거지는 아마도 죽었던 것 같다. 그들이 죽은 동료 거지를 어떻게 처치했는지는 확인하지 못했으나, 어른들 말로는 물에 떠내려 보내거나 인적이 드문 풀숲 같은 데 버렸다고 한다. 이렇듯, 내가 접한 거지들은 농촌 시골의 거지였다. 그들은 떼로 몰려다니지도 않았고, 나쁜 짓을 하지도 않았다. 거지들이 마을에서 말썽을 일으켜 소동이 일어난 경우는 내 기억으로는 한 번도 없었다. 거지들이 대개 순했던 것으로 기억한다.

거지들은 시골에도 있고 도시에도 있다. 그리고 옛날에도 있었고 지금도 있다. 내가 현재 사는 동네에도 거지 한 명이 있다. 그러나 이 거지는 구걸을 하지 않는다. 동네 주민들이 먼저 밥을 갖다 주기 때문이다. 내가 직접 경험으로 아는 거지는 1970년대 초반의 시골 거지와 이 시대의 도시 거지다. 그러나 옛날의 도시 거지에 대해서는 잘 알지 못한다. 영화 〈장군의 아들〉에서 1930년대의 종로 거지를 본 것밖에 없다. 그러나 옛날의 도시 거지들의 삶을 보여주는 자료는 매우 많다. 그 중에서 성대중(成大中, 1732~1812)이 남긴 〈개수전(丐帥傳)〉은 단연 압권이다. 서두는 이렇게 시작된다.

> 서울 도성 안에 거지들이 언제나 수백명 들끓었다. 거지들은 그들의 법대로 한 명의 두목을 뽑아 꼭지딴[丐帥]을 삼았다. 모이고 흩어지는 모든 행동을 꼭지딴의 지시를 따라 조금도 어기는 일이 없었다. 거지들이 아침저녁 빌어온 것으로 정성껏 받들어 꼭지딴은 기거 음식이 편안했다.

이처럼 수백 명의 거지들을 개수 한 명이 일사불란하게 통솔하였던 것이다. 서울 도성 안이라고 했으니, 아마도 종로거리가 아닌가 한다. 개수란 바로 패두를 가리키는데, 이 개수는 엄청난 세력을 형성하고 있었던 듯하다. 내용을 좀더 보자.

경진년(1760년)에 대풍이 들어 영조는 널리 영을 내려 잔치를 열고 즐기게 했다. 이때 용호영(龍虎營)의 풍악이 오영(五營) 중에서도 제일이었는데, 용호영 악단의 패두는 이씨였다. 이패두는 거문고, 젓대, 피리, 장고 등의 전문가와 여러 기생들을 거느리고 대감들의 연회에 불려가 풍악을 울리곤 했다. 그러던 어느 날 한 거지가 와서 다음과 같이 청한다.

거지의 두목 아무가 패두님에게 청하는 말씀이오. 나라의 명으로 만민이 함께 즐기는 이런 좋은 시절에 소인네들은 비록 거지이오나 그래도 나라의 백성이라 아무 날에 거지들이 모두 모여 연융대(鍊戎臺)에서 잔치를 벌이려 하오매 감히 패두님께 수고로움을 끼쳐 풍악으로 흥취를 돋우고자 하옵니다. 소인 또한 그 덕을 잊지 아니할 것이오.

이 말을 들은 이패두는 '음악이 아무리 천한들 거지까지 나를 부리려 하다니'라고 하면서 분통을 터뜨리며 그 거지를 내쫓았다. 그러나 거지는 실실 웃으면서 나가는 것이 아닌가. 조금 있으니, 패두 집의 문을 두들기는 소리가 사납게 들려왔다. 내다보니 온통 해진 옷에 체구가 장대한 사나이였다. 개수였다. 눈을 부릅뜨고 이패두를 쏘아보며 소리쳤다.

패두님, 이마에 구리를 깔았수? 집은 물로 지었수? 우리 떼거지 수백 명이 장안에 흩어져 있어 포도청 순라군도 어쩌지 못하는 줄 모르오? 몽둥이 하나 횃불 하나면 족합니다. 패두가 능히 무사하실 듯 싶소. 우리를 이다지 업수이 여긴단 말이오.

이 말을 들은 이패두는 지체없이 청을 받아들였다. 개수는 "내일 조반을 드신 후에 패두님이 기생 아무아무와 악공 아무아무들을 거느리고 총융청 앞 계단에 크게 풍악을 차려 주오. 언약을 어기지 말기로 합시다."라고 말하면서 이패두를 한번 더 뚫어져라 바라보고가 버렸다.

또 잔치에서 기생들이 개수의 모습을 보고 입을 가리고 웃음을 참지 못하자 이패두는 눈짓을 하고 다음과 같이 말한다.

> 아서라, 이년들, 웃지 마라. 저 꼭지딴은 내 목숨도 마음대로 빼앗아 갈 수 있단다. 너희 같은 것들이야 꼭지딴 앞에 파리 목숨이다.

이처럼 개수의 위세는 상상을 초월할 정도로 막강했다. 그런데 앞서 본 것처럼 달문은 패두 자리에서 쫓겨났다. 거지 하나 죽는 것은 예사일 텐데, 그 일로 쫓겨난 것을 보면 아마도 연암의 기록은 실상과 다른 것 같다. 달문이 패두에서 쫓겨났다는 위의 기록은 연암의 〈광문자전〉에만 보인다. 패두에서 쫓겨난 달문은 약국의 점원이 되는데, 그때부터 달문은 세간에 널리 알려지기 시작한다. 아마도 연암은 거지인 달문을 세인의 주목 대상이 될 수 있도록 하기 위하여 패두에서 쫓겨난 것으로 쓴 것 같다. 아니면 달문이 걸식을 하긴 했으나 거지들의 패두 노릇을 처음부터 하지 않았다고 볼 수도 있다. 연암은 달문이 만석(曼碩) 중놀이를 잘했으며 철괴무(鐵拐舞)도 할 줄 알았다고 했다. 그리고 홍신유도 다음과 같이 표현하고 있다.

善作八風舞	달문은 팔풍무를 잘 추는데
魚龍更曼延	물고기 용이 꿈틀거리며 노는 듯
外屈頭至足	몸을 뒤로 젖히면 머리가 발에 닿고
臍腹兀朝天	배꼽이 불쑥 하늘을 쳐다보네.
四體若無骨	온몸이 유연하여 뼈가 없는 듯
閃倏回且旋	삽시간에 몸을 돌려 뒤집더니

俄膺瞥而改	어느새 휙 하고 바꾸어
植立忽爾顚	꼿꼿이 섰다가 갑자기 넘어진다.
側目無正視	바로 보지 않고 눈을 흘기더니
唱口無完言	비뚤어진 입에 나오는 대로 떠드누나.
鼇棚左右部	산대(山臺)의 좌우부에
長安惡少年	장안의 악소년 무리들
延之坐上頭	그를 모셔다 상석에 앉히고서
敬之若鬼神	귀신이나 모시듯 떠받드네.

이처럼 달문은 산대놀이에서 영웅 대접을 받았던 것이다. 이렇게 볼 때, 달문은 처음부터 거지들과는 달랐다고 생각된다.

거지 이야기를 너무 길게 한 것 같다. 그러나 성대중이 묘사한 거지들의 연회 참석 모습은 보고 넘어가자.

> 총융청 앞뜰에 풍악을 배설했다. 온갖 악기는 자지러지게 울고 기생은 모두 춤을 추었다. 이 때 거적을 둘러쓰고 새끼로 허리를 동여맨 거지떼들이 춤추며 모여드는 것이 아닌가. 개미들이 장을 선 듯 했다. 와글와글 어울려, 춤이 그치자 노래가 나오고 노래가 그치자 다시 춤을 추면서 "얼시구 좋네 절시구 좋아. 우리네 인생도 오늘이 있도다."

광경을 한번 상상해 보라. 일견 우스꽝스럽기가 그지없지만, 아마도 거지들에게는 세상을 다 차지한 듯한 기분이었으리라.

〈광문자전〉을 계속 보기로 하자. 약국의 점원이 된 달문은 어느 날 주인의 의심을 받는다. 주인의 돈이 없어진 것이다. 집에는 달문이 밖에 없었으니 그럴 만도 했다. 그런데 여러 날 지나서 주인의 처조카가 돈을 가지고 왔다. 이전에 돈을 꾸러 왔다가 주인이 없어서 그냥 가져갔던 것을 오늘 갚으러 온 것이다. 이로 인해 주인은 달문을 의심한 것을 후회하고 달문이 의로운 사람이라고 칭찬하면서 종실의 빈객들과 여러 대감들에게 달문의 자랑을 했다. 이때부터 달문은 온 장안에 이름이 났다. 연암의 〈서광문전후〉를 보면, 달문이 역모 연루 사건에서 해방되어 서울로 돌아왔을 때, 상고당(尙古堂) 김광수(金光遂, 1696~?)가 사람을 보내어 달문을 위로했다는 내용이 달문의 입으로 피력되고 있다. 상고당 김광수는 조선 후기 고동서화(古董書畵)의 수집과 감상의 일대가로 꼽히는 인물이다. 문벌이 혁혁한 경화세족의 일원으로서, 벼슬을 마다하고 고동서화의 세계로 빠져들었던 인물인데, 달문이 이런 인물과 교유가 있었다는 사실을 보더라도 그 유명세는 대단했다고 볼 수 있다.

달문은 또 이름난 신용보증인이었다. 대개 사람들은 패물이나 의복, 가옥이나 토지 문서 등을 전당 잡히고 돈을 빌렸는데, 달문이 보증을 서면 전당물이 따로 없어도 한 번에 천 냥을 빌려주기도 했던 것이다. 또 달문은 "낮에는 부잣집에 가 거래하고 아침에는 대갓집에 가 흥정"했다는 홍신유의 표현대로 주릅 노릇을 했다. 주릅은 거간꾼이다.

연암의 표현을 빌면 달문은 외양은 극히 추하게 생겼고 말도 누구를 움직일 만하지 못했던 인물이다. 또 당시에 아이들이 서로 야유하는 말로 '네 형이 달문이다'고 할 정도로 천대를 받기도 했다. 뿐만 아니라 이런 일도 있었다. 한번은 달문이 길을 가다가 싸우는 사람을 만나자, 자기도 옷을 벗고 함께 싸울 것처럼 덤벼들어 무엇이라 중얼거리며 구부리고 땅에 금을 그어 시비를 가리는 형상을 차리었다. 거리의 사람들이 모두 웃음을 터뜨렸으며 싸우는 사람들도 그만 웃고 헤어졌다는 것이다. 아마도 달문이 모습에 어울리지 않는 우스꽝스러운 행동을 했던 것으로 보인다. 이처럼 단순히 보면 달문은 아무짝에도 쓸모없는 인물 같다. 그런데도 천 냥짜리 보증인이 되고 부자 대갓집을 왕래하는 주릅이 될 수 있었던 것은 무엇 때문일까.

비록 남의 말을 빌려 한 것이지만 연암도 달문이 의로운 사람이라고 했고 홍신유도 달문의 신의를 높이 사고 있다. 그러나 이에 대해서는 이규상의 말이 명료하다.

> 달문은 서울 저자에 앉아 있었으나, 팔도에 통하는 큰 장사치로 막중한 상권을 잡은 자라도 그의 말을 받들어 그 말대로 좇지 않은 자가 없었다. 대개 전적으로 신의를 가지고 일을 처리했기 때문이다. 비록 큰 장사치와 통하였지만 물화 하나라도 가까이 하지 않고 자기 몸은 매양 걸인 무리에서 벗어나지 않았다.

팔도의 내로라하는 장사치들이 모두 달문의 말을 듣고 거래를 했을 정도인데, 그 원천은 달문이 신의가 있는 사람이고 또 남의 물건에 절대 손을 대지 않았기 때문이다. 이러했기 때문에 시장의 점포 주인들이나 여관의 주인들도 달문에게 물건을 지키게 하거나 맡기려고, 달문을 다투어 데려가려 했던 것이다.

달문의 명성은 상거래에서만 난 것은 아니었다. 홍신유가 표현한 바 "기생들 역시 그의 이름 들었던 터, 한번 보고 크게 반가워하며 한껏 뽐내다가, 애교로 바뀌어 슬슬 기고 고분고분하는구나."와 같이, 달문은 기생들에게도 이름이 났다. 이름만 난 정도가 아니라 기생들의 조방꾸니를 했다. 조방꾸니는 기부(妓夫), 곧 기둥서방이다. 〈광문자전〉의 기록을 보자.

서울의 명기로 인물이 아무리 곱고 아름다워도 광문이 이름을 내주지 않으면 일전의 값도 없었다. 언젠가 우림아(羽林兒)와 각전(各殿)의 별감(別監), 부마도위의 겸인들이 소매를 떨치고 운심의 집에 들렀다. 운심은 이름난 계집이었던 것이다. 마루에 술상을 벌이고 가야금을 퉁기면서 운심에게 춤을 청했다. 운심은 짐짓 지체하고 좀처럼 춤을 추려 하지 않았다. 광문이 밤에 운심의 집에 들러 대청 밑에서 서성거리다가 곧 자리에 나아가 서슴없이 상석에 앉는 것이었다. 광문은 비록 헤진 바지와 저고리를 걸쳤지만 행동은 앞에 아무도 없는 듯 혼자서 득의연하게 굴었다. 그리고 눈곱 낀 눈을 들어 흘끔거리며 일부러 취한 척 트림을 하는데 염소털 같은 머리를 뒷꼭지에다 꽁댕이처럼 올려붙였다. 모두들 깜짝 놀라 서로 눈짓을 하고 일제히 때려 주려고 했다. 광문은 더욱 다가앉아 무릎을 쳐서 곡조를 맞추며 콧소리로 흥얼거리는 것이 아닌가. 이에 운심은 곧 일어나서 옷을 갈아입고 광문을 위하여 칼춤을 추는 것이었다. 모두 아주 즐겁게 놀았다. 광문과 서로 친구를 맺고 헤어졌다.

달문은 운심이의 조방꾸니였다. 운심은 밀양 출신으로 칼춤으로 명성이 자자했던 기생이다. 당시 조방꾸니는 대전별감, 포도청 포교, 의금부 나장, 승정원 사령, 그리고 위의 인용문에 등장하는 우림이나 겸인들 등 몇몇 제한된 부류만 될 수 있었다. 그러나 위의 인용문에서 달문은 여타 조방꾸니들을 간단히 제압하고 있다.

'두 주먹이 입에 들락날락할' 정도의 추악한 얼굴, '눈곱 낀 눈에 염소털 같은 머리를 뒷꼭지에다 꽁댕이처럼 올려붙인' 형용! 이러한 달문의 그 무엇이 당대 일류의 기생을 장악할 수 있었을까?

달문이 운심이의 조방꾸니만 한 것은 아니다. 오늘날의 기둥서방들이 여러 명의 창녀들을 관리하는 것처럼, 예전의 조방꾸니들도 다수의 기생들을 관리했다. 이번에는 〈서광문전후〉를 보자.

> 전에 풍원군이 밤에 기린각에서 잔치를 하고 나서 오직 분단이만 데리고 잔 일이 있었지. 새벽에 일어나서 풍원군이 입궐하려고 서두는데 분단이가 촛불을 잡고 있다가 잘못해서 초피 모자를 태웠겠다. 분단이가 황공해서 어찌할 줄 모르자 풍원군이 웃으며 '네가 부끄러운 모양이로구나' 하고 즉시 압수전(壓羞錢) 오천 푼을 얹어주더군. 내가 그때 머리에 수건을 동이고 난간 밑에서 지키고 있었는데 시꺼먼 것이 우뚝 귀신처럼 보였겠지. 마침 풍원군이 지겟문을 밀치고 침을 뱉다가 섬뜩 놀라 분단에게 몸을 기대고 귀에다 '저 시꺼먼 것이 웬 물건이냐?'고 소곤거리더군. 분단이 '천하에 누가 광문을 모르오리까?'라고 아뢰었지. 풍원군은 빙긋이 웃으며 '저 사람이 너의 후배(後陪)냐. 불러들여라.' 하고 내게 큰 술잔을 내려 주셨지. 그리고 당신은 홍로주 일곱잔을 마시고서 초헌을 타고 가시더군.

달문이 분단이의 조방꾸니를 했을 때다. 표철주로부터 분단이가 죽었다는 말을 듣고 이렇게 회고한 것이다. 조방꾸니와 기생, 그리고 기생을 산 사람의 모습이 생생하게 묘사되어 있는바, 애잔하면서도 낭만적이다.

연암은 달문이 역모에 연루되었다가 돌아오자 "노소 없이 모두 구경을 나가 서울의 저자가 여러 날 텅 빌 지경이었다."고 말하고 있다. 시장바닥의 모든 사람들이 다 달문을 알았다는 것인데, 물론 과

장이 섞인 것이다. 그러나 달문은 이집 저집 돌아다니며 기식하고 약국과 점포의 점원이나 관리인을 했으며, 또 주릅이나 조방꾸니를 주로 했기 때문에, 아무래도 여항의 무리들이나 뒷골목 사람들과 접촉이 잦았을 것이다. 이 점은 〈서광문전후〉에 잘 나타나 있다.

광문이 표철주를 보고 말했다. "네가 사람 잘 때리던 표망동이가 아니냐. 이제는 늙어서 별 수 없구나." 망동은 표철주의 별호였던 것이다. 이어서 근황을 이야기하며 서로 위로했다. 광문이 묻는다. "영성군과 풍원군은 무양하시냐?" "이미 다 돌아가셨단다." "김군경(金君擎)이는 지금 무슨 구실을 다니느냐?" "용호영의 장교로 다니지." "그녀석이 미남자였거든. 몸은 좀 뚱뚱했지만 기생을 끼고 담장을 뛰어넘고 돈쓰기를 똥과 흙처럼 여겼지. 이제 귀한 사람이 되어서 만나볼 수도 없겠구나."(……) "서울의 기생 중에 누가 제일 유명하냐?" "소아란다." "그 조방군은 누구냐?" "최박만이지." "아침 절에 상고당(尙古堂)께서 사람을 보내 나에게 위로의 말을 전하셨지. 들으니 집을 원교 밑으로 옮기고, 집 앞에 벽오동 한 그루가 섰는데 늘 그 아래서 차를 끓이고 쇠돌이로 하여금 거문고를 타게 한다지." "쇠돌이의 형제들이 시방 이름을 떨치고 있다네." "그래 그 녀석은 김정칠(金鼎七)의 아들이겠다. 내가 그 아비와 좋게 지냈거든!" 광문은 다시 쓸쓸한 표정을 짓고 있다가 이윽고 말했다. "이게 모두 내가 떠난 뒤의 일이야."

인용문은 달문이 역모 연루 사건에서 풀려난 뒤에 표철주를 만나 대화하는 부분이다. 표철주는 표망동이라고 불리는 것처럼, 소싯적에는 "용감하고 날래며 인물을 잘 쳤으며, 날마다 기생을 끼고 몇 말의 술을 마시는"(〈장대장전〉) 그런 사람이었다. 말하자면 깡패이자 한량이었다. 그런데 대화하는 장면을 보면 두 사람이 매우 친했던 것처럼 보인다. 다만 '네가 사람 잘 때리던 표망동이가 아니냐?'라는 말을 통해 볼 때, 두 사람이 서로 어울리긴 했어도, 달문은 표철주처럼 폭력을 행사하는 일에는 관여하지 않은 것으로 보인다.

인용문의 김군경이도 지금은 용호영 장교지만, 과거에는 역시 조방꾸니 겸 한량 겸 깡패였다. 또 소아란 기생의 조방꾸니 최박만이도 달문은 알고 있다. 뿐만 아니라 거문고 명인인 김정칠과 그 아들들도 직업상 달문과는 근접거리에 있는 사람들이다. 이처럼 달문의 주위에는 상고당 같은 사람도 있었지만, 대체로 유가 비슷한 인물들과 교유한 경우가 아무래도 많았다고 볼 수 있다.

달문이 장안에서만 명성이 있었던 것은 아니다. 홍신유의 표현처럼, 이름이 이미 온 나라를 들썩였다.

忽然文躍入	홀연 달문이 어디서 나타나자
如舊接殷懃	모두 전처럼 은근히 맞이하고
邑人要識面	그 고을 사람들 달문 한번 보자고
所到聚成群	가는 곳마다 몰려 떼를 이루었네.
競引還家去	서로들 잡아끌어 집으로 데려가서
酒肉溢杯盤	안주는 수북수북 술잔이 넘치는데
調謔雜俚語	익살에다 속담을 섞어서
半年成留連	이러구러 반년을 놀다보니
支離生厭倦	지루하고 염증이 나는구나.

인용문은 홍신유의 〈달문가〉에서 뽑은 것이다. 이 장면은 달문이 부산 동래에 갔을 때의 일이다. 홍신유에 의하면, 그 무렵 일본으로

떠나는 통신사를 보기 위해 5,6백 명의 인민이 동래 바닥을 빼곡히 메웠는데, 그들이 인용문의 내용처럼 달문을 환대했던 것이다. 달문은 남쪽의 순천에서 북쪽의 백두산에까지 갔었는데, 홍신유에 의하면 "가는 곳마다 사람들이 그의 얼굴을 알아보고 구경나온 사람들로 담장을 둘러"쳤다고 한다.

그런데 달문의 이러한 전국적인 유명세는 설명하기가 몹시 어렵다. 장안에서의 명성이 전국 방방곡곡에 퍼졌다고 하겠는데, 그것이 진정 가능한 일일까. 요즘도 대통령이나 유명 예능인, 또는 희대의 사기꾼이나 살인자 등 일부 요인이 아니고서는, 이름을 전국적으로 떨치기는 어렵다. 하물며 옛날에는 영의정이라 할지라도 그 사람을 다 알았다고 할 수 없다. 그런데도 달문은 홍신유와 연암이 말했던 것처럼 시속의 아이들까지도 다 알았다. 또한 〈서광문전후〉에 나오는바, 경북 개녕의 수다사 중들도 달문에 대한 이야기를 하면서 달문을 애모하며 그리워했고, 절에 기식하는 거지 아이조차도 달문을 알았으니, 참으로 대단하다 하지 않을 수 없다. 비록 달문의 명성에 포장된 면이 있다 할지라도 그렇다.

달문이 장안에서 이일 저일 하면서 살았지만, 본래 달문은 어디에 매인 데 없이 바람처럼 산 사람이다. 달문은 어느 날 간다 온다 말도 없이 장안을 떠난다. 홍신유의 〈달문가〉를 보면, 달문은 한강변–문경새재–낙동강–동래를 거쳐 다시 호남으로 호서로 두루 주유했다. 앞서 언급한 것처럼 공초 기록을 보면 달문이 순천에 갔다는 사실은 확인이 되니, 호남으로 간 것도 분명하다. 여기서 다시, 대동강–청천강–통군정을 거쳐 의주에 이르는데, 이곳에서 달문은 한 연회에 참석하여 환대를 받는다. 그리고 다시, 금강산 비로봉과 백두산 꼭

대기를 구경한다.

이것도 몹시 특이하다. 비렁뱅이 같은 달문이 어떻게 이런 유랑이 가능했을까. 위의 여정이라면 수년이 걸렸을 텐데, 남의 도움을 받는 것도 한계가 있는 법이다. 혹시 달문에게는 남다른 무엇이 있었던 것일까.

달문을 어떻게 볼 것인가

필자는 위에서 달문의 일생을 살펴보는 동안 몇몇의 물음을 던진 바 있다. 그것은, 일견 볼품없어 보이는 인물이 어떻게 하여 천 냥짜리 보증인이 되고 부잣집을 왕래하는 주릅이 될 수 있었는가, 보잘것없는 형용의 인물이 어떻게 하여 당대의 일류 기생을 장악할 수 있었을까, 어찌하여 전국적인 명성을 얻을 수 있었을까, 순천에서 백두산까지 국토의 남북을 종단한 일이 어떻게 가능했을까 등이다.

앞서 본 대로, 달문의 이름이 나게 된 계기는, 그가 기숙하던 집의 물품 도난 사건에서 달문이 정직함을 보여주었기 때문이다. 그런데 의문은 달문의 정직함이 왜 그리 주목되었는가 하는 점이다. 그것은 아마도 다음 두 가지로 설명할 수 있을 것이다. 하나는 정직이란 인간적 요소와는 결코 어울리지 않을 것 같은 사람이 정직함을 보여주는 의외의 상황이 일종의 신선한 충격으로 다가왔기 때문이고, 다른 하나는 정직한 인간 존재를 찾기가 어려운 시대에 달문이란 존재를 발견한 의의 때문이다.

사실, 정직이란 인간성은 누구나 갖추어야 할 인간적 덕목이지만,

현실에서는 그렇지 않은 사람들이 많다. 더구나 조선 후기는 연암이 〈마장전〉에서 다음과 같이 말한 것처럼 온갖 권술이 판치는 시대였다.

> 콧마루에 부채를 가리고 두 눈을 껌벅이는 것은 거간꾼, 집주릅 따위의 술수이며, 겁주는 말로 동요하도록 만들고, 남이 꺼리는 곳을 찔러 진정을 낚아채며, 강자를 위협하고 약자를 억누르며, 친근한 사이를 이간시키고 이질적인 세력들을 한 데 묶기도 하니, 이것이 패자나 변사들의 이랬다저랬다 하는 권술인 것이다.

이러한 시대적 상황에서 달문이 보여준 정직은 진솔한 인간감정의 발로로 다가왔음직하다. 다시 말해서, 달문의 정직한 행동에는 참된 인간성이 깊은 바탕이 되었던 것이다. 그리고 이로써 신용을 얻은 달문은 천 냥에 값하는 보증인이 되고 상하가 알아주는 주릅이 될 수 있었던 것이다. 뿐만 아니라 달문이 당대의 일류 기생을 장악할 수 있었던 것도 달문의 참된 인간성 때문으로 보아야 한다.

달문은 전국적인 명성을 갖고 있었는데, 그것은 우선 그가 지닌 '기이함' 때문이다. 앞서 본 것처럼, 달문은 외형적으로 기이했다. 또한 "별난 재주 익살스런 소리, 이름이 벌써 온나라를 들썩"였다는 〈달문가〉의 표현에서 알 수 있는 것처럼, 재주와 행위에서도 비범한 사람이었다. 그러나 달문의 기이함은 무엇보다도 그가 참된 인간성을 갖추었다는 데서 찾을 수 있다. 참된 인간성이 어찌 기이함을 표상하는가 의문을 표할 수 있지만, 그것은 달문이기에 가능하다. 사실, 엄밀하게 말하면 달문은 온전한 인간축에 끼일 수 없는 인물이다. 그래서 그가 인간적 가치나 덕목을 갖추고 있으리란 기대도 할 수 없을 뿐만 아니라 하지도 않는 것이 상례일 수 있다. 그러나 달문은 예상치 못한, 남들은 드물게 가지고 있는 참된 인간성을 갖추고 있으니, 그 얼마나 기이한가.

요컨대 달문은 못난 인물과 갖가지의 재주를 갖추었기 때문에도 기이했지만, 무엇보다도 참된 인간성을 갖추고 있었기에 기이했고, 그것이 그로 하여금 전국적인 명성을 얻게 했고 일류 기생을 장악할 수 있게 했던 것이다. 더구나 조방꾸니는 예나 지금이나 완력이 있거나 인물이 되는 자라야 가능할 터인데, 그 어느 것도 갖춘 바 없는 달문이 별감이나 포교 등 대표적인 조방꾸니들을 제압할 수 있었던 것은 달문의 '참된 인간성'이 기생들의 성정을 녹였기 때문으로 볼 수밖에 없다. 뿐만 아니라 달문이 상고당 같은 양반 선비나 주변의 많은 인물들과 교유할 수 있었던 것 역시 그의 참된 인간성에 기초하고 있다는 것은 말할 것도 없겠다.

연암은 〈예덕선생전〉에서 선귤자의 입을 빌려 엄행수를 "더러움 속에 자기의 덕행을 파묻어 세상에 크게 숨은 사람일 것이다."라고 표현한 바 있다. 여기 '더러움 속에 파묻은 덕행', 이것이야말로 달문의 진정한 내면일 것이다.

홍신유는 달문이 주릅을 그만두고 청루로 들어가는 장면에서 "몇 푼의 이문에 쫓아다니는 꼴, 스스로 돌아보기에 서글퍼지는구나. 어찌 사내대장부의 몸으로 마당에 노는 닭처럼 모이 한 알 다툴건가"라는 표현으로 달문의 내면을 그리고 있고, 또 조방꾸니를 그만두고 유랑을 떠나는 장면에서는 "새벽녘이면 장군의 연회에 불려가고, 어둘녘이면 왕손의 잔치에 나아가서, 먹다 남은 술 식은 안주 걷어 먹나니 마음이 처량하다."라는 표현으로 달문의 심정을 표출한 바 있다. 뿐만 아니라 홍신유는 달문을 "어디 매인 데 없이 떠돌았다", "광막한 천지에 바람처럼 떠돌았다."라고 표현한 바도 있다.

그러면 달문은 왜 정착하지 않고 떠돌았을까. 몇 가지로 추정해 볼 수 있을 것이다. 하나는 세속에의 욕망이 없었다고 볼 수 있다. 다시 말해서, 세속적 삶이 요구하는 다사다난한 일상을 짐스러워한 나머지 세속적 욕망을 아예 거두어버렸다고 볼 수 있다. 그리고 다른 하나는 불여세합(不與世合)이다. 말하자면, 예속과 제도와의 불화가 그로 하여금 겉돌게 하였다고 보는 것이다. 달문은 상하(上下)의 인물 속에서, 경향(京鄕)의 공간 속에서 그의 참된 인간성을 인정받았기에 어디에서든 터를 잡을 수 있었다. 그럼에도 불구하고, 현실에 안주하지 않았다는 것은 현실과의 해소할 수 없는 심극이 존재했기 때문으로 보는 것이다. 그러나 이유야 어떠하건 간에 달문의 현실로부터의 이탈은 그로 하여금 진정한 자유인이 되게 하였다. 그가 전 국토를 주유할 수 있었던 것도 여기에 기인한다. 물론 고독은 그의 친구였을 것이다. 요컨대 참된 인간성, 현실에의 안주 거부, 진정한 자유인. 이것이 바로 지금까지 발견한 달문의 존재형상이다.

달문은 조선 후기 사람이다. 조선 후기는 그 전대와는 달리 삶의 터전이 온통 생동하던 시기였다. 신분간의 유동이 심했고, 물산의 생산과 유통도 활발했다. 또한 서로 성분이 다른 인간 군상들이 한데 어울려 살면서 다채로운 일상을 만들어내던 시대였다. 이러한 시대에 달문은 참된 인간성으로 상하와 경향을 아우른 진정한 휴머니스트였다. 뿐만 아니라 달문은 현실에의 안주를 거부하고 혈혈단신, 전 국토산하를 주유했던 고독한 자유인이었다. 물론, 비천한 존재이면서도 참된 인간성, 고일한 정신세계를 갖춘 인물은 달문 말고도 많았을 것이다. 그러나 달문만한 생애를 제공해주는 인물은 드물다. 그런 점에서, 달문은 조선 후기를 살았던 비천한 인물들의 실존적 형상과 간단치 않은 삶의 질을 웅변적으로 보여주는 대표적인 인물상이라고 하겠다.

필자 : 차충환(서울여대 교수)

참고

강명관, 『조선의 뒷골목 풍경』, 푸른 역사, 2003.
민족문학사연구회 옮김, 『병세재언록』, 창작과 비평사, 1997.
박준원, 「광문자전 분석」, 『한국한문학연구』 8집, 한국한문학연구회, 1985.
아세아문화사 편, 『추안급국안』 권 22, 1979.
이우성·임형택 역편, 『이조한문단편집』 상·중·하, 일조각, 1973, 1978.
임형택 편, 『이조시대 서사시』 상·하, 창작과 비평사, 1992.

조선 후기 광작의
전형을 보여 준 허홍

야담은 시대를 반영하는 거울

흔히들 '문학은 시대를 반영하는 거울'이라고 한다. 이 말은 어떠한 갈래의 글이 되었건, 그리고 그 작품의 수준이 높건 낮건 간에 문학이라 하면 모름지기 그 시대를 살던 사람들의 삶의 모습이나 가치관, 사회적 상황이나 문제점 등을 나타내고 있다는 의미일 것이다. 그렇다면 문학의 여러 갈래 중에서도 어느 것이 가장 당시대를 사실적으로 진실하게 반영하고 있을까? 아마도 고전문학의 갈래 중에서는 '야담(野談)'이 아닐까 싶다.

야담은 '패설(稗說)', '패사(稗史)', '한문단편(漢文短篇)'이라고도 한다. 주로 조선 후기 역사적 인물이나 당시에 실제 있었던 사건에 관하여 민간에서 구전되던 이야기를 바탕으로 삼는데, 이런 점에서 야담은 설화와 비슷하다고 하겠다. 그러나 설화와는 달리 작가의 개인적 창작 의식이 가미되어 소설적 짜임새를 갖추었다는 점에서 분명한 차이를 둔다.

야담은 길거리나 사랑방의 이야기꾼들이 들려주던 몰락한 양반, 상인, 부자, 빈농(貧農), 도적, 기생, 이인(異人) 등 다양한 계층의 이야기들을 거의 그대로 옮겨 놓다시피 한 것들이 대부분이다. 때문에 당시의 삶의 모습이나 서민들의 세계관, 가치관 등을 생동감 있게 반영하고 있다.

특히 야담의 시간적 배경으로 자주 나오는 조선 후기(18C)는 '변화의 시대'였다. 이러한 변화 양상은 신분제도와 경제 분야 쪽에서 더욱 두드러졌다.

신분제도의 동요는 임진왜란과 병자호란이라는 두 차례의 큰 전란을 겪고, 치열한 당쟁을 거친 뒤 양반 사대부 계층의 광범위한 몰락이 일어나면서 생겨났다. 그리고 이와 맞물려 농업 기술의 발전과 상품 화폐 경제의 발달로 인해 지방 도시가 확대·발전되고, 농촌에도 종전의 지주형(地主形) 부농(富農)을 대체한 경영형(經營形) 부농의 등장이라는 큰 변화가 일어났다. 다시 말해서 이때까지 양반들로부터 천대받고 살아왔던 중인(中人), 상인, 농민, 수공업자들, 혹은 몰락한 양반들 중에서 부(富)를 축적한 사람들이 나타나 기존의 양반 계층을 대신해 사회의 주도적 세력을 형성하면서 새로운 움직임, 새로운 변화에 가속도를 붙였던 것이다.

이 시기에 많이 창작되었던 야담은 이렇듯 다채롭게 나타나는 사회적 변화상을 개성 넘치는 등장인물들을 통해 때로는 생생하게, 때로는 진지하게, 때로는 꾸밈없이 소박하게 반영해주고 있다. 그리고 이 글에서 언급하려는 '허홍(許弘)'이라는 인물이야말로 이러한 다채로운 변화상을 웅변으로 보여주는 인물이라 여겨진다.

허홍이라는 인물은, 이른바 몰락 양반으로 그가 실재했던 인물인지 아닌지의 여부는 알 수 없다. 다만 조선 후기의 대표적 야담집들인 『청구야담(青邱野談)』, 『계서야담(溪西野談)』, 『동야휘집(東野彙集)』, 『동패락송(東稗洛誦)』 등에 그의 이름이 빠지지 않고 나타나고 있을 뿐이다. 물론 『동패락송』에서는 그의 이름을 '허홍'이 아닌 '허공(許珙)'으로 달리 기록하고는 있다. 그러나 다른 책들과 비교했을 적에 내용 전개상 별다른 부분이 없다는 점에서 이는 어디까지나 기록상의 차이일 뿐, 동일한 인물임에 틀림이 없다.

그렇다면 이쯤에서 위의 야담집들 중, 비교적 허홍의 이야기를 가장 충실하게 담고 있다고 판단되는 『청구야담』에 실린 내용을 간략히 살펴본 뒤, 논의를 전개시켜 보기로 하겠다.

여주에 사는 허홍이 재산을 모아 부자가 되다

『청구야담』에서는 허홍의 이야기를 「치산업허중자성부(治産業許仲子成富)」라는 제목 아래 다음과 같이 전하고 있다.

경기도 여주(驪州)에 허씨 성의 양반이 살았는데, 사람됨이 어질고 착했지만 매우 가난하였다. 그는 친지들로부터 먹을 것을 얻어서 생계를 꾸리며 아들 셋을 가르쳤는데, 그만 얼마 후 부부가 함께 세상을 떠나고 말았다.

세 아들이 부모의 삼년상을 마쳤는데 그 중 둘째 아들인 허홍이 형과 아우에게 의견을 내기를, 10년 기한을 두고 자기는 집안 재산을 늘릴 것이니 형과 아우는 절에 들어가 공부를 계속 하고, 형수와 제수는 친정에 가 있으라고 당부했다.

허홍은 그 날로 즉시 아내의 패물을 팔아 면화 장사를 하고, 10년 동안 부부는 죽 반 사발씩만 먹기로 작정했다. 그러나 계집종에게는 한 사발을 주었다.

1년 동안 허홍은 밤낮을 가리지 않고 길쌈에 공을 들여 수백 냥을 마련한 후, 10두락(약 1,500평)짜리 논과 하루갈이 밭을 샀다. 허홍은 남의 손을 빌려 땅을 갈면 비용이 나갈 뿐만 아니라 자기가 힘써 하는 일만 못하리라 여기고, 촌로(村老)에게 쟁기질을 배워 몸소 땅을 갈면서 벼와 담배를 심었다. 그 해 마침 가뭄이 들었으나, 허홍은 워낙 농사에 정성을 쏟았기 때문에 10두락짜리 논에서 소출된 벼가 100석(약 200가마)에 이르렀다. 또한 큰 가뭄을 극복하고 수확한 담배도 보통 때보다 수십 배 이상 가격이 뛰어 경강상인(京江商人: 조선 후기 한강의 주요 나루터인 용산, 마포, 노량진, 광진 등을 본거지 삼아 쌀, 소금 등의 물품을 배로 운반해주면서 자본을 축적하던 상인)에게 담배 밭을 통째로 200꿰미(약 2,000냥)에 팔았다.

이로부터 재산이 매년 불어나 5~6년 만에 쌀이 곳간에 그득하고 논과 밭이 연달아서 10리 안팎 농민들 중 허홍의 집에 의지하지 않는 자가 없게 되었다. 그러나 허홍 내외는 여전히 밥상 위에 죽 반 사발만 얹어 놓고 먹었다.

자기들 집이 큰 부자가 되었다는 소문을 듣고 8년 만에 형과 아우가 절에서 내려와 허홍을 방문했다. 하지만 허홍은 아직 약속한 10년 기한이 차지 않았다고 하면서 아내가 차린 고기 밥상을 물리고 죽을 대접한 후 도로 절로 보냈다.

다음 해 형과 아우가 과거에 급제하고, 10년 기한이 이르게 되자 허홍은 어느덧 만석꾼 부자가 되었다. 봄철이 되자 허홍은 친히 장터로 가서 쌀을 팔아 좋은 옷감을 산 뒤 동네 부녀자들에게 삯바느질을 시켜 남녀 의복을 부지기수로 만들었다.

허홍은 형과 아우, 형수와 제수를 모두 불러 모은 뒤 재산을 똑같이 나누어 가졌다. 그 후 허홍은 활쏘기에 전념하여 마침내 무과에 급제하고 안악(安岳)군수로 부임하게 되었다. 그러나 부임할 즈음에 아내가 병들어 죽었다. 허홍은 벼슬아치가 되려던 것은 다 아내를 영광스럽게 하기 위함이었는데, 이제는 소용없게 되었다고 탄식하면서 벼슬을 사임하고 시골에서 여생을 마쳤다.

위의 이야기는 가세가 몰락한 양반이 밤낮을 가리지 않고 농업과 상업에 각고의 노력을 들여 마침내 가업을 일으켰다는, 매우 단순하고 흔한 옛날이야기 정도로 비쳐질 수 있다. 그러나 우리는 위 이야기를 통해 당시 조선 후기의 사회·경제적 변화에 대한 다양한 정보들을 소상히 접할 수 있다.

우선 이야기 속 주인공 허홍이 스러진 가계를 일으키는데 제일 주력하고, 가장 크게 이바지했던 사업은 무엇이었는지부터 살펴보기로 하자. 그것은 바로 쌀농사였다고 할 수 있다. 그렇다면 왜 하필 쌀인가? 다음과 같은 몇 가지 이유를 들 수 있다.

쌀은 곧 돈이다

첫째, 쌀은 경제적 가치가 매우 높은 작물이라는 것이다.

쌀은 특히 조선 후기로 접어들면서 전국에 걸쳐 가장 활발하게 생산되고 유통된 중요 농산물이었다. 이는 18세기 후반 서유구(徐有榘)가 편찬한 『임원십육지(林園十六志)』를 봐도 증명된다고 하겠다. 『임원십육지』, 「예규지(倪圭志)」, '팔역시장(八域市場)' 쪽을 보면, 한강변 주요 장터인 경기도 고양 · 김포 · 여주 · 이천 등 아홉 곳, 강원도 원주 · 춘천 등 다섯 곳, 충청도 충주 · 단양 등 다섯 곳 등 총 19장터 중 14장터에서 쌀이 주요 품목으로 나타나고 있기 때문이다.

쌀이 이렇듯 중요 농산물로 자리 잡게 된 까닭은 전통적으로 우리나라 식단에 빠져서는 안 될 생필품이기도 해서지만, 상품 경제적 측면에서 보더라도 쌀이 갖는 효용 가치가 만만치 않았기 때문이다. 쌀은 일단 수확량이 보리나 밀에 비해서 배 이상으로 많고, 가격 면에서도 훨씬 비쌌다. 때문에 쌀은 예로부터 화폐의 대용품인 물품화폐 내지는 현금작물로 사용되었기에, '쌀은 곧 돈'이라는 인식이 강했던 농작물이다.

쌀이 우리나라에서 화폐의 대용으로 쓰인 경우는 역사적으로 볼 때 꽤 오래 되었다. 『삼국유사(三國遺事)』, 「기이(紀異)」, '태종춘추공(太宗春秋公)'에 보면 다음과 같은 기록이 있다.

> (신라 태종무열왕 때) 성(城) 안의 베 한 필 값이 벼 30석 내지 50석이었으므로 백성들이 성대(聖代)라고 하였다.

이 기록은 화폐가 사용되기 전에는 쌀이 화폐 대용으로 사용되었음을 보여주는 것이다.

이러한 쌀의 물품 화폐적 기능은 화폐가 본격적으로 통용되면서 많이 약화되기는 했다. 그러나 조선 중기 때인 선조 41년(1608), 영의정 이원익(李元翼)의 건의로 모든 세금을 일제히 쌀로 납부하게 했던 '대동법(大同法)'의 실시라든가, 공양미 300석에 팔려간 심청이의 경우 등을 보더라도 쌀의 화폐적 기능은 조선 후기까지 오랫동안 지속되었음을 알 수 있다. 심지어 1970년대까지만 하더라도 농촌 지역에서는 노임이나 소작료를 지불할 때 현금보다 오히려 쌀을 지급했던 경우가 더 일반적이었다. 그리고 오늘날까지도 흔히 부자를 이를 때, '천석군', '만석군'이라고 부르는 까닭은 바로 '쌀=돈'이라는 의식이 사람들 머릿속에 남아있기 때문이리라.

인구 증가와 농업 기술의 발전

허홍이 쌀농사에 주력한 두 번째 이유로는, 조선 후기로 접어들면서 인구수의 급격한 증가와 농업 기술의 향상 등으로 인해 쌀에 대한 소비와 생산이 이전에 비해 훨씬 늘어났다는 점을 들 수 있다.

조선 사회는 17·8세기로 접어들면서 인구수가 예전에 비해 큰 폭으로 증가했다. 『증보문헌비고(增補文獻備考)』에 의하면, 17세기 중엽인 1669년 전국의 인구수는 5,018,644명이었는데, 그로부터 약 110여 년 후인 1786년 『정조실록(正祖實錄)』에는 230여만 명이 늘어난 7,330,965명으로 기하급수적 증가세를 보이고 있다. 숙종과 영조를 거쳐 정조에 이르는 이른바 조선의 '문화 융성기'에 따른 일종의 '베이비붐(babyboom)' 현상이었을까? 어쨌든 이렇게 인구수가 증가함에 따라 자연히 생필품인 쌀에 대한 수요도 덩달아 늘어났으리라 추정할 수 있다.

때맞춰 조선 후기는 농업 기술의 눈부신 발전이 이루어졌던 때이다.

조선시대 때의 벼농사법을 보게 되면, 18세기 이전까지만 하더라도 '직파법(直播法)'이 일반적이었다. 직파법이란 쌀을 재배할 적에

벼의 씨앗을 직접 논에 파종하여 추수를 할 때까지 한 장소에서만 자라나게 하는 농사법이다. 그런데 직파법으로 농사를 짓게 되면, 병충해나 냉해(冷害), 잡초 등으로부터 어린 모를 충분히 보호할 수 없게 된다. 때문에 농사에 많은 수고와 노력을 기울이고도 풍부한 생산성을 보장받을 수 없었다. 그런데 18세기 이후로 들어서게 되면 관개(灌漑)시설의 확보를 바탕으로 '이앙법(移秧法)'이라는 선진화된 농업 기술이 보급되기에 이른다.

이앙법이란 말 그대로 '어린 모를 옮겨 심는' 농법으로, 곧 '모내기'를 뜻한다. 이앙법은 일단 관개시설의 완벽한 확보를 전제로 삼아야 가능한 농법이기 때문에, 직파법과는 달리 가뭄이 심하게 들 경우 생산성이 거의 '제로(zero)'라는 약점이 있다. 그러나 그럼에도 불구하고 이앙법은 급속도로 확산되었는데, 그 이유를 정리하면 다음과 같다.

① 직파법은 1년에 네다섯 번의 잡초 제거 작업을 해야 하는데, 이앙법은 두세 번으로 족하다.
② 직파법의 제초 작업은 대단히 어려워 많은 노동력이 필요한데, 이앙법은 상대적으로 작업이 쉬워 적은 노동력으로도 가능하다.
③ 이앙법은 직파법에 비해 단위 면적당 생산량이 훨씬 높다.
④ 이앙법은 하절기에는 벼를 심고 동절기에는 보리를 심는 '이모작(二毛作)'이 가능하다.

이처럼 이 시기는 이앙법이라는 새로운 농업 기술의 도입으로 말미암아 노동력이 절감되고, 생산력이 매우 향상되어 경작지 확대와 잉여생산물을 통한 상업적 농업, 즉 '광작(廣作)'이 본격적으로 발생했던 시기이다.

앞의 이야기를 보게 되면 주인공 허홍이 광작 농민임을 쉽게 짐작할 수 있다. 이야기 내용 중 "10두락 되는 논에서 100석의 쌀을 소출했다."는 부분과 "허홍이 5~6년 만에 쌀이 곳간에 그득하고 논과 밭이 연달아서 10리 안팎 농민들 중 허홍의 집에 의지하지 않는 자가 없게 되었다."는 부분이 나오기 때문이다. 그리고 이 대목을 문면에 나타난 그대로만 보고 단순히 '허홍이 밤낮 없이 정성껏 농사만 져서 소득을 증대'시켰다던가, '불쌍한 이웃 농민들을 동정심만으로 도와주었다'는 식으로 오해해서는 안 될 것 같다. 오히려 잉여 농산물 생산을 목적으로 허홍이 선진 농업 기술을 익히고, 인구 증가로 인한 유휴(遊休) 노동력을 넓은 경작지에 적절히 활용한 결과, 잉여생산물을 축적하여 상품 생산력과 이윤을 증대시켰음에 대한 표현으로 봐야 옳을 것이다.

하늘이 내린 땅, 여주

허홍이 쌀농사에 힘을 기울였던 세 번째 이유로는 허홍이 살던 여주의 지역적 특성을 들 만하다.

지금까지도 '쌀'하면 곧바로 '여주' 아니면 '이천'을 떠올리듯이 이 지역은 가히 쌀농사에 관한 한 '하늘이 내린 땅'이라고 할 수 있다.

여주 · 이천 지역은 낮은 구릉(丘陵)성 침식지와 평야가 매우 넓게 자리하고 있어 쌀농사에 아주 적합한 지역이다. 또한 고산지의 언덕

배기도 완만하게 경사를 이루어 넓게 발달되어 있기 때문에 각종 밭 농사에도 그만일 뿐만 아니라 지류 하천 연안에는 충적지까지 넓게 발달되어 있다.

기후 조건에 있어서도 이 지역은 사계절과 24절기가 뚜렷한 기후 특성을 나타내고 있다. 가뭄과 홍수에 큰 영향을 받지 않고, 높은 산이 적어 하루 종일 햇볕을 받을 수 있으며 낮과 밤의 일교차가 다른 지역보다 크다는 등의 쌀농사에 유리한 천혜의 조건을 골고루 갖추고 있어 당도와 전분이 많이 함유된 질 좋은 쌀이 생산되었다. 그렇기 때문에 이익(李瀷)은 『성호사설(星湖僿說)』에서 "여주 이천 사이는 벼가 다른 고장보다 먼저 익으므로, 매우 많은 이득을 본다."라고 말했고, 이중환(李重煥) 역시 『택리지(擇里志)』에서 "사대부가 살만한 지역"이라고 언급할 정도로 생활환경이 좋았던 곳이었다. 그래서인지 실제 이 지역은 조선 시대 초부터 양반들이 개인적으로 직접 쌀을 세금으로 거둬들일 수 있는 '수조권(收租權)'을 갖는 사전(私田) 농장이 집중적으로 밀집되었던 곳이기도 했다.

이렇게 해서 생산된 쌀의 출하는 해마다 상당량이 가까이는 여주의 억억장이나 이포장, 이천의 장호원장으로 출하되었고, 멀리는 남한강 줄기를 따라 돛배에 실려 서울 뚝섬, 한강리, 서빙고 등지로 출하되어 지역민들에게 막대한 이윤을 제공했었다.

허홍이 과연 이러한 지역적 특성을 치밀하게 헤아린 뒤, 쌀농사에 전심전력을 기울였는지에 대해서는 뭐라 단언하기 힘들다. 하지만 본문 내용 중에 허홍이 '세업(世業)'이라는 말을 종종 거론하는 것으로 보아 허홍의 집안은 대대로 여주 지역에 터를 잡고 살았던 향반(鄕班)이었음을 알 수 있다. 그러므로 허홍이 상식적인 차원에서라도, 이 지역에 쌀을 재배하면 다른 지역보다 소득과 이윤을 더 많이 올릴 수 있다는 사실을 알고 있었을 개연성은 매우 크다고 하겠다.

담배의 다양한 기능과 고수익성

이번에는 허홍이 쌀농사 못지않게 치부(治富)에 역점을 둔 사업인 담배 재배에 대해서 이야기해 보도록 하겠다. 앞의 이야기를 보면 허홍이 가뭄 등 극심한 자연 재해를 무릅쓰고 집요하리만치 담배 재배에 열과 성을 다하는 대목이 나온다. 그렇다면 그 까닭은 또 무엇일까? 역시 담배라는 당시 신종 작물이 갖고 있던 고수익성에서 해답을 찾아야 할 것 같다.

담배가 우리나라에 들어온 경위에 대해서는 여러 학설들이 있다. 그 중에서 임진왜란 이후 1618년 광해군 때, 일본을 경유해 조선에 들어왔다는 것이 정설이다. 그리고 이 시기는 담배뿐만 아니라 호박, 고추, 고구마, 감자 등 신종 작물이 일본이나 중국을 통해 수입되던 시기였기도 하다. 그런데 이 중에서도 담배는 인삼과 더불어 특용작물의 대표적 작물로 인식되어, 수입된 지 얼마 되지 않는 재배 초기부터 고급 기호품으로 애용되어 재배가 급속도로 증대되었다.

담배는 심심함을 달래주고, 무료함을 풀어준다 해서 '심심초', 술처럼 정신을 취하게 한다 해서 '연주(煙酒)', 차와 같이 피로를 풀어준다 해서 '연차(煙茶)', 한 번 맛보면 잊을 수 없다 해서 '상사초(相思草)' 등으로 별명 지어 불렀는데, 이는 모두 담배의 기호품적인 속성을 담아 표현한 것들이다.

또한 담배는 거담(去痰)이나 각성(覺醒) 효과에 뛰어난 약용품(藥用品)으로 인식되기도 했다. 요즘 시각에서 본다면 당치도 않은 황당무계한 이야기쯤으로 여기겠지만, 어쨌든 담배의 또 다른 별칭인 '남령초(南靈草)'나 '반혼초(返魂草)' 등은 담배가 지니고 있는 약용 기능을 담아 표현한 별명들이다.

조선 중기 때 살았던 이수광(李睟光)은 『지봉유설(芝峰類說)』에서 담배의 거담 효과에 대해 말하고, 조선 후기 때 사람인 이광사(李匡師)는 『원교집(圓嶠集)』에서 담배의 각성 효과에 대해 각각 말하고 있는데, 소개해 보기로 한다.

담배는 풀 이름이다. 남령초라고도 하는데 일본에서 들어왔다. 잎을 따서 바싹 말리고 불에 태운 것을 병 든 사람이 대통으로 연기를 빨았다가 도로 콧구멍으로 내뿜는다. 이것은 가래와 습기를 없애고, 기(氣)를 내리고, 술을 깨게 하는데 매우 효험이 있다. 그러나 독(毒)도 있으니 함부로 쓰지는 말아야 할 것이다.

멀리 동해 밖에 귀국(鬼國)이 있는데, 도덕도 법도 없어 임금과 아비도 모른다. 미신을 몹시 믿기 때문에 사람 죽는 것을 매우 꺼려한다. 중환자가 있으면 죽기도 전에 산과 들에 버린다. 그 나라 공주가 중병에 걸려 산에 버려졌다가 3일 후에 살아서 돌아왔다. 임금이 그 까닭을 물었더니, 자신이 버려진 곳에 이상한 풀이 있어서 그 냄새를 맡은 뒤부터 정신이 깨어났다고 한다. 임금이 공주의 말을 듣고 그 풀을 찾아내어 백성들에게 시험해 보았는데 사실이었다. 그 뒤로 백성들은 그 풀을 뜰에다가 옮겨 심었고, 죽었던 사람들을 살리는 풀이라 해서 '반혼초'라고 불렀다.

담배가 갖고 있는 이러한 다양한 기능과 효험(?) 때문인지는 몰라도, 서유구의 『임원십육지』에 나타난 한강변 주요 장시의 거래 품목들을 참고하면, 총 70여 개 품목 중 담배가 쌀, 면포(棉布), 마포(麻布), 소[牛], 소금 다음인 여섯 번째로 많이 거래되었던 물품으로 확인된다.

이로 볼 때 담배는 생활필수품이 아닌 기호품임에도 불구하고 당시 생활필수품에 버금가는 상업적 비중을 차지했던 농작물임을 알 수 있다. 그래서 18세기 중엽과 19세기 초엽에 이르러서는 담배 재배가 전국적으로 확산되어 평안도의 경우 담배밭의 수익이 수전(水田)의 최상급 밭보다 10배나 이익이 많게 되었고, 주민들이 담배재배만을 전업으로 삼고도 생활을 영위할 수 있는 전라도 진안(鎭安)과 같은 담배 산지가 형성되기도 했다.

이후로도 담배 재배는 곡물 재배보다 이로운 것으로 계속 인식되어 농작물을 심어야 할 비옥한 밭이 담배를 재배하는 밭으로 바뀌는 부작용도 생겨나게 되었다. 이에 대한 『승정원일기(承政院日記)』의 상소문 일부와 조선 후기 정상기(鄭尙驥)의 『농포문답(農圃問答)』에 실린 담배재배 금지에 대한 글을 소개하면 다음과 같다.

무릇 남초라 하는 것은 남녀노소 누구 하나 안 피우는 사람이 없습니다. 피우는 사람이 많으니, 심는 사람도 따라서 많아지고, 그러한 까닭으로 최고로 비옥한 땅이 전부 남초밭으로 바뀝니다. 팔도를 모두 합해 계산해 봐도 몇 평쯤 되는지 알 수 없을 정도입니다.

천산, 만산이 모두 연초밭으로 되고, 평원과 광야의 태반이 연초밭으로 되니 곡식이 자라나는 땅은 점점 줄어들고, 백성들은 비싼 돈을 들여 연초를 사서 피우니 재정난이 막심합니다.

대저 담배라는 것은 백 가지로 해는 있어도 한 가지도 이로움은 없다. 먹어도 배가 부르지 않고, 마셔도 갈증을 없애주지 못한다. 맛은 쓰고 냄새는 고약한 것이 사람의 간과 장에 독을 끼치고, 정신을 혼미하게 하는데도 지금 남녀노소 누구나 심히 즐기지 않는 자가 없다. 밥은 안 먹어도 담배는 피워야 하니, 옷을 팔고 그릇을 팔아 담배를 사먹는다. 재물을 축내고 사람을 해롭게 하기 이렇건만 사람들은 스스로 깨닫지 못한다.

이렇게 담배를 바라보는 사회적 시선이 곱지 않았음에도 불구하고 줄기차게 담배가 재배되고 판매된 까닭은 무엇일까? 앞에서도 잠깐 언급했지만 무엇보다도 담배는 한 근당 은(銀) 한 냥의 가격과 교환될 수 있을 만큼 고가의 환금작물(換金作物)이었다는 데에 매력이 있었기 때문이다. 오죽하면 이중환이 『택리지』에서, "(담배는) 부자들의 권력과 이익을 만들어내는 밑바탕"이라고까지 말했을까! 따라서 위의 이야기 중에 나오는 허홍이 담배를 팔아 수십 배의 이문을 남겨 치부(治富)의 기반으로 삼았다는 대목이 전혀 과장된 이야기가 아닌 것이다. 특히 여주, 광주, 용인지역에서 재배되었던 담배는 일명 '용인엽(龍仁葉)'이라 해서 평안도의 '성천초(成川草)', 영월의 '영월엽(寧越葉)'과 더불어 가장 품질이 우수한 고가품으로 대접을 받았던 것이다.

이렇게 담배를 재배하거나 판매해서 얻은 돈으로 치부(致富)의 밑천을 삼았다는 이야기는 허홍이야기 말고도 『차산필담(此山筆談)』이나 『청구야담(靑邱野談)』등의 야담집에서 더 찾아볼 수 있다. 이 중 『차산필담』에 들어있는 이야기 하나를 간략히 살펴보기로 한다.

경주 사람 김기연(金基淵)은 무과에 급제한 선달(先達: 과거시험에는 합격했지만, 정작 벼슬에는 나가지 않은 사람의 호칭)로 집이 매우 부유하였다. 그러나 그는 서울로 올라와 술과 도박으로 가산을 다 탕진하고 겨우 남은 돈 7~800냥만 가지고 고향으로 내려가던 중, 광주(廣州) 송파(松坡) 거여(巨余)에 있는 객주(客主: 조선 후기 장날에 상인들을 위한 숙식 제공, 물품 보관과 매매 등을 알선했던 위탁판매소) 앞을 지날 때에 한 여자가 아이를 데리고 굶주려 있는 것을 보고서 돈 스무 냥을 주었다.

그 여자는 객점의 부엌데기로 연명하던 차에 강원도 담배상으로부터 김선달이 주고 간 돈 스무 냥을 전부 들여 담배 50다발을 샀다. 그 해 5월에 담배값이 올라 담배 50다발을 10배 가격인 200냥에 되팔 수 있었다.

이에 그 여자는 객점의 빈 곳 하나를 세내어 어물, 과일, 야채 등을 벌여 얼른얼른 사고팔고 하니, 그 해 겨울에 가서는 여러 곱 이득을 보게 되었고, 돈이 늘어남에 따라 전포(廛鋪)도 늘렸다. 미투리, 종이, 명주 등 손쉽게 교역할 수 있는 것도 취급하고, 떡이나 청주, 막걸리 등도 팔았다. 10년 간 풍년이 들은 덕에 열곱, 백곱의 이문을 보아 결국 재산이 10,000냥에 이르러 객점 옆에 큰집을 사서 술집을 열었다.

양주(楊州)와 광주(廣州)의 술손님들이 그녀가 과부에다가 돈이 많다는 소문을 듣고 눈독을 들였으나, 여자는 그들을 피해 남대문 밖으로 이사해 살면서 오로지 김선달이 다시 나타나 주기만 바랐다.

1856년 철종 때에 송시열(宋時烈)의 후손인 송근수(宋近洙)가 경주 사또로 부임하게 되었다. 경주의 이방(吏房)이 잔치에 참석하기 위해 올라오자, 여자는 그에게 김선달에 관하여 물었다. 이방이 여자의 이야기를 들은 후 그 사람이 거지가 되었는데, 지금은 자신의 도움으로 짚신을 삼으며 생계를 유지하고 있다고 말해주었다. 여자가 이방 편에 편지와 약간의 재물을 보내니, 이것을 받아본 김선달이 '서울 가서 4~5만

냥의 돈을 헛되이 썼는데, 단 스무 냥의 돈만 올바로 썼구나'라며 탄식하였다. 그 후 서울로 올라온 김선달은 여자와 더불어 단란하게 살았다.

이렇듯 역사적 실상으로나 야담 속 이야기로나 고수익성을 확실히 보장받았음이 틀림없는 담배는 육로, 수로 할 것 없이 모두에 걸쳐 활발하게 유통되고 순식간에 팔려나가기도 했다. 정상기의 『농포문답』을 통해서 한번 확인해보도록 하자. 그는 18세기 중엽 당시, 담배 판매의 유통과 거래량에 대해서 다음과 같이 기록하고 있다.

> 산야의 비옥한 땅에 모두 남초를 심고, 배와 수레로 운반하여 탁 트인 도시와 큰 마을 한 가운데에 쌓아 놓는다. 길 가와 마을에 연이어 벌려 있어 남초를 팔지 않는 가게가 없는데, 아침이면 산처럼 쌓였다가도 저녁이면 모두 없어지니 세상에 이런 이익이 없다. 비교컨대 차와 술의 100배는 된다.

이처럼 평안도 성천, 강원도 영월, 경기도 광주, 여주, 용인, 전라도 진안 등지에서 주로 재배되었던 담배는 현지 시장에서 매매가 이루어지기도 하였지만, 종로, 송파, 용산, 마포 등 서울 장시로 수송된 뒤 고액의 현금으로 교환되기도 했다. 어찌 되었건 담배는 조선후기 당시 해당 지역민들에게 없어서는 안 될 중요한 소득원으로 자리 잡았던 것이다.

돈을 벌더라도 사람답게 벌어야

이상으로 허홍이야기 중 조선시대 후기에 가장 대표적으로 생산되고 유통되었던 물품인 쌀과 담배를 중심 삼아 당시 사회 · 경제적 변화상의 한 단면을 살펴보았다.

지금부터는 허홍이야기 속에 흐르는 주제 의식에 대해 말해 볼까 한다. 일단 결론부터 내린다면, 허홍이 생산하고 유통시킨 쌀과 담배가 비록 많은 이윤을 남겨주는 고소득 작물이라 해도, 성공과 치부는 그것을 재배하고 판매하는 사람의 성품이 올곧을 때에만 보장된다는 윤리의식이 이 이야기 속 참주제라 여겨진다.

그럼, 이에 대한 설명을 위해 이야기 속에 나오는 허홍의 성격과 행적을 잠시 떠올려 보도록 하겠다. 우선, 그는 매우 주도면밀한 인물로 나오고 있다. 왜냐하면 그는 일찌감치 시대적 변화상을 민감하게 느낀 뒤, 이에 재빨리 발맞춰 부지런히 선진 농업 기술을 도입하고, 센스 있게 신종 고소득 작물의 재배를 이루어, 마침내 스러진 가계를 일으키고 부자로 거듭나고 있기 때문이다. 이러한 허홍의 성격은, 이미 부자가 된 뒤 형과 아우를 불러, "앞으로 긴 사랑이 가로지르고, 사랑 앞에는 긴 행랑이 있으며, 마굿간에는 말들이 가득한" 어마어마하게 큰 세 채의 기와집을 보여주며, "우리 형제가 살 집"이라고 했을 적에, 그 기와집이 옛집과는 불과 5리 남짓한 거리였음에도 불구하고 그런 집이 있는 줄, "형제 중 아무도 몰랐다. 대개 그가 일을 경영함에 주도면밀하기가 이와 같았다."라는 본문 내용을 통해 한층 확인된다고 하겠다. 그리고 이러한 허홍의 주도면밀한 성격이야말로 그가 성공하는 데 있어서 가장 큰 원동력으로 작용했던 요인이라고 해도 크게 틀림이 없다. 그러나 그렇다 하더라도 허홍이 이렇게 치밀한 계획과 실천만을 했기 때문에 과연 성공에 이를 수 있었을까? 이 질문에 대한 답은 퍽 회의적이지 않을 수 없다. 다시 말해서, 허홍이 성공을 한 진정한 이유는, 그가 앞에 열거한 여러 조건들을 충실히 갖춘 근면하고 계획적인 인물이었기 때문이기도 하지만, 그 위에 어려운 환경 가운데에서도 초지일관 도덕적 정인군자(正人君子)로서의 태도를 잃지 않은 모습이 덧붙여졌기 때문에 성공했다고 봐야 더 옳을 것이다.

사실, 허홍의 정인군자적 모습은 이야기 속 곳곳에서 발견할 수 있다. 그는 단순히 잘 먹고 잘 살기 위해 수단과 방법을 가리지 않고 악착을 떠는 인물이 결코 아닌 것이다. 그는 자기를 희생할 줄 알고, 자기 분수를 알아 겸손함을 차릴 줄도 알고, 원칙에 투철하고, 무엇보다 남에 대한 배려가 뛰어난 인정이 풍부한 인물로 나타나고 있다.

그렇다면 첫 번째로 허홍의 자기희생적인 면모부터 살펴보기로 하자.

이야기 속 내용을 보면 허홍은 그의 부모가 죽고 삼년상까지 마치게 되자, 형과 아우를 함께 불러 앞으로의 계획에 대한 가족회의를 연다. 여기서 그는, "이런 곤궁한 형세로는 다같이 굶어 죽을 수밖에 없으니, 우선 각기 살아갈 방도를 차리는 것이 옳겠소."라면서 자신의 속내는 감춘 채, 형과 아우의 의견부터 들으려 한다. 이에 형과 아우가, "본디 배운 글공부 외에 별다른 도리가 있겠는가?"라는 무책임한 대답을 내놓자, 그 제서야, "이대로 삼형제가 글공부만 일삼다가는 추위와 굶주림에 죽을 것이니, 그렇다면 내가 10년을 기한(期限)으로 목숨 걸고 재산을 모아 집안을 구하겠습니다."라며 비로

소 속내를 털어놓는다.

여기서 우리가 추측해 볼 수 있는 허홍의 심리는, 그 역시 다른 형제들과 마찬가지로 글공부를 중단하고 험난한 생업 전선에 뛰어들고 싶어 했던 것은 결코 아니라는 점일 것이다. 즉, 허홍은 형과 아우의 의견을 한번 들어본 후 그들의 생계 대책이 매우 좋다면, 짐짓 그들에게 생계의 부담을 지우고 자기는 계속 글공부에 매진하였을 개연성이 매우 컸으리라는 것이다. 아니 할 말로 허홍이라고 해서 어찌 글공부에 대한 미련이 형과 아우보다 덜할 수 있겠으며, 생계유지와 가업 중흥에 대한 부담이 덜할 수 있었겠는가? 어차피 삼형제 모두 찢어지게 가난하여 "사방 친지들에게 두루 구걸해가면서 글 읽는 아들들 입에 풀칠이라도 해 주었던" 착하고 어진 부모 밑에서 똑같이 글공부만 하며 자란 아들들이었을 텐데 말이다. 이러한 허홍의 심리는 그가 나중에 큰 부자가 된 뒤, 형과 아우를 부둥켜안고, "부모님께서 애당초 우리 형제들의 과거 합격에 기대를 두셨는데, 형님과 아우는 비록 소과(小科)나마 부모님의 유언을 이루었습니다. 그러나 저는 오로지 생계에 몰두하는 바람에 부모님의 뜻을 저버렸으니 어찌 슬프지 않을 수 있습니까? 다시 글공부를 시작해보았자 전혀 과거에 합격할 가망성이 없으니, 차라리 활을 잡아 무과에라도 급제하면 그 또한 도리가 아닌지요."라며 통곡을 하는 대목을 통해서도 뒷받침된다 하겠다. 하지만 형과 아우가 전혀 현실에 대한 심각한 인식이 없어 보이자, 그는 과감히 스스로 생업의 짐을 지겠노라고 자기희생 정신을 발휘한다.

두 번째로 허홍의 자기 분수를 알아 겸손함을 차리는 미덕에 대해 말해 보자.

허홍의 신분은 본문에서도 확인되듯 양반이기는 한데, 이른바 몰락 양반이다. 그런데 아무리 몰락했어도 분명 양반은 양반이므로 허홍 역시 당시 양반들이 흔히 보여주던 그릇된 태도, 즉 아랫사람에 대한 터무니없는 우월의식이라든가 거드름, 육체노동에 대한 이유 없는 경멸감 따위의 고약한 편견을 지니고 있었을 법하다. 그리고 조선 후기의 시대적 분위기가 이전까지 굳건히 유지되던 반상제(班常制)의 틀이 요동을 치던 격변의 시대였다고는 하지만, 이를 십분 감안한다 하더라도 아무리 몰락한 양반일지언정, 그래도 양반 체면에 양반 스스로 육체노동에 종사하는 경우란 좀처럼 없었으리라 생각된다. 이는 무릇 양반이란, "곤궁한 지경이 되어 시골에 살아도 자기 맘대로 할 수가 있으니, 이웃집 소를 가져다가 자기 밭 먼저 갈고, 마을 사람들 불러다가 내 밭 먼저 김매게 할 수 있다. 이렇게 해도 어느 누구 하나 욕할 수 없다."라는 연암(燕岩) 박지원(朴趾源)의 「양반전(兩班傳)」 끝 대목을 보더라도 그렇다고 하겠다. 그러나 허홍은 이야기 전체를 통틀어 봐도 이러한 양반의 부정적 행태를 전혀 보여주지 않는다. 오히려 그는 자기 스스로 발 벗고 나서서, "의관을 벗어던지고 적삼에 잠방이를 걸친 채, 밤낮으로 길쌈을 도와주고, 혹 돗자리도 치고, 혹 도롱이도 엮으며" 부지런히 날을 보낸다. 또한 길쌈으로 마련한 수백 냥 되는 돈으로 논 10두락과 하루갈이 밭을 산 뒤에도, 알량한 양반의 위세를 빌려 당장 마을 사람들에게 소작을 놓는다든가 하질 않는다. 그는 "남의 손을 빌려 땅을 갈면 비용이 들 뿐 아니라 자기가 힘써 하느니만 못하다" 여겨, 직접 "쟁기와 보습을 들고 논에 들어가 늙은 농부를 맞아 극진히 대접하며 두렁에 모신 뒤 쟁기질을 배워, 논밭을 열 번이나 갈기"를 주저하지 않는다.

세 번째로 원리 원칙에 투철한 허홍에 대해서 말해 보겠다.

이미 아는 바와 같이 허홍은 10년을 기한으로 가업을 일으키겠다 하고선, 그 기간동안 죽 반 사발만 먹기로 굳게 원칙을 정한다. 가만 생각해 보면 불가능에 가까운 허황된 결심으로 보이는데, 그는 끝까지 이 원칙을 지독하리만치 고수(固守)한다. 더러 찾아오는 옛 친구가 있어도 울타리를 사이에 두고 자기는 방안에서, "이제 나를 사람의 예절로 꾸짖지 마라. 10년 뒤에 다시 볼 것이니 그냥 돌아가시게."라며 되돌린다. 또한 5~6년 뒤 마을 사람들이 인정(人情)에 겨워 자발적으로 고기반찬을 바쳤어도, 여전히 죽 반 사발 만큼은 변함이 없었다. 게다가 8년 뒤 허홍이 큰 갑부가 되었다는 소문을 들은 형과 아우가 오랜만에 찾아왔을 때조차도, 단지 2년을 마저 채우지 않았다는 것을 이유로 들어 아내가 차린 밥과 고기반찬을 굳이 물리고 죽을 대접하고 있다. 그리고 이를 못마땅히 여기는 형과 아우의 불평과 불만에 대해서는, "저희가 정한 10년이 아직 덜 되었잖습니까? 형님이 비록 크게 화를 내셔도 저는 추호도 동하지 않습니다."라며 오불관언(吾不關焉)으로 일관하고 있다.

이러한 허홍의 행적을 얼핏 보면, 앞뒤 꽉 막힌 비합리적인 인물이거나, 위아래의 예의범절도 모르는 무례한 인물이거나, 아니면 물욕에 눈이 먼 수전노쯤으로 오해받을 수도 있겠다. 그러나 그는 어디까지나 자신이 정한 원칙을 고지식하게 따르려는 사람일 뿐이지, 결코 비합리적이고 무식하고 인색한 인물이 아니다. 어떻게 보면 돈 쓸 때가 되면 아낌없이 돈을 쓸 줄 아는 사람, 즉 '멋'이란 게 무엇인지 제대로 아는 진짜 '멋쟁이'인 것이다. 왜냐하면 9년 째 접어들 무렵, 드디어 형과 아우가 나란히 소과(小科: 과거의 첫 시험, 생원과와 진사과로 나뉜다)에 급제하자, 몸소 서울로 올라와 광대 패까지 동원시킨 큰 연회를 베풀어 주기 때문이다. 또한 만석꾼 부자가 된 뒤, 형제끼리 재산을 나눌 적에도 전혀 자신의 수고로움을 과시하거나 텃세 부리지 않는다. 오로지 "제가 재산을 늘리기로 작정한 10년 기한이 다 되었습니다. 이제 우리 삼형제가 일생 동안 먹고도 남음이 있게 되었습니다. 오늘로 고생 끝내시고 한집에 모여 단란한 행복을 누리시지요."라며, 똑같이 재산을 삼분(三分)하는 의롭고 합리적인 모습을 보여준다. 단지, "제 처가 거의 죽을 고생으로 이 살림을 이루었으니, 그 고생에 대한 보상이 없어서 되겠습니까? 따로 구분해 줌이 온당할 것입니다."라며 아내의 몫으로 얼마간의 논밭만 돌리고 있을 뿐이다.

마지막으로 허홍의 남을 배려하는 풍부한 인정에 대해 살펴보겠다.

허홍은 아내와 함께 10년 간 죽만 먹기로 굳게 약속을 한 후, 자기들은 죽 반 사발씩만 먹었지만, 하나 남은 계집종에게는 죽 한 사발을 주는 온정을 베풀고 있다. 더욱이 계집종에게 "배고픔을 정 견디지 못할 것 같으면, 네 마음대로 떠나거라."라며 주종(主從)관계를 강요하지도 않는다. 이러한 허홍의 배려에 대해 계집종은 울면서, "주인께서 죽기를 각오하고 재산을 늘리려 하시는데, 제가 어찌 배고픔을 두려워하여 떠나갈 수 있겠습니까?"라며 보답을 한다. 허홍의 인정 넘치는 성품을 짐작할 수 있는 대목은 이외에도 또 있다. 허홍이 광작 농사를 시행한 지 5~6년 만에 "노적(露積)이 가득하고 논밭이 연달아서 10리 안팎의 농민들 중 허홍의 집에 의지하지 않는 자가 없게 되었다. 사방의 소작인들이 주찬(酒饌)과 어육(魚肉)으로 인정을 썼다."는 대목이 그것이다.

역사적으로 보았을 때, '광작'이 '노동력 절감', '생산성 증대'라는 긍정적인 측면을 가지고 나타났던 것은 확실하다. 그러나 아이러니(irony)하게도 바로 이런 광작의 장점으로 말미암아, 농촌사회에서는 이전처럼 많은 노동력이 불필요하게 되었다. 따라서 필요 이상의 노동력은 농촌을 떠나지 않을 수 없게 되는 부작용도 동시에 나타나게 되었던 것이다. 다시 말해서 조선 후기 때의 농촌사회는 '광작'이 시행되면서부터 새롭게 농촌사회를 주도하는 '경영형 부농(富農)'과 농촌을 떠나는 '이농자(離農者)' 그룹으로 분화하는 현상을 보였다고 하겠다. 그리고 거의가 영세농민 출신이었던 이농자들은 '광작 지주층'들로부터 제대로 쓰임을 받지 못한 채, 작당하여 지주층과 적대적 관계를 맺거나 심할 경우 부랑자, 도둑, 거지, 사당(社黨)패 등의 신세로 전락하여 심각한 사회 문제를 일으키기에 이르렀다. 그런데 허홍은 위의 인용문에서도 알 수 있다시피, 마을 소작인들로부터 미움과 원망의 대상이 되기는커녕 의지할 대상이요, 높은 존경과 우러름을 받는 존재로 나타나고 있다. 이는 바로 허홍이 광작으로 인해 땅과 일자리를 잃을 위기에 빠진 영세농민들에게 평소 남다른 인정과 덕을 베푼 결과라고 해석된다.

이상으로 이야기 속에 나타난 주제가 무엇인지에 대해 주인공인 허홍의 인품을 중심 삼아 논의해 보았다. 범박하게 마무리 짓자면, "돈을 벌더라도 사람답게 벌어야 한다."는 것, 이것이야말로 허홍이야기가 우리들에게 던져주는 진정한 메시지일 것이다. 『주역(周易)』에서 이르기를, "선한 일을 쌓은 집안에는 반드시 넉넉한 복이 깃들 것이다.[積善之家 必有餘慶]"라는 말씀이 새삼 떠오른다.

필자 : 김필래(경희대 강사)

참고

김필래, 「남한강변 장시에 유통된 품목 고」, 『한국문화연구』 9, 경희대학교 민속학 연구소, 2005.
서대석, 『조선조문헌설화집요』 1 · 2, 집문당, 1991.
서유구, 『임원십육지』, 서울대학교 규장각본.
이 익, 『국역 성호사설』, 민족문화추진회, 1980.
이기백, 『한국사신론』, 일조각, 1984.
이우성 · 임형택 역, 『이조한문단편집』 상, 일조각, 1997.
이월영 · 시귀선 역, 『청구야담』, 한국문화사, 1995.
이중환, 이익성 역, 『택리지』, 을유문화사, 1982.
임형택, 「흥부전의 역사적 현실성」, 인권환 편,『흥부전연구』, 집문당, 1991.
정상기 · 이익성 역, 『농포문답』, 을유문화사, 1983.
최영준, 「남한강 수운연구」, 『지리학』 35, 1987.

신선의 삶을 추구한 화가 장승업

일체의 권위와 가식에서 벗어나리라!

장지연(張志淵)은 『일사유사(逸士遺事)』〈장승업〉에서 다음과 같이 서술하고 있다.

> 장승업의 명성이 궁중에까지 들리니 고종 임금이 불러들이라 명령하여 궁중에 조용한 방을 마련해 주고 병풍 십수 첩을 그리게 하였다. 그리고 미리 궁중의 음식을 감독하는 자에게 지시하여 술을 많이 주지 못하게 하고, 하루 두어 번 두세 잔씩만 주도록 하였다. 열흘이 지나자 장승업은 술 마시고 싶은 생각이 간절하여 달아나고자 하였으나 경계가 엄중하므로, 문지기에게 그림물감과 도구를 구하러 간다고 속이고 밤중에 탈주하였다.
>
> 고종이 이를 듣고 잡아 오게 하여 더욱 경계를 엄중히 하고 그 그림을 완성시키게 하였다. 그러나 장승업은 다시 자기의 의관 대신 금졸(禁卒)의 의복을 훔쳐 입고 달아나기를 두세 번에 이르렀다.

예술세계를 좋아했던 고종은 장승업이 그림을 아주 잘 그린다는 소문을 듣고, 장승업에게 자기가 원하는 그림을 그리게 하고 싶어 했다. 그런데 그 당시 조선시대는 권위와 명분이 중요한 시대였다. 왕이 그림을 그리게 하고 싶다는 단순한 명분만으로는 지위도 관직도 없는 평민을 궁궐로 불러들일 수가 없었다. 그래서 왕명을 받은 관원들은, 평민 장승업을 화원으로 등용하는 것부터 시작하였다.

조선시대에는 18세기 후반까지 공식적인 궁중화원 제도가 없었다. 국왕이 임명하여 대궐 안에서 직접 관장하는 궁중화원은 정조(正祖 1752~1800)가 1783년 11월에 창덕궁의 규장각 안에 '차비대령화원(差備待令畵員)' 직제를 만들며 처음 시작되었다. '차비대령화원'이란 '임시로 차출하여 임금의 명령에 대기하는 화원'이라는 의미이다. 또한 당시에 '녹취재(祿取才)'가 있었는데 이것은 본래 '녹봉을 주기 위해 기술이 있는 사람을 가려 뽑는 시험'이라는 의미로서 조선 초기부터 도화서 화원을 비롯한 기술직 관료들에게 정기적으로 실시해왔던 제도이다. 이것을 규장각에서는 차비대령화원들에게 별도로 추가 실시하여 성적이 우수한 두 사람에게 정6품 사과(司果) 1자리와 정7품 사정(司正) 1자리의 파격적인 녹봉을 지급해 주었다. 장승업은 당시 재능을 인정받아 '감찰(監察)'이라는 정6품 상당의 관직을 받았다. 이것은 화원으로서 올라갈 수 있는 최고의 벼슬이었다. 결국 그를 양반의 지위로 올리고 정6품의 관리로 만들어 궁궐에 출입할 자격을 주었다. 장승업도 화가로서, 그림을 그리는 조건을 보장받는 화원이 되었다는 것에 매우 기뻐했다.

고종은 그림에 관심을 많이 갖고 있었고 자신이 장승업 데려오기를 직접 명하였기에 장승업이 당도하자 매우 기뻐하며 정성껏 환대

했다. 이렇게 해야 화가 장승업이 최선을 다해 그림을 그려 주리라 생각했던 것이다. 그리고 준비해둔 호화로운 병풍에 그림을 그려줄 것을 청했다. 그러나 장승업은 고종과 생각이 달랐다. 장승업에게 궁궐 안은 그림을 그릴 적합한 장소가 아니었다. 왜냐하면 자유분방하게 자기가 하고 싶은 대로 살아온 장승업에게는, 예의와 격식을 차린 궁궐은 무언가 부자유스러운 곳이요, 억압과 굴레의 감옥이나 다름없었다. 하지만 위압하는 듯한 삼엄한 분위기에서 무턱대고 자리에서 일어나 걸어 나갈 수도 없는 노릇이었고 왕에 대한 예의도 아니었다. 그래서 이리저리 궁리한 끝에 일단 그림을 그리다가, "실은 여기에 어울리는 물감을 가지고 오지 않았습니다."라는 적당한 이유를 둘러대고 궁궐을 빠져나갔다.

그는 그 길로 유흥가에 몸을 숨겼지만 며칠 지나지 않아 발각되어 다시 궁궐 안으로 끌려들어가 여러 사람이 감시하는 가운데 억지로 그림을 그리게 되었다. 그림은 전혀 진척되지 않은 채 날짜만 물 흐르듯 흘러갈 뿐이었다. 예술인에게는 영감이 생각나지 않으면 한 획도 그릴 수 없는 것이다. 감시하는 사람들도 지루함을 못 이겨 모두 잠이 들어버린 날 밤, 그는 몰래 궁궐을 빠져나와 행방을 감추었다.

격노한 왕은 그를 찾아내라는 엄명을 내리고, 군졸들이 여기저기 수소문 한 끝에 그가 숨어 있던 술집을 겨우 찾아 가서 궁궐로 압송하다시피 데리고 왔다. 이번에는 그를 벌거벗겨서 그림을 그리게 하고 바로 옆에 감시원을 붙여두었다. 고종은 장승업을 예술인으로 대우하여 그림을 그리게 할 수 없음을 알고, 왕의 권위로 제압해서라도 그림을 그리게 하고자 했다. 그러자 그도 얌전하게 그림을 그리기 시작했지만, 한 획을 긋고 나서는 생각에 잠기고, 또 한 획을 긋고서는 지쳤다고 하면서 붓을 들려고 하지 않았다. 아무리 왕의 명령이지만 비인간적 비예술적 발상에 장승업은 도저히 순응할 수 없었다. 이러한 생각이 들자 그림 그리는 것이 전혀 무의미한 일로 여겨졌다. 그리다가 감시가 허술한 틈을 타 벌거벗은 채로 궁궐을 도망쳐 나왔다. 이렇게 세 번이나 궁궐에서 도망친 것이다.

장승업은 왕의 지엄한 분부보다 자신이 하고 싶은 대로 하고야 마는 억압과 권위로부터 자유로운 화가였던 것이다. 장승업이 궁궐을 세 번이나 도망친 이야기는 장승업을 더욱 신화화하는 데 일조했다. 자유로운 예술 정신은 왕의 권위와 폭거로도 묶어 둘 수 없음을 보여 준 의미심장한 일화인 것이다.

이러한 장지연의 글을 읽으면서 장승업을 다시 생각해 보았다. 궁중화가로 김홍도(金弘道)나 안중식(安中植)은 수작(秀作)을 그릴 수 있는 좋은 기회였던 궁궐생활이, 오원에게는 왜 맞지 않았는가? 왜 오원은 왕의 명령을 거역하고 술을 마시고 마음껏 즐기는 삶을 추구했는가? 정말 오원은 궁궐에서 단 한 작품도 그리지 않았을까? 그리고 고종은 장승업에게 어떠한 그림을 그리길 원했을까? 하는 꼬리에 꼬리를 무는 생각을 머금고 이야기보따리를 풀어 보고자 한다.

남극성이 보이면

▲춘남극노인

▲추남극노인

오원은 이 그림을 언제쯤 그렸을까? 아마도 궁궐에 있던 때에는 그림 한 점도 못 그린 것 같다. 그러다가 민영환(閔泳煥)의 배려로 그의 집에 머물러 있을 때나 그 이후에 그렸을 것으로 추정할 수 있다. 장지연은 『일사유사』 〈장승업〉에서 다음과 같이 서술하고 있다.

마침내 고종이 화를 내어 포도청에 명령하여 잡아 가두도록 하였는데, 그 때 마침 충정공(忠正公) 민영환이 고종을 곁에서 모시고 있다가 아뢰기를, "신이 본래 장승업과 친하오니 저의 집에 가두어 두고 그 그림을 끝내도록 분부해 주시기를 간청하옵니다."하니 고종이 허락하였다.

민영환 공은 바로 사람을 시켜 이런 뜻을 장승업에게 설명해 주고, 자기 집으로 데려다가 의관을 벗겨 감추고 별실(別室) 안에 처소를 정해 주었다. 그리고 하인에게 빈틈없이 감시하는 동시에 매일 술대접을 잘 하되 다만 너무 많이 취하지 않도록 하였다.

민영환 공이 이처럼 대우해 주니 장승업도 처음에는 감사하는 마음이 들어 차차 정신을 차리고 조용히 앉아 그림에 전념할 듯하였다. 그러나 얼마 안 되어 민영환 공이 입궐하고 감시하는 하인이 잠깐 자리를 비우자 장승업은 또다시 다른 사람의 모자와 상복(喪服)으로 바꿔 입고 술집으로 달아나 버렸다. 민영환 공은 여러 차례 사람을 시켜 장승업을 찾아 잡아 왔으나 끝내 그 일을 마치지 못하였다.

우선 시기를 가늠해 볼 수 있는 단서는 민영환이 고종의 신임을 받고 있던 시기라는 점이다. 이를 참고하여 보면 민영환이 동부승지나 도승지로 있던 시기일 가능성이 크다. 민영환은 1861년생인데, 그가 고종을 곁에서 모신 시기는 1881년(21세)에 동부승지로 있었을 때부터다. 그러나 이듬해(1882) 6월에 임오군란이 일어나고 그의 아버지인 민겸호가 피살되면서 그는 잠시 관직에서 물러나게 된다. 그 후 1884년에 그는 이조참의에 임명되며, 이어 도승지를 잠시 지낸다.

민영환이 고종에게 간청하고 이를 고종이 들어 줄 정도로 가깝게 있던 시기는 민영환의 부친 민겸호가 임오군란으로 사망한 이후로 보아야 한다. 그렇다면 이 일화는 1884년경의 일이었을 가능성이 크다. 1884년이면 장승업이 42세 되던 해고, 민영환이 24세 되던 해다.

이 그림을 그린 이유는 무엇인가? 이것을 알기 위한 단서는 「추남극노인」의 그림에 예서체로 쓰인 다음 글로 알 수 있다.

남극성이 보이면 임금께서 오래 사시고 천하가 잘 다스려진다.(南極見則人主壽昌天下治安)

여기서 남극성이란 인간의 수명을 관장한다고 알려진 별로, 사람이 이 별을 보면 목숨이 길어진다고 해서 '수성(壽星)'이라는 이름이 붙었다. 다른 말로는 노인성, 수노인, 남극노인으로 불리기도 하며, 남극성의 화신으로 여겼던 노인을 그린 그림을 통틀어 수성도(壽星圖)라고 한다. 사람들은 다섯 가지 복, 곧 장수, 부귀, 건강, 덕을 베푸는 것, 편히 죽는 것 중에서 장수만큼 큰 복이 없다고 생각했다. 그래서 수성도는 세화(歲畵)로 많이 그려졌고, 특히 다른 사람의 장수를 축원하기 위한 것이 그 목적이었다.

이 그림의 특징은 무엇인가? 이 수성도는 첫눈에 보아도 알 수 있을 정도로 두드러진 특징이 있다. 키가 작은 노인이 흰 수염을 늘어뜨리고 발목까지 내려오는 옷을 입고 있다. 또 툭 튀어나온 이마에는 반드시 주름이 3개 그어져 있다. 여기에 나무를 배경으로 사슴이나 학이 그려지기도 하다. 남극노인의 손에는 인간의 수명을 기록해 놓은 두루마리가 들려 있고 그 옆에 시중드는 동자가 그려지는 것이 기본 구도이다.

「춘남극노인」에서는 소나무 위에 걸터앉은 남극노인과 그에게 천도복숭아를 바치고 있는 동자가 그려져 있다. 천도복숭아는 한 개를 먹으면 3,000년을 살 수 있다고 하니, 목숨을 관장하는 남극 노인과 어울리는 소재이다. 얼핏 보아도 수노인이나 동자의 얼굴이 몸에 비해 지나치게 크다. 이런 특징은 「추남극노인」에서도 그대로 적용되고 있다.

「춘남극노인」의 그림의 특징은 나무가 S자 모양으로 꿈틀거리며 생동감 있게 그려져 있는 것이다. 솔잎들이 모두 하늘 위로 솟는 모양으로 보아 한창 싱싱하게 자라는 나무이고 생명이 약동하는 모습이다. 노인의 눈과 입가의 웃음이 마치 천도복숭아를 혼자 먹어 미안하다는 듯한 모습이다. 눈동자는 나를 슬며시 바라보고 있으며 밝은 미소를 머금고 있다. 동자승은 활짝 웃으며 노인에게 천도복숭아를 드리고 있다. 굽은 듯한 그의 등에는 무언가 많은 것을 담고 있는데, 밑으로 복숭아 하나가 고개를 살짝 내밀고 있다.

「추남극노인」의 그림에서는 노인이 앉아 있는 곳이 무생명의 딱딱한 돌로 보인다. 이 돌의 모습은 완만한 바위가 아니다. 앉기에 불편한 바위이다. 노인은 바위에 걸터앉아 두루마리를 펼친 채 묵묵히 바라보고 있다. 약간은 근엄할 정도로 집중하고 있다. 동자승은 노인에게 드리려고 주전자에 물을 담아 오고 있다. 그 옆에 기괴하게 생긴 향로 받침대가 서 있다. 위태로워 보이면서도 균형을 잡은 채, 향로에는 불이 활활 타오르고 있다. 마지막으로 「추남극노인」의 하늘 부분에 둥근 형체의 별 무리를 그려 넣은 것은 이전의 다른 화가들이 보여 주지 못한 오원 특유의 놀라운 표현법이다.

신선의 세계를 꿈꾸며!

▲삼인문년도(첫 번째)

▲삼인문년도(두 번째)

이 그림은 언제 그렸을까? 장승업 본인이 언제 그렸는지 분명히 밝히고 있지 않아 제작 연도를 추정할 수밖에 없다.

이 그림에는 안중식의 글이 적혀 있다. 갑인년, 곧 1914년 여름에 쓴 이 글에는 "이 작품은 장오원 선생의 중년 작이다."라고 되어 있다. 장승업이 세상을 뜬 나이가 쉰다섯 살이니까 중년이라면 마흔 살 전후로 추정된다.

이 그림의 내용은 무엇인가? 이 작품은 『동파지림(東坡志林)』에 수록된 고사대로 신선 셋이 모여 서로 나이를 자랑하는 장면을 묘사한 것이다. 어느 날 신선 세 사람이 모였다. 그 때 한 신선이 말하기를 '바다가 뽕나무밭으로 변할 때마다 나뭇가지를 하나씩 놓아두었는데, 지금 그 나뭇가지가 열 개가 되었다.'라며 나이 자랑을 하고 있는 것이다. 이 그림은 바로 그 장면을 그린 것이다.

좀더 구체적으로 그림을 살펴보자. 붉은색과 갈색 그리고 청록색이 주가 된 화려한 그림의 중앙에는 허연 수염을 목까지 늘어뜨린 노인 세 사람이 서 있다. 세 노인들을 자세히 들여다보니 나이가 상당히 많은 것 같다. 노인들이 서 있는 바위 옆으로는 파도가 넘실대고 그 파도 밑으로는 구름이 피어오르고 있다. 그렇다면 노인들이 서 있는 곳은 구름 위라는 뜻인데, 그렇다면 그 곳은 이 세상이 아니라 하늘 높은 곳에 있다는 신선들이 사는 땅일 것이다. 아무튼 그림 속 오른쪽에는 날카롭게 각이 진 바위 틈새로 천도복숭아가 뻗어 있다. 천도복숭아는 천상에 사는 신이나 신선들이 먹는 신성한 과일로 이것을 먹으면, 영원히 죽지 않고 살 수 있는 불로장생약으로 알려져 왔다. 이 그림에는 십장생과 관련 있는 물건이 또 있다. 세 노인 중 맨 뒤쪽에 서 있는 노인의 지팡이 끝에 영지가 달려 있다. 오른쪽에 서 있는 노인의 손에는 바위틈에서 자란 천도복숭아가 들려 있다. 신선이 사는 집에서는 사슴이 밖으로 나오고 있다. 신선들이 서 있는 발치에는 소나무가 자라고 있고, 그 옆으로는 구름 위에 바닷물이 출렁거리고 있다. 이렇게나 많은 상징물이 숨어 있다. 더구나 신선의 옷, 파란색 천에 사람 목숨을 의미하는 목숨 '수(壽)'자가 여러 개 새겨져 있는 것을 발견할 수 있을 것이다.

첫 번째 그림에는 세 신선이 동그란 원을 그리듯 모여서 담소를 나누는 모습이다. 붉은 색을 입고 있는 신선이 무엇인가를 열심히 설명하고 있고, 두 신선이 조용히 듣고 있는 모습이며 동그란 세 사람의 모임 속에서 서로를 존중해 주는 분위기가 느껴진다. 신선들의 오른쪽 아래에는 갈색의 수사슴이 있는데, 수사슴이 바라보는 시선을 따라가 보면, 흰 암사슴이 들어와 있고, 두 마리의 사슴이 서로를 응시하며 무척이나 만나고 싶어 하는 듯한 애절한 모습이다. 그림의 왼쪽 위에 있는 바위는 하늘로 치솟아 올라 갈 듯 깎아지른 모습이며 위엄을 흠뻑 담고 있다. 바위 사이로 천도복숭아 하나가 삐죽 튀어나와 있다. 천도복숭아가 위에 5개 밑에 3개가 탐스럽게 영글어져 있다. 왼쪽으로 뭉게구름이 펼쳐져 있으며 왼쪽 아래에는 속세로 보이는 집이 있다. 그런데 속세와 신선세계가 공백으로 단절되어 있다. 통로가 없는 빈 여백으로 속세와 신선세계를 엄격히 구분해 놓고 있다. 감히 인간은 이곳을 범할 수 없다는 듯.

두 번째 그림에는 일직선으로 나란히 서 있는 세 신선의 모습이 있다. 두 노인은 무언가를 권하고 있고, 한 노인은 아니야 하고 있는 듯한 모습이다. 옆에 있는 동자승은 세 신선의 대화에 관심이 없는 듯, 멀리 다른 곳을 멍하니 바라보고 있다. 그의 눈에는 어떠한 대상도 들어와 있지 않은 허공의 상태이다. 동자승 위에는 천도복숭아가 역시 8개가 열려 있다. 왼쪽 위에는 괴석이 널려져 있다. 이 그림에서 풍기는 느낌은 매우 기괴하고 비현실적이다. 유난히 심하게 각이 진 바위 표현과 신선들의 음산한 모습으로 인해 그곳에 죽음을 초월한 신선들이 사는 선계라기보다는 죽음의 세계로 향하는 중간 통로 같은 느낌이다. 특히 밝은 청록색과 주황색을 주조로 했음에도 지나치게 과장된 바위 모습이며 파도 그리고 신선의 표정이 음울하게 보인다.

장승업은 고종이 명령한 그림을 다 그렸는가? 여러 사람의 일화에 의하면 장승업은 궁궐에서 그림을 전혀 그리지 않은 것으로 묘사되고 있다. 그러나 장승업은 자신의 작품을 고종임금에게 진상한 적이 있었다. 간송미술관 소장의 「춘남극도」와 「추남극도」 2폭에는 '대령화원 신 장승업이 올립니다(待令畵員臣張承業進上)'라는 관지(款識)가 있는 것으로 보아, 장승업이 궁중에서 요구한 그림을 모두 그리지는 못했어도 여러 점 그렸음을 알 수 있다.

장지연을 비롯하여 후대 여러 사람들이 장승업이 궁궐에서 요구한 그림을 전혀 그리지 않은 것으로 묘사한 이유는 무엇인가? 장승업은 궁궐에서의 생활이 자신의 자유분방한 성격과 맞지 않음을 알았다. 그렇다고 무턱대고 왕의 명령을 거절할 수도 없었다. 그러나 세 번이나 궁궐에서 도망친 걸로 보아 궁궐에서는 자신의 그림을 완성하지 못했던 것 같다. 하지만 민영환의 배려에 감사함을 느끼며 그림을 여러 점 그렸던 것이다. 그런데도 후세 사람들은 장승업이 그림을 하나도 못 그린 것으로 묘사하는 것은 왜 그런가? 장승업에 대한 잘못된 근거로 글을 쓴 것은 아닌가 하는 생각이 든다. 그리고 장승업을 너무 신비화시키는 바람에 이런 오류를 범한 것은 아닌가 한다.

그러나 생각을 바꿔보면 장승업은 실제로 궁궐에서는 자신이 원하는 그림을 하나도 그리지 못했던 것이다. 민영환의 집이나 궁궐에서 나온 다음에 자신이 원하는 대로 그림을 그렸던 것이다.

방랑 속에서 날개를 얻고자!

오원의 예술세계는 어떠한가? 오원 장승업은 조선 후기를 장식한 대표적인 화가로 인정받는 화가이다. 그는 산수와 인물 이외에도 영모(翎毛), 화조(花鳥), 어해(魚蟹), 기명절지도(器皿折枝圖) 등 여러 가지 주제들을 대담하고 자유분방하게 다루었으며, 뛰어난 기량과 힘찬 필력이 그의 작품 곳곳에서 나타난다. 산수화에서는 원말(元末) 사대가를 비롯한 남종화가(南宗畵家)들의 화풍을 참조하기도 하였고, 반복적이고 과장된 형태를 위주로 하는 북종화(北宗畵)를 그리기도 하였다. 이는 세속적인 가치관이나 명예에 구애받지 않은 장승업만의 자유로운 예술 세계를 보여주는 것이다. 그리고 장승업은 직업화가로서 그림을 주문하는 사람의 다양한 욕구를 만족시켜 주어야 하는 당시의 현실적인 처지를 보여 주는 것이기도 하다. 또한 당시에 유행하던 문자향을 풍기는 그림보다는 기교적인 형태의 표현에 치중한 그림을 많이 그렸다.

이러한 그의 예술세계는 어떠한 삶의 배경 속에서 만들어진 것인가? 오원은 어릴 때 부모를 잃어 동가식서가숙 하며 지냈다. 여기저기 떠돌다가 서울 수표교에 살던 역관 이응헌(李應憲)의 집에서 살게 되었다. 거기서 우연히 그림에 소질이 있음을 알게 되었다. 그러다가 장승업은 유숙(柳淑)에게서 그림을 배웠다. 인물의 얼굴을 세필로 비교적 자세하게 묘사하고 옷 주름은 물기로 인해 번진 필선으로 대담하게 묘사한 것은 유숙의 인물화와 매우 유사하다. 그림 수업을 마친 장승업은 화명(畵名)이 높아져 사방에서 그의 그림을 구하기 위해 많은 사람들이 몰려왔다. 그리하여 장승업은 인기 있는 직업 화가로 많은 돈을 모을 수 있었다. 그런데 천성이 술을 좋아하여 그림 값을 모두 술값으로 써버렸다. 또한 그는 여색을 좋아하여 항상 그림을 그릴 때 옆에 미인을 앉혀 두고 술을 따르게 해야만 명작이 나왔다고 한다. 술과 여색은 장승업의 예술 세계를 자유롭고 열정적으로 만드는 촉매제이기도 했지만, 이로 인해 그림을 제대로 완성하지 못한 적이 많았다. 오원 장승업이 '고종의 부름을 받았다가 궁궐에서 도망친 일화'에서 우리는 그의 진정한 예술가 기질, 즉 일체의 세속적인 가치와 법도는 그에게 하찮은 것이고, 오직 예술과 창작의 영감을 북돋아 주는 술과 흥취만이 그의 벗이었다는 것을 알 수 있다. 모든 화가로 성급하게 일반화 할 수 없지만, 장승업은 권위주의와 억압과 위선에서 벗어남으로써, 그리고 스스로 방랑의 삶을 택함으로써 예술의 천재성을 발휘할 수 있었다.

권력으로 미술을 향유하고자!

고종은 어떤 그림을 그리길 원했을까? 직접적인 사료가 없어서 정확히 추정하기 어렵지만 지금 남아 있는 그림을 통해 간접적으로 유추하면 다음과 같다. 장승업은 「춘추남극도」를 그렸다. 이것은 일종의 신선도이다. 안중식의 기명절지(器皿折枝)류의 그림은 당대에 유행하던 정물화 그림이다. 1890년 12월 28일 제물포에 도착한 새비지-랜도어(Arnold H. Savage-Landor, 1865~1924)는 1891년 1년 동안 서울에 머물렀던 외국인이다. 유화 초상화의 사실적인 묘사는 전통적인 조선 그림과 완전히 다른 예술이었다. 보스(Vos, 1855~ 1935)가 황제와 황태자의 등신대 초상화를 완성하였다. 그 사례로 거금 '1만 원'의 하사금을 받았던 사실이 당시 『황성신문』 7월 12일자에 보도돼 있다.

고종은 장승업의 신선도를 통해 신선과 같은 풍류를 즐기고자 했던 것 같다. 그리고 안중식의 기명절지도처럼 이 세상을 질서정연하게 통치하고자 했으며, 외국인 화가를 통해 자신의 모습을 세계에 당당히 보이고자 했다. 즉 고종은 미술을 통해 당대의 골치 아픈 사회 정치 문제로부터 벗어나고 권위를 되찾고 싶어 했던 것이다.

고종이 이와 같은 미술을 추구했던 당시대의 모습은 어떠했는가? 고종이 살던 시대는 조선 시대 중에서도 가장 혼란스런 시기였다. 조선 문화의 황금기였던 영정조 시대가 끝나고 순조가 11세의 어린 나이로 등극하자 나라 사정은 완전히 엉망이 되어 버렸다. 왕의 외척들이 왕을 대신해서 정치를 좌지우지하는 세도 정치를 펼쳤고, 국가와 백성을 생각하지 않고 자신들의 부와 권력만을 탐하기에 바빴다. 그러다보니 관리들은 부패하게 되었고 부패한 관리들은 백성들을 착취하기에 이르렀다. 이렇게 혼란스런 나라 안의 사정과는 상관없이 나라 밖의 정세는 정신없이 돌아가고 있었다. 1866년에는 프랑스 함대가 조선을 침입한 병인양요가 일어났으며, 1868년에는 통상 요구를 거절당한 독일인 오페르트가 흥선대원군 이하응의 아버지 무덤을 파헤치는 사건이 발생했다. 그런가 하면 1871년에는 미국 함대가 조선에게 통상을 요구한 신미양요가 발생하는 등 열강들의 문호 개방 요구가 날이 갈수록 거세졌다. 그 때까지 흥선대원군은 쇄국 정책을 고집했지만, 1873년에 그가 정계에서 물러나는 것을 계기로 서양 문물은 걷잡을 수 없이 밀려 들어왔다. 1882년에는 구식 군대가 차별 대우에 항의해 들고 일어난 임오군란이 발생했다. 1884년의 갑신정변, 1894년의 동학혁명과 청일전쟁, 갑오경장에 이어 1895년에는 일본인에 의해 명성황후가 시해되는 을미사변이 일어났다. 이러한 격변기에 고종은 스스로 문제를 해결해 나갈 능력이 없었다. 자신의 희망을 그림으로나마 그려 보고자 했던 것은 아닐까 한다.

필자 : 장영창(경희대 강사)

참고

강관식, 「조선의 국왕과 궁중화원」, 『조선왕실의 미술문화』, 대원사, 2006.
박영대, 『우리그림 백가지』, 현암사, 2002.
오세창, 『국역 근역서화징』, 시공사, 1998.
이양재, 『오원 장승업의 삶과 예술』, 해들누리, 2002.
장세현, 『우리그림 진품명품』, 현암사, 2004.
장지연, 『한국기인열전』, 을유문화사, 1978.
조정육, 『신선이 되고 싶은 화가 장승업』 아이세움, 2002.
최 열, 『화전』, 청년사, 2004.
최 열, 『韓國近代美術의 歷史』, 열화당, 2006.
황정연, 「조선시대 궁중 서화수장과 미술후원」, 『조선왕실의 미술문화』, 대원사, 2006.

조선 후기 의원들, 신이한 능력의 소유자에서 일상적 인간으로

의원의 삶, 그 숨겨진 베일을 벗기며

일반적으로 문학과 역사학계에서는 임진왜란을 기점으로 조선시대를 전기와 후기로 양분한다. 조선은 임진왜란을 전후하여 전기와 후기로 구분할 만큼 사회, 문화, 정치, 경제 등 모든 방면에서의 차이가 극명하다. 학자에 따라서는 조선 후기, 즉 17세기 18세기 이후를 근대로 보는 경우도 있다. 그 만큼 이전과는 다른 양상들이 펼쳐진다는 것이다. 당대 사회의 변화에 가장 민감하게 촉각을 세우는 것이 문학의 본성이다 보니, 이러한 변화의 물결은 당연히 문학에서도 감지된다. 17세기 이후의 우리의 문학은 당대의 변화에 민감하게 반응하면서, 변화의 방향에 선두자로 선 자신의 역할을 충실히 대변하고 있다. 격동의 시대를 몸으로 체현한 작가들의 예리한 시각에 포착된 다양한 삶을 살아간 인간 군상들은 고스란히 문학으로 다시 탄생한다. 때문에 분명 이전 시대와는 다른 삶을 산 인간들의 모습이 여러 문학 장르에 의해서, 또는 새로운 문학 장르로 구현된다. 그것에 관한 연구는 이미 선학들에 의해서 검토된 바가 많다.

여기서는 조선 후기 작가들에 의해서 새롭게 조명 받은 인간 군상들 중에서 의원, 명의들의 삶의 모습에 관심을 갖고자 한다. 문헌을 살펴보면, 명의에 관한 단편적인 기록이나 일화는 조선전기에도 간혹 보인다. 하지만 조선 후기의 문집에 다량으로 실려 있는 것은 분명 시대 변화를 반영한 것으로 볼 수 있다. 기술직으로 신분상 천시당했던 의원들의 삶이 왜 작가의 눈에 포착되었는지, 이들의 삶이 어떻게 형상화 되는지 등 그 발자취를 따라가다 보면, 이를 통해 드러나는 당대 지식인들이 갈망한 시대정신과 참다운 인간상이 무엇인지를 읽을 수 있지 않을까 싶다.

조선 후기 의원들의 발자취를 찾아서

여기서 살펴볼 안덕수(安德秀), 유상(柳瑺), 백광현(白光玹), 안찬(安瓚), 조광일(趙光一) 등은 모두 전에 입전된 인물이다. 조선 후기에 활약한 의원들을 입전한 전은 상당수 있다. 이들 전들 중에서 5인을 선정한 이유는 여타 전들은 단순한 흥미위주이거나 내용이 매우 간략한 것들이다. 반면, 이들의 전은 당대의 시대상과 입전인물의 개성이 가장 분명히 드러나며 개인 문집에 실려 있거나 혹은 『조선왕조실록』에 기록이 있어서 비교적 인물에 대한 신뢰성과 객관성을 지니기 때문이다. 전에 입전된 인물들이라면 소위 좋든 싫든 간에 이름값을 한 사람들이다. 세간에 회자된 사람들이기 때문에 나름대로 이름을 떨쳤고, 이로 인해 전에 입전된 것이 아니겠는가? 의원이 이름을 얻는 것은 오직 의술로써 뿐이다. 그런데 전을 살펴보면, 이들은 의술만 유명한 것이 아니다. 의술뿐만이 아니라 남다른 면모를 가지고 있다. 그 남다른 면이 바로 의술이라는 명성과 합쳐져서 시너지 효과를 낸다. 여기서는 이것에 초점을 맞추어 인물의 일생을 추적하겠다.

이들 중에서 안덕수, 유상, 백광현, 안찬 등은 『조선왕조실록』에 단편적이나마 그 기록을 찾을 수 있으며, 조광일에 대한 기록은 찾을 수 없었다. 때문에 이들에 대한 삶의 기록은 전적으로 전에 의지하여 풀어가는 수밖에 없다. 전에 입전된 사실을 중심으로 『조선왕조실록』에 기록된 것을 참고로 하여 누락된 여백은 혹은 미완으로 남겨두고 혹은 필자의 상상력을 동원하는 식으로 접근하여 명의들의 삶을 통해서 드러나는 조선시대 의원들의 삶의 단상과 그들의 가치관 및 당대인들이 바라본 그들의 모습을 그려보자. 의원들의 삶의 흔적을 더듬어 보면, 그들의 삶 속에 녹아있는 당대인의 세계관 및 그들의 생활상도 엿볼 수 있을 것 같다.

먼저, 안덕수에 대한 기록을 찾아보면, 『조선왕조실록』에 간략히 언급된 기록들과 〈진휘속고(震彙續攷)〉에 입전된 전이 있다. 여기서는 원전을 참고한 것이 아니라 『한국기인열전』(장지연 저, 김영일 역, 을유문고, 1969)에 실려 있는 내용을 참고한 것이다. 이들 기록들을 종합하여 그의 생애를 더듬어 보자. 그는 선조 때 사람이며, 생몰연대는 정확히 알 수 없지만 꽤 유명한 의원으로 이름을 떨친 것만은 사실인 것 같다. 『조선왕조실록』의 그에 관한 언급에서 보면, 선조 13년에 선조의 병을 치료하여 통정(通政)이라는 정삼품 문관의 벼슬을, 선조 19년에 가선(嘉善)을, 선조 20년에 녹피(鹿皮) 1령을 하사 받았다. 그런데 선조의 병을 치료한 의원들은 안덕수뿐만 아니라 다른 의원들도 많이 있었지만 유독 그만이 전의 입전 대상이 된 것은 아마도 임금의 병을 치료하는 당대 의원들 중에서 민간에까지 그 이름이 알려진 사람이 바로 그였기 때문일 것이다. 그의 유명세는 뒤에서 살펴보겠지만, 신이한 일화를 담은 전을 낳는다.

유상은 숙종 때 사람이다. 『조선왕조실록』에 언급된 기록을 살펴보면, "숙종 25년 기묘년(1699, 강희 38), 임금이 양전(兩銓)에 명하여 의관 유상에게 두 품계를 초수(超授)하게 하고, 즉시 지중추(知中樞)의 실직(實職)을 주도록 하였다. 이는 유상이 두의(痘醫)로 계해년에 임금이 두진(痘疹)을 앓았을 적에도 약을 써서 효험을 보였는데, 이제 또 그의 의술을 써서 세자의 두진이 차도가 있었기 때문에 이 명령이 있었던 것이다."라고 했다. 두진은 천연두, 즉 마마이다. 지금은 백신이 있어 쉽게 치료할 수 있는 병이지만 그 당시만 해도 죽음의 병이었다. 그런데 유상은 임금과 세자가 이 병에 걸렸을 때 모두 치료한 것이다. 그야말로 대단한 명의로 이름을 떨칠 만하다. 그 대가로 벼슬을 할 수 있었으며 『청구야담(靑邱野談)』, 『이향견문록(里鄕見聞錄)』 등 야담집의 입전 인물로 선정될 수 있었다. 그의 탁월한 치료술은 전에서 신이한 능력을 가진 의원으로 묘사하는 계기를 제공한다.

백광현은 현종과 숙종에 걸쳐 활약한 의원이다. 특히, 숙종 때 두각을 나타낸 것으로 보인다. 『조선왕조실록』의 기록에 보면, "숙종 22년 병자(1696, 강희 35), 약방에서 입진하기를 청하니, 윤허하고 이어서 하교하기를, '요즈음 혹 신기가 허약할 것이라는 한 가지 의논이 있는데 이것은 설파하지 않을 수 없다. 무오년에 크게 앓고 나서부터 일생 동안 삼가고 조섭(調攝)하는 것을 애쓰니 이 말은 크게 제목에서 벗어난다. 이렇게 귀일하여 약을 의논하라.'라고 하였다. 일전에 약을 의논할 때 노의(老醫) 백광현이 '성상의 환후는 신기가 허약하여 습담(濕痰)이 힘을 쓰기 때문에 그러하다.'고 말하였으므로, 임금의 분부가 이러하였다."라고 했다. 숙종의 재위 당시 이미 나이가 먹었으며 임금이 그의 처방을 그대로 따르는 것을 보면, 그 나이만큼 명의로서 신뢰를 얻은 것으로 보인다.

『조선왕조실록』의 또 다른 기록에서도 임금이 그에게 보내는 명의로서의 믿음을 확인할 수 있다, "숙종(1695, 강희23), 백광현은 종기를 잘 치료하여 많은 기효(奇效)가 있으니 세상에서 신의(神醫)라 일컬었다. 이때에 이르러, 윤지완이 각병(脚病)이 있었으므로 특별히 백광현을 명하여 가보게 한 것이다."라고 했다. 당시에는 높은 벼슬아치나 특별히 총애하는 신하가 병들었을 때는 임금이 직접 명을 내려 자신을 치료하는 내의원을 보내어 그들을 치료하게 하는 것이 일상적인 일인 것처럼 보인다. 이 때 파견되는 의원은 단연 당대 제일의 명의일 것인데, 백광현이 뽑혔다는 것은 바로 그가 두 말할 필요가 없는 명의라는 것을 입증하는 것이다. 두 기록에서 보는 바와 같이, 그는 나이가 이미 많았음에도 불구하고 명의로서의 자질은 대단하였다는 것을 알 수 있다. 특히, 후자에서 보는 바와 같이 그는 종기 치료에 탁월하였으며 이것은 정내교(鄭來僑)의 『완암집(浣巖集)』에 그를 입전한 전에서도 확인된다.

안찬은 중종 때 사람이다. 『조선왕조실록』에 언급된 그에 관한 기록을 종합하여 그의 생애에서 중심이 되는 것을 뽑아보자. 그는 서얼 출신으로 안당(安瑭)이 천거하여 주부(注簿)에 제수되었다. 의술에 정통하다는 평을 받았으나 조광조 등이 죄를 받았을 때 글을 올려 억울함을 고했는데 뒤에 이 때문에 죄를 받아 유배되었으며, 유배 도중 태장을 맞은 것 때문에 병을 얻어 영서역(迎曙驛)에서 객사하였다. 당대의 정치적 사건에 휘말려 안타깝게 세상을 등지긴 했지만 그의 뛰어난 의술은 후대에도 인정을 받았다. "선조 38년 을사(1605, 만력33), 상이 이르기를, '중종조(中宗朝)에 안찬이란 의관이 있었는데, 어떤 사람이 두통 앓는 것을 보고 바로 낙상이라고 진단한 다음 약을 써서 즉시 그 효과를 보았다. 이는 참으로 귀신같다'고 하겠다."라는 선조의 말에서 보듯이, 그의 의술은 당대뿐 아니라 후대의 임금에게까지 회자될 정도였다. 서얼 출신이라는 신분적 한계와 당대 개혁의 선두자인 조광조와 뜻을 같이 한 것으로 보아 그도 분명 시대 개혁의 의지를 가진 인물인 것 같다. 그의 개혁 정신은 비록 객사에서 죽음을 맞이하는 비참한 최후를 맞이하게 하였지만 시대 변화를 몸으로 맞이한 그의 삶은 지금까지 우리에게 기억되고 있다. 그는 자신의 개혁정신을 의술이라는 직업을 통해서 보여준다. 즉 '의술에 정통하다'라는 평은 그가 과학적이고 합리적인 의료행위를 한 것으로 볼 수 있다. 미신이나 근거 없는 민간요법에 둘러싸인 당대의 의료술에서 한발 앞서 나아간 인물인 듯하다. 안찬의 전은 장지연(張志淵)의 『일사유사(逸士遺事)』에 짧은 글로 실려 있는데, 여기서는 그의 이러한 점을 부각시키고 있다.

조광일에 대한 기록은 과문한 탓이겠으나 필자가 조사한 바로는 홍양호(洪良浩)의 『이계집(耳溪集)』에 전하는 전 이외는 없다. 그에 관한 전은 뒤에서 자세히 살펴보기로 한다.

이상, 5인의 의원에 대한 간략한 생평을 살펴보았다. 인물에 대한 풍부한 기록이 존재하지 않는 상황에서 조선 후기를 살다간 의원들의 삶을 조명한다는 것은 다소 피상적이고 과장적인 접근이 될 수도 있다. 하지만 남겨진 자료들을 바탕으로 하여 뼈대를 세우고 이들 사이의 빈 공간을 더듬어 가다보면, 얼핏 그 시대의 실상을 엿볼 수 있지 않을까 한다.

합리성에 대한 갈망, 전기성(傳奇性)을 넘다

사마천의 『사기・열전』에서 출발한 전은 장구한 시간의 흔적을 장르 속에 그대로 간직하고 있다. 통시적 관점에서 보면, 전은 서사의 양극단, '정당화'와 '일탈'의 광범한 스펙트럼에 걸쳐 존재한다. 한 극단인 당대 사회의 지배적인 이념이 제공하는 삶의 가치와 규범을 기준으로 삼은 인물을 선정한 공식적 성격과 또 다른 한 극단인 사회구조를 일탈시키고 공적 담론을 침식하는 인물을 선정한 개인적 성격을 모두 아우른다. 처음 출발은 당대의 이데올로기를 반영하는 규범적 인간상을 제시하는 데 초점을 맞추었다. 역사 인물을 정형화된 패턴 속에 귀속시킴으로써 전기는 본질적으로 개인의 존재보다는 사회적 지위의 초상화가 된다. 특히, 열전은 동일성을 후대에 전수하고 국가를 위하여 사회적 지위와 합법적 신민을 생산하고 재생산할 것을 강조한다. 역사사건과 인물은 현재와 미래의 세대에게 본보기, 모델, 이상적 인간형을 제공한다.

그러나 이러한 초기의 전은 시간의 흐름과 함께 인물 선정에 있어서 그 변화를 맞이한다. 유교문화의 현세적 실용적 가치 지향은 열전으로 대표되는 공식적인 역사 전기와 구별해서 외전(外傳), 별전(別傳) 같은 아웃사이더들의 이야기가 기록될 소지를 열어 놓았고 그리하여 결과적으로는 비속하고 일상적인 삶에 대한 진지한 관심을 촉진하는 내용의 다원화를 가져 왔다. 전은 더 이상 당대 이데올로기에 귀속되는 인물만을 대상으로 하지 않는다. 당대에서 이탈된, 혹은 반항적인 인물을 대상으로 삼게 된다. 어쩌면, 일탈적 인물을 자유롭게 전의 대상으로 삼을 수 있었기 때문에 그 장르적 생명이 여타의 다른 장르에 비해서 길어졌으며, 당대 사회의 변화를 수용하는 탄력성은 전을 19세기 말기까지도 창작하게끔 하는 원동력으로 작용했을지도 모른다. 전은 개인의 실제 삶을 재현할 뿐만 아니라 당대 사회의 일반적 패턴과 함께 당대인이 추구한 이상적 인간형을 보여준다. 전의 이러한 장르적 성격은 조선 중기의 방외인 인물전, 조선 후기의 피지배계층을 대상으로 한 인물전과 같은 당대인의 의식변화를 반영한 결과물을 가능하게 만든다.

조선 중기 이후에 전에 입전된 인간 유형이 광범위해진 것이 사실이다. 이들 인간 군상들 중에서 시대적 변화의 바람을 맞으며 살았던 의원들을 대상으로 한 전을 살펴보자. 이들의 삶을 통해서 들어나는 당대인들이 추구한 이상적 인간형은 우리 시대에도 절실하게 요구되는, 아니 시대를 초월해 존재하는 영원한 인간의 이상형이지 않을까 싶다. 인간의 삶의 형태는 변화무상하지만 진실성과 진리를 추구하는 인간의 이상은 시공을 초월해 존재하는 것이 아니겠는가? 이러한 인간의 염원을 담은 인간들은 또 시대를 초월해 지금 현재에도 우리 주위에서 살아 숨쉬기를 갈망하지 않는가?

먼저, 조선 후기 의원을 대상으로 입전한 전을 살펴보면, 공교롭게도 두 가지 상반된 성격을 지니는 전들이 보인다. 필자가 조사 대상으로 삼은 전들 중에서 비현실적 일화로 이루어진 전은 2편이고 나머지는 모두 현실적 합리적 일화로 구성된 것들이다. 신이한 능력을 강조한 일화를 중심으로 한 의원 전은 그렇게 많지 않다. 간혹 있다고 하더라도 후기 야담집 등에 실려 있으며, 개인 창작의 문집에서는 잘 볼 수 없다. 그 이유가 무엇일까? 한번 생각해보자.

> 안덕수는 선조 때 이름 난 의원이다. 어떤 사람이 나쁜 귀신에 씌어 여러 달 동안 몹시 괴로워했는데, 덕수가 약을 써서 치료하였다. 그 증세가 다섯 번 바뀌자 약도 또한 다섯 번 바꿔 썼는데, 모두 효험을 보았다. 하루는 꿈속에 한 사람이 나타나서, "내가 그 사람과 조상적부터 원수가 졌기에, 옥황상제께 아뢰어 반드시 죽이려 했소. 그런데 공이 약으로 치료하니, 내 장차 공에게 이기지 못하겠소. 날이 밝으면 그 증세가 또 바뀔 거요. 공이 만약 새로운 약으로 다시 바꿔 쓴다면 이번엔 그 복수를 공에게 옮기겠소." 라고 말했다. 덕수가 이상하게 생각했는데, 그 집에서 다시 찾아와 병세를 말했다. 덕수는 자기 병을 핑계대고서 사양하였다. 그 사람은 끝내 낫지 못했다.

인용문은 〈진휘속고〉에 실려 있는 내용이다. 입전 인물인 안덕수는 귀신이 준 병을 고친 신기한 능력을 가진 사람이다. 이 글이 사실인지 아닌지의 여부를 따지기 이전에 내용 자체는 비합리적이다. 의원의 신통력이 귀신도 뛰어 넘는 것으로 설정되어 있어서 다분히 비현실적이며, 단순한 흥미위주의 성격을 지닌다. 이러한 내용은 야담류에 흔히 등장하는 흥미위주의 전기성을 띤 일화담이다. 주인공을 의원으로 설정한 것이 특이하다면 특이할까? 다른 면모는 찾기 힘들다. 조선 후기에 대거 등장한 신비한 전기적 체험을 한 인물의 일화를 모은 것 중 하나에 불과하다. 그런데 왜 하필 많은 의원들 중에서 안덕수를 거론한 것일까? 이는 그가 꽤 유명한 의원이라는 사실 말고는 다른 점은 없는 듯하다. 단지 유명세 하나로 이러한 병 치료 행위와 관련된 일화에 입전 인물로 등장한 것 같다. 전의 내용은 얼핏 보기에는 안덕수 개인의 신이한 능력에 초점을 둔 것 같지만 굳이 그가 아니고 다른 유명한 명의를 내세우더라도 상관없을 것이다. 왜냐하면, 내용의 핵심은 인물보다는 인물이 행한 신이한 능력이라는 행위 자체에 있기 때문이다. 이러한 비합리적인 요소를 담고 있는 의료 행위는 의료기술이 발달하지 못한 사회에서 만연하는 현상이 아니겠는가?

지사 유상은 젊었을 때 의술로 이름이 났다. 유상이 영막(嶺幕)에서 돌아오는 길에 그가 탄 노새가 갑자기 달려서 한 산촌에 당도했다. 한 노인을 따라서 집으로 들어가서 노인이 보지 말라고 한 책을 꺼내 보았는데, 마침 천연두에 관한 처방을 적은 책이었다. 다음날 한낮에 광주 판교에 이르자 아전들이 길가에 줄지어 서서, 유상에게 빨리 서울로 들어가자고 재촉하며, "지금 성상께서 마마를 앓으시는데, 꿈속에 신인이 나타나서 의원 유상을 부르라 하셨다오."라고 말했다. 유상이 구리개를 넘어서는데, 어떤 할미가 마마에 걸렸던 아이를 업고 있었는데, 할미가 "이 아이는 흑함 때문에 숨까지도 막혔다오. 요행이 과거승(過去僧)을 만나 시체탕(柹蒂湯)을 달여 먹였더니 효험을 보았다오." 라고 했다. 유상이 '시체탕'이란 말을 듣고 보니, 어젯밤 산 속에서 읽은 책에도 '시체탕'이란 말이 있었다. 임금을 진찰했더니, 할미가 업었던 아이와 같은 증세였다. 그래 시체탕을 올렸더니 나았다. 풍덕부사가 되어 부임한 뒤에도, 숙종이 연포탕을 먹고 급체하여 숨이 막혔다. 유상을 불러 오게 했는데, 새문 밖에 이르자 늙은 할미가 "쌀뜨물을 두부에다 떨어뜨리면 차츰 풀어진다오."라고 했다. 그대로 시행하니 나았다.

인용문은 『청구야담』, 『이향견문록』 등에 실려 있는 내용으로서, 유상은 숙종 때 사람이다. 숙종 재위 9년에 임금의 천연두를 고친 것으로 이름이 알려진 인물이다. 이것은 역사적 사실이다. 그런데 임금의 병을 고치는 과정이 매우 비현실적으로 꾸며져 있다. 기이한 노인과 할미의 도움을 받아 임금의 병을 치료한다. 즉 자신의 능력으로 병을 치료하는 것이 아니라 신이한 능력을 지닌 비현실적인 존재의 도움을 얻어 병을 치료한다. 유상이 숙종 때 이름난 의원이라는 역사적 사실을 제외하면, 나머지는 허구적 요소가 첨부되었을 가능성이 크다. 숙종의 병을 고친 것을 계기로 이름을 얻게 되자 이후 민간전승 과정에서 위와 같은 허구성이 짙은 이야기가 첨부되었을 것이다. 당시에 천연두는 불치병이다. 때문에 현실적으로 불가항력일 때는 온갖 비현실적인 것에 의존해서라도 그 현실의 불가항력을 이겨보려는 것이 인간의 당연한 마음이 아니겠는가? 이는 저 신라시대의 〈처용가〉에서도 볼 수 있지만 합리적 사고가 지배하는 현대에서도 흔히 볼 수 있는 현상이다. 병원에서 '가망 없음'을 선고 받았을 때, 인간이 취할 수 있는 방법은 두 가지이다. 조용히 그것을 받아들이며 죽음을 준비하거나 아니면 비현실적인 것에 의지하여 어떻게든 그 상황을 뒤집어 보려는 것이다. 전자에 속하는 사람도 있지만 후자에 속하는 사람들도 우리 주위에서 흔히 볼 수 있다. 하지만 이들의 행동에 비난을 하는 사람은 아마도 아무도 없을 것이다. 태고

적부터 내려온 현실타계의 한 방법인 것이 아닌가?

그러나 의원과 관련된 허구적 이야기는 여기서 그친다. 과학적이고 체계적인 의료 기술이 발달하지 않은 중세사회에서 사람의 병을 고치는 행위는 어떻게 보면 매우 신비로운 행위로서 전기적 요소가 가장 많이 포함되어야 될 항목일 수도 있지만 더 이상 전기적 요소는 작품 속에 설 자리가 없다. 여기서 시체탕이란 감나무 꼭지를 말린 것을 말한다. 임금의 병을 치료한 약이 일반인들은 잘 접할 수 없는 명약이 아니라 우리가 일상에서 흔히 볼 수 있는 감나무 꼭지를 말린 것이라니? 고귀한 임금을 천한 약재로 고친 것이다. 아래에서 살펴 볼 백광현을 입전한 전의 내용은 전기성 대신 합리성이 그 자리를 차지하고 있는 경우이다.

> 태의 백광현은 인조 때 태어났다. 처음에 말의 병을 잘 고쳤는데, 오로지 침만 써서 치료할 뿐이지 방서에 근본하지 않았다. 침을 오래 놓아 손에 익자 사람의 종기에도 시험해 보았다. 효험을 보자. 사람 고치는 것만 일삼았다. 여염을 두루 돌아 다녔으며, 종기를 많이 볼수록 그의 진단도 더욱 정확해졌다. 커다란 침을 써서 종기를 치료했다. 숙종 초엽에 어의로 뽑혔으며, 공을 세울 때마다 품계가 더해져서 종1품이 되었다. 벼슬도 현감을 지내어 여항에서 영예스럽게 여겼다. 병자를 대할 때 귀천과 거리의 가까움과 멂을 가리지 않았다. 내 나이 15살에 외삼촌이 입술 종기를 앓았는데, 그가 보더니, 늦었다고 했다. 그때 백태의는 늙었지만 죽을 병인지 살릴 병인지 알아내는데 정확했다. 지금 세상에 종기를 째고 고치는 법은 백태의에게서 시작되었는데, 그 뒤에 배운 자들은 모두 그에게 미칠 수 없다.

인용문은 정내교의 『완암집』에 실려 있는 내용이다. 백광현은 유상과 마찬가지로 숙종 때 활약한 인물이다. 하지만 앞의 유상의 일화와는 그 내용이 사뭇 다르다. 말의 병을 고치는 것을 계기로 해서 점차 숙련되자 사람의 종기를 고쳤는데, 침을 사용한 외과적 수술을 시도한 것으로 보인다. 위의 전의 내용을 살펴볼 때, 그의 치료 행위는 비교적 과학적이며 합리적인 것처럼 보인다. 어떠한 신이함도 보이지 않는다. 그는 종기치료를 계기로 종 1품이라는 높은 벼슬에 오르기까지 했다. 미천한 신분으로 태어나 그 신분의 한계를 넘어설 수 있었던 것은 바로 그의 의료기술이었는데, 이것이 타고난 천부성에 의하지도, 신이한 능력의 도움을 받지도 않고 오로지 자신의 노력과 꾸준한 연습, 경험, 즉 임상실험의 결과로 얻어진 것이다. 이는 시대가 더 이상 전기성을 요구하지 않음을 간접적으로 반영한다. 즉 난치병을 고쳐 출세한 의원에게는 자연스럽게 덧붙기 마련인 다이나믹한 신비적 색칠이 덧칠해져 있지 않다. 현실적 요소에 바탕한 합리성이 작품 전체를 지배한다. 이러한 합리성과 함께 입전인물에서 볼 수 있는 또 다른 면은 바로 인간성이다. 그는 처지가 바뀌면 으레 바뀌기 마련인 인품이 전혀 바뀌지 않는다. 아니 오히려 겸손하기까지 하다. '빈천지교불가망(貧賤之交不可忘)이요 조강지처불하당(糟糠之妻不下堂)이라. 곧 가난할 때 사귄 친구는 잊어서는 안 되며, 고생을 함께한 아내는 버려서는 안 된다.'라는 고사성어에서 볼 수 있는 변치 않는 마음과 겸손함은 바로 사대부가 그들의 무리에서 그토록 찾기를 갈망한 인간형이 아니겠는가? 그를 입전인물로 선택한 이유가 바로 여기에 있다.

입전자는 15살에 백광현을 처음 보았다고 했다. 하지만 그에 대한 명성과 어려서의 선명한 인상은 커서 그의 전을 짓게 하는 계기가 되었을 것이다. 한 사람의 기억 속에 오랜 시간동안 각인된다는 것 자체가 쉬운 일은 아닐 듯싶다. 뭔가 뚜렷한 인상이 남아 있어야 가능하다. 백광현의 인품과 뛰어난 치료술이 바로 작가에게 깊은 인상으로 각인되고 후에 전을 짓게 된 계기를 제공한다. 지금은 별것 아닌 종기이지만 그 당시는 매우 위험한 병인지라 그 처방술이 시급한 상황에서 백광현에 의해서 종기 치료술이 한층 더 발달하게 된 것은 매우 고무적인 사실이다.

백광현의 전은 작가가 분명히 밝혀져 있다. 때문에 이를 통해서 작가의 입전의도와 당대 의식을 간접적으로 볼 수 있다. 그것은 다름 아닌 합리성이다. 조선 후기에 대두한 합리적 시대정신은 입전 내용의 합리성으로 연결된다. 다시 말해서, 일화적 구성에 있어서 합리적 요소의 증가는 바로 당대인의 합리적 사고의 반영물인 것이다.

시대적 화두 개혁, 의원을 통해 이루다

조선 중기를 전후해 살았던 의원들 중에서 그 명성을 떨친 인물들에게서 공통된 특징이 발견된다. 그것은 다름 아니라 개척자 정신이다. 이 시대 명의들은 한결같이 기존의 의술을 따르지 않고 새로운 치료법을 개발한다. 이는 당대 시대의 화두로 떠오른 변혁과 개혁의 의지를 바로 의원들을 통해서 반영한 것이라 볼 수 있다. 뿐만 아니라 이 시대 의원들은 값진 약을 사용한 치료법으로 이름을 얻은 것이 아니라 우리 주변에서 흔히 볼 수 있는 평범한 재료를 치료약으로 사용해서 환자의 병을 고친다. 즉 민간에서 약재를 구해서 민간인은 물론이거니와 고관대작들도 치료한다. 고급 약재를 사용하는 것이 아니라 민간에서 사용하는 흔한 처방전을 이용해 고관대작들을 치료하는 아이러니를 찾을 수 있다.

> 안찬은 중종 때 이름난 의원이었다. 의술이 뛰어나서 예부터 전해 오는 처방을 그대로 따르지 않고, 자기가 생각하는 대로 고쳤다. 한번은 어떤 사람의 눈가죽이 붙었는데, 안찬이 약으로 치료하여 나았다. 한 여자가 음문이 갑자기 아프더니 피가 나오기 시작하는데, 피를 다스리는 약을 썼더니 나았다. 또한 어떤 여자가 혀끝에서 피가 나오기 시작하여 그치지 않았는데, 심장 다스리는 약을 먹게 했더니 곧 그쳤다. 외사씨는 말한다. "의(醫)란 의(意)이다. 만약 옛 처방에만 얽매여서 그대로 따른다면, 그러한 경지에 이를 수 없다. 우리 조선 사람 가운데선 박세거(朴世擧), 손사명(孫士銘), 안덕수, 양예수(楊禮壽), 허준(許浚) 등이 모두 의술로 이름났지만 처방전을 지은 것은 하나도 없다. 오직 허준이 지은 『동의보감』이 세상에 알려졌으니, 의서의 집대성이라고 말할 만하다. 백광현, 안찬 같은 이들은 화타나 편작의 부류여서 옛 처방을 배우지 않고 혼자서 그 묘리를 터득하였으니, 참으로 의원 가운데 신통한 자로다.

인용문은 장지연의 『일사유사』에서 뽑은 것이다. 위에서 같은 내용을 두 번이나 반복하는 데서 확인할 수 있듯이, 안찬은 예부터 전해 오는 처방을 그대로 따르지 않고, 그때그때의 상황에 맞게 환자를 치료하여 효험을 얻은 자이다. 새로운 처방전으로 병자를 치료한 그의 경력이 사대부의 피사체에 꽂힌 것은 어쩌면 당연한 일일런지도 모른다. 당시 사대부들은 개혁을 갈망하고 있었고, 당대의 시대 흐름을 반영한 인물들이 절실히 필요했기 때문이다. 외사씨라는 논자의 말에서 이러한 상황은 더욱 명백하게 드러난다. 안찬 개인의 삶은 앞서 살펴보았듯, 불행한 삶이라고 말할 수 있다. 하지만 그가 의술에서 이룩한 공은 결코 하찮은 것이 아니었다. 안찬의 의술에 대한 기록은 『조선왕조실록』 선조 38년(1605)에 당시 궁중의 의료 행위를 엿볼 수 있는 짧은 글에서도 보인다.

상이 또 이르기를, "의술은 경연(經筵)에서 말할 것이 아니나 마침 이에 언급되었기 때문에 내가 말한다. 근래 의술이 너무도 허술하다. 내가 의술은 알지 못하나 병의 증세와 이치로 궁구하면 또한 알 수 있다. 약을 쓰는 것은 극히 어려운 것인데, 의관들은 쉽게 약을 써서 어느 병에 대해 물으면 무슨 약을 쓰라 이르고, 첨가하는 것 또한 많아서 본방의 약효를 잃게 된다."하고, 또 이르기를, "내가 필요 없는 약을 복용한 것이 이제 해를 넘기게 되었다. 이 약을 복용하여 효과가 없으면 또 다른 약을 복용하곤 할 따름이다." 하니, 유영경(柳永慶)이 아뢰기를, "옛 사람들은 병의 증세를 알아서 다스렸는데 지금 사람들은 병의 증세를 알지 못합니다."하였다. 상이 이르기를, "중종조에 안찬이란 의관이 있었는데, 어떤 사람이 두통 앓는 것을 보고 바로 낙상이라고 진단한 다음 약을 써서 즉시 그 효과를 보았다. 이는 참으로 귀신같다"고 하겠다.

여기서 보는 바와 같이 그는 매우 정확한 처방전을 내렸음을 알 수 있다. 정확한 처방전을 내리기 위해서는 전해 내려오는 의술에 정통해야 하며, 그것에 그치는 것이 아니라 더 나아가 자신의 의술을 개발해야 된다. 온고지신이 지켜져야지만 가능한 일이다. 이것은 사람 하는 일에 모두 적용되는 진리가 아니겠는가? 이런저런 약을 두루 복용하나 별다른 효과가 없다는 선조의 말에서도 드러나듯이, 고금을 막론하고, 병에 대한 정확한 진단과 그에 맞는 처방은 매우 중요한 것이지만 이것이 지켜지는 경우는 흔하지 않은 듯하다.

> 조광일은 다른 재주는 없었지만 침을 잘 놓는 것으로 이름이 나서 스스로 침은(鍼隱)이라고 호를 지었다. 그의 발이 고귀한 대문을 드나든 적이 없었고 그의 집 대문에도 출세한 사람의 발자취가 없었다. 마침 비 오는 날 길바닥이 질퍽했는데, 그는 달리고 있었다. 이웃에 급한 환자 때문이었다. 내가 "자네에게 이로울 게 뭐가 있다고 달려간단 말인가?" 했더니 그는 웃으면서 대답지 않고 달려갔다. 그는 인품이 성글고도 까다롭지 않았다. 그의 의술은 약을 달이게 하는 옛 처방을 배운 것이 아니다. 침에 정통하였다. 내가 "의원은 천한 기술이니, 여항에서도 낮은 처지인데 고귀한 양반과 사귀어 이름을 떨치지 않고 서민들과 함께 하느냐?"고 물으니, "의술을 끼고 남에게 뻐기는 것을 싫어한다. 민간에서 노닐고 권세가를 찾지 않는 것은 세도를 부리는 의원들을 꾸짖기 위함이다."고 답했다. 요즘 사람과 달리 조생은 의술이 높건만 명예를 구하지 않고 널리 베풀었건만 그 보답을 바라지 않으며, 달려온 사람이 위급하다면 가난하고 권세 없는 사람일지라도 반드시 치료해 주었다.

인용문은 홍양호의 『이계집』에서 뽑은 것이다. 조광일은 옛 처방을 배운 것이 아니라 자신의 처방대로 하여 사람들을 고친다. 여기서 그를 더욱 빛나게 하는 것은 인품이다. 덕을 닦는 것을 평생의 과업으로 삼는 양반들에게 절실히 요구되는 인품이 유학을 본업으로 삼지 않는 천한 신분인 그에게서 보인다. 권세가를 찾지 않으며,

천한 신분의 백성들이라도 흔쾌히 전심을 다해 치료해준다. 평생 덕을 배우건만 진작 실천하는 이가 드문 양반들의 세계에서 그의 이러한 인품이 바로 사대부의 눈에 포착되었던 것이 아닐까? 인물의 인품이 구체적인 행위를 통해서 드러나며, 또한 작가가 직접 목격한 사실을 이야기함으로써 조광일의 개성적인 성품이 잘 드러나서 살아있는 듯한 느낌을 준다. 마치 지금 우리 곁에서 살다간 사람처럼 친숙하다. 이는 전적으로 작가의 필력이다. 그런데 그의 말에서 조선시대 의원들의 생활상을 엿볼 수 있다. 신분은 비록 낮지만 일단 유명한 의원이 되면 그 권세가 만만치 않다는 사실이다. 그 권세를 등에 업고 의원의 직분인 사람 치료하는 것 보다는 '사람을 보아가며' 치료하는 의원들이 꽤나 있었나 보다. 생명은 그 지위고하를 막론하고 존귀한 것인데 세상만물에 차등을 매기는 인간의 나쁜 버릇이 생명에도 적용되다니 참으로 씁쓸하다.

이제, 위의 전에서 나타나는 의원전의 형식적 특징에 대해서 간략하게 짚고 넘어가보자.

의원전의 기본적인 구조는 약력소개–환자 처방–논평이다. 일반적으로 의원을 입전 대상으로 하는 전은 이것을 기본구조로 해서 약간의 변형이 가해진다. 입전 인물에 대한 약력은 입전 대상과 관계된 기본 자료의 유무에 따라서 다르다. 자료가 비교적 풍부한 인물인 경우는 인물에 대한 소개가 비교적 상세하며 그렇지 않은 경우는 간단히 성명만 언급하는 경우도 있다. 서술자가 직접 접한 인물을 대상으로 쓴 백광현의 전은 약력이 비교적 상세한 것이 그 예이다. 본문에 해당하는 환자 처방과 관련된 내용은 위에서 본 바와 같이 매우 다양하다. 하지만 그것이 추구하는 의미, 즉 뛰어난 의술로 환자의 병을 낫게 한다는 내용은 일맥상통한다. 마지막 부분에 해당하는 논평은 『청구야담』과 같은 야담류에 실려 있는 전은 논평이 거의 없으며 반면, 개인 문집에 실려 있는 전은 논평이 있다. 이것은 야담류와 개인 문집의 성격 차이에서 기인한 것으로 보인다. 야담류에 비해 개인 문집 소재 전들이 아무래도 작가의 의도를 뚜렷이 반영하다보니 논평을 첨부하는 경향이 있다.

의원의 삶 속에 묻어나는 시대의식

주로 조선 중기 이후에 활동한 의원들을 대상으로 이들의 삶의 발자취를 살펴보았다. 의사가 최고의 직종으로 각광받는 현대와 달리 과거 조선시대에 의원들은 기술직으로 천한 신분이었다. 그래서 역사의 전면에 부각되지 못하고 대다수의 천민계급들과 마찬가지로 이름 없이 살다간 민초들이다. 하지만 시대의 흐름이 바뀌면서 이들에 대한 재조명과 이들의 삶에 눈을 돌린 작가들에 의해서 비로소 문헌에 남겨지게 된다.

시대 변화의 급물살 속에서 이들 의원들의 삶의 방식이 왜 조명을 받았을까? 이러한 물음은 5인의 의원들의 삶을 통해서 어느 정도 그 의문이 풀렸을 것이라 생각한다. 먼 옛날 사람의 병을 고치는 일은 미신적 행위에 주로 의지해 왔다. 이러저러한 방법을 다 동원해도 고칠 수 없는 병은 결국 무당을 불러 푸닥거리를 함으로써 일단락 짓는 경우가 흔했다. 때문에 의원들이 병을 고치는 일과 관련된 일화에는 자연스럽게 전기적 요소가 자리 잡게 마련이다. 하지만 현실적 이성적 사고는 의료행위에도 변화를 가져와서 미신적 주술적 치료법 대신 과학적 합리적 치료법으로 대체되었다. 사람의 병을 고치는데 있어서 더 이상 비현실적인 환상이 개입할 여지를 주지 않았다. 합리적이고 적절한 처방전이 행해짐으로써 의료기술과 의원의 처지가 한발 나아가게 되었다. 또한 변혁과 개혁을 갈망한 시대의식은 이들 의원들의 삶에도 나타난다. 종래의 처방전을 따르지 않으며, 자신만의 처방전을 개발하는 모습은 임진왜란 이후 불기 시작한 시대의식과 그 행보를 같이 한다.

필자 : 백미나(경희대 강사)

참고

강명관, 『조선의 뒷골목 풍경』, 푸른역사, 2003.
서대석 편저, 『조선조문헌설화집요』, 집문당, 1991.
장지연 저, 김영일 역, 『한국기인열전』, 을유문고 19, 1969.
최웅 엮음, 『청구야담』, 국학자료원, 1996.
허경진 편역, 『평민열전』, 웅진북스, 2002.

유희경,
부러진 날개로 하늘을 날다

매창(梅窓)의 남자로 기억되길 거부하다

明眸皓齒翠眉娘　　맑은 눈 하얀 이 푸른 눈썹 계랑아!
忽逐浮雲入杳茫　　홀연히 뜬 구름 따라 간 곳 아득하구나
縱是芳魂歸浿色　　꽃다운 넋은 죽어 저승으로 갔는가
誰將玉骨葬家鄕　　그 누가 너의 옥골 고향에 묻어주랴

사랑하는 여인의 죽음 앞에서 이렇듯 애절한 만시(輓詩)를 남긴 이는 바로 촌은(村隱) 유희경(劉希慶, 1545~1636)이다. 미천한 신분과 스물여덟 살의 나이 차에도 불구, 당대 최고의 명기였던 매창이 평생 지순한 사랑을 바쳤던 인물이기에 사람들은 그를 통상 '매창의 남자'로 기억한다. 그도 그럴 것이 『청야담수(靑野談藪)』, 『기문총화(記聞叢話)』류의 조선 후기 야담서들은 두 사람의 로맨스를 기술하는 데 지면을 아끼지 않았고, 그 애틋함에 감명 받은 소설가 정비석(鄭飛石) 같은 이는 「부안 기(扶安 妓) 계생(桂生)」이라는 소설을

통해 그들의 사랑을 조금은 낯간지러울 정도로 미화하기도 했다. 어디 그 뿐이랴. 2004년 국립국악원은 정비석의 소설에서 발췌한 매창과 유희경의 시작을 바탕으로 칸타타 '매창뜸에 이화우(梨花雨) 흩날릴 제'를 창작, 공연하기도 하였으니 이쯤 되면 가히 시대를 초월한 '불멸의 사랑'이라 부를 만하다.

그렇다면 그들의 사랑이 정말로 세간에 전하듯 아름답고 낭만적인 것이었을까? 불행히도 실상은 그렇지 못했던 것 같다. 유희경을 만난 후, 매창의 인생 대부분은 적요(寂寥)한 시간들로 채워졌다. 그리고 추억만으로 남은 생을 꾸려가기에 그녀의 나이는 너무 젊었다. 그럼에도 불구하고 그토록 오랜 세월, 한 남자만을 그리며 애태웠을 여심을 생각하면 안쓰러운 생각마저 드는 것이 솔직한 심정이다. 더욱이 '수절'이라는 사회적 강요에서 비교적 자유로울 수 있었던 기생의 신분을 생각하면 더더욱 그러하다.

매창과 유희경이 첫 만남과 이별 뒤 재회한 것은 무려 15년이 지나서였으며, 그것도 단 한 번에 그쳤다. 시쳇말로 '짧은 만남, 긴 이별'인 셈이다. 이렇듯 유희경과 매창의 관계가 표면적으로 소원했던 원인에 대해서는 대개 임진왜란을 비롯한 당대의 혼란스런 사회상과 결부해 설명하는 것이 일반적이다. 여기에 2001년 4월 방송된 KBS 역사 스페셜 '매창이 사랑한 남자, 천민 유희경' 편에서는 오랜 시간 동안 유희경이 매창을 찾지 않은 이유에 대한 색다른 견해가 제시되어 눈길을 끈다. 그인즉슨, 유희경은 예학에 밝은 사람이었으므로 뭇여성을 가까이 하거나 색을 밝히는 것을 부끄러운 일로 여겼을 터이며, 더욱이 아내가 있는 몸으로 부안까지 기생을 만나러 간다는 것은 도리에 어긋나는 일로 판단했을 것이다. 그러므로 유희경이 설사 매창에게 마음이 있었다 하더라도 그를 실천으로 옮기는 것이 쉽지만은 않았을 것이란 설명이다.

하지만 전란이나 당대의 예법과 같은 것만으로 이들 관계의 애매함을 극구 해명하려 드는 것은 어딘가 석연치 않아 보인다. '사랑'이란 나이도, 국경도, 그 어떤 장애도 초월한다 하지 않았던가. 사랑에 빠진 사람들은 일신의 안위 따위는 생각지 않는 법이다. 물론, 유희경과 매창 사이에는 한양과 부안이라는 물리적 거리가 위치해 있었고, 임진왜란이라는 미증유의 시련이 가로놓여 있었다. 그러나 마음만 있다면야 먼 거리쯤은 얼마든지 극복할 수 있는 것이고, 전란이 그들의 생애 내내 지속된 것도 아니다. 또한 당시의 사회적 관습을 고려할 때, 아내를 거느린 유부남이 이따금 숨겨둔 정인(情人)을 방문한다 한들 그것이 뭐 그리 사회적으로 지탄받을 행위이겠는가.

그렇다면 결론은 간단하다. 그는 그녀를 우리가 믿고 있는 것만큼 열렬히 사랑하지 않았거나 적어도 그녀가 그를 원하는 만큼은 그녀를 원하지 않았던 것이 분명하다. 혹 이도 저도 아니라면 그의 마음속에 '한 여인의 애정'보다 몇 배 더 강렬한 다른 무엇에 대한 열망이 있었던가.

이제 우리는 이 마지막 견해에 주목해야 한다. 유희경이라는 남자는 우리가 생각하듯 '이화우 흩뿌릴 제 울며 잡고 이별한' 여인을 그리며 남몰래 눈물짓는 로맨티스트가 아니다. 물론 그러한 면이 아주 없다고 말하진 못하겠지만 한 가지 단면만으로 성품을 규정짓기엔 그는 너무나 복잡다단한 삶을 살았다. 단언하건대 유희경은 야심가이고, 전략가였다. 그는 '당대 최고의 여인, 매창'을 포기한 대신에 자신이 얻고자 했던 모든 것–시인으로서의 명예와 신분 상승–을 얻었다. 그리고 그것들은 우연한 기회에 얻어진 것이 아닌, 평생에 걸쳐 치밀하게 계획하고 끊임없이 노력해 쟁취한 것들이었다. 매창의 불행은 바로 그에 연유한다. 한 여인의 사랑에 만족하며 살아가기엔 너무 포부가 큰 남자를 사랑했다는 것, 바로 그것이 그녀 인생 최대의 과오라면 과오랄까.

그래서 그가 과연 행복했는지는 알 수 없다. 그리고 이 글에서 그 점은 별로 중요하지 않다. 중요한 것은 천민 출신의 유희경이 타고난 시재(詩才)와 불굴의 의지로 마침내 자신이 평생 갈구하던 그 모든 것들을 움켜쥐었다는 사실이다. 부러진 날개로 세상에 패대기쳐졌던 새가 부단한 날갯짓 끝에 하늘을 향해 비상한 격이라고나 할까. 매창의 외로운 삶 이면에 이렇듯 드라마틱한 한 남자의 인생 역전 스토리가 숨어 있다는 사실을 아는 이는 그리 많지 않다.

소년, 그를 만나다

"이름이 무엇이냐?"

중년의 사내가 추위에 떨고 있는 소년을 바라보며 물었다. 그는 조선 최초의 양명학자요, 예학(禮學)의 권위자로 명망이 높았던 동강(東岡) 남언경(南彦經)이었다. 당시 남언경은 부친 남치욱(南致勗)의 상을 당해 선영인 수락산을 자주 왕래하였는데 그러던 중 인근 주민들에게서 놀라운 이야기를 듣게 되었다. 내용인즉 열세 살 먹은 소년이 부친상을 당하자 무덤 앞에 움막을 짓고 매일 곡읍(哭泣)하며, 추운 날씨에도 한결같이 자리를 떠나지 않으므로 인근 주민들의 칭송이 자자하다는 것이었다. 사연을 듣고 그 존재가 궁금해진 남언경이 사람을 시켜 소년을 불러오게 했고, 그래서 그들은 지금 첫 대면을 하고 있는 것이다.

"소인(小人) 유희경이라 하옵니다."

남언경은 추위로 인해 파랗게 질린 소년의 얼굴을 찬찬히 살펴보았다. 비록 남루한 의복을 걸쳤으나 천출답지 않게 전아한 기품이 서려 있는 모습이었다.

"어린 나이에 시묘살이가 고생스럽지 않느냐?"

"자식이 부모를 위해 예를 다 하는 것을 어찌 고생이라 하오리까?"

소년의 의연한 모습에 큰 감명을 받은 남언경은 그에게 두터운 옷을 하사했으며, 인근 암자의 스님을 시켜 아비의 무덤 곁에 토우(土宇)를 짓게 하고, 죽을 주도록 하였다. 뿐만 아니라 상이 끝난 뒤에는 소년을 자신의 문하에 들이어 예학을 배우도록 했다.

남언경과의 만남은 유희경의 생애에 일대 전기가 되는 중요한 사건이다. 그는 후에 남언경으로부터 주자가례(朱子家禮)를 전수받게 되는 탓으로 당대 최고의 치상(治喪) 전문가로서의 명성을 떨치게 된다. 본디 유희경은 천인 신분으로 서울에 살면서 평생 공상(工商)에 종사하지 않았으므로 사람들에게 상(喪)·장례(葬禮) 전반의 예법을 조언하고 장례 절차를 도맡아 처리하는 일로 생계를 꾸려갔을 가능성이 높다. 따라서 그는 요즘으로 보면 장의사를 직업으로 삼아 평생을 살아갔던 터이다. 이 '장의사 유희경'의 명함은 그의 생애에 양방(兩方)으로 작용하며 긍정적·부정적 영향을 동시에 미친다.

유몽인(柳夢寅)의 『어우야담(於于野談)』에 다음과 같은 기록이 있다.

춘은이 젊었을 때부터 예를 좋아했으므로 예를 안다고 하여 사대부가에서는 치상할 때 그를 불러 물었다. 임진란 후에는 세태가 예를 좋아하지 않았기 때문에 서울에서 상을 당한 자들이 그를 불러 상복을 만들게 했다. 춘은이 천한 신분이었기 때문에 거절하지 못하고 칠십까지도 상가(喪家) 역부(役夫)가 되었으므로 그를 아는 사람들이 불쌍하게 여겼다.

실제로 당시 유희경의 명성은 대단했던 모양이다. 오죽했으면 '양예수(楊禮壽)는 뒷문으로 나가고 유희경은 앞문으로 들어간다.'는 말이 서울 장안에 퍼졌으랴. 여기서의 양예수는 선조(宣祖)대 어의를 지냈던 인물로, 이 말의 의미는 '사람이 죽었으니 의사인 양예수는 뒷문으로 나가고 유희경은 장사를 치르기 위해 대접을 받으며 앞문으로 들어간다.'는 것이다. 언뜻 보면 대단한 명예를 누린 듯 여겨지는 대목이다. 그러나 말이 좋아 치상 전문가이지, 장례 절차의 대부분이 노역의 과정으로 이루어져 있다는 것을 생각하면 그의 삶이 얼마나 고단한 것이었을지 짐작이 간다. 그러기에 유몽인도 유희경에 대한 연민과 동정의 감정을 채 숨기지 못한 것이 아니겠는가?

하지만 남언경과의 조우가 유희경의 생애에 부정적인 영향만을 끼친 것은 아니었다. 굳이 손익 계산을 해보자면 실보다는 득이 많은 선택이었다고 할 수 있겠다. 남언경에게 예학을 사사한 일로 인해 유희경은 일신의 편안함을 잃었지만, 대신에 다양한 계층과 교유할 수 있는 기회를 얻었다. 천인 신분으로서는 꿈도 꿀 수 없는 일이었다. 치상을 위해 사대부가에 드나들던 그는 자연스럽게 상류 계층의 인물들과 교분을 쌓았으며, 그들로부터 시적 재능을 인정받게 된다. 청년 시절부터 쌓아온 화려한 인맥이야말로 훗날, 유희경의 삶을 반전시키는 강력한 추진 장치로 작용하는데 그 중에서도 특히나 그를 아끼던 인물들이 있었으니 바로 박순(朴淳)과 허성(許筬)이다.

사암(思菴) 박순(1523~1589)은 서경덕(徐敬德)의 문인이며 당시(唐詩)로 유명한 인물이다. 영의정까지 지낸 박순이 유희경에게 관심을 갖게 된 계기는 그가 '독서당(讀書堂)'에 출입하게 되면서부터이다. '독서당'은 당시 학문 연구와 도서관의 기능을 담당하던 기관으로 천인이었던 유희경이 어떻게 이곳에 출입할 수 있게 되었는지에 대해서는 자세히 알 수 없다. 다만 꽤 이른 시절부터 유희경이 독서당을 드나들며 그곳의 젊은 선비들과 어울려 시를 주고 받았다는 사실이 알려져 있을 뿐이다. 아무튼 그곳에서 그는 박순의 눈에 띄었으며, 시를 사사한 이후로 재능이 일취월장, 한 단계 높은 수준으로 도약하게 된다. 박순을 매개로 한 인맥 역시 더욱 풍성해졌음은 물론이다.

박순이 유희경과 사승 관계를 맺고 시적 재능을 계발하는데 일조했다면, 그보다 세 살 연하의 허성은 평생 친구처럼 그를 보살피고 아껴주었던 인물이다. 악록(岳麓) 허성(1548~1612)은 당대 최고의 가문 중 하나였던 양천(陽川) 허씨(許氏) 허엽(許曄)의 장자(長者)로 유희경과는 이미 20대부터 교분을 맺고 있었던 사실이 확인된다. 이들은 1575년 무렵부터 삼각산(三角山) 승가사(僧伽寺)에서 다른 여러 사람들과 함께 시회(詩會)를 조직, 장기간에 걸쳐 시를 수창했다. 이 모임의 결과물을 모아 엮은 『승가수창록(僧伽酬唱錄)』에는 모임에 참여한 사람들의 명단이 남아 있는데 그곳에는 '유희경은 천인이다(劉希慶賤者).'라고 기록되어 있다. 하지만 허성은 유희경에게 준 시를 통해 그를 '시 친구[詩伴]'라 일컬으며 시인으로서의 동류의식을 과시하고 있어 흥미롭다.

유희경에 대한 허성의 애정은 실로 각별하였던 듯, 유몽인이 집필한 〈유희경전〉에는 '명유(名儒) 허성이 유달리 그를 사랑하였다.'라는 대목이 남아 있으며, '허성이 1590년 일본에 사행(使行)가게 되었을 때 백대붕(白大鵬)과 더불어 유희경을 데려가고자 하였으나 그가 어머니를 봉양해야하므로 사양하자 대붕만 데리고 갔다'는 기록도 찾아볼 수 있다. 개방적인 허씨 집안의 분위기를 보여주듯 허성과 유희경의 신분을 초월한 우정은 평생토록 지속되었으며, 그러한 관계는 허성의 아우들인 허봉(許篈), 허균(許筠)으로까지 이어졌다.

특히 유희경에 비해 무려 스물네 살이나 아래인 허균은 뒷날 매창을 사이에 두고 미묘한 삼각관계를 형성하기도 하였으니 그와 허씨 집안과의 인연은 역시 보통을 넘어선 듯하다. 허균이 매창을 만난 것은 1601년, 그의 나이 서른두 살 되던 해였는데 후에 매창과의 만남에 관해 '계생은 부안의 창기(娼妓)라. 시에 밝고 글을 알고 노래와 거문고를 잘 한다. 그러나 절개가 굳어서 색을 좋아하지 않는다. 내가 그 재주를 사랑하고 정의가 막역하여 농을 할 정도로 서로 터놓고 얘기도 하지만 지나치지 아니하였으므로 오래도록 우정이 가시지 아니하였다.'고 적고 있다.

그런데 허균 같은 풍류남이 재주를 지녔다 하나 한갓 기녀였던 매창과 육체적 관계 없이 평생 정신적 교감을 나누었다는 사실은 주목할 만하다. 허균은 자신의 저서 『조관기행(漕官紀行)』에서 매창을 이귀(李貴)의 정인(情人)으로 소개하고 있지만, 어쩌면 그는 그녀의 마음속에 깊이 자리한 절절한 그리움의 실체를 알고 있던 것은 아니었을까? 실제로 허균은 오랜 세월 막형의 지인이었던 유희경과 상당한 친분을 쌓은 것으로 알려져 있다. 그 역시 신분의 고하를 막론하고 다양한 교분을 쌓았던 허씨 가문의 일원으로서 생애 단 한 번은 유희경과 속 깊은 대화를 나눈 적이 있었을지도 모른다. 그런 허균이 유희경과 매창 사이를 비집고 섣불리 끼어들 수 있었을까? 진정(眞情)을 아는 사람이라면 그럴 수 없었을 것이다. 그러기에 허균은 그토록 매창을 아끼면서도 그녀에게 더 이상의 욕심을 내지 않았던 것이 아니겠는가? 어쨌든 허균은 매창의 정절을 지켜주었을 뿐 아니라 자신의 저서 『성수시화(惺搜詩話)』에 유희경을 '천인으로서 한시에 능통한 자'로 소개함으로써 명성을 드높이는데 일조하였으니 유희경의 입장에서 볼 때에는 참으로 고마운 사람 중 하나라 아니할 수 없다.

환란을 기회로

유희경과 매창이 처음 만난 때는 1591년경이었을 것으로 추정된다. 이미 조선 전역에 문명(文名)을 날리고 있던 이들은 첫 만남부터 시를 매개로 하여 급속도로 가까워졌다. 『촌은집(村隱集)』에는 유희경이 그때까지 뭇 여성들을 가까이 하지 않았는데, 이때에 이르러 비로소 파계했다고 적고 있다. 실제로 유희경의 생애에 관한 모든 기록에서 매창을 제외한 다른 여인들의 이름은 찾아볼 수가 없다. 결론부터 말하자면 매창은 유희경이 사랑한 유일한 여인이었다. 매창과 유희경의 상세한 러브 스토리는 이 글이 지향하는 논점에서 조금은 벗어나는 관계로 이쯤에서 넘어가기로 하겠다.

흔히들 조선의 역사를 전기와 후기로 구획할 때 그 경계가 되는 것은 바로 임진·병자의 양란이다. 전란은 급격한 사회 변동을 일으키는 가장 중요한 원인 중의 하나로서 사회의 체질 개선과 신구 세력의 이동을 촉진하며, 구성원들의 의식을 변화시킨다. 뿐만 아니라 각 개인에게 작용하여 이전에는 전혀 예측하지 못한 방향으로 그들의 삶을 견인하는 놀라운 힘을 발휘하기도 한다. 그런 의미에서 임진왜란과 인조반정, 병자호란으로 이어지는 역사적 격변기는 유희경의 생애에서 참으로 중요한 의의를 갖는다. 이 시기를 통해 유희경은 그토록 소원하던 면천(免賤)을 이뤄냈을 뿐 아니라, 명예직이긴 하나 관작(官爵)까지 하사받기에 이른다. 이른바 신분 상승의 일로(一路)에 접어들게 되는 것이다. 이후 그의 구십 평생에 걸친 집념은 자손들 대에 이르러 천인의 굴레를 완전히 벗고 새로운 신분 계층에 굳건히 자리매김하기에 이른다. 이쯤 되면 속된 말로 인간 승리의 전형이라 할 만하다.

유희경은 48세 되던 1592년에 임진왜란이 발발하자 스스로 의병을 결성, 전선에 나서게 된다. 홍세태(洪世泰)가 찬(撰)한 '묘지명(墓誌銘)'에는 이와 관련해 다음과 같이 기록되어 있다.

> 촌은은 선조가 서쪽으로 몽진(蒙塵)을 떠났다는 말을 듣고 비분(悲憤)하여 의사(義士)들을 모아놓고 토적(討賊)하고자 맹세했다. 선조가 그 말을 듣고 포상하며 하교해 말하기를 "희경이 네가 의기로써 토적을 하고자 한다고 하니 아름답게 생각한다."고 했다.

이 기록을 통해 우리는 몇 가지의 사실을 유추할 수 있다. 첫째는 전란 발생 이전부터 선조가 유희경의 존재를 익히 알고 있었다는 것이다. 실제로, 당시 유희경은 일개 천민에 불과했지만 예에 밝다는 명성이 자자해 국상(國喪)에 관한 자문을 할 정도였다 하니 선조와 면식이 있었을 가능성이 크다. 또 다른 하나는 유희경의 의병 활동이 외압이나 강요에 의한 것이 아닌, 자발적 의지에 의한 것이었다는 점인데 여기서 우리는 유희경이 '왜' 위험한 사지(死地)에 스스로 몸을 던졌는가에 관해 생각해 볼 필요가 있다.

의병으로 출정할 당시 그는 오십 고개를 목전에 두고 있었는데 이는 당시에는 중로(中老)에 속하는 나이였다. 그렇다면 중늙은이 유희경을 전장으로 끌어들이게 한 그 강력한 동기는 과연 무엇이었을까? 문헌에 기록된 대로 그저 순수한 애국심의 발로였을까? 이 같은 견해에 대해 필자의 생각은 다소 회의적이다. 임진왜란을 거쳐 병자호란으로 이어지는 조선 중기는 우리 역사상 신분의 이동이 가장 활발하게 나타나는 시기이다. 전란을 치르는 도중 비용이나 군사를 충당하기 어려웠던 조정은 전공을 세우거나 군량미를 헌납하는 천인들에게 면천 증서를 주는 방식으로 인력과 자원을 조달했다. 한 예로 선조 25년 7월, 비변사에서 사노(私奴) 순이(順伊)와 장량(蔣良)이 왜인을 참수하고 말을 빼앗아 관아로 보내었으니 그들을 면천시켜 달라는 장계를 올리자 선조가 윤허하였다는 기록을 찾아 볼 수 있다. 이러한 사회적 분위기 속에서 유희경의 의병 활동은 의식은 사대부요, 전적(傳籍)은 천인이었던 그가 내릴 수 있었던 최선의 결단이었을 가능성이 크다는 것이 필자의 생각이다. 동기야 어찌 되었든, 그것이 비분강개의 마음이든, 신분 상승의 일념이든 간에, 의병이 된 유희경은 애오라지 분투했을 것이고, 그 공으로 인해 드디어 양인의 신분으로 승격된다. 어디 거기에서 그쳤겠는가. 다른 사람들

같으면 기막힌 행운이라 치부하고 그쯤에서 만족할 수도 있었으련만 우연인지, 필연인지 한 번 시작된 상승 곡선은 꺾일 줄을 모르고 위로만 치닫게 된다.

전란의 말미, 중국 사신의 빈번한 왕래로 인해 접대비용이 증가되고 그로 인해 국고가 고갈되자 호조에서는 그 타개 방법을 백방으로 고심하였다. 이러던 차, 유희경이 앞장 서 백인호(白仁豪), 김서(金叙), 신천룡(愼天龍) 등을 추천하였는데 이들은 모두 시민 가운데 영향력이 있는 사람들이었다. 그들은 오부(五部)의 부녀자들이 가지고 있는 반지를 거두어 국고를 충당했고, 그 공로로 유희경과 더불어 통정대부(通政大夫)를 하사받았다. 통정대부란 정(正)3품에 해당하는 품계로 당상관(堂上官)의 반열에 해당된다. 위로는 임금에서 아래로는 천민을 아우른 인맥이 빛을 발하는 순간이다.

이쯤 되면 그가 거둔 일말의 성공이 단순한 요행이었는지, 아니면 눈물겨운 노력의 결실이었는지가 문득 궁금해질 것이다. 생각해 보면 유희경이 일개 천인 신분으로서 예학을 공부한 것 자체가 어쩌면 분수에 넘치는 것이었을 수도 있다. 그런 유희경이 사대부들에 의해 권위를 인정받고, 사대부 사회에 영향력 있는 인물로 각인되기까지 얼마나 조심스런 삶을 살아야 했을까? '예학의 권위자'라는 칭송은 일변 훈장과도 같은 것이었겠지만 동시에 평생의 족쇄가 되어 그의 삶을 옥죄었을 것이다. 또한 세간의 평판이야말로 세상의 그 무엇보다 두렵고 두려운 것이었을 게다. 물론, 그의 모든 행위 저변에 순수한 동기와 신념이 전무했다는 것은 아니다. 당대의 명성이란 그저 욕심만으로 얻어지는 것은 분명 아닐 터이므로.

실제로 유희경은 올곧은 성품을 지녔던 것으로 보인다. 광해군(光

海君) 대에 이이첨(李爾瞻) 등이 서궁(西宮)에 유폐되어 있던 인목대비(仁穆大妃)를 폐위하고자 시중에 있는 부로(父老)들을 동원하여 소(疏)를 올리게 하고 듣지 않는 자들에게는 벌을 준다며 위협한 일이 있었다. 이들은 후한 이득을 미끼로 흉악한 무리들을 모집하여 말하기를 '만약 폐모론이 성공하게 되면 전시(殿試)에 직부하도록 허락할 것이며, 정훈(正勳)에 기록하고 군(君)으로 봉할 것이다.' 하였으므로 무뢰배들 가운데 호응한 자가 많았다. 그러나 유희경은 끝까지 이에 참여하지 않아 상당한 고초를 당했는데 「광해군일기(光海君日記)」에는 이에 관해 '김희설(金希契)이란 자가 심한 독촉을 받고도 목숨을 걸고 거부하면서 따르지 않자, 사헌부는 그에게 형장을 가하여 죽였다. 노인 유희경도 여러 달 가두었으나 따르지 않았다.' 라고 기록되어 있다. 당시 칠십이 넘은 노인으로서 혹독한 행형(行刑)을 두려워하지 않고 불의한 무리에 항거한 사실이야말로 그가 시세에 따라 이리저리 몸을 굽히는 영악한 인물이 아니었음을 보여주는 증거가 된다.

그러나 이 일은 훗날, 유희경에게 또 한 번의 대단한 영예를 가져다주었으니 비록 의도한 바는 아니라 하나 참으로 시의적절한 선택이었다고 할 수 있겠다. 어디 그 뿐인가. 행운은 여기에서 그치지 않는다. 광해군 대 대북(大北)의 실세 중 하나였던 정인홍(鄭仁弘)의 무리들이 삼각산 밑에 남명(南冥) 조식(曺植)의 서원을 창건, 뒤에 정인홍을 함께 배향(配享)하고자 하였다. 이에 그 일을 유희경에게 맡기고자 이해로써 달래고 위협했으나 끝까지 거절했기 때문에 많은 사람들에게 좋은 평판을 얻었다. 이렇듯 유희경은 역사의 혼란기에 그 명성을 이용하고자 하는 사람들로 인해 적지 않은 고초를 겪었으나 그 일들은 대부분 전화위복의 결과를 낳았으니 어느 면에서는 억세게 운 좋은 사나이라 아니 할 수 없다. 어쨌든 인조반정(仁祖反正) 이후 조정에서는 그의 절의를 칭송하여 품계를 가선대부(嘉善大夫)로 승격시키니, 이는 종 2품에 해당한다. 어디 그뿐이랴. 나이 80세 무렵에는 다시 가의대부(嘉義大夫)를 제수 받는데 이는 가선대부와 같은 종2품이지만 보다 상급(上級)에 해당하는 품계이다. 비록 실제 관직을 역임한 것이 아니고 그저 명예직에 불과하지만 유희경의 생애는 완벽한 입지전(立志傳)의 요건을 갖추었다 할 만하다. 그리고 이쯤에서 전함사(典艦司) 노복(奴僕) 백대붕과 더불어 시를 논하던 장의사 유희경은 슬그머니 모습을 감춘다. 오늘날 『촌은집』에서 그의 청·장년기 시절의 기록을 찾기란 쉽지 않으며 집안의 족보 역시 전하지 않는다. 자손들이 고의로 인멸했을 것이란 추측만이 난무할 뿐이다.

평생의 날갯짓, 드디어 비상하다

유희경, 그의 평생에 걸친 숙원은 '침류대시사(枕流臺詩社)'의 결성으로 화려한 귀결을 맞게 된다. 현대의 시동인(詩同人)과 같은 시사는 조선조 내내 사대부들에 의해 그 맥을 이어 오다가 중기에 이르러 문학적 소양을 지닌 중인 이하의 위항인(委巷人)들이 신분적 한계로 인한 소외감을 극복하고, 문학적 소양을 발현할 목적으로 함께 모여 시를 읊조리게 되었는데, 이것이 마침내 사대부 계급의 옹호 속에 시사라는 이름으로 정착되는 것이다. 서울대 정옥자(鄭玉

子) 교수는 당시 양반 사대부들이 위항인들의 이러한 움직임을 옹호했던 이유를 크게 두 가지로 나누어 설명하고 있다. 첫째는 신분에 대한 불만이 체제 부정이라는 극한 상황을 초래할 수도 있다는 의구심 하에 그들에게 숨구멍을 터준다는 의미일 수 있으며 둘째는 양식을 가진 일부 사대부들이 당대의 시대적 대세에 대해 명확한 판단을 내린 결과라 진술하고 있다.

이러한 사회적 변화 속에서 위항시사의 본격적 출발점이 된 것이 바로 유희경의 '침류대시사'이다. 침류대의 건립 시기는 정확히 알 수 없으며, 이에 관해서는 임진왜란을 기점으로 전후 설이 크게 양립하는 실정이다. 다만 『촌은집』에 수록된 작품들이 거의 1600년대 이후에 지어진 작품들이라는 점을 감안할 때, 건립 시기와는 상관없이 모임이 본격적으로 활성화된 시기는 임진왜란 이후였을 것으로 추정할 수 있다. 하지만 이 역시도 후손들이 전란 이전의 작품들을 고의로 누락시켰을 가능성이 있다는 점을 배제해선 안 된다.

어찌 됐든 각종 문헌에는 침류대가 전부터 있던 것이 아닌, 유희경이 자신의 집 근처 냇가에 대를 쌓고 그 이름을 명명함으로써 탄생한 것이라고 기록되어 있다. 그 위치는 창덕궁(昌德宮) 서쪽 즈음으로 추정되는데 아마도 주변 풍광이 대단히 빼어난 곳이었던 듯싶다. 한 예로 이수광(李睟光)이 집필한 '행록(行錄)'에는 침류대를 처음 방문했을 당시의 소감이 이렇게 기록되어 있다.

내가 침류대를 구경하기 위해 유희경을 따라 백여 보를 가다가 오른쪽으로 돌아서니 그가 사는 별계(別界)가 있었다. 그곳에 흐르는 물은 맑았고 섬돌로 대를 쌓았으며 물에서 한 자 정도의 높이에 침류대가 있었다. 침류대 상하에 다른 꽃은 없었고, 복숭아꽃 수십 주(株)가 시내 좌우에 있어 그 꽃이 떨어져 맑은 냇물 위에 흘러 무릉도원도 이곳보다 아름답지는 않을 것이다.

이렇듯 선경(仙景)을 지닌 침류대에서 유희경은 시를 매개로 사대부들과 밀접한 교분을 쌓았다. 그의 후손들은 『촌은집』의 편찬 과정에서 그 성과를 집적하는 데 많은 지면을 할애했는데, 그런 의미에서 『촌은집』의 편찬 방식은 다분히 의도적이라 할 수 있다. 후손들은 유희경의 청·장년 시절의 족적과 족보를 은폐하면서까지 그들의 부끄러운 가계를 감추고 싶어 했다. 그런 반면, 유명 인사들과의 교유 흔적은 아주 단순한 것까지 꼼꼼히 챙겨 누락을 최소화했으니 작품 선별 과정에서 나타난 이중적 잣대가 선명히 드러난다. 그런데 어쩌면 이는 후손들의 독단에서 비롯된 것이 아니라 유희경의 유지를 계승한 것이었을 수도 있다는 생각이 문득 든다. 유희경은 자신이 이룩한 신분 상승이 우연한 행운에 의한 것이 아닌, 탁월한 시재와 덕성에 의한 것이었음을 증명하고 싶었던 것은 아니었을까? 그리고 사대부들에게 그것을 공인 받는 통로로써 시사를 이용한 것은 아니었을까?

실제로 『촌은집』에 언급된 침류대 관련 인사들의 면면은 대단히 화려하다. 침류대시사의 초기에 형성된 것으로 보이는 「수창시(酬唱詩)」의 인적 구성을 보면 입이 떡 벌어질 지경이다. 삼당시인(三唐詩人) 중 하나이자 허균의 스승인 이달(李達)을 비롯하여 서경덕의 문인인 차천로(車天輅), 이수광(李睟光), 이정구(李廷龜), 신흠(申欽), 권필(權韠), 이안눌(李安訥), 이식(李植), 임숙영(任叔英) 등 이른바

'목릉성세(穆陵盛世)'의 주역들이 총망라되어 있다. 어디 그뿐인가. 후에 나온 「수창시속록(酬唱詩續錄)」 역시 서(序)와 함께 많은 인사들의 수창시가 실려 있는데 수록된 작품들의 시제는 침류대, 혹은 침류대 주인에게 주는 시 따위로 일관되어 있다. 그런데 특기할 만한 사실은 앞서 「수창시」의 경우와 마찬가지로 그 인적 구성에 있어 유희경 본인과 이식, 이준(李俊)의 삼인을 제외하고는 모두 다른 인물들로 이루어져 있다는 것이다.

이런 정황으로 미루어 볼 때, 『촌은집』에 수록된 대다수의 작품들은 여러 사람들이 침류대에 모여 함께 지은 시는 아니었을 것으로 추정된다. 특히, 침류대와 관련해 거명되는 이들은 대부분 당대에 문명(文名)이 높고 관직에 있었던 인물들이므로 그와 같이 많은 인사들이 한 자리에 모일 기회를 갖기란 쉽지 않았을 것이다. 따라서 유희경이 의도적으로 여러 사람들을 참여시키고자 유력 인사들을 직접 방문, 그들에게서 시를 받아왔을 것이란 추측이 가능해진다. 실제로 『촌은집』 내 「영국동림장도제영(寧國洞林蔣圖題詠」에는 이호민(李好民), 김상헌(金尙憲), 장유(張維) 등 열두 사람의 명사들이 같은 운으로 지은 시가 실려 있다. 그들은 모두 시를 짓게 된 경위를 밝혔는데 한결같이 유희경이 시축(詩軸)을 가지고 와서 청하기 때문에 시를 짓게 되었노라고 술회하고 있다. 이런 맥락에서 볼 때, 당대 유력 인사들의 시사 참여는 각인(各人)들의 자발적 참여에 의한 것이 아닌, 유희경의 적극적 청탁에 의해 이루어진 것임이 자명하다.

그렇다면 칠십이 넘은 노령의 유희경은 왜 사대부가를 순회하며 그들에게서 시 얻기를 소원하였을까? 그 대답을 얻기 전에 '행장(行狀)'의 기록을 살펴보자.

유희경은 산수를 좋아하여 국내의 명산을 두루 찾았기 때문에 사대부들 가운데 금강산을 가고자 하는 자들은 그에게 안내하기를 청하는 사람들이 있었는데 나이 팔십이 되었으나 가는 것을 어려워하지 않았다. 자손들이 가지 못하게 하면 "사대부들이 나를 좋아하는 것은 산수를 좋아하기 때문인데 지금 늙었다고 게을리 하면 취할 것이 있겠는가?" 했다 한다.

위의 글을 읽다 보면 또 하나의 의문점이 생긴다. 유희경이 팔십이 넘은 나이로 사대부들과의 산행을 거절하지 못한 진짜 이유는 무엇일까? 진실로 산수를 좋아해서일까? 물론 그럴 수도 있다. 하지만 '사대부들이 나를 좋아하는 것은 산수를 좋아하기 때문인데 지금 늙었다고 게을리 하면 취할 것이 있겠는가?'라는 대목에 이르면 뭔가 뒷맛이 개운치 않다. 그는 늘그막까지 사대부들을 의식했으며, 그들과 특별한 관계를 유지하기 위해 모든 노력을 집중했던 것이다. 그는 평생 동안 쌓아온 명성에 어느 한 순간 금이 가지 않을까 두려워하여 사대부들의 인정을 더욱 공고히 하고자 했을 것이다. 신분 상승의 꿈을 이뤘음에도 불구하고 여전히 천출이라는 태생적 한계를 벗어나지 못했던 유희경, 그에게 있어 나이 팔십에 사대부들과 동행해 산에 오르고 유력 인사들에게 두루 시를 청탁해 수집하는 행위란 자신의 변모한 지위를 세상에 각인시키려는 눈물겨운 노력의 일환이 아니었을까?

그래서 그는 행복했을까?

써 놓고 보니 유희경이란 인물을 지나치게 이해 타산적으로 묘사한 것 같아 마음에 걸린다. 혹시 그렇게 느껴졌다면 필자의 글 솜씨에 문제가 있는 것이라 변명해야겠다. 당시 유희경에 대한 세간의 평판은 아주 후한 편이었다. 그렇지 않았다면 설령, 그가 먼저 시를 청탁했다한들 그렇게 많은 당대의 재사(才士)들이 선뜻 시를 써 주었을 리가 있겠는가. 예학의 권위자로, 재능 있는 시인으로, 지조 있는 우국지사로 유희경의 존재는 당대인들에게 큰 감명을 주었음이 틀림없다. 『촌은집』에 자신의 이름을 빌려준 수많은 명사들이 이 같은 사실을 증명해 준다.

하지만 이 글에서 그 무엇보다 관심 있게 살펴보아야 할 점은 천출인 유희경이 어떠한 과정을 통해 세간의 명성을 얻게 되었는가 하는 것이다. 거기에는 유희경 자신의 타고난 예모(禮貌), 재능과 더불어 남언경이나 박순, 허성을 비롯한 조력자들의 도움도 있었을 터이다. 또 임진왜란에서 인조반정, 병자호란으로 이어지는 난세가 도리어 그의 인생에 기막힌 전환점으로 작용한 걸 보면 시운도 따랐다고 할 수 있다. 하지만 유희경의 삶을 변화시킨 가장 중요한 요소는 뭐니 뭐니 해도 평생에 걸친 치밀한 자기 관리였다고 생각된다.

천인으로 태어나 일생을 비루하게 살아갔어야 할 유희경은 남언경과의 우연한 만남을 통해 사대부 사회를 경험할 기회를 얻게 된다. 하지만 상가의 역부로서 의식은 주류요, 신분은 비주류로 살아갔을 그에게 이상과 현실의 간극을 수용하기란 분명 쉽지 않았을 것이다. 이런 가운데 터진 두 차례의 전란, 그리고 그 와중의 혼란 속에서 나타난 유희경의 처신은 분명 원칙에 입각한 것이었다. 그럼에도 불구하고 일정 부분, 능란하고 치밀하게 계획된 것이라는 느낌을 지울 수가 없다면 지나친 억측일까?

임진왜란이 발발하자 오십이 넘은 나이에 의병을 결성, 전장에 나선 그의 행동을 단순한 애국심의 발로로 보아야 할까? 아니면 전공으로 인한 신분 상승을 조금이나마 염두에 둔 것이었을까? 같은 맥락에서 인목대비 폐위 여론에 동조하지 않은 일 역시 자신의 신념에 의거한 행동이었는지, 미래를 내다보는 혜안에 의한 것이었는지 문득 궁금해진다.

반면, 침류대와 관련한 유희경의 말년 행적은 대부분 분명한 목적과 의도 하에 이루어진 것으로 보인다. 저명한 문사들을 일일이 찾아다니며 시를 청탁하고, 팔십이 넘은 나이에 사대부들과 금강산에 오르는 그의 행동을 자연스러운 것으로 이해하기란 쉽지 않다. 면천되고 조정으로부터 고위 품계까지 수여받은 유희경이었지만 그는 여전히 현재의 지위에 대한 사회적 공인이 필요했고, 그를 통해 자손들 대에 이르러서는 세인들의 뇌리에 남아있는 태생의 흔적들이 완전히 사라지길 바랐을 것이다.

종합하면 유희경은 스스로의 힘으로 운명적 한계를 극복한 역동적이고 진취적인 인물이다. 평생에 걸친 집념과 헌신 덕분에 그의 후손들은 수월하게 상위 계층에 진입하게 된다. 유희경 역시 아들 일민(逸民)의 원종훈(原從勳)으로 인해 종2품인 자헌대부(資憲大夫) 한성판윤(漢城判尹)에 추증되었으니 이만하면 여한 없이 한 세상 살다갔다 할 수 있지 않겠는가?

가엾은 사람이야 그저 매창이다. 유희경과 매창이 짧은 만남을 가진 이듬해 임진왜란이 발발했고 유희경은 전장으로 떠났다. 그리고 얼마 지나지 않아 유희경은 천인 신분을 벗고 품계를 하사받게 된다. 만일 전쟁이 일어나지 않았더라면, 유희경이 평생 천인의 신분을 지니고 살아갔더라면 그들 관계는 어떻게 전개되었을까? 필시 매창의 처지가 그렇게 적막해지는 일은 없었을 것이라 생각된다. 급작스레 신분 상승을 한 유희경은 혹시라도 매창과의 관계가 세간의 입방아에 오르내려 자신의 평판을 손상시키는 것을 두려워했을지도 모른다. 그가 보통의 남자였다면 별 상관없는 일일 수도 있었겠지만 '예'의 권위자로 쌓은 명성이었으니 더욱 조심스러웠을 것이다. 그러기에 매창과의 만남을 언급한 대목에 이르러 '파계' 운운한 것이 아니겠는가?

매창은 아름답고 멋진 여인이었으나 불행히도 그녀는 유희경의 인생에 있어 최우선순위는 될 수 없었다. 그가 그녀를 평생 그리워하며 살았는지 어쩐지는 알 수 없다. 중요한 것은 유희경과 매창이 십칠 년 동안 단 두 번, 그것도 아주 잠깐 만났을 뿐이라는 사실이다. 표면적으로 그는 그녀에게 냉정했으며, 그녀와의 관계가 자신의 진로에 누가 될까 조심, 또 조심했던 것이다.

꿈을 이룬 남자, 유희경! 그래서 그는 과연 행복했을까? 삶의 마지막 순간에 그는 매창의 눈물을 떠올렸을까? 그 누구도 알 수 없는 일이다.

필자 : 곽정례(경희대 강사)

참고

민족문화추진회, 영인 표점 한국문집총간 55『촌은집』.
유몽인,『어우야담』, 전통문화연구회, 2003.
윤주필,『한국의 방외인 문학』, 집문당, 1999.
차용주,『한국 위항문학 작가 연구』, 경인문화사, 2003.
김민성,『매창전집』, 고글, 2001.
천병식,「조선 후기 위항시사의 문학사적 의의」,『국어국문학』100, 국어국문학회, 1998.
고영진,「16세기 후반~17세기 전반 서울 침류대 학사의 활동과 의의」,『서울학연구』3호, 서울시립대 부설 서울학연구소, 1994.
문희순,「조선중기 침류대시사의 형성과 전개」,『어문연구』37, 한국어문교육연구회, 2001.
한태문,「침류대시사 결성에 관한 시고(試攷)」,『한국문학논총』12, 한국문학회, 1991.

악사 김창하와 궁중 의례의 존재방식

예악(禮樂)정치와 조선의 음악인

학창시절 누구나 문학을 배운다. 문학을 배우다보면 문학사를 배우게 되는데 그 첫 시작은 고대가요이다. "거북아 거북아 머리를 내어라 내어놓지 않으면 구워 먹으리." 고대가요의 대표작 〈구지가〉이다. 그런데 고대가요하면 이런 단어들이 떠오른다. 제의, 주술, 노래, 춤, 집단, 노동 등. 그리고 고대가요를 통해 당시의 사회상이 어떠했을지 이해의 폭을 넓혀 가면 조금 어려운 개념이 등장하는데 그것은 제정일치사회니 원시성이니 하는 것들이다. 이러한 개념이 등장하는 것은 권력의 창출과 유지가 제의와 주술 행위와 긴밀하게 관련돼 있을 것으로 파악되기 때문이다. 물론 제의와 주술 행위에는 음악과 춤이 중요한 역할을 수행하게 된다.

지금 우리는 음악을 예술의 한 형태로 이해한다. 그리고 대부분 예술은 개인과 개인의 자아에서 발현되는 것으로 안다. 그러나 우리가 갖고 있는 예술에 대한 인식은 근대적 인식 체계 속에서 구성된 것이다. 그렇기 때문에 고대 사회의 음악과 춤은 지금의 인식으로는 포착되기 힘든 영역 속에 있다고 말할 수도 있다. 하지만 어느 시대이건 예술이라는 것은 존재했을 것이다. 시대에 따라 세상을 이해하는 세계관과 그것에 따른 가치체계가 달랐겠지만 어느 시대이건 인간은 다른 사람, 사물 등, 자기 자신이 아닌 외부의 것과 관계를 맺고 그 관계 속에 반응하고 소통했을 것이기 때문이다. 그런데 특히 음악은 어떠한 소통 방식보다도 인간의 마음을 전하는 데에는 감정과 의미의 손실이 적은 것으로 이해되고 있다. 왜냐하면 어떤 다른 예술 형태보다도 음악은 인간의 원시적인 감정 형태를 기반으로 삼기 때문이다.

춤 또한 기호화된 언어체계가 아닌 인간의 보편적인 몸짓을 통하기 때문에 음악만큼이나 원시적인 감정 형태를 기반으로 삼는다. 그러므로 세상을 논리적인 기호 체계로 이해하지 않았던 시대에 음악과 춤은 세상을 이해하고 세상이 구성된 방식을 보이는 데에는 가장 적합했을 것이다. 그렇기 때문에 음악과 춤은 사회를 통치하는 데에 매우 중요한 인간 활동이었다. 이와 같은 정치 방식은 특히 동양에서 유래가 깊어 예악 정치의 전통을 형성하게 된다.

마찬가지로 음악과 춤 등은 조선에서 예악 정치를 펴는 데에 큰 역할을 했다. 종묘와 사직에서의 제례 형식 속에 큰 부분을 차지하는 문무(文舞)와 무무(武舞)에서, 그리고 왕권의 권위를 세우는 예를 갖춰 그 권위를 상징적으로 보여주고, 그것을 예술적으로 형상화하는 궁중 정재에서 그러했다. 이 때 사용된 음악과 춤은 개인의 자아에서 발현된 근대적인 그것과는 분명 달랐을 것이다.

근대적 예술 제도의 도입으로부터 문학과 음악이, 그리고 음악과 춤이 분리돼 지금은 각기 다른 영역의 것처럼 인식되고 있으나 조선시대에는 이 모든 것이 지금과 같이 분리된 인식 속에 배치돼 있었으리라곤 생각지 않는다. 특히 궁중의 연회에서 진행된 정재와 같은 형식은 창사와 음악, 춤 등의 예술적 형식이 모두 동원돼야 했다. 그런데 창사야 왕세자와 같이 인문학적인 공부를 지속적으로 해온 사람이 썼을 테지만 음악과 춤을 직접 구성하고 그것을 직접 실연하는 역할은 대부분 사대부 계층 이하의 신분들의 몫이었다. 순조대는 조선시대를 통틀어 가장 많은 정재가 창작됐다고 하는 시대이다. 이때 효명세자가 20여편의 정재를 창작했다고 하는데 효명세자와 창작 작업에 함께 했다는 악사(樂師) 김창하(金昌河)와 같은 인물은 중인 신분이었다. 김창하는 장악원에서 전악을 역임한 궁중 악사이다. 김창하와는 달리 궁 밖의 음악활동에 종사한 수많았을 음악인은 중인 계급 이하의 신분들이었다. 그래서 김창하뿐이 아니라 조선의 음악인에 대한 조선의 기록은 소략하다. 조선의 예악정치에 큰 역할을 수행했을 터이지만, 조선의 기록은 그러하다.

이 글은 조선이 예악 정치의 일환이었던 왕궁의 의례 등을 치루는 데에 예술가로서 분명한 역할을 수행했던 김창하와 그와 같은 악공의 삶을 가늠해보는 데에 그치게 될 것이다. 하지만 그들의 삶을 가늠하려면 지금과는 다른 세계관과 가치체계, 그리고 이로부터 비롯된 예술관과 상징체계 등을 고려해야 한다. 또한 정조 이후 스러지는 왕권의 확립을 위해 새로운 전기를 마련하고자 했던 조선 후기의 정치적 상황 등도 고려해야 한다. 조선 후기의 예술적 감수성은 예악적 질서를 새로이 확립해 왕권을 확립하고자 했던 효명세자의 노력 등으로 그 이전과는 다른 양태를 보이기 때문이다.

궁중 악인 김창하

김창하는 조선의 왕립음악기관이라고 일컫는 장악원(掌樂院)에서 가전악과 전악을 역임한 음악인이다. 장악원은 궁중에서 필요로 한 음악과 무용에 관한 일을 관장한 기관이었는데 세조대에 설립됐다. 조선의 궁중 음악 활동은 건국 초에 고려의 제도를 이어받아 운영하다가 세조대에 장악서와 악학도감으로 개편된다. 이후 세조대 말에 장악서가 악학도감의 업무를 흡수하면서 장악원이 세워지게 된다. 이후 장악원은 일제강점기에 이왕직아악부(李王職雅樂部)로 개편되면서 일부 이어졌으며, 광복 후에는 구왕궁아악부(舊王宮雅樂部)로 고쳤다가 1951년 국립국악원이 설립되면서 국립국악원이 이를 계승한다. 한편 조선의 음악인은 향악(鄕樂)과 당악(唐樂)을 연주하는 악공(樂工)과, 아악(雅樂)을 연주하는 악생으로 구분되었다. 궁중 행사에서 음악을 연주할 때 이들 악공과 악생을 이끌고 연주의 지휘와 감독을 담당한 직책을 악사(樂師)라 했다. 가전악(假典樂)과 전악(典樂)은 장악원에서 음악에 관한 업무를 맡았던 잡직이었다. 전악은 임시로 봉급을 주기 위해 두었던 체아직(遞兒職)이었으며 조선시대의 봉급인 녹봉을 받는 녹관(祿官)이었다.

김창하는 장악원의 악사와 전악을 담당한 집안의 후손이었다. 당시 장악원의 악사는 세습되곤 했다. 그의 부친은 정조대 장악원의 악사로 활동한 김대건(金大建)이었다. 김대건은 본관이 경주이고 충북 괴산이 고향이었다. 김대건이 슬하에 몇 명의 자손을 두었는지 자세히 알 수 없으나 둘째 아들과 셋째 아들이 그의 대를 이어 장악원 소속의 악인으로 활동하였다. 이들이 바로 김창하와 김창록이다.

김창하에 대한 공식적인 기록이라 할 수 있는 것은 장악원에서 전악들 사이에 전해 내려온 〈전악선생안(典樂先生案)〉뿐이다. 이 책자에는 장악원의 악장격인 전악에 대한 간략한 인사기록이 등이 적혀있다. 〈전악선생안〉에 기록된 김창하에 대한 내용은 다음과 같다.

본관(本貫) : 경주(慶州)
향리(鄕里) : 한양(漢陽)
자(字) : 의선(義善)
가전악(假典樂) : 순조(純祖) 16년(1816) 3월 17일
전악(典樂) : 순조 27년(1827) 2월 1일 낙점(落點)

김창하의 생몰년에 대해 알려진 바는 없다. 다만 그가 순조 16년(1816)에 가전악이 되었다는 점에서 적어도 정조 말년이나 순조 초기에 출생하지 않았나 짐작될 뿐이다. 또한 김창하가 주로 순조 대와 헌종 대에 걸쳐 활동한 점으로 미루어 19세기를 산 인물로 보면 무리가 없을 것 같다. 김창하는 순조 16년 가전악에 오른 지 10년 만에 전악에 올랐다.

김창하의 생몰년조차 정확하게 알 수 없는 상황에서 그의 활동이 구체적으로 어떻게 전개되었는지는 역시 자세히 알 수 없다. 다만 〈전악선생안〉에 나와 있는 대로 순조 16년에 가전악에, 그리고 27년에 전아에 낙점되었다는 기록에 근거해 추정해 볼 뿐이다. 여기서 가전악이란 일종의 전악 서리에 해당하는 것으로 전악 업무를 보는 것은 아니었고 일반 악공직을 면한 수준의 직함을 가리키는 것이었다.

김창하는 가야금의 명수였다고 한다. 이런 그가 어떻게 정재 창작

에 참여하게 되었는지는 정확하게 알 수는 없으나 이와 같은 의문을 조금이나마 풀어주는 자료가 바로 함화진이 썼다고 하는 〈악인열전〉이다. 함화진은 한말, 일제초기에 뛰어난 거문고·가야금 연주자였고 이왕직아악부를 운영한 음악행정가였으며 또한 악론(樂論)을 연구한 이론가이다. 함화진은 세습적인 악인 집안의 후손으로 조선 궁중악의 전승제도가 해체되는 시기에 가문의 업으로 음악가가 된 조선의 마지막 세습음악인의 한 사람이었다. 〈악인열전〉은 함화진이 이왕직 아악부에서 아악생을 가르치며 교재용으로 사용할 목적으로 집필한 것인데 정식 출판되기 전에 소실된 것으로 알려진다. 그러나 한국무용사와 정재 연구의 1세대 학자인 장사훈, 성경린 등의 각종 저술에 나타난 김창하의 관련 내용은 모두 함화진의 〈악인열전〉을 인용한 것으로 알려져 있다.

김창하는 무용에도 탁월한 재주를 지녔었다고 한다. 효명세자가 대리청정을 맡게 된 순조 27년(1827)에 가전악에서 전악의 자리로 오른 후 그는 효명세자의 각별한 총애를 입은 것으로 전해진다. 효명세자는 대리청정을 맡자 악인들로 하여금 구후관(九猴官)이라는 전문 악단을 조직하고 궁중연희에 소용될 어전의 주악을 그들로 하여금 담당하도록 명하였다. 이때 김창하가 구후관의 악인과 여기(女妓)를 지도하고 관리, 감독하는 구후감관(九猴監官)직을 수행했다. 앞서 말했듯이 그는 무용에도 천재가 비상하여 효명세자의 정재 창작 작업에 함께 할 수 있었다고 한다. 함화진의 〈악인열전〉에 실린 김창하의 기록은 다음과 같다.

김창하 선생은 순조조 악사(樂師)로 김종남(金宗南)의 숙부이며, 김영제(金寧濟)의 종증조(從曾祖)이다. 선생은 특별히 무용에 천재가 비상하였다. 문조조(文祖朝, 추존: 翼宗) 동궁대리 시에 총애를 받아 악인(樂人) 중 기술 우량자로 악단(樂團)을 조직하고 궁중에 주야(晝夜)로 입직(入直)케 하여 시시(時時)로 어전 주악(奏樂)케 하였으니, 이 악단을 구후관(九猴官)이라 하고 선생은 구후감관(九猴監官)이라 칭하였다.

이때 순조대왕은 보령(寶齡) 11세에 보위(寶位)에 등극하사 보주(寶籌) 41세에 당하시었으므로 동궁으로 계신 문조께서 원래 효성이 지극하신지라 부왕 전하께오서 등보조(登寶祚) 하옵신 지 흡만(洽滿) 30년이오, 겸하여 망오순(望五旬)에 당하심으로 축하진연(祝賀進宴) 겸 양노연(養老宴)을 설행(設行)하실 새 다수한 정재를 창작하심에 당하여 선생은 문조를 보좌하여 가인전목단(佳人剪牧丹)·보상무(寶相舞)·춘앵전(春鶯囀)·장생보연지무(長生寶宴之舞) 외에 다수한 정재를 창작하였다.

중세적 질서를 이해하는 키워드, 예악

언어 이전의 언어가 있다. 이를 아담의 언어라고 부르기도 한다. 이를 아담의 언어라고 부르는 이유는 성서에서 비롯됐다. 하나님이 흙으로 온갖 들짐승과 새를 만들고, 아담이 어떻게 이름을 짓나 보려고 그것들을 그에게 이끌고 간다. 아담은 각 생물들을 부르고 그것이 바로 온갖 들짐승과 새들의 이름이 되었다. 아담이 각 생물들에게 이름을 부여하는 순간 바로 언어적 기호가 탄생했다. 그리고 이를 두고 우리는 아담의 언어라 부른다. 신의 권위에 도전한 바벨탑 사건 이전에 존재했던 원시 언어가 바로 그것이다. 그러나 사람의 음성을 통한 기호 이전의 언어를 상정하는 사람들이 있다. 언어 이전에 사람들과 사람들 사이에 소통이 있었는데 그것은 몸을 통한 소통이었다는 것이다. 우리가 지금 마임을 보며 몸짓의 언어라는 표현 대신에 원시의 언어 또는 아담의 언어라고 부르는 이유는 그 때문이다.

음성 기호 이전의 소통, 지금의 언어와 같이 체계화된 언어와 다른 영역 속에서의 소통 등을 독일의 철학자 니체는 그리스의 신 디오니소스를 통해 이해한다. 그에게 디오니소스는 아폴로와 대비되는 신이며 이 둘은 예술신의 두 기둥이었다는 것이다. 그래서 니체는 예술을 아폴로적인 것과 디오니소스적인 것의 이중성에서 비롯되어 발전해왔다고 한다. 그리고 디오니소스적인 예술은 조형가의 예술인 아폴로적인 예술과 대비된, 음악이라는 비조형적인 예술을 가리킨다. 그런데 이 디오니소스적인 것을 비유적으로 설명하는 한 부분에서 그는 도취라는 단어를 사용한다. 특히 원시의 사람들은 디오니소스적인 것의 마력 속에서 인간과 인간 사이의 유대를 다시 맺으며 나아가 인간 스스로 버렸던 자연으로 돌아가 화해의 축연을 벌였다는 것이다. 그의 말처럼 인간은 디오니소스적인 것을 통해 기호와 논리로 분류·분리한 세계 속에서, 그리고 분류·분리된 개체 사이에서 원시적 소통을 해온지도 모르겠다.

비극과 같이 인간의 행동을 통해 구성되는 예술은 극성의 근간인 플롯과 언어로 이야기가 진행된다. 인간 자신의 성격 또는 사상 등으로부터 인간의 행동이 시작되고 바로 그것이 이야기의 시작점이 된다. 그리고 그 성격 또는 사상으로부터 비롯된 사건과 좌절 등이 이야기의 세부 구성물들을 이뤄 이야기의 각 부분이 된다. 그리고 그렇게 발생한 사건 속에서 인간은 자신의 성격 또는 사상에 따라 선택이라는 것을 하고 그 선택의 결과를 지켜보며 인간의 행동은 끝을 낸다. 관객은 플롯과 언어를 바탕으로 극 속의 인물을 이해한다. 플롯과 언어는 논리적인 체계이다. 그리고 논리적인 것이 이와 같은 예술의 특징이다. 그렇기 때문에 이해에서 나아가 공감의 영역으로 나아가는 데에는 많은 힘이 들 수도 있다. 그리고 인간 행위에 대한 공감에서 더 나아가 그와 자신이 소통을 이뤄내는 데에는 어려움이 더할 것이다. 그래서 음악과 같은 디오니소스적인 것이 개입한다. 관객은 긴 설명이 없어도 음악을 통해 공감하게 되고 나아가 극 속의 인물과 소통하기에 이른다. 음악은 니체가 말한 대로 곧 도취로 연결되고, 인간과 인간 사이의 유대를 다시 맺고 나아가 자연과 화해를 가능하게 한 소통 체계이기 때문이다.

동양에서는 음악을 다음과 같이 이해했다. 〈예기〉의 '악기'편에는 지금의 음악에 해당하는 '음(音)'을 다음과 같이 설명한다. 음은 소리가 나타나고 그것이 서로 응하여 변화를 낳게 되는데 그 변화가 방법을 이루게 되어 구성된다고 한다. 그런데 소리의 일어남은 사람의 마음에서 말미암는다. 그리고 사람의 마음은 자신의 외부, 즉 자신이 아닌 것과 반응하고 그것으로부터 느끼기 때문에 나타난다. 그러니 소리는 외부와의 반응 그 자체라고도 할 수 있다. 그렇다면 음은 곧 사람이 갖는 외부에 대한 반응에서 비롯된 것이라고 할 수 있다. 이런 이해의 방식이라면 음악은 자신이 아닌 것과의 소통 자체이고 더 나아가 원시의 언어라 할 수 있다. 한편 음을 악기에 담아서 간척(干戚), 우모(羽旄)에 미치게 되면 이것을 악(樂)이라고 한다. 간척과 우모는 각각 무무(武舞)와 문무(文舞)를 뜻한다. 무무는 무공(武功)을 찬미하는 뜻으로, 문무는 문덕(文德)을 송축하는 뜻으로 추며 서로 대응된다고 할 수 있다. 이들을 각각 간척과 우모로 칭하는 이유는 무무를 출 때에는 손에 간과 척(干戚, 방패와 도끼)을 잡고, 문무를 출 때는 우와 모(羽旄, 깃대장식)를 잡기 때문이다. 이처럼 악(樂)은 음악과 춤 등을 통해 문(文)과 무(武) 등 당시의 가치체계를 기하학적으로 표현하는 예술형태를 뜻하게 된다. 그러므로 악은 지금 통상적으로 생각하는 음악의 범주와는 달리 세상을 이해하고 그것을 이해한 방식에 따라 체계적으로 구성된 사회적 가치체계를 상징적 체계로 형상화하는 것이었다.

예악, 이것은 조선을 비롯한 동북아의 중세적 질서와 세계관을 이해하는 키워드이다. 또한 조선의 제도권 예술을 이해하는 키워드로 삼을 수 있다. 어느 시대이건 예술은 그 시대와 사회가 지향하는 가치체계와 관련이 있기 때문이다. 그런데 예악은 일종의 개념이면서 사상적 체계를 갖추고 있다. 그렇기 때문에 예악사상, 예악관, 예악론이라는 표현을 쓰기도 한다. 예악은 '예(禮)'와 '악(樂)'을 일컫는 말이며 유교를 근간으로 한 중세적 정치체계 속에서 예악사상은 국가경영의 도덕적·문화적 교화수단으로 기능했다. '예'는 사회질서의 안정을 위한 분(分), 즉 구별 또는 분별의 원리를 뜻한다. '악'은 사회 구성원들 간의 화(和), 즉 조화 또는 화합의 원리를 뜻한다. '예'가 사회를 수직적으로 구분하여 질서를 강조한다면, '악'은 사회 내에서 분화된 수직적 질서를 조화롭게 만드는 기능을 담당하고, 수평적인 관계 속에서는 화합의 기능을 수행하게 되는 것이다.

'예'와 '악'은 고대로부터 독자적인 개념으로 형성되어 발전해 왔다. 일찍부터 음악이 발달하는 것은 세계 어느 지역에서나 볼 수 있는 것이지만 악에 대응하는 예를 형성하여 상관관계 속에서 서로 발달을 보게 된 것은 동북아시아를 비롯한 동양의 문화적 특징이다. 특히 동북아시아의 예악사상은 공자에 의해 이론적 정리가 시작됐다고 할 수 있는데, 공자는 예악의 종교적, 제도적 성격에다 인간성의 구체적 실현방법이라는 의미를 부가하여 재해석했다. 특히 별개로서의 예와 악이 아닌 예악이라는 총체적인 개념으로서 양자의 본질과 기능을 강조한다. 이러한 예악관은 맹자, 특히 순자로 이어지고 〈악기(樂記)〉에서 정립된다. 이러한 과정을 통해 예악은 종교적 성격이 강했던 것에서 차츰 인문적 성격이 가미되어 제도로서 또는 교과목으로써 등장한다.

'악기'편에는 악을 알면 예에 가깝다고 전한다. 그리하여 예악을 모두 얻은 것을 유덕(有德)이라고 이른다. 유교정치 체계 속에서 군왕이 갖춰야 할 덕목인 덕은 이러한 것을 뜻했다. 이런 까닭에 악의 융희(隆戲), 즉 성대한 볼거리를 갖춘 의례 등은 음을 극진히 하기 위한 것이 아닌 것으로 이해됐다. 선왕들이 성대한 자리와 의례 등을 마련한 것은 구복(口腹)과 이목(耳目)의 욕심을 극진히 하려는 것이 아니라, 장차 이것을 다지고 백성에게 호오(好惡)를 공평하게 하는 일을 가르쳐서 인도(人道)의 바른 데로 돌아가게 하려는 것이었다. '악기'편에는 다음과 같이 예악과 왕도의 상관성을 언급하고 있다.

> 강한 자가 약한 자를 위협하고, 많은 것이 적은 것에게 횡포를 부리고, 지혜 있는 자가 어리석은 자를 속이고, 용맹한 자가 나약한 자를 괴롭히고, 질병으로 인해 몸을 기르지 못하고 늙은이와 어린이, 고독한 자가 그 살 곳을 얻지 못하게 된다. 이것이 크게 어지러워지는 길이다. 이런 까닭으로 선왕이 예악을 마련함에 있어, 인정에 따라서 절도를 만

들었다. 최마(衰麻)와 곡읍은 상장(喪葬)의 의식을 절도 있게 하는 것이다. 종고(鐘鼓)와 간척(干戚)은 안락(安樂)을 고르게 하는 것이다. 혼인과 관(冠), 계(笄)는 남녀를 분별하는 것이다. 사(射)·향(鄕)·사(食)·향(饗)은 교제를 바르게 하는 것이다. 예(禮)는 백성의 마음을 절도 있게 하고, 악(樂)은 백성의 소리를 화평하게 한다. 정치로써 이를 행하고, 형벌로써 이를 막는다. 예·악·형·정이 천하에 널리 행하여서 어긋나지 않는다면 왕도가 갖추어질 것이다.

조선은 창건 초부터 예악을 중시했다. 정도전은 예악을 다음과 같이 이해하고 있었다. 악은 올바른 성정에서 근원하여 성문(聲文)을 빌어서 표현되는 것으로써 종묘(宗廟)의 악(樂)은 조상의 거룩한 덕을 찬미하기 위한 목적이 있고, 조정(朝廷)의 악(樂)은 군신 간의 장엄하고 존경함을 지극하게 하기 위한 목적을 갖고 있다는 것이다. 또한 향당(鄕黨)과 규문(閨門)에서까지도 각기 일에 따라서 악(樂)을 짓지 아니함이 없었다며, 유계(幽界)에 악(樂)을 사용하면 조상이 감격하고, 명계(明界)에 사용하면 군신이 화합하며, 이를 향당(鄕黨)과 방국(邦國)에 확대하면 교화(敎化)가 실현되고 풍속이 아름다워진다고 기술한다. 이처럼 예악에 대한 의미는 실로 광대하여 시간적으로 죽은 자와 산 자, 사회계급적으로는 군주로부터 백성까지, 공간적으로 중앙에서 지방까지 상상 가능한 모든 시공간을 남김없이 포괄한다. 그리하여 예악은 사회의 구성원 전체를 조화롭게 통합함과 동시에 체제의 안정과 유지에 필수불가결한 문화적 수단이 된다.

정재의 구성 체계와 예악

우리에게 조선은 어떤 의미가 있을까? 생뚱맞아 보이는 이 질문은 그저 비운의 대통령, 또는 무책임한 대통령이라는 수식어로 평가받고 있는 한 대통령의 영결식을 보며 문득 떠오른 질문이다. 대한민국의 대통령으로 짧은 기간을 재임한 한 인물의 영결식을 보며 이러한 의문을 갖은 이유는 다름 아니라 그의 영결식이 조선의 정궁이었던 경복궁에서 거행됐기 때문이다. 이 질문은 지난 1995년 8월 15일, 광복 50주년을 맞이한 그날부터 떠올렸던 듯하다. 그날은 일제가 세운 구 조선총독부 건물을 해체하여 식민의 역사적 상징을 없앤 사건이 있었다. 광복 50주년 기념식의 주요 행사는 식민의 사실을 알려주던 구 조선총독부 건물의 첨탑을 제거하는 순서였다. 당시 그 사건을 보며 굳이 식민의 역사적 상징을 없애려 하는 의도에 대해 의아해하고 있었다. 식민으로 인한 상처에 제대로 손도 못 대봤는데도 식민에 대한 기억을 상기시키는 상징물부터 없애려하는 듯 보였기 때문이었다. 그러다 문득 떠오른 질문이 또한 그것이었다. 우리에게 조선은 어떤 의미가 있을까?

구 조선총독부 건물이 위치한 자리를 고려할 때 식민의 역사적 상징을 제거한다는 것은 경복궁이라는 조선의 상징을 온전히 복원한다는 것이라고 밖에 생각할 수 없었다. 식민에 대한 역사적 사실을 알려주는 상징보다 온전한 조선의 상징을 선택한 이유가 참으로 궁금했다. 그리고 10년 뒤 또다시 광복 60주년 경축식이 광화문을 배경으로 열렸다. 경축식은 국민화합이라는 주제로 축제 형식을 갖춰 진행됐다. 주무대의 배경은 광화문이었으며, 대통령을 비롯한 주요

인사들과 각계각층을 대표하는 역할을 부여받은(?) 사람들은 광화문을 등지고 무대 뒤쪽에 앉아있었다. 물론 시민들은 광화문과 그들을 바라볼 수밖에 없는 관객석에 앉아있었다. 내가 이해하는 광복의 의미는 주권의 회복에 있었으나 그날의 무대 구성은 조선의 복원을 경축하는 의미를 전하고 있는 듯했다. 그리고 그 자리에 있던 관객들은 조선의 상징이라는 배경 속에 위치한 대한민국의 대통령과 조선의 상징이 배경이 된 무대를 바라보고 있었다.

조선은 국가권력에 대한 이해와 국가권력의 창출 방식이 지금과는 전혀 달랐다. 그럼에도 지금은 일종의 상징체계가 되어 이렇듯 대한민국을 가리키는 상징에 덧입혀지고 대한민국의 권력과 정치 속에 지속적으로 개입되고 있다. 이쯤에서 질문을 수정해야겠다. 조선이라는 상징이 우리에게 어떤 기능을 수행하는가? 한 국가가 국가권력을 창출하고 그것을 유지하기 위해서는 논리에 기반을 둔 제도뿐 아니라 국가권력에 대한 상징이 필요하다. 이와 같은 상징은 논리보다 더욱 큰 설득력을 갖기도 한다. 이것은 왕을 하늘, 또는 태양과 일치시켰던 상징체계를 떠올리면 금방 수긍이 되는 문제이다. 조선은 이와 같은 상징체계를 왕권을 강화하고 통치의 기반을 공고히 하는 의도에 맞춰 생산했다. 그러한 작업 중 가장 화려했던 것은 궁중의 연회에서 진행된 정재이며 이를 구성하는 데에 기준이 됐던 것은 예악론이었다. 그러므로 조선의 궁중 정재는 조선 시대의 가장 제도적인 예술 형태이며 예악 사상을 정제한 표현 형식이었다.

예악적 질서는 당대의 예술을 관통하는 시학이기도 했다. 예(禮)를 주제로 삼아 왕에게 예를 바치는 행위를 구현했던 진연은 당연히 예악적 질서를 가치 체계의 기반으로 삼아 구성됐다. 그리고 그것은

'보이는 자와 보는 자'라는 역할 분담이 이루어지는 행위였으며, 그리고 그것을 일종의 '기호' 체계로 구성했다는 점에서 극적 형식을 보유하고 있었다고 할 수 있다. 또한 진연 절차의 한 부분으로서, 그리고 개별적 형식의 완결로서 존재했던 정재들은 위와 같은 가치 체계와 형식에 부합하는 공연 양상을 보였다.

〈국조오례의(國朝五禮儀)〉에 따르면, 조선시대 궁정에서 거행된 의례는 길례(吉禮), 가례(嘉禮), 빈례(賓禮), 군례(軍禮), 흉례(凶禮) 등 크게 다섯 가지였다. 이 중 가례와 빈례는 연회와 겸하여 이루어졌다. 가례는 축하 의례였으며, 빈례는 사신을 영접하는 의례였기 때문이다. 연회는 기녀와 무동 등이 참여하여 꾸미는 정재가 따랐다. 궁정의 연회 가운데 진연(進宴), 진풍정(進豊呈), 진찬(進饌), 진작(進爵) 등은 세자 및 신하가 임금에게, 또는 임금이 대비, 즉 선왕의 후비에게 드리는 연회로서 음식, 술과 함께 기녀나 무동의 정재를 바치는 형식으로 진행됐다. 진연은 예악론의 이념을 바탕으로 거행되었다. 의례 절차를 통하여 예(禮)를 실현한다면 공연 절차를 통하여 악(樂)을 구현하는 것이다.

순조 대 효명세자가 세종 이후 조선 궁정의 악을 정비하고 20여 편의 정재를 창작한 데에는 예를 실현하기 위함이었다. 당시 조선의 국내적 정치상황은 왕권의 입장에서 참으로 힘든 시기였다. 정조 이후 조선의 왕권은 외척 세력의 개입으로 온전한 권한을 실현하기가 어려웠다. 우리가 흔히 들어 알고 있는 외척세력에 의한 세도 정치의 서막은 이때였다. 15세기 왕권의 확립과 16세기 사림의 등장과 사화기를 거쳐 17세기 서원을 근거로 한 사림들의 붕당정치기와 왜란과 호란을 지나고 18세기에 이르러 영·정조의 탕평책과 중흥정치로 정치·경제적 안정을 이루어 문예부흥을 이루며 안정되어가던 조선 사회는 19세기에 접어들면서 외척에 의한 세도 정치로 흔들리게 되었다. 정조 서거 이후 어린 순조를 대신해서 장인 김조순이 정권을 잡으며 본격적인 세도 정치가 시작된다.

순조는 친정을 시작 이후에도 외척세력을 제어하지 못했다. 그리하여 효명세자를 통한 대리청정으로 정권을 물려주어 외척세력을 제어하는 방책을 마련한다. 효명세자는 총명했던 정조를 빼닮았다고 한다. 그리고 짧은 대리청정 기간 동안 그가 정치의 이상으로 삼았던 왕은 그의 할아버지 정조였다.

효명세자는 역대 국왕 중에 가장 예술적 문학적 조예가 깊고 뛰어났으며 무엇보다도 예술을 사랑한 인물로 평가받는다. 효명세자는 정조의 우문(右文) 정치와 위민(爲民) 정치를 계승하고자 했으며 정책적으로는 청의를 표방하고 엄정의리론을 펼쳐 백성을 위한 정치를 했다. 그리하여 대리청정 말기에는 순조 대에 떠난 민심을 수습하기에 이른다. 그가 대리청정 동안 매진한 또 하나의 영역은 예악정치였다. 당시는 정치·경제적인 이유로 악정(樂政)이 중단되어 정재의 창사조차 제대로 전해오지 않은 상태였으나 그는 정재를 창작하고 궁중 연회의 법도를 다시 세우며 왕이 중심이 되는 정치 질서를 과시하고 왕실의 위엄과 존왕 의식을 표명했다. 그가 창작했다는 20여 편의 정재들은 이러한 목적을 지향하고 있었다. 그는 궁중의 연회를 단지 군신 간의 술을 나누는 자리가 아니라 주빈을 향해 낭독되고 불리는 치사와 전문, 악장들을 공경한 신하의 예로서 올리는 정치적 의식으로 양식화하였다. 치사(致詞)는 연향에서 '누가, 누구에게, 무슨 목적으로' 잔을 올리는지를 축하의 글로 진술하는 행위로서 매 잔을 올릴 때마다 참석자 모두가 돌아가며 드리는 송덕의 글이고 전문(箋文)은 임금이 그 어버이에게 올리는 송덕의 글이다.

치사와 전문이 올려지는 순서는 연회 참석자가 모두 자리 잡고 선창악장(先唱樂章)으로 연회가 시작되고 왕세자가 제1작을 왕에게 올린 뒤에 왕세자를 비롯한 모든 이가 무릎을 꿇은 상태에서 낭독되고 주빈은 치사를 들은 다음 잔을 마실 수 있다. 다라서 백관대신이 모인 자리에서 정권의 주도자인 왕세자가 전례를 깨고 직접 지어 올린 치사와 전문의 낭독은 내용과 상관없이 대단한 정치적 의미를 지니게 됐다. 치사의 내용이 오늘날의 기준에서 보자면 정치색을 노골적으로 드러내고 있지는 않지만 당시 의식에서는 치사의 내용보다도 치사를 올리는 의식행위, 또는 의례 자체가 의미 있는 정치적 성격을 지녔던 것이다. 그리고 정재 공연 시에 불리거나 낭독되는 창사는 정재 악장으로 불리며 춤의 의미를 담고 있다. 즉 춤과 음악을 통해 왕의 선정과 선치를 칭송하고 만수무강을 표현하는 수단이 된다. 따라서 효명세자가 자신이 주도한 연향들의 악장과 치사 전문을 모두 예제(睿製)하고 20여 편의 정재를 창작한 이유를 알 수 있다. 그것은 정치적인 행위였으며 따라서 자신이 직접 주도하고 챙김으로써 정치적인 중요성과 의미를 담고자 한 것이다. 또한 효명세자는 연향에 쓰일 정재들을 창작하면서 이름만 전해오던 춤들을 모두 자신의 신작(新作)으로 되살려 내었을 뿐 아니라 전대로부터 전승되어 오던 정재들도 다시금 화려하게 채색하고 무원의 수도 늘려 규모를 확대하여 웅장하고 화려한 대규모의 연회에 적합한 정재를 만들었다. 그리고 중국에서 유래한 당악정재를 향악화하고 당악정재와 향악정재 간에 있었던 형식적 그리고 내용적인 차이를 불식시켰다.

조선의 진연과 그 속에서 진행된 정재가 얼마나 화려했는지를 가늠할 수 있는 기록이 있다. 비록 정재에 대한 기록은 아니나 왕의 거둥과 정재에 참여했던 기생들에 대한 외국인의 기록이 그것이다. 외국인의 눈에 비친 것인 만큼 조선 궁정의 행사가 얼마나 화려했는지를 상상해볼 수 있다. 그것은 1894년 2월 하순부터 1897년 1월 하순까지 네 차례에 걸쳐 한국을 방문한 영국인 비숍의 기록이다. 그는 서울을 단조로움의 도시로 기록하고 있다. 갈색의 산들, 검은 갈색의 진흙 벽과 갈색 지붕, 갈색 도로 사이로 돋보이며 사람들은 검은 옷이나 흰옷을 입고 각자 갈 길을 걸어간다. 이처럼 외국인의 눈에 비친 서울은 무채색의 단조로운 빛깔을 띠고 있었다. 그의 표현처럼 "단조롭고 생기 없는 상황에서 거둥은 태양같이 불타올랐다." 그의 글 속에는 정재의 실연에 주요한 역할을 맡았던 기생에 대한 기록도 찾을 수 있다. 그는 기생들을 우아했다고 기술한다. 그는 기생들이 진흙투성이의 거리에서도 우아한 옷을 입고 걷는 매력적인 인물들로 소개한다. 그리고 그들은 전혀 숨어 살지 않으며 그들이 대하는 태도는 남녀에게 구별 없이 우아하다고 관찰했다. 또한 대부분의 동양 사회가 그렇듯이 그들의 춤은 우아하며, 그들의 처신은 전혀 부도덕하지 않다고 평가한다. 왕의 거둥과 같이 궁정의 행사는 태양과 같이 불타오르듯 화려했으며 그 속에서 우아한 기생들의 춤이 수를 놓는다. 이를 통해 정재의 화려함을 가늠해볼 수 있다.

궁중 밖 음악인의 삶과 김창하, 그리고 예술

조선 후기 시정의 다양한 삶들을 기록해 놓은 개인문집 속에 기록된 인물 중 음악인으로는 금사(琴師) 김성기(金聖器)가 대표적이다. 조수삼(趙秀三, 1762~1849)이 지은 〈추재집(秋齋集)〉과 정내교(鄭來僑)의 〈완암집(浣岩集)〉에는 김성기에 대한 전기적 기록이 실려 있다. 김성기는 거문고의 대가였다. 김성기는 원래 상방궁인(尙方弓人)이었다. 상방궁인은 상의원(尙衣院)에 소속된 활 만드는 공인(工人)을 말한다. 그는 성격이 음률을 좋아하여 작업장에 나가 바치 일은 않고 사람을 따라서 거문고를 배웠다. 거문고 연주의 정교한 기법을 터득한 후 그는 활을 버리고 거문고를 전문으로 삼게 된다. 한편 그는 퉁소와 비파도 만졌으며 모두 극치에 이르렀다. 그리고 직접 신곡(新曲)을 만들기도 했는데 그의 악보를 익혀 이름을 얻은 이들도 많았다고 한다. 그래서 서울에 '김성기의 새 악보'가 유행했다.

우선 〈추재집〉에 전하는 그에 관한 일화는 다음과 같다. 김성기는 거문고를 왕세기(王世基)에게 배웠다. 왕세기는 신성(新聲)을 얻으면 감추고 좀처럼 가르쳐 주지 않았다. 성기는 밤마다 왕세기의 집으로 가서 창 앞에 귀를 대고 엿들었다. 그리고 이튿날 아침이면 왕세기의 신곡을 하나도 착오 없이 옮길 수 있었다. 어느 날 왕세기는 이 사실을 알고 그를 기특히 여겨 자기의 작품을 전부 성기에게 물려줬다. 다음 〈완암집〉에 전하는 그에 관한 일화는 다음과 같다. 손님이 모여서 잔치하는 집에 아무리 예인(藝人)들을 많이 불러도 김성기가 빠지면 험으로 여겼다. 그러나 정작 그는 집이 가난했고 허랑하게 놀아서 처자식들이 기한을 면치 못했다. 만년에는 강과 가까운 곳에 셋방을 얻어 살았다. 그리고 작은 배를 구해 강물에 떠다니며 고기를 낚아 살아가면서 자호를 조은(釣隱)이라 했다. 바람이 자고 달빛이 맑은 밤이면 노를 저어 강으로 나와 퉁소를 꺼내어 몇 곡조 뽑기도 했는데 애원 청량한 소리가 밤하늘의 구름까지 닿았고 강둑에 지나가던 사람들은 듣고 떠날 줄을 몰랐다. 어느 날 목호룡이 그의 패거리들과 모여 술을 마실 적에 김성기를 불렀다. 목호룡은 역옥(逆獄)을 고발해 신임사화(辛壬士禍)를 일으킨 장본인이다. 그러나 김성기는 이에 응하지 않았고 목호룡의 행적을 매도하기까지 하는 범상치 않은 모습을 보여주기도 했다.

김성기에 대한 문집의 기록은 당대 예술과 음악인에 대한 시정의 이해를 가늠할 수 있게 한다. 그럼에도 음악인으로서 갖는 스스로의 존재감과 음악 활동에 대한 고고한 가치 부여를 행간을 통해 읽어낼 수 있다.

유득공(柳得恭, 1749~?)의 〈영재집(泠齋集)〉에는 해금의 명수 유우춘(柳遇春)에 관한 기록이 있다. 유우춘은 천첩 소생인데 속량을 한 다음에 용호영(龍虎營)에 구실을 다니며 해금을 연마했다. 당시 음악에 대한 사회적인 수요가 높아져서 연예 활동이 다소 활기를 띠고 있었다. 유우춘과 같은 음악인은 양반들의 연회에는 물론 기타 시정의 모임에도 초청을 받아 흥행하는 것으로 일종의 연예활동을 하였던 것이다. 작중에 언급된 '철(鐵)의 거문고', '안(安)의 젓대', '동(東)의 장구', '복(卜)의 피리', '해금의 호궁기(扈宮基)'와 같이 전문적인 음악인들의 활동이 있었으며 유우춘은 그중 하나였다. 그러나 유우춘의 말을 통해 당시 예인들이 예술에 대한 자각이 있었음을 짐작할 수 있다. '공력을 적게 들이고도 금방 세상 사람들이 잘 알주는 것'과 '공력은 많이 들지만 세상 사람들이 알아주지 않는 것'에 대한 대비를 통해 이를 알 수 있다. 당시 청중들의 음악에 대한 인식이 이들의 인식을 따라오지 못했으므로 이들은 현실로부터의 소외감을 느끼지 않을 수 없었다. '기술이 더욱 높아 갈수록 세상 사람들이 더욱 알아주지 못한다.'고 술회하는 유우춘의 말이 그들의 갈등을 단적으로 표현하고 있다. 즉 예술에 대하여 어느 정도의 자각이 싹트자 청중의 천박한 기호에 영합함으로써 예술을 속화시키느냐, 자기를 지키고 예술을 심화함으로써 고독을 감수하느냐로 고민하지 않을 수 없었다. 이처럼 유득공이라는 인물은 조선 후기 예술에 대한 자각을 보여준다.

한 사회는 인간과 인간 사이의 관계들이 모여 구성된다. 국가와 같이 덩치 큰 사회 또한 마찬가지이다. 물론 개개의 관계들은 그 사회의 두드러진 성향과 그로부터 비롯된 지향적 가치 체계에 따라 다른 의미와 기능을 지니게 된다. 그리고 수많은 관계와 그것을 맺고 있는 수많은 당사자들은 지향적 가치 체계에 얼마나 부합되는지에 따라 사회적 지위, 사회에서의 발언권 등등에서 차별된 권한을 갖게 된다. 이렇게 발생되는 차별은 어느 시대에나 존재했다. 그리고 차별은 어느 시대에나 정당화됐다. 어찌 보면 각 시대 지배계층이 수행한 역할은 차별을 정당화시키는 것이었는지도 모른다. 하긴 지배계층에게는 차별이 얼마나 정당화 될 수 있는지가 중요한 관건이었을 것이다. 그리고 언제든 차별은 인간사회에서 인위적으로 발생한 것으로 해석돼서는 안 되는 것이었다. 그것은 자연의 법칙과 같은 너무나도 당연한 것이어야 했다. 그러나 이러한 논리에 자리 잡고 있던 균열이 눈에 띄기 시작하고 수많았던 틈들이 주목받기 시작하면 그것을 급히 메우고자 하는 측과 그 틈을 더욱 키워 더욱더 겉으로 드러내고자 하는 측이 맞붙게 된다.

조선 후기는 역동성으로 가득 찬 시대이다. 조선 후기라는 시대가 보여주는 역동성은 앞서 말한 차별에서 비롯됐다. 어찌된 영문이건 차별을 정당화시킨 논리에 자리 잡고 있던 틈들에 사람들이 주목하기 시작했다. 또는 그 틈들에서 살기 시작했다. 사회의 구조와 지배체계를 전면적으로 부정하는 움직임은 찾기 힘들지만 지배계층으로의 상승, 이것이 절절한 소망으로 자리 잡은 것이 그 증거이다. 그리고 또 다른 한편에서는 지배체계의 틈 속에서 이전에는 볼 수 없었던 새로운 질서를 만들어가고 새로운 인간 활동을 영위한 것이 그 증거이다. 특히나 예술의 영역 속에서 새로운 삶과 형식의 전형들이 두드러지게 등장했다. 그러나 조선이라는 사회를 떠받치고 있던 기존의 체계와 그것을 반영하는 삶 또한 분명한 대척점으로 존재했다. 그리고 나름의 예술 영역 속에서 분명한 가치와 형식미를 구현해 갔다.

새로운 삶과 형식, 그리고 기존의 가치 체계와 형식. 이 둘은 의도하진 않았겠지만 서로 반응하고 나름의 변화를 모색했다. 효명세자와 그가 창작한 22편의 정재. 이것은 조선 후기, 예술의 영역 속에서 등장한 새로운 삶과 형식의 전형들과 반응하며 또 다른 변화를 모색한 지배계층의 예술 활동을 대표한다. 그리고 그 속에 궁정에서 활동한 김창하라는 악인이 있었다. 그러나 다른 한편 김창하와는 달리 시정(市井)에서 음악인으로 활동하던 김성기와 유우춘이라는 인물도 있었다. 이들은 청중의 대중적 기호에 영합하느냐 아니면 자신의 예술적 활동을 심화하느냐에 대한 고민을 보여주고 있으며 조선 후기에도 오늘날과 같은 예술적 자각의 한 형태를 보여주고 있다.

필자 : 이철(경희대 강사)

참고

강명관, 『조선시대 문학 예술의 생성 공간』, 소명출판, 1999.
사진실, 『공연문화의 전통 : 樂 · 戲 · 劇』, 태학사, 2002.
성경린, 『한국의 무용』, 세종대왕기념사업회, 1976.
성기숙, 「김창하의 예술과 업적」, 『무용예술학연구』 7집, 무용예술학회, 2001.
이민수 역해, 『예기』, 혜원출판사, 1992.
장사훈, 『한국악기대관』, 한국국악학회, 1969.
F. 니체 저, 김대경 역, 『비극의 탄생 : 바그너의 경우 : 니체 대 바그너』, 1999.
I. B. 비숍 저, 신복룡 역, 『조선과 그 이웃 나라들』, 집문당, 2000.

김만덕, 은혜로운 빛이 온 세상에 비치다 ·· 김동건

은애, 생사를 초월하여 기개와 지조를 숭상하다 ·· 진은진

옹녀는 정말 남자가 필요했을까? ·· 서유석

조선의 노비들, 신데렐라를 꿈꾸다 ·· 김현주

음악 그리고 세상과의 진정한 만남을 꿈꾼 기생, 계섬 ·· 안주영

제2부

기생에서 평민 여성까지

김만덕,
은혜로운 빛이 온 세상에 넘치다

가으니마루에서

가으니마루를 넘던 추사(秋史)가 비문이 선 무덤 앞에서 발을 멈추었다. 화북에서 제주성으로 가는 길목이 가으니마루다. 그 길목에 누군가 묘를 쓰고 아담한 비를 세웠다.

"이런 곳에 묘가 있구나. '행수내의녀김만덕지묘(行首內醫女金萬德之墓)'라……."

추사는 뒤따르던 떠꺼머리 총각을 돌아보며 물었다.

"종구야, 김만덕이 누군고?"

"만덕 할망의 묘입니다."

종구는 어려서 부모를 여의고 애기 머슴으로 이집 저집 돌아다니며 품을 팔면서 살아가는 떠꺼머리 총각이었는데 추사의 집에 글을 배우러 오기 시작하면서 추사를 그림자같이 따라다니며 돕고 있었다. 추사는 유배 온 날로부터 제주 생활을 익히는 데에 종구의 도움을 톡톡히 받고 있는 터였다.

"만덕 할망?"

"예. 저희 제주 백성들을 살린 분이시라 저희 제주 사람들은 모두 할망이라 부릅니다."

"제주 사람들을 살렸다?"

"예. 저희 하르방이 태어나던 해라는데요, 이 제주 땅에 가뭄이 몇 해간 계속되던 때가 있었답니다. 얼마나 가뭄이 심했는지 제주 사람들이 반나마 굶어 죽었답니다. 그런데 어느 날 만덕 할망이 집채만 한 무쇠솥을 두 개 구해 와서는 마당에 걸어 놓고 콩죽을 쑤어 제주 사람들을 먹이기 시작했답니다. 만덕 할망이 아니었으면 그나마 용케 목숨을 부지하고 있던 제주 사람들도 다 굶어 죽을 뻔했던 거지요.

만덕 할망 집에서 콩죽을 준다는 말이 퍼지자 모슬포며 서귀포에서까지 사람들이 몰려왔답니다. 가만히 앉아서 죽으나 만덕 할망 집에 오는 길에 죽으나 매한가지니까요. 그래도 만덕 할망 집에만 가면 산다 싶어서 사람들이 몰려오는데, 어찌나 끝없이 몰려오는지 100여 일을 밤낮으로 죽을 끓였답니다.

어떤 사람들은 부처님이 환생하셨다고도 했답니다요. 얼굴과 머리가 희고 품이 넉넉하여 딱 보기에도 인자하고 후덕한 부처님 같았답니다. 부처가 아니고서야 그 가뭄에 무쇠 솥에서 끝없이 콩죽이 나올 리가 없다고요. 그도 그럴 것이 오랫동안 흉년이 들어서 곡식이 말도 못하게 귀했을 것 아닙니까? 관아에서도 손을 못 쓰고 있는데 만덕 할망은 밤낮으로 죽을 끓여 사람들을 먹여 살리고 있었으니 그런 말이 나올 밖에요. 그런데 사실, 부처님은 사람들이 만덕 할망이 고맙고 고마워서 지어낸 말이고요, 만덕 할망이 자기 재산을 모두 풀어서 육지에서 곡식을 사왔답니다. 평생 모은 재산을 풀어서 우리 제주 백성들을 살린 것입죠."

"그래, 참으로 어려운 일을 하였구나. 기특한지고. 헌데, 기녀라면서 그런 많은 재산을 어찌 모았는고?"

"원래는 기녀가 아니었습죠. 할망의 아비는 김해 김씨로 양민인데 뭍을 오가며 장사를 하였다고 합니다요. 제주에서 나는 미역, 전복, 귤 같은 물건들을 내다 팔고 나주서는 쌀을 사와서 제주에 팔았지요. 장사 수완이 꽤 좋았던 모양인데, 할망이 11세 되던 가을에 아비가 그만 큰 풍랑을 만나 세상을 떠나고 말았답니다. 그 때문에 충격을 받아 그 어미 고씨도 시름시름 앓다가 돌아가고요. 그래 의지가지없어 형제들과 함께 외숙집에 가서 살았는데 외가에서도 군식구가 그리 달갑지 않았겠지요. 할망이 10살 남짓 되었을 때 월중선이라는 퇴기에게 맡겼던 모양입니다. 그래, 본래는 양갓집 따님이었다는데 어쩔 수 없이 기생의 집에서 잔심부름을 하다가 기적에 올랐던 것이지요. 스무 살 무렵에는 관아에서도 사정을 딱하게 여겨 기적에서 빼주었답니다. 그러니 기생은 아니지요.

퇴기 밑에서 기생으로 있을 적에도 씀씀이가 알뜰해서 돈을 많이 모았었답니다요. 그걸 밑천으로 해서 대비정속 후에는 객줏집을 시작했습죠. 장사는 어릴 적에 그 아비를 보고 어깨 너머로 배운 모양인데 그 아버지한테서 내림을 받지 않고서야 시집도 안 간 처자의 몸으로 객줏집을 시작할 엄두를 내었겠습니까? 과연 할망은 재산을 늘리는 데 남다른 재주가 있었답니다. 어떤 물건이 값이 오르고 어떤 물건이 내릴 것인지 환히 알아 1년 만에 제주의 거상이 되었다 합니다. 저 아래 화북 포구가 바로 할망이 객줏집을 하던 자리였답니다요. 할망이 사들이는 품목마다 값이 오르니 나중에는 다른 객줏집들도 만덕 할망이 사고 파는 물건을 잘 지켜보고 그대로 따라해 육지 상인들을 상대로 이문을 남기기도 했답니다요."

"빈민 구휼에 거상이라……. 거 참으로 대단한 인물이로구나."

"그뿐인 줄 아십니까? 나랏님의 허락을 받아 한양 가서 전하가 사시는 대전도 구경하고, 전하를 배알하고 왔습죠. 전하가 손을 잡고 큰일을 했다고 칭찬을 하셨답니다요. 그래, 만덕 할망은 그 손을 평생 흰 비단으로 감고 살았다 합니다."

"제주 여인들은 제주 땅을 한 발도 벗어날 수 없는 것이 국법이거늘 전하를 배알해?"

"그러니 우리 만덕 할망이지요."

"허허, 참으로 여장부가 따로 없구나. 그런데 어찌 이런 길목에 묘를 썼는고?"

"성안이 한 눈에 내려다보이는 곳에 묻어 달라 했답니다. 그래 여기 가으니마루에 묻혔지요. 저 아래 구좌읍 동북리라는 곳이 할망이 태어난 자립니다. 할망은 남자 못지않은 기골과 기개를 지닌 분이었답니다. 전하께서 할망에게 소원이 뭐냐고 물었는데 할망이 뭐라고 했다는 줄 아십니까?"

종구는 만덕 할망 이야기에 신이 나 있었다. 추사도 이 희귀한 이야기 듣기가 지루하지 않아 맞장구를 쳐주었다.

"그래, 무엇이라 했다더냐?"

"벼슬도 필요 없고, 돈도 필요 없고 죽기 전에 금강산 구경이나 한번 해 보는 것이 소원이라고 했답니다요."

"금강산?"

추사는 깜짝 놀라 되물었다. 참 맹랑한 여인네가 아닌가. 금강산이라면 풍류남아들도 평생 한번 가기를 소원하는 곳이다. 실로 웬만한 남정네는 헤아리지 못할 큰 기개와 배포를 가진 여인네가 아닐 수 없었다. 종구는 신이 나 계속 주절주절 이야기를 늘어놓았다.

"예, 금강산이요. 그래, 나랏님 명으로 금강산을 두루 유람하고 돌아왔습죠."

"그러면 후손은 없느냐?"

"기생으로 있을 적에 한양서 내려온 이도원이라는 어사 나으리가 할망을 어여삐 여기셨다고 합니다. 헌데 어사가 한양으로 가신 후에는 할망이 기생 일도 접고 어사 나으리를 잊지 못해 평생 혼자 살았답니다. 그러니 할망의 자손은 없고요, 지금 만덕 할망 제사를 받들고 있는 김종주 어른이 핏줄이라면 핏줄일 수 있지요.

"김종주?"

"예. 김종주 어른이요. 할망이 상을 마다하니 나랏님이 그 죽은 아비와 제주 사람들을 구할 적에 할망을 도왔던 오라비에게 벼슬을 내리셨답니다. 그 오라비가 죽자 그 아들, 그러니까 만덕 할망의 조카지요. 그 조카가 만덕 할망의 일을 도왔는데 그 조카도 일찍 죽었답니다. 그래서 그 아들에게 다시 객주를 맡겼답니다. 그래 양손 되는 김시채라는 어른이 할망 제사를 받들게 되었는데 김종주 어른은 그분의 아드님입죠."

"그렇구나. 헌데, 너는 어찌 그리 네 집 일처럼 소상히 아느냐?"

"만덕 할망 이야기는 이 제주 사람이면 모르는 사람이 없습죠. 그 을묘년 가뭄에는 산 사람보다 죽은 사람이 더 많았다고 합니다요. 만덕 할망이 아니었으면 저도 아마 태어나지 못했을 겁니다요. 을묘년 대기근 때 저희 하르방이 태어났는데 하도 굶고 낳은 아기라 사람꼴이 될까 싶잖았던 데다가 젖도 안 나오니 꼼짝없이 굶겨 죽이는 수밖에 없었답니다. 아기가 태어나자마자 아기 구덕에 뉘어 놓고 죽기만을 기다리는 일이 허다했답니다. 저희 하르방이 그 때 아기 구덕에서 죽었으면 이 놈은 지금 대감마님이랑 이 가으니마루에 서 있지도 못했을 것입니다요."

"허허, 녀석도 참."

종구가 얘기를 풀어 놓는 솜씨도 솜씨였지만 아녀자로서 그만한 일을 해내다니 보통 사람이 아니다 싶었다. 추사는 종구에게 다시 물었다.

"그 후손이 살아 있다 했느냐?"

"김종주 어른 말씀입니까?"

"내 집에 가면 글을 한 장 써 줄 터이니 전해 줄 수 있겠느냐?"

"여부가 있겠습니까?"

추사는 대정으로 돌아오자마자 종구를 시켜 먹을 갈게 했다. 추사는 눈을 감고 아까 낮에 들은 만덕의 이야기를 떠올렸다. 참으로 기특하고도 기특한 일이었다. 사재를 털어 백성들을 살렸다니 백성들의 말처럼 생불이 아니고서는 하기 어려운 일이 아닌가. 그도 가상커니와 상을 뵙고 소원한 것이 금강산 유람이라니. 참으로 소인배들은 감히 헤아리지 못할 높디 높은 기상과 크나큰 포부를 가진 사람이 아닐 수 없었다.

추사는 붓에 먹을 듬뿍 묻혀 크고 힘차게 획을 그어 나갔다. 종구는 먹을 갈다 말고 신들린 듯한 추사의 붓놀림을 신기한 듯 바라보았다. 추사가 붓을 놓자 그제야 종구도 추사의 붓에서 눈을 떼고는 물었다.

"뭐라 쓰신 겁니까요?"

"은광연세(恩光衍世)라 썼다."

"은광연세요?"

"오냐."

추사는 한 글자 한 글자 짚어가며 설명을 하였다.

"은혜 은, 빛 광, 넘칠 연, 세상 세. 은광연세. 은혜로운 빛이 온 세상에 넘친다는 말이다."

"하, 참 좋으신 말씀입니다요. 우리 만덕 할망의 은혜가 이 제주 땅에 넘친다는 말씀입죠?"

"오냐. 허허허."

"은광연세……."

종구는 먹을 갈다 말고 제법 고개를 끄덕이며 입으로 글을 읊조리기까지 하였다. 추사는 그런 종구를 보고 빙긋이 웃으며 다시 붓을 들었다. 그러고는 그 옆에 작은 글씨로 이렇게 기록하였다.

김종주의 할머니가 이 섬에 기근이 닥쳤을 때 크게 구휼한 뒤 임금의 특별한 은혜를 입어 금강산까지 구경하니 공경대부들이 전기와 시가를 적어 주었다. 이는 고금에 드문 일이므로, 이 편액을 써서 그 집안을 드러내는 바이다.

나는 김만덕이다

김만덕은 조선 영조 15년(1739)에 태어나 순조 12년(1812)까지 살다간 제주 여성이다. 앞서 언급된 추사 김정희(金正喜)의 편액에서도 확인되는 바 만덕의 높은 뜻을 기리고자 공경대부들이 전기와 시가를 다투어 적어 주었던 탓에 기녀였던 평민 여성이라는 김만덕의 신분을 감안한다면 비교적 많은 기록이 존재하는 셈이다.

《정조실록》을 비롯하여 《승정원일기》, 《일성록》 등 국가 기록에 공식적으로 올라 있는 기록을 제외하고도 전, 한시, 실록, 묘비문, 편액 등 다양하고 많은 기록이 존재하는데, 이미 널리 알려진 바와 같이 채제공(蔡濟恭)이 써주었다는 〈만덕전〉이 가장 대표적이다. 또한 병조판서 이가환(李家煥)은 만덕을 만나고 만덕이 제주로 떠날 때 〈송만덕귀탐라(送萬德歸耽羅)〉라는 시를 써주었으며 당대의 유명한 실학자였던 박제가(朴齊家) 역시 〈송만덕귀제주시(送萬德歸濟州詩)〉라는 시를 써 주었다. 또한 《범곡귀문》이라는 책에는 만덕이 서울에 왔을 때 기생 홍도가 지었다는 시가 기록되어 있기도 하다. 정약용(丁若鏞)도 《다산시문집》에 〈제탐라기만덕소득진신대부증별시권(題耽羅妓萬德所得搢紳大夫贈別詩卷)〉이라는 글을 남겼으며 조수삼(趙秀三)은 《추재기이(秋齋紀異)》에 전과 한시로 만덕의 행위를 기리고 있으며 유재건(劉在建)도 《이향견문록(里鄕見聞錄)》에 채제공의 〈만덕전〉을 간략히 정리한 만덕의 전을 싣고 있으며 앞서 언급된 홍도의 시가 여기에 재수록되어 있다. 이 외에 생몰연대를 알 수 없는 이재채라는 사람의 〈만덕전〉이 있으며 심노숭(沈魯崇)이 〈계섬전〉 말미에 만덕 이야기를 붙여 놓기도 하였다. 또한 만덕이 죽고 나자 당시 제주 판관이었던 이국표(李國標)는 그의 죽음을 애도하며 비문을 지어 주었으며, 김정희는 제주에 유배 갔을 당시 만덕의 행위를 듣고 '은광연세'라는 글귀를 써 주기도 하였다.

비교적 후대에 기록된 자료들도 적지 않다. 1800년대 말엽 남만리가 쓴 《탐라지》, 김석익(金錫翼)의 《탐라기년》(1918)을 비롯하여 우락기의 《제주도》(1980), 김두봉의 《제주도실기》(2003), 담수계 편, 《증보탐라지》(프린트판, 1954), 석주명의 《제주도수필》(1968), 한치문의 《탐라실록》(1973) 등과 제주도에서 간행된 《제주도지》와 《제주시 30년사》, 부영성의 《구좌읍지》(1986), 《북제주군지》(1987), 《제주선현지》(1988), 향토사학자 김찬흡의 《20세기 제주사 인명사전》 등 제주도의 역사와 인물에 대한 논의에서 김만덕은 빼놓을 수 없는 인물로 꼽히고 있다. 이들 기록들은 앞선 기록을 그대로 인용하거나 과거 문헌 기록을 요약 정리해 놓고 있는 수준이지만 1장에서 묘사된 콩죽을 쑤어 백성들을 살렸다는 일화는 김두봉의 《제주도실기》에만 등장하는 내용이다. 부영성의 《구좌읍지》의 경우, 만덕의 출생지라는 동복리 마을 편에서 정비석의 《명기열전》을 참고하여 다채로운 내용을 첨가해 놓고 있으며 봉옥·복심 두 딸이 있는 30대의 고선흠(高善欽)과 가정을 꾸리나 사별한다는 내용이 첨가되어 있다. 《왕조실록》, 《이향견문록》, 《탐라인물고》, 《탐라기년》, 《제주여인상》, 《제주도사논고》, 《명기열전》, 《구좌읍지》 등의 내용을 종합하여 김만덕에 대한 비교적 총체적 사실들을 기록하고 있다고 평가되고 있는 김찬흡의 《제주사인명사전》에서는 만덕이 금강산의 사찰들을 보고 불제자가 되기로 마음먹은 일, 영의정 채제공이 〈만덕전〉과 함께 옥지환을 선사한 일 등을 추가해 놓고 있다. 그러나 이들 후대의 기록들은 근거가 미약하여 사실 확인이 불가능하며, 김만덕의 덕을 더욱 아름답게 기리기 위하여 극적으로 꾸민 것이거나 김만덕과 관련하여 민간에서 떠돌던 이야기들을 반영했을 수도 있다.

만덕과 관련한 가장 사실적이고 객관적인 기록은 《정조실록》 정조 20년(1796) 11월 25일조이다.

> 제주 기생 만덕이 재물을 풀어서 굶주리는 백성들의 목숨들을 구하였다고 목사가 보고하였다. 상을 주려고 하자, 만덕은 사양하면서 바다를 건너 상경하여 금강산 유람하기를 원하였다. 허락해 주고 나서 연로의 고을들로 하여금 양식을 지급하게 하였다.

'제주 사는 기생이 재물을 풀어 백성을 살렸다. 그러나 기녀는 상도 마다하고 금강산 유람을 원하였다.'는 것이 김만덕의 가장 객관적인 행적인 것이다.

김만덕에 관한 기록으로 가장 일반적으로 알려진 것이 채제공의 〈만덕전〉인데 채제공은 만덕이 서울에 있는 동안 여러 모로 도움을 주었던 듯하다. 다음은 《승정원일기》 정조 20년 24일조의 일부분이다.

> 채제공이 이르기를 탐라의 기녀가 재산을 바쳐 백성을 진휼하였으나 상 받기도 면천(免賤)하기도 원치 않고 왕성과 금강산 보기를 원합니다. 소원을 따르도록 하는 명함이 있어 비로소 상경하였으나 혹한을 당함에 작은 집에서 떠나지 못하고 기다리는 바 신에게 찾아와 울며 말합니다. 그녀는 비록 미천한 사람이나 그 뜻이 가히 고상하고 그 정이 가히 가련하니 유사에 분부하여 특별히 가엾이 보살펴 줌이 좋을 듯합니다.

그런 인연으로 채제공은 만덕이 제주로 떠날 때 〈만덕전〉을 지어준다. 그러나 〈만덕전〉은 만덕의 행위를 좀더 상세하게 설명하고 있을 뿐, 객관적인 사실에서 크게 과장되거나 미화된 부분은 없는 듯하다.

그런가 하면 심노숭은 채제공의 〈만덕전〉에 대해 비판적인 태도를 보이면서 만덕에 대해 부정적인 기록을 남기고 있다.

품성이 음흉하고 인색하여 돈을 보고 따랐다가 돈이 다하면 떠나는데 문득 그 입은 바지저고리까지 빼앗으니 가지고 있는 남자의 바지저고리가 수백 벌이 되어 매번 죽 늘어놓고 햇볕에 말리니 군의 기녀들조차도 침을 뱉고 욕하였다. 육지에서 온 상인이 만덕으로 인해 패가망신하는 이가 잇달았다 하니 이리하여 만덕은 제주에서 최고의 부자가 되었다. 그 형제 가운데 음식을 구걸하는 이가 있었는데 돌아보지 아니하더니 도에 기근이 들자 곡식을 바치고는 서울과 금강산 구경을 원한 것인데 그녀의 말이 낙낙가관타 여겨 여러 학사들이 전을 지어 다 칭찬하였다.

심노숭은 〈계섬전〉 말미에 만덕에 대해 언급하면서 그 평가가 실제와는 달리 과대평가 되고 있다고 하였다. 그는 지방에서 올라오는 간접적인 보고만 듣고 만덕을 칭찬하는 조정의 학사들을 비판하면서 자신은 제주에 있을 때 '직접' 보고 들었음을 강조하고 있다. 심노숭의 아버지는 심낙수(沈樂洙)로서 만덕이 제주 도민을 구휼하기 전년까지 제주 목사로 있었다. 따라서 심노숭 역시 1794년 5월에 제주에 가서 4개월 남짓 머물렀고 그때 만덕에 대한 좋지 않은 소문들을 들었다는 것이다.

기녀라는 신분, 그리고 만덕의 품성과 치산 과정에 대해서도 기록은 차이를 보인다. 채제공은 만덕이 원래 양갓집 딸이라 기녀에게 의탁하여 기안에 올랐지만 관에 호소하여 기적에서 이름을 뺐다고 하였다. 그러나 홍도의 시나 이가환, 박제가 등은 모두 만덕을 '기녀'로 언급하고 있다. 또한 채제공은 만덕이 본래 검소하였고, 물건을 사고팔아 재산을 늘렸다고 하고 있으나 심노숭은 만덕이 기생으로서 육지에서 온 상인들을 상대하여 돈을 벌어 그 치산 과정이 정당치 못하다고 기록하고 있다. 또한 채제공은 만덕의 인품이 너그러웠다고 한 반면 심노숭은 인색하고 음흉하다고 기록하고 있다. 만덕에 대한 비판적인 평가는 심노숭이 유일하지만 만덕에 대한 평가가 엇갈리고 있음에는 틀림없는 것이다.

만덕은 어릴 적 부모를 여의고 외가에서 눈칫밥을 먹다가 기녀가 되었다. 후에 기녀가 아닌 상업을 선택한 것으로 보아 기녀가 된 것은 그의 의사와는 상관없이 어쩔 수 없이 이루어진 것이었을 것이다. 그러면 그는 자신이 기녀였다는 것을 부끄러워하면서 면천하고자 애를 썼을까? 그래서 채제공의 기록대로 관아에 찾아가 자신의 신분을 회복시켜 줄 것을 요구하고 기적에서 이름을 뺐을까? 만일 채제공의 말대로 스무 살 남짓한 때에 기적에서 이름을 빼고 양민이 되었다면 왜 환갑이 다 된 여자 거상을 '기녀'라고 지칭하였을까?

만덕이 구휼을 했던 한 해 전까지 제주에 있었다는 심노숭은 만덕을 '인색하고 음흉한' '기녀'로 기억하고 있다. 심노숭의 아버지 심낙수가 제주 목사로 부임한 해는 기근이 한참이던 정조 18년(1794)이고 만덕이 재산을 풀어 제주민을 구휼한 해가 정조 20년(1795)이다. 심낙수는 만덕이 구휼하기 한 해 전까지 제주에 있었다고 하니 길어야 1년 남짓 제주에 머물렀던 셈이고 심노숭이 제주에 머물렀던 기간은 4개월 정도이다. 어찌하여 겨우 1년 남짓 제주에 머물렀던 사람들이 만덕을 기녀로 기억하고 있을까? 게다가 그 때 만덕은 환갑을 앞두고 있는 나이였다. 만덕이 스무 살 무렵에 벌써 양민이 되어 일찌감치 기생노릇을 작파하였다면 환갑의 나이가 될 때까지 '기녀'

로 불릴 이유는 없지 않았을까?

그러나 사실, 만덕이 기녀라는 신분을 벗고 면천을 했느냐 아니냐는 별로 중요하지 않다. 누가 거짓을 말하고 있고 누가 참을 말하고 있는지도 그리 중요하지 않다. 만덕은 세간의 평판 따위에 일희일비할 얕은 사람이 아니었기 때문이다.

만덕은 결혼도 마다하고 혼자 살면서 장사를 통해 재산을 모았다. 거친 뱃사람들과 닳고 닳은 상인들을 상대하기가 쉽지는 않았을 것이다. 독하고 음흉하며 인색하다고 욕하는 사람들도 더러 있었을 것이다. 그러나 만덕에게 그러한 뭇사람들의 평판이 중요했을까? 다른 사람의 시선이 두려웠다면 애초에 기녀 생활을 접고 장사 따위를 시작하지도, 재산을 모으겠다는 생각을 하지도 않았을 것이다. 여간 독한 마음을 먹지 않고서야 여자의 몸으로 남정네들을 상대로 장사를 할 엄두를 내지 못하였을 것이다. 또한 그가 기녀라는 신분이 부끄럽고 어떻게 하든지 벗어버리고 싶어서 장사를 하고 치산을 한 것이었다면, 그래서 명예와 존경을 얻기 위해서 백성들을 구휼하였다면 금강산 구경이니 서울 구경이니 하는 소원을 말하지도 않았을 것이다. 그러나 면천도 상도 마다하고 오로지 금강산 유람을 소원했던 그가 아닌가. 심노숭의 기록대로 자신의 선행을 빌미로 더 큰 부귀와 명예를 좇고자 의도하였다면 충분히 그럴 수 있었음에도 그는 그렇게 하지 않았다. 그에게 기생이니 양반이니 남자니 여자니 하는 구별은 껍데기에 불과한 것이었기 때문일 것이다.

만덕은 자신의 신분에 대한 열등감 따위도 없었다. 바지 입고도 남자 구실 못하는 못난 남자보다 여성으로 태어난 자신이 못한 것도, 못할 일도, 해서는 안 되는 일도 없다고 생각했다. 양반의 허울을 쓰고 게으르고 세상물정 모르는 이기적인 이들보다 비록 낮은 신분이지만 부지런하고 세상 이치에 밝아 많은 사람들에게 쓸모 있는 사람이 되는 자신이 더욱 가치 있는 인간이라 자부했을 것이다. 그가 본래부터 재물에 대한 욕심과 신분적 열등감이 뿌리 깊었던 인물이라면 그 기회를 타 면천도 하고, 장사와 관련된 기득권도 획득할 수 있었을 것이다. 그러나 그는 그렇게 하지 않았다.

기녀가 장사를? 기녀가 구휼을? 제주 기녀가 한양을? 제주 기녀가 왕을? 제주 기녀가 금강산을? 만덕은 무수한 편견과 불가능을 깨나갔다. 아니, 깨나갔다고 하기보다는 만덕에게는 애초에 편견 따위는 아무 것도 아니었으며 불가능이란 없었을지 모른다. 그런 만덕에게 기녀다, 기녀가 아니다, 인심이 후덕하다, 고약하다, 포상에 대한 욕심이 있었다, 없었다 라는 등의 타인의 시선들이 무에 그리 중요했을 것인가. 만덕에 대한 찬사 혹은 비판은 자신의 이데올로기에 맞추어 만덕을 이해하고자 했던 기록자들의 욕심이거나 편견이었지 만덕을 온전히 드러내고 있는 것이라 보기는 어렵다. 그의 행위와 행적이 옳으니 그르니 미주알고주알 논하기에는 만덕은 너무 그릇이 컸다. 남들이 재산과 명예 따위에 연연하고 있을 때 만덕은 이미 금강산을 꿈꾸고 있지 않았던가.

정약용은 김만덕을 다음과 같이 소개하고 있다.

> 병진년(정조 20, 1796) 가을에 탐라의 기생 만덕이 역마(驛馬)로 서울에 불려왔고, 이듬해 봄에 만덕이 금강산에서 돌아와 그의 고향으로 돌아가려고 할 적에 좌승상 채공(蔡公, 蔡濟恭)이 그를 위해 소전(小傳)을 지어 매우 자세하게 서술하였으므로 나는 덧붙이지 않는다. 나는 만

덕에게는 세 가지 기특함과 네 가지 희귀함이 있다고 말하고 싶다. 기적(妓籍)에 실린 몸으로서 과부로 수절한 것이 한 가지 기특함이고, 많은 돈을 기꺼이 내놓은 것이 두 가지 기특함이고, 바다 섬에 살면서 산을 좋아함이 세 가지 기특함이다. 그리고 여자로서 중동(重瞳)이고 종의 신분으로서 역마의 부름을 받았고, 기생으로서 중[僧]을 시켜 가마를 메게 하였고, 외진 섬사람으로 내전(內殿)의 사랑과 선물을 받은 것이 네 가지 희귀함이다. 아. 보잘것없는 일개 여자로서 이러한 세 가지 기특함과 네 가지 희귀함을 지녔으니, 이 또한 하나의 대단히 기특한 일이다.

'보잘 것 없는 일개 여자로서', '외진 섬' '탐라 기녀'로서 만덕의 행위는 '희귀'하고 '기특'한 일이 아닐 수 없었던 것이다. 정약용이 평가한 바, '희귀하고 기특한 탐라 기생', 이것이 바로 조선 사대부 남성들이 만덕을 기린 가장 보편적인 이유였으며 '여자', '종', '기생', '외진 섬사람', 이것이 바로 만덕을 바라보는 시각이었던 것이다.

만덕이 살아생전, 글을 읽고 쓸 줄 알았는지는 모르겠으나 그가 스스로 전을 지었다면 스스로에 대해 어떤 기록을 남겼을까? 아마 첫 문장은 바로 이렇게 시작되었을 것이다.

'나는 김만덕이다.'

금강산을 품다

"전하, 지난 날 탐라의 한 기녀가 재산을 바쳐 백성을 진휼한 일이 있었습니다. 상 받기도 면천(免賤)하기도 원치 않고 오로지 왕성과 금강산 보기를 원합니다. 소원을 들어주도록 하라는 분부가 있어 비로소 상경하였으나 혹한을 당하여 작은 집에서 떠나지 못하고 기다리다가 신에게 찾아와 울며 호소하였습니다. 만덕은 비록 미천한 사람이나 그 뜻이 가히 고상하고 그 정 또한 가련하니 특별히 가엾이 보살펴 줌이 좋을 듯하옵니다."

《승정원일기》에 기록된 바 정조 20년 11월 24일의 일이다. 채제공이 정조에게 만덕을 보살펴 줄 것을 청하고 있다. 만덕의 일은 이미 이보다 훨씬 전에 조정에 알려진 듯하다. 정조가 그 선행을 기특히 여겨 상을 내리고자 하였으나 김만덕은 놀랍게도 상 받기도 면천하기도 원치 않았던 것이다. 다만, 한 가지 소원이 있었는데 그것은 바로 금강산을 보고 싶다는 것이었다.

당시에 백성을 구휼하기 위해 재산을 내 놓았던 사람은 만덕만은 아니었다. 제주 목사 이우현의 장계에 의하면 '전 현감 고한록은 곡식을 무역해 진휼에 보탠 것이 무려 삼백 석이나 되고, 장교 홍삼필과 유학 양성범은 자원해서 납부한 곡물이 각각 일백 석이나' 된다고 하였다. 그로 인하여 고한록, 홍삼필, 양성범 등은 응당한 포상을 받은 것으로 되어 있다. 《정조실록》 19년 5월 11일조를 보면, 고한록은 특별히 대정 현감으로 임명했다가 후에 군수의 경력을 쌓도록 했고, 홍삼필과 양성범은 순장으로 승진을 시켰다고 기록되어 있다. 이들 중 고한록은 정조 17년 5월에도 곡식을 바쳐 진휼하여 고을 수령을 삼으라는 포상을 받을 뻔한 일이 있었던 인물이다. 그러나 당시 제주목사였던 이철운이 부풀려서 보고를 하였다가 발각되는 바람에 포상을 받지 못하고 이철운은 파직된다.

단순한 이철운의 실수였는지, 고한록과 이철운 사이에 어떤 거래가 있었는지는 알 수 없으나 그러한 전적이 있음에도 불구하고 고한록은 다시 진휼미를 내고 포상으로 대정 현감과 군수 자리를 얻게 된다. 이들의 선행이 모두 포상이나 명예 등 실질적인 보상을 바란 의도적인 행위였다고 단정하기는 어렵겠으나 보상과는 전혀 상관이 없는, 혹은 보상을 바라지 않은 순수한 인도주의적 행위라고 보기도 어렵다. 순수한 의도에서 한 선행이라 하더라도 그들에게 보상은 최소한 정당한 대가로 여겨졌던 것이다.

그러나 만덕이 바란 것은 면천도 상도 아니었다. 그가 기녀였든, 채제공의 〈만덕전〉에 기록된 바처럼 스무 살 무렵에 관아에 호소하여 기적에서 이름을 뺐든, 계급적·신분적 차별 때문에 만덕은 많은 고통을 겪었던 것은 사실일 터이다. 그 한을 풀 기회를 맞았음에도 불구하고 만덕은 면천을 바라지 않았다. 그가 바란 것은 섬을 떠나 뭍으로 가 금강산을 둘러보고 싶다는 것이었다.

당시는 제주 여성들은 제주를 떠날 수 없다는 출륙금지령이 내려져 있었다. 만덕의 바람은 보통 사람으로서는 상상도 할 수 없는 소원이었던 것이다. 게다가 금강산은 남녀를 불문하고 풍류가 있는 자라면 한 번은 꼭 가보고 싶어 하는 곳이어서 금강산 유람을 위한 계를 조직할 정도였다 한다. 호방한 그의 기개를 펼 곳으로 제주는 좁은 땅이었다. 영산이라 불리는 금강산이라야 그 큰 기개를 한번 펴 볼 만하였던 것일까. 이에 정조는 그 선행과 기개를 가상히 여겨 특별히 영을 내려 만덕을 한양으로 올라오게 한 것이다.

그런데 처음 한양에 와 곧 금강산 유람을 떠난 것은 아니다. 날이 추워 금강산으로 출발하지 못하고 있었던 것이다. 천하의 김만덕도 낯선 땅 한양에서 어려움이 많았던 듯하다. 이에 만덕은 재상 채제공을 직접 찾아가 자신의 처지를 알리고 도움을 요청한 것이다. 과연 만덕다운 적극적인 행동이 아닐 수 없다. 그로 인하여 채제공이 정조에게 엎드려 만덕이 무사히 금강산을 구경하고 돌아갈 수 있도록 보살펴 달라는 청을 하고 있는 것이다. 그에 대한 정조의 대답은 이러하였다.

"탐라인의 조정 진휼을 다른 도에 본받게 하고 또 별도로 그녀는 한 사람의 미천한 기생으로서 의로움을 발하여 재물을 내어놓고 곤궁한 백성들을 구휼하니 매우 가상한 일이며, 그 소원이 또한 평범하지 않고 이미 상경한 후니 어찌 길에서 굶주리게 하랴. 비변사로 그녀에게 물어 머물도록 하여 봄이 된 후에 금강산을 구경할 수 있도록 양식과 노자를 주고 고향에 보내되 이로써 양식이나 노자 걱정을 할 필요가 없음을 알려라."

그러나 정조의 그러한 결정이 과하다고 생각한 사람이 있었던 모양이다. 섬에서 올라온 보잘것없는 천기에게 비변사로 하여금 돌보라는 조치는 과분하다고 생각할 수도 있었을 것이다.

병모가 말하기를 "신은 비변사에 이 일을 고함이 황송하옵니다."

그러자 정조는 다음과 같이 다시 영을 내린다.

"이 일을 작게 여기지 말고 전후를 대신과 재상들에게 고하라. 그렇게 하여 안심하는 것이 가하다."

작은 일이 아니니 일의 전후를 대신들과 재상들이 알도록 하라는 것이다. 정조가 '작은 일이 아니'라고 생각했던 것은 구체적으로 어떤 부분이었을지는 모르겠다. 제주민을 구휼한 선행을 두고 이름인지, 천기로서 기특한 일을 했다는 사실을 두고 이름인지, 당돌하게도 재상 채제공을 직접 찾아가 일을 의논함을 말하는 것인지, 기특하게도 상을 마다한 일을 두고 말함인지, 신기하게도 금강산 구경을 원하는 것을 두고 말함인지 구체적으로 알 길이 없다. 그러나 명백한 것은 만덕의 뜻과 포부가 측량키 어려울 정도로 크고도 넓음에도 불구하고 그의 행적에 대한 평가나 이해가 그에 미치지 못함을 경계하고 있는 것이다.

《승정원일기》에는 언급이 없으나 정조는 이후 다시, 만덕을 '내의원 행수로 삼고 각별히 보'기를 원했던 것 같다. 그 내용이 《일성록》에 정리되어 있는 것이다.

> 재물을 모아 굶주리는 백성을 구휼함이 조정에 알려져 그녀의 소원을 물은 바 상 받기도 면천받기도 원치 않고 단지 바다를 건너 서울에 와 금강산을 보는 것이라 하니 몹시 추워서 부득이 출발하지 못했다. 비록 천민이나 옛날 열협(烈俠)에 부끄러움이 없으니 봄이 될 동안 양식을 지급하고 내의원 행수로 삼고 각별히 볼 수 있도록 했다. 금강산을 보고 돌아갈 때 연도의 도신(道臣)들이 양식과 노자를 지급토록 했다.

《일성록》의 정조 20년 11월 25일조 만덕에 대한 기록이다. 만덕은 내의원 행수로 궁에 들어가 왕과 왕비를 만나고 봄이 될 때까지 비변사에 머무르면서 선혜청에서 달마다 식량을 제공받았다. 그리고 이듬해 봄이 되자 비로소 금강산 구경에 나서게 된다. 채제공의

〈만덕전〉을 보면 정조 21년 3월 임금이 내린 역마와 노자를 가지고 금강산에 들어가 만폭동, 중향성 등 빼어난 경치를 구경하였던 것으로 되어 있다. 또한 지나는 길에 불상을 만나면 반드시 절을 하고 공양을 드렸다고 한다.

만덕의 금강산 유람을 전후로 하여 많은 공경대부와 선비들이 만덕을 방문하고 그의 덕을 치하하였는데 병조판서 이가환도 만덕을 만나보고 시를 남겼다.

萬德瀛州之妓女	만덕은 영주의 기녀
六十顔如四十許	예순 얼굴이 마흔처럼 보이네.
千金糴米救黔首	금으로 쌀 사다가 백성들 구하고
一航浮海朝紫禦	배 타고 바다 건너 궁궐을 갔었다네
但願一見金剛山	다만 한 번 금강산 구경하는 게 소원이었는데
山在東北煙霧間	산은 동북녘 안개 속에 솟아 있네.
至尊頷肯賜飛驛	임금이 허락하고 날쌘 역마를 허락하시니
千里光輝動江關	화려한 나들이 온 관동을 진동시키네.
登高忘遠壯心目	높이 올라 멀리 바라보니 마음과 눈은 장대하고
漂然揮手還海曲	표연히 손을 흔들며 바다 모퉁이로 돌아가네.
耽羅遠自高良夫	탐라는 예로부터 고, 양, 부씨가 살던 곳인데
女子今始觀上國	여자로서는 처음으로 한양을 구경하였네.
來如雷喧遊鵠擧	돌아오니 찬사 소리가 따옥새 떠나갈 듯하고
長留高風瀌寰宇	높은 기풍은 오래 남아 세상을 맑게 하겠지.
人生立名有如此	사람으로 태어나 이름을 세움이 이와 같으니
女懷淸臺安足數	여회청대가 족히 몇 명이나 될까

‘여회청대(女懷淸臺)’란 진시황 때 청(淸)이라는 과부를 위해 세워

준 누대를 일컫는다. 사마천의 《사기》〈화식열전〉에 따르면 그는 과부인데 조상의 업을 이어 받아 재산을 모으며 정절을 지켰으며 많은 기부를 하였다 한다. 그로 인하여 그를 '정부(貞婦)'라 일컫고 누대를 세워주었는데 이를 '여회청대'라고 하는 것이다.

이가환은 만덕의 선행을 단지 '착한 마음'에서 우러난 기특한 행동이 아니라 사회와 국가를 향해 있는 크고 넓은 마음에서 비롯된 것임을 노래하고 있다. 그의 시에서 표현한 바, '높이 올라 멀리 바라보니'라는 표현은 금강산 구경하기를 바랐던 그 '장대'한 '마음과 눈', 바로 만덕의 크고 넓은 기개를 드러내는 부분이 아닐 수 없다.

만덕에게 삶은 그리 녹록치 않았다. 심노숭의 언급에서 알 수 있듯이 만덕은 무난한 인간 관계를 형성하면서 모두의 칭송을 받은 것도, 운 좋게 일이 술술 풀렸던 것도 아닌 것 같다. 악착같이 돈을 모으느라고 일부 기녀들에게는 독하다는 소리도 들었고, 상권과 관련해서 이미 세력을 지니고 있던 상인들과 갈등을 빚기도 하였을 것이다. 만덕에게 손해를 보았던 상인들은 당연히 만덕을 나쁜 여자로 기억할 것이며 그들 중 일부는 만덕에 대해 악감정을 품고 경우에 따라서는 그를 음해하고자 하는 의도로 터무니없는 소문을 퍼뜨리기도 했을 것이다. 친척들 중에서도 만덕을 시기하거나 섭섭하게 여긴 이들이 있었을 것이다. 당시 제주 목사의 아들인 심노숭의 평이 비판적인 것으로 보아 관과도 그리 좋은 관계를 유지하지는 못했던 듯하다. 진휼 공로자의 이름에서 만덕이 빠졌다가 1여 년이 지나서야 《정조실록》 등에 기록되었던 것도 만덕의 평판이 좋지 않았음을, 세상이 전적으로 만덕의 편이 아니었음을 추정할 수 있는 대목이다.

어쩌면 만덕은 지독히도 외롭고 고독하게 세상을 살아냈을지도 모른다. 열 살 무렵 양친을 여의고 외가에 얹혀 살았다. 그로부터 몇 년 후에 곧 기녀에게 맡겨진 것으로 보아 외가에서 만덕을 달가워하지 않았던 듯하다. 어려운 처지에 어쩔 수 없는 처사였다고 하더라도 만덕에게 세상은 냉정하기만 하였던 것이다. 그러나 만덕은 자신의 의지대로 자신의 운명을 개척하기 시작한다. 스무 살 무렵에 관아에 가서 자신은 기생이 아니라 양가의 딸임을 주장하고 기적에서 이름을 빼고 양민이 되었다는 기록도 그 사실 여부를 떠나서 운명에 순응하지 않고 자신의 삶을 스스로 개척하는 모습이라는 점에서 만덕의 일화가 되기에 충분하다. 어찌 보면 기녀라는 직업은 천한 신분이기는 하나 어느 양반의 첩실로라도 들어가게 되면 꽃으로 노리개로 안온하게 살 수도 있다. 제주 관기의 부와 세도가 평안도 기녀의 그것에 못지않았다는 기록이 보이는 것으로 보면 노력여하에 따라 험한 일 하지 않고 별 어려움 없이 여생을 마칠 수도 있었던 것이다. 그러나 만덕은 과감히 그 삶을 포기하고 객주를 열어 장사를 시작한다. 상인들의 텃세도 있었을 것이고, 만덕이 승승장구하자 견제도 만만치 않았을 것이다. 그러나 만덕은 아랑곳하지 않고 장사에 힘써 결국 제주 거상이 되었던 것이다. 만덕이 거상이라고는 하나 실제로 제주 최고의 부자였는지는 알 길이 없다. 그러나 천민으로서 진휼을 도왔던 자가 만덕이 유일하다는 것은 상업으로 부를 획득하였다고 하더라도 모두 만덕과 같은 선행을 베푼 것은 아니라는 것을 알 수 있다.

그는 대체 무엇을 위해서 그렇게 억척스럽게 돈을 모았을까? 대체 무엇을 꿈꾸었길래 자신의 운명을 거스르고 거스르면서 살았던 것일까? 만덕은 오로지 타인을 위한 숭고한 뜻으로 돈을 모으고 결국 제주민들을 살리기 위해 곳간을 열었던 것일까? 그에게는 신분의 높고 낮음도, 재물의 많고 적음도, 심지어 남을 살리는 선행마저도 작고도 작은 일일 뿐이었다. 그가 세상에 맞서 고독하게 싸우면서 꿈꾸었던 것은 높은 신분도, 많은 재물도, 빛나는 명예도 아니었다. 그 넓고도 깊은 가슴에 품고 있던 꿈은 바로 금강산이었던 것이다.

여신이 되다

한양에서 돌아온 이후의 만덕의 행적은 알려지지 않았다. 김두봉의 《제주도실기》에 의하면 한양에서 정조가 친히 만덕의 손을 잡고 백성들을 구황한 덕을 칭찬을 했다고 한다. 그래서 만덕은 정조가 잡았던 왼 손목을 비단으로 감싸서 살빛을 감추었다고 하나 이는 20세기의 자료이며 근거 자료가 밝혀져 있지 않아 사실 확인은 어렵다. 조정에서는 부친 김응열에게는 가의대부(嘉義大夫)를 구휼사업을 도왔던 오빠 만석에게는 가선대부(嘉善大夫)를 추증했다고 하는데 정작 만덕은 한양에 다녀 온 후 조용히 객주를 운영하면서 여생을 보냈던 것 같다. 일흔 네 살까지 살았다고 하니 당시로서는 장수를 한 셈이다. 객주의 운영 또한 젊었을 때만큼 적극적이고 활발한 활동을 하였던 것 같지는 않다. 그를 도왔던 조카 성집(聲集)이 일찍 병사하여 만년에는 그 아들 시채(時采)에게 사업을 맡겼다고 하는 것으로 보아 전격적인 활동보다는 자문 정도의 역할을 하였을 것으로 추정되며, 만덕 기념사업회의 언급대로 남은 여생을 자선사업에 힘을 기울이면서 보냈을 가능성도 배제할 수는 없다.

김준형은 만덕과 관련하여 제주민들 사이에 구비전승 되는 다른 형태의 이야기가 없다고 하면서 이는 민중들의 곁에 있던 인물이 지배층의 이데올로기에 침윤된 결과라고 이해하였다. 따라서 더 이상 만덕은 친숙한 할머니가 아니라 신화적인 인물로만 숭앙되고 있다고 평하기도 하였다. 그러나 이데올로기를 떠나서 제주민 1/3이 아사할 정도로 극심한 기근에 재물을 풀어 제주민을 살렸다는 것은 명백한 사실이며 만덕의 치부 과정과 의도에 대한 이견에도 불구하고 만덕의 행위 그 자체는 제주민들 사이에서는 평범한 여인의 이야기가 아니라 신화가 될 수밖에 없는 것이다.

현재 제주에서는 2003년에 (사)김만덕기념사업회가 건립되어 김만덕 학술총서 발간, 만덕묘 성역화사업, 화폐인물 수록 사업, 김만덕 드라마 제작을 위한 시나리오 공모 사업 등 다양한 김만덕 재조명 사업을 펼치고 있다. 이러한 작업들은 갑작스러운 일은 아니다. 1970년대에 개발이 한창 진행되기 시작하면서 가으니마루에 공장이 들어설 계획이 서자 이를 걱정하는 뜻있는 인사들이 '김만덕 기념사업회'를 조직하고 이장 사업을 추진하기 시작, 1976년 도민의 이름으로 총력안보 제주도협의회가 사라봉공원에 모충사(慕忠祠)를 건립하면서 그곳으로 이장을 하게 되었다. 이어 1980년에는 만덕상을 만들어 봉사정신이 뛰어난 인물을 중심으로 상을 수여해 왔으며 2000년에는 만덕 기념관을 건립하기도 하였다. 만덕은 제주의 '정신'이 되어 있다고 해도 과언이 아닐 정도이다. 그가 부러 후세에 무엇을 남기고자 하지 않았으나 제주도민들 사이에서는 그들을 '살린' '할망', 신으로 남았다. 그렇다면 제주도민이 아닌 다른 사람들에게 만덕은 어떤 의미가 되어야 하는가.

그에게는 많은 한계들이 있었다. 제주라는 협소한 섬 지역에서 태어나 평생 그 밖으로는 나갈 수 없다는 점, 봉건질서가 공고하던 조선시대에 여성으로 태어났다는 점, 일찍 부모를 여의고 외가에서 더부살이를 하다 결국에는 기녀에게 맡겨졌다는 점, 자신의 의지와는 상관없이 기녀로 살아야 했던 점 등 그에게는 많은 어려움들이 있었다. 그러나 그에게는 그 많은 한계 중 단 하나도 넘지 못할 것은 없었던 것이다. 어려움을 딛고 이루어낸 것들이기에 더욱 소중한 것이 아닐까. 그의 과감한 도전정신과 진취적인 개척정신, 창의적인 실험정신 그리고 드높은 이상과 꿈, 거기에 박애정신까지 고루 갖춘, 그야말로 신적인 존재였기 때문이다. 추사가 써 주었다는 '은광연세'라는 글귀에서 아득한 그 옛날 천지를 열었던 선문대 할망이 오줌으로 제주를 뒤덮었다는 이야기가 환기되는 것은 왜일까.

필자 : 김동건(경희대 교수)

참고

김만덕기념사업회, 『의녀 김만덕의 활약상 자료조사연구보고서』, 제주도, 2004.
김두봉, 『제주도실기』, 제주시우당도서관, 2003.
김영진, 「효전 심노승 문학 연구」, 고려대 석사논문, 1996.
김준형, 「만덕 이야기의 전승과 의미」, 『제주도연구』 17집, 2000.
박무영 외, 『조선의 여성들, 부자유한 시대에 너무나 비범했던』, 돌베개, 2004.
이덕일, 『이덕일의 여인열전』, 김영사, 2003.
이신복, 「채제공의 만덕전 연구」, 『한문학논집』 12, 단국한문학회, 1994.
정창권, 『꽃으로 피기보다 새가 되어 날아가리』, 푸른숲, 2006.
편집부, 『한국 역사 속의 여성인물』, 한국여성개발원, 1998.
『정조실록』, 『승정원일기』, 『일성록』

은애,
생사를 초월하여 기개와 지조를 숭상하다

열여덟 번이나 찌르다

"펼쳐라!"

현감의 영이 떨어졌다. 나졸 두 명이 피투성이 거적을 펼쳤다. 피범벅이 된 시체 한 구가 나왔다. 거적 밑에는 피가 흥건하였으며 피비린내가 진동했다. 그 끔찍한 모습을 차마 보기 어려웠던지 나졸들은 고개를 돌렸다. 아전들이며 오백(伍伯), 군노 사령, 사건과 관련하여 동헌에 붙들려 온 사람들 모두 너나 할 것 없이 진저리를 쳤다.

현감 박재순도 멈칫했다. 이미 보고를 받은 터였지만 이렇게까지 끔찍하리라고는 생각 못했다. 미간을 찌푸리며 시체를 살피었다. 여러 군데 자상을 입은 시체는 피가 응어리져 사람인지 짐승인지 구분이 어려웠다. 목, 어깨, 겨드랑이, 가슴, 등, 무려 열여덟 군데나 찔려 있었다.

검시를 마친 현감은 동헌 마당에 끌려 나와 있는 죄인을 돌아보고 위엄 있는 목소리로 문초를 시작했다.

"죄인은 바른 대로 고하라. 무엇 때문에 이 자를 찔렀느냐?"

동헌 마당 한가운데에는 두 볼이 아직 통통하여 앳되어 보이는 얼굴의 색시 하나가 대령해 있었다. 가느다란 목에는 칼을 썼으며 손에는 수갑을 차고 다리는 족쇄로 꽁꽁 묶여 있어 당장이라도 쓰러질 것만 같았다.

"이 자는 건장한 부인이고 너는 약한 여자인데, 찌른 모양을 이제금 살펴보니 흉측하고 사나운 것이 네가 혼자서 저지른 짓 같지 않도다. 공모자가 더 있느냐? 한 치도 숨김없이 바른대로 고해야 할 것이야."

현감의 호령 소리가 동헌 마당을 쩌렁쩌렁 울렸다. 형을 집행하는 관원들이 흉악한 얼굴로 좌우에 늘어서 있는 데다가 무시무시한 고문 기구들이 주위에 가득했다. 죄인의 옆에 꿇어 엎드리고 있던 사람들은 새하얗게 얼굴이 질린 채 벌벌 떨고 있었다. 그러나 정작 죄인은 얼굴에 한 점 두려움 없이 꿋꿋한 목소리로 말하였다.

"아! 사또! 사또께서는 우리 백성의 부모이시니 이 죄인의 말씀을 부디 들어 주십시오. 여염집 처녀가 무고를 당했으니 몸을 더럽히지 않아도 이미 더러워진 것이나 마찬가지입니다. 창기 출신의 노파가 감히 여염집 처녀를 억울하게 무고하고 모욕하니 고금천하에 어찌 이런 일이 있을 수 있겠습니까? 제가 이를 참을 수 없어 노파를 찔렀습니다. 제 비록 어리석으나 사람을 죽이면 관가에서 사형을 내린다 들었습니다. 어제 노파를 죽였으니 오늘 저는 마땅히 죽어야지요.

하지만 노파는 제가 찔러 죽였지만 사람을 억울하게 무고하고 모욕한 죄는 어찌 벌을 하실 생각이신지요. 지금이라도 당장 정련을 잡아 죽여주소서. 또한, 사또께서는 생각을 해 보십시오. 무고를 당한 것은 저 혼자인데 저를 도와 이런 흉측한 일을 할 사람이 또 누가 있겠습니까?"

거짓이라고는 조금도 섞이지 않은, 애절한 눈빛이었다.

"허어, 이런……. 이런 일이……."

현감은 아무 말을 못한 채 탄식만 거듭할 뿐이었다.

강진현 탑동리의 양가집 딸이다

이덕무(李德懋)의 〈은애전(銀愛傳)〉에 기록된 바에 따르면 사건의 전말은 이러하다.

죄인은 성은 김이요, 이름은 은애로서 강진현 탑동리 양인의 딸이었다. 이 마을에는 안조이라는 창기 출신의 할멈이 살고 있었다. 안씨는 본래 성질이 간사하기 이를 데가 없고, 거짓말을 밥 먹듯이 할 뿐만 아니라 되는 대로 지껄여 말이 많았다. 게다가 안씨는 오래도록 피부병에 시달렸는데 마음대로 긁지 못해 늘 가려워서 짜증을 내곤하였다. 이런 형편이니 한 번 울화통이 터지면 그 입에서 나오지 않는 말이 없었다.

안씨는 평소 은애의 집에 자주 드나들었다.

"아이구, 늙은이 살림이 변변찮아 쌀이 똑 떨어졌네. 은애네, 쌀 한 됫박만 빌려 주우."

은애 어머니는 말 많은 늙은이와 가까이 지내는 것이 달갑지는 않았으나 늙고 병든 안씨가 안쓰럽기도 해 한두 번은 빌려주기도 하고 혹 거저주기도 하였다.

그러나 안씨는 고마워하고 미안해하기는커녕 제집 드나들 듯이 드나들며 콩이며 소금이며 메주 같은 것을 얻어가곤 하였다. 어쩌다가 은애 어머니가 집을 비운 사이에는 부엌에 들어가 함부로 가져가는 일도 있었다. 그러자니 차츰 은애의 어머니도 싫은 내색을 하면서 안씨의 부탁을 거절하게 되었다. 그러자 안씨는 표독스럽게 은애 어머니를 노려보며 독설을 내뱉었다.

"흥, 그깟 소금 한 줌을 가지고 야박하게 군단 말이야? 병든 늙은이라고 무시하는 거로군. 흥, 두고 봐. 박절하게 군 대가를 톡톡히 치르게 될 터이니."

독을 품으니 피부병도 함께 기승을 부렸다. 안씨는 은애 어머니에 대한 분노에 가려움으로 인한 화마저 더하여 기회만 생기면 앙갚음을 하겠노라고 다짐을 하면서 이를 갈았다.

같은 마을에 안씨의 손자뻘 되는 최정련이라는 총각이 살고 있었다. 이제 막 열네댓 살 먹은 곱상한 총각으로 안씨 시누이의 손자였다.

하루는 안씨가 정련을 찾아가 속을 떠볼 요량으로 은근히 운을 떼었다.

"은애 같은 처녀에게 장가를 들면 어떻겠니?"

이 말에 정련은 씽긋이 웃으며 말했다.

"은애라면 곱고 어여쁘기 이를 데가 없는데 저로서는 복이 넝쿨째 굴러 들어오는 격이지요."

"그럼 됐다. 내가 일을 성사시켜 주마."

"아니, 할머니. 정말이세요?"

"너는 잔말 말고 그저 돌아다니면서 이미 은애하고 사통하였노라고 떠들고만 다녀라. 그러면 내 반드시 일을 성사시켜 주마."

"그러지요."

정련은 어찌된 영문인지 알 수는 없었으나 손해 볼 일은 없겠다 싶어 흔쾌히 승낙하였다.

"그런데 말이다, 내가 지금 온몸에 부스럼이 나서 죽을 지경이구나. 의원의 말이 가려운데 쓰는 약은 여간 비싼 것이 아니라는 게야. 만일 내가 이 일을 성사시켜 준다면 니가 약 값을 댈 수 있겠느냐?"

"여부가 있겠습니까? 당연히 그래야지요."

그러고 얼마 지나지 않은 어느 날 안씨는 밖에서 돌아오는 영감을 붙들어 앉혔다.

"글쎄. 은애가 우리 정련이한테 반해서 나더러 중매를 부탁하지 않겠수? 그래, 하는 수 없이 내가 우리 집에서 몰래 만나도록 해주었는데, 아 뜻밖에 정련이 할미가 집에 들이닥친 게야. 그래 가지고 은애 고것이 그만 담장을 뛰어 넘어 달아났지 뭐유."

"뭐? 이게 무슨 해괴망측한 소리야?"

영감은 안씨를 크게 나무랐다.

"정련이네야 보잘 것 없지만, 은애네로 말하면 양가집 딸이 아닌가? 행여 그런 말일랑 입 밖에 내지도 말게."

그러나 이미 온 고을에는 은애와 정련에 대한 소문이 파다하였다. 정련이 안씨의 말을 좇아 거짓 소문을 퍼뜨렸거니와 안씨도 부지런히 입을 놀리고 다닌 탓이었다.

은애는 답답하고 억울하기 이를 데가 없었으나 어쩔 도리가 없었다. 헛된 소문이라고 일일이 항변을 하고 다니기도 민망한 소문이 아닌가. 더구나 남녀 사이의 은밀한 이야기니 거짓으로 꾸며낸 말임을 증명해 줄 증인이나 증거가 있을 턱이 없었다. 혼삿길이 막혀 시집 갈 데가 없었으나 은애는 벙어리 냉가슴 앓듯 속만 태우는 수밖에 도리가 없었다.

"흥, 너희가 나를 업신여기고도 무사할 줄 알았더냐?"

안씨는 은애와 은애의 가족들이 곤경에 처하자 음흉하게 웃으며 고소히 여겼다.

그러나 세상이 그리 어둡지만은 않아 은애의 결백을 알아주는 이가 있었다. 같은 마을에 사는 김양준이라는 젊은이였다.

"떠도는 말들이 전혀 근거 없는 소문이라는 것을 잘 압니다. 제가 은애를 아내로 맞이하겠습니다."

은애네 집에서는 말할 수 없이 기뻤으나 한편으로는 마음 고생은 은애 하나로 족하다는 생각에 처음에는 중매를 물렸다.

"아무리 허황된 소문도 자꾸 들으면 혹하는 마음이 생기게 마련이야. 뭇사람의 입은 쇠도 녹인다는데 그 입질을 어찌 다 견디려는가? 아서라고 하게."

그러나 김양준의 굳은 뜻을 꺾을 수는 없었다. 은애는 그 마음이 고마워 더 사양하지 못하고 혼인을 허락하였다.

김양준과 은애는 조촐하게 혼례를 올리고 누가 뭐라든 아랑곳하지 않고 부지런히 일하면서 오순도순 살았다. 옳다 그르다 대꾸가 없으면 제 풀에 지쳐 얼마 가지 못하려니 했다. 그러나 생각 같지 않았다. 소문은 꼬리에 꼬리를 물고 번져갔을 뿐만 아니라 눈덩이처럼 부풀어 아무리 헛소문이라고는 하나 차마 들을 수 없는 지경에까지 이르렀다.

기유년 윤 5월 스무 닷새 날이었다. 안씨는 늘 하던 대로 사람들을 모아 놓고 목청 높여 은애의 험을 하고 있었다.

"내가 은애 고년 때문에 이 고생을 하는 거야. 아, 우리 정련이가 내가 부스럼으로 고생을 하는 걸 보더니만 은애한테 중매를 넣어 주면 약값을 갚아 준다는 게야. 그런데 은애 고 음탕한 년이 우리 정련이랑 사통을 하고도 몰래 다른 놈에게 시집을 가 버리니 내가 약값을 받을 길이 없어졌단 말씀이야. 이런 분하고 억울할 데가 있나. 내가 병이 더 도져 이 지경이 된 것이 다 은애 고년 때문이니 은애 년이야말로 내 원수이지 뭔가."

우연히 지나다 안씨의 모함을 듣게 된 은애는 수치심과 분노로 온몸이 저려왔다.

안씨의 말을 들은 사람들은 늙은이 젊은이 할 것 없이 모두 놀란 얼굴로 눈을 껌뻑거리면서 수군거렸다.

"저런 고얀 일이 다 있나, 그래."

사실은 그렇지 않더라고 입을 떼는 사람이라도 있을라치면 손을 내어 저으며 입밖에 말을 내지 못하게 하였다. 은애는 피가 끓었지만 얼른 고개를 숙이고 그 자리를 피하는 수밖에는 다른 도리가 없었다.

은애는 본래 심지가 굳고 모진 데가 있었다. 그 억울한 욕을 이태나 참고 견뎠으나 더 이상은 부끄럽고 억울해서 참을 수가 없었다. 반드시 제 손으로 원수를 갚아 억울함을 씻으려는 마음을 품고 살았으나 그것이 말처럼 쉬운 일이 아니라는 것을 은애도 잘 알고 있었다. 그러던 차에 안씨가 다시 흉측한 망발을 떠벌이자 이제 더 이상은 참을 수가 없었다. 밤새 뒤척이던 은애는 마음을 다잡았다.

"내가 죽는 한이 있어도 그 요망한 할미를 벌하고 말 테다."

마침내 일을 저지르기로 결심을 한 은애는 이튿날 저녁, 마침 집안 식구들이 나간 틈을 타, 안씨 집을 몰래 살폈다. 영감은 어디로 갔는지 안씨 혼자였다. 기회가 좋았다.

은애는 부엌으로 가 부엌칼을 집어 들었다. 시퍼렇게 날선 칼을 보니 손이 떨렸다. 은애는 이를 악물고 소매를 걷어붙였다. 땀 배인 손으로 치맛자락을 휘감아 쥐고는 거침없이 집을 나섰다. 잰 걸음으로 곧장 안씨의 집으로 달려간 은애는 망설임 없이 안씨가 자는 방문을 열어 젖혔다.

등잔불이 가물가물 하는데 안씨는 이제 막 잘 차비를 하고 있었던지 웃통은 벗어젖힌 채 치마만 두르고 있었다. 칼을 비껴들고 방으로 뛰어 들어간 은애는 눈을 무섭게 치켜뜨고 안씨를 노려보면서 말했다.

"어제 네가 지어낸 말은 그전보다도 더욱 심하더구나. 내 원수를 갚고자 왔으니 순순히 이 칼을 받아라!"

그러나 안씨는 은애가 본래 어리고 약하니 자신을 어쩌지 못할 것이라 여기고 오히려 기세가 등등하여 달려들었다.

"네까짓 것이 뭐 어쩌고 어째? 찌를 테면 어디 한 번 찔러 봐!"

은애는 머리끝까지 화가 곤두섰다.

"하라면 내가 못 할 줄 아느냐?"

은애는 소리를 지르며 달려들어 안씨의 왼편 목덜미를 찔렀다. 안씨는 칼에 찔리고도 은애의 손목을 성깔 있게 휘잡았다. 그렇다고 물러설 은애가 아니었다. 안씨의 손을 뿌리친 은애는 이번에는 안씨의 오른쪽 목 언저리를 찔렀다. 안씨는 끽 소리를 지르더니 그제야 바닥에 쓰러졌다.

은애는 거기서 멈추지 않았다. 안씨의 어깨, 어깻죽지, 겨드랑이, 목, 가슴을 차례로 내리찍었다. 그러고는 다시 오른편 등을 찔렀다. 같은 곳을 두 번 세 번 잇달아 찔러대었는데 한 번 꾸짖고 한 번 찌르기를 모두 여덟 번이나 하였다.

이 일을 들은 마을의 이장이 곧장 관가로 달려가서 은애를 고발하였던 것이다.

특별히 사형을 면하게 하노라

강진현 현감 박재순은 검시한 내용을 관찰사 윤행원에게 송부한다. 윤행원은 다시 아홉 차례에 걸쳐 은애에게 공범이 없는지 캐물었다. 은애의 대답이 아홉 번 모두 한결같자 사건은 그대로 종결되고, 후임 전라도 관찰사 윤시동을 통해 사건이 조정에 보고된다.

"은애가 이미 사실을 자백하였으나 목숨을 걸고 원한을 풀었다 하여 그 죄를 참작하여 낮출 수는 없습니다."

형조가 정조께 아뢰었다. 정조 14년(1790) 8월 10일이었다. 정조는 은애 사건에 대해 대신들과 논의를 하던 중이었다.

정조의 생각은 형조와 달랐다.

"은애의 옥사가 국법으로 본다면 어찌 털끝만큼인들 달리 의심할 것이 있겠는가. 허나 그 정상으로 보나 나타난 사실로 보나 사건이 일어난 원인으로 보나 그와 같은 일을 저지를 수밖에 없는 상황도 참작하지 않을 수 없는 것이다. 그러한 즉, 죄를 추가할 조건이 되는지 아니면 정상을 참작해 용서할 만한 자료가 되는지 하는 문제는 일개 옥관이 결정할 일이 아니니, 좌상에게 물어서 보고하도록 하라."

정조는 국법으로 보면 마땅히 죄를 엄중히 물어야 하겠지만 그 원인으로 볼 때 정상 참작의 여지가 있다고 생각을 하였다. 이에 좌의

정 채제공(蔡濟恭)의 의견을 물어 보고하라는 명을 내린다. 총애하는 신하 채제공의 생각이 자신과 다르지 않을 것이라 생각했던 모양이나 채제공은 정조와는 생각이 달랐다.

채제공은 은애의 살인 동기에 대해서는 충분히 공감을 하고 있었다. 안조이가 근거 없는 말을 지어내 이웃 사람들에게 퍼뜨리니 은애가 평소에 분하고 원통한 마음이 이루 말할 수 없이 컸을 것이며, 시집간 뒤에도 추잡한 누명을 씌워 그 정도가 더욱 심하였으니 앙심을 품는 것이 당연하므로 칼을 무섭게 휘두른 은애의 행위는 응당 그럴 수 있는 일이라는 데에는 채제공도 정조와 같은 의견이었다. 그러나 채제공은 은애가 스스로 칼을 들고 살인까지 저지른 행위에 대해서는 단호한 태도를 취한다. 더 없는 원한이 있더라도 이장에게 고발하거나 관청에 호소하여 안조이의 무고죄를 다스리게 하는 것이 옳은 일이지 칼을 휘두를 필요까지는 없었다는 것이다. 따라서 법적으로 처리함이 옳다는 판단을 내린다. 그가 근거로 삼은 법은 약법삼장(約法三章)이었다. 약법삼장에는 '사람을 죽인 자는 죽여야 한다.'고 하였을 뿐 경우에 따라 그 마음을 참작해 주어야 한다거나 정상을 참작해 용서해 준다거나 하는 말이 애당초 없었다는 것이다. 즉 무고가 아무리 통분하다 해도 법적으로 사형에까지 이를 사안이 아니므로 은애의 살인은 지나친 행위이며, 도저히 참을 수 없어서 살해하였다고 할지라도 그 죄가 살인인 이상 용서가 어렵다는 것이었다.

채제공의 견해는 매우 논리적일 뿐만 아니라 법에 근거한, 대단히 객관적이고 합리적인 것이었다. 그러나 형조로부터 채제공의 견해를 보고 받은 정조는 은애의 손을 들어 주어 다음과 같이 판부한다.

"세상에서 정조를 지키는 여자가 음란하다는 무고를 당하는 것보다 더 억울한 일이 있겠는가. 그것은 살을 에고 뼈에 사무치는 원한이다. 잠시라도 이런 누명을 쓴다면 천만 길 깊은 낭떠러지나 구덩이에 빠진 것과 다름없을 것이다. 낭떠러지는 부여잡고 오를 수도 있고 구덩이는 빠져나올 수나 있겠지만 누명이야 해명하려 한들 어떻게 해명할 것이며 씻으려 한들 어떻게 씻을 수 있겠는가. 그러한 고로 원한이 절박하고 통분이 사무칠 때 스스로 구렁텅이에서 목매어 죽음으로써 자신의 진실을 드러내려는 자가 간혹 있었다."

정조는 음란하다는 무고를 당한 은애가 그 억울함이 뼈에 사무치는 원한이 되었을 것이며 어디에도 호소할 곳이 없어 낭떠러지나 깊은 구덩이에 빠진 바나 다름없을 것이라 이해하고 있다. 은애의 억울함에 대해서는 좌의정 채제공도 공감했던 바이며 은애를 취조했던 현감이나 관찰사들도 은애의 억울하고 딱한 사정을 모르는 바 아니었다. 그러나 정조는 이를 넘어서 생사를 넘어 진실을 드러내려는 은애의 적극적인 행동에 대해서도 정당성을 부여하고 있다. 결백을 밝히고자 과감히 행동에 나서지 못한 채 '스스로 구렁텅이에서 목매어 죽음으로써 자신의 진실을 드러내려는 자'들이 정조에게는 안타까운 존재들이었던 것이다. 정조는 계속 말한다.

"은애란 자는 채 18세를 넘지 않은 처녀로서 결백하게 정조를 지키다가 느닷없이 음탕하다는 더러운 모해를 받게 되었다. 안조이라는 여인은 처녀를 겁탈했다는 헛된 말을 지어내고 더러운 혀를 놀려 소문을 퍼뜨렸다. 은애로서는 시집을 가기 전이라 하더라도 목숨을 걸고 진위를 밝혀 더러운 모욕을 씻고 깨끗한 몸이 되기를 바랐을 것이다. 하물며

새 인연을 만나 혼례를 치르자마자 악독한 음해가 다시 고개를 들기 시작했음에랴. 독을 뿜어 작은 곤충을 잡아먹는 물여우와도 같도다. 독기를 뿜은 한 마디 말이 입 밖에 나자마자 수많은 주둥이가 마구 짖어대니 사방에서 들려오는 소리가 모두 자기를 비방하는 말이었다. 그리하여 원통함과 울분이 복받쳐 한번 죽는 것으로 결판을 내려고 한 것이다."

정조는 은애의 입장에서 은애의 행위를 변호하고 있다. 마치 은애가 처했던 상황에 정조가 있었기라도 한 듯한 생생한 정황 묘사가 놀랍다. 안조이의 흉계와 계략을 '물여우'에 비유하면서 헛된 소문이 얼마나 빨리 퍼졌는지, 그로 인하여 은애가 얼마나 괴로웠는지를 생생하게 묘사해 내고 있다. 그리하여 정조는 은애의 행위가 정당하고도 당당한 일이었음을 강조하게 된다.

"그러나 그저 죽기만 해서는 덧없는 용맹에 그쳐 자신의 결백을 알아주는 사람이 없을 것이 염려되었다. 그러므로 식칼을 들고 원수의 집으로 달려가 통쾌하게 말하고 통쾌하게 꾸짖은 다음 마침내 대낮에 추잡한 일개 여자를 찔러 죽였던 것이다. 그로써 마을 사람들에게 자신에게는 하자가 없고 원수는 갚아야 한다는 것을 환히 알게 하였도다. 또한 평범한 부녀자로서 살인죄를 범하고 이리저리 변명하여 요행으로 한 가닥 목숨을 부지하길 애걸하는 무리들과는 달랐으니 이는 실로 피 끓는 남자라도 결단하기 어려운 일이다. 뿐만 아니라 생각이 얕고 속이 좁은 연약한 여자가 그 억울함을 숨긴 채 스스로 구렁텅이에서 목매어죽는 것에 비할 바가 아니다. 만약 이 일이 중국 전국 시대에 있었더라면 어떠했겠는가. 생사를 초월하여 기개와 지조를 숭상한 것이 섭정(聶政)의 누이 섭영(聶榮)과 사실은 달라도 명칭은 같은 것으로서 태사공(太史公) 사마천(司馬遷)도 이것을 취하여 유협전(遊俠傳)에 썼을 것이다."

정조는 앞서의 언급에서 안타까이 여겼던 '스스로 구렁텅이에서 목매어 죽음으로써 자신의 진실을 드러내려는 자'를 '생각이 얕고 속이 좁은 여자'라고 하였다. 그러나 은애는 억울함을 참고 스스로 목숨을 끊고 마는 유약한 여자가 아니라는 것이다. '추잡한' 노파의 더러운 행위를 '통쾌하게' 꾸짖은 다음 대낮임에도 불구하고 '거사'를 감행하여 마을 사람들에게 자신의 결백을 알렸다는 것이다. 뿐만 아니라 구차한 변명으로 목숨을 구걸하지 않으니 이는 남자라도 하기 어려운 행위라며 은애의 기개와 지조를 높이 사고 있다.

정조는 은애를 섭영과 동궤에 놓으면서 사실은 달라도 명칭은 같다고 하였다. 섭영은 전국시대 자객 섭정의 누이다. 섭정이 엄중자(嚴仲子)를 위하여 한나라 재상 협루(俠累)를 죽이고 스스로 자신의 얼굴 가죽을 벗기고 눈을 도려내어 자결을 하여 신분을 감추자 섭영은 울며 동생을 찾아간다. 섭정은 자신의 행위로 인하여 누이 섭영이 연루될까 두려워 자신의 신분을 감추려 했던 것이었는데 섭영은 한 치의 망설임 없이 동생을 찾아간 것이다. 한나라 시정 거리에 버려진 동생의 시신 앞에서 섭영은 "내 어찌 죽음의 화를 두려워하여 동생의 장한 이름을 없앨 수가 있겠습니까?"라며 통곡한다. 섭영은 마침내 소리 없이 통곡하던 중 동생 섭정의 곁에서 숨을 거둔다.

사마천은 『사기』「자객열전」에서 섭영, 섭정 오누이의 이야기를 실으면서 그들에 대한 평을 함께 실었다.

> 진나라, 초나라, 제나라, 위나라에서 이 소문을 듣고 모두 말하기를 "오직 섭정이 진정코 그의 누이가 연약하여 참고 견디는 성격이 아니어서 해골을 드러내는 고난을 대수롭게 여기지 않고, 반드시 천리 험한

길을 달려와서 이름을 나란히 하여, 누이와 동생이 한나라 시정 바닥에서 죽게 될 것을 알았다면, 또한 감히 몸을 엄중자에게 허락하지는 않았을 것이다. 엄중자 역시 사람을 보는 안목이 있어 현사를 얻었다고 말할 수 있다."라고 하였다.

한 사람은 동생의 의를 밝히기 위해 죽음을 두려워하지 않고 자신의 신분을 밝혔고, 한 사람은 자신의 정조를 밝히기 위해 죽기를 각오하고 과감히 칼을 들었다. 정조가 사건은 서로 다르나 '명칭'이 같다고 한 이유는 바로 죽음을 무릅쓴 기개와 지조를 높이 사고 있기 때문이다. 정조는 '생사를 초월하여 기개와 지조를 숭상'한 섭영의 풍모를 은애에게서 찾고 있는 것이다.

결국 정조는 은애를 특별히 석방하라는 영을 내리고 전을 지어 규장각의 일력에 실으라 명한다.

은애는 본래 강하고 모진 성격이었으므로

은애는 피가 뚝뚝 듣는 칼을 쥐고 마루를 내려왔다. 씩씩 거친 숨을 몰아쉬면서도 숨 돌릴 겨를 없이 사립문을 박차고 나섰다. 현기증이 일었으나 그럴수록 더욱 칼을 세게 쥐었다.

벌겋게 상기된 얼굴은 땀과 눈물로 범벅이 되어 있었고 피투성이가 된 치마저고리는 본래 어떤 색이었는지 분간을 할 수 없을 지경이었다. 거기에 피 묻은 칼까지 들었으니 미치광이의 형상이 따로 없었다. 사람들은 놀랍기도 하고 무섭기도 하여 멀찍이 비켜 서 쉬

쉬할 뿐 누구 하나 말리는 사람이 없었다.

그 때였다. 머리가 허연 늙은 여자 하나가 울며 달려 와 은애의 치마 자락을 잡았다.

"아이구, 은애야. 이게 무슨 날벼락이냐. 은애야, 제발 덕분, 제발 덕분, 이 칼을 좀 놓아라."

그 사이 소문을 듣고 달려 온 은애의 어머니였다.

"어머니, 이것 놓으소. 내 이미 할미를 죽였으니 무엇이 두렵겠소. 이미 더러운 이름으로 더렵혀진 몸, 내 정련을 마저 죽이고 원수를 갚으려 하오. 이것 놓으소."

그렇게 말하면서도 은애는 어머니의 손을 차마 뿌리치지는 못했다.

"이러면 네 목숨도 성치 못해, 이것아. 아이고, 이 무슨 마른 하늘에 날벼락이냐. 아이고."

어머니는 은애를 부여잡고 목 놓아 울었다. 은애의 눈에서도 피눈물이 흘렀으나 은애는 입술을 깨물었다.

"나는 이미 죽기를 각오한 몸이오, 어머니. 더 이상은 부끄럽고 억울해서 참을 수가 없소. 나도 나지만 내 이제는 더 이상 서방님 볼 낯이 없소. 어머니, 제발 이것 놓으소."

결국 은애는 발길을 돌려 집으로 돌아가지만 관가에 잡혀 갔을 때, 정련을 잡아다 죽여 달라 호소한다.

은애를 방면하라는 영을 내린 정조는 얼마 있다가 다시 형조에 다음과 같은 하교를 내린다.

"지난번 호남지방의 죄수 중 은애는 그 처사와 기백이 뛰어났기 때문에 특별히 방면하라는 하명이 있었는데, 그처럼 강하고 사나운 성질로 그와 같이 분풀이를 하였으니 처음에 손을 대려다가 뜻을 이루지 못한 최정련(崔正連)이 다시 은애의 독수에 걸려들 우려가 없을지 어떻게 알겠는가. 그렇게 된다면 은애를 살리려다가 도리어 최정련을 죽이게 되는 것이니, 사람의 목숨을 소중히 여기는 뜻이 어디에 있겠는가. 어젯밤에 마침 심사하여 내린 판결문을 뒤적이다가 이런 전교를 내리게 되었는데 이는 사실 공연한 생각이다. 공연한 생각이지만 사람의 목숨에 관계되니 해조로 하여금 사실을 낱낱이 들어 밝혀 해당 도에 공문을 띄워 그로 하여금 지방관을 엄히 신칙하여 다시는 최정련에게 손을 대지 못하게 할 것으로 다짐을 받아 감영에 보고하도록 하라."

은애의 '처사'와 '기백'을 높이 샀던 정조는 다시금 그 '강하고 사나운 성질'이 염려가 되었던 것 같다. 은애를 살려 둔다면 은애가 목숨을 두려워하지 않고 다시 달려가 정련을 죽일 수도 있음을 염려하여 다시는 최정련에게 손을 대지 못하게 하리라는 다짐을 받도록 한 것이다. 아무리 모진 마음을 품었다 하더라도 본래 유약한 성격이라면 피만 보고도 놀라 오금이 저렸을 것이다. 그러나 은애는 사람을 열여덟 번이나 찔러 죽이고 그것으로도 모자라 그 길로 공범을 죽이러 달려갔다. 그 때문에 정조는 '이는 사실 공연한 생각이다'라는 말을 덧붙이면서도 그 독한 성격 때문에 만에 하나 생길지 모르는 불상사를 미연에 방지하고자 하였다.

이덕무는 〈은애전〉에서 '은애는 본래 강하고 모진 데가 있었다'라고 기록하고 있다. 채제공을 비롯한 사대부들 또한 은애의 억울함은 이해하면서도 살인이라는 행위와 그 대담하고 잔인한 살인 방법에는 고개를 저었다. 이덕무가 사건 정황 때문에 은애를 '강하고 모진' 사람으로 묘사했던 것인지 본래 은애의 성격이 독한 데가 있었던 것인지는 알 수 없다. 그러나 분명한 것은 은애가 본래 사람의 생명을 가벼이 여기는 경솔하고 잔인한 성격이거나 충동적인 성격을 가진 이는 아니었다는 점이다. 은애는 혼인하기 전부터 두 해 남짓 수치심을 참아왔으며 더 이상 참을 수 없게 되자 결단을 내린 것이다. 모함은 결혼 전부터 있었던 것이나 그것을 참고 견디다가 결혼을 한 이후에 복수를 결심한 데에는 자신을 믿어준 남편 김양준에 대한 미안함도 있었을 것이다. 남편 김양준에 대해서는 신의와 절의를 지키고자 하는 양처(良妻)였을 것이나 자신을 더러운 말로 모함하는 안조이나 최정련에 대해서는 더없이 잔인하고 모진 여자가 되어 복수를 한 것이다.

조금 다른 이야기일지 모르겠으나 칼이라고 하면 생각나는 여인이 있다. 하나라 걸왕의 애첩 말희. 하나라를 망하게 한 것은 말희라고 한다. 걸왕은 말희를 위해 보석과 상아로 장식한 궁전을 지어 바쳤으며 옥으로 만든 침대에서 밤마다 일락을 즐겼다. 뿐만 아니라 말희의 요구에 따라 궁정 한 모퉁이에 연못을 파고 술을 가득 채운 다음 못 둘레에는 고기와 포육으로 숲을 만들었다. 그리고 그곳에서 배를 띄우고 음탕한 놀이를 즐기다가 정사를 게을리 하여 결국 상나라의 탕에게 멸망을 당하게 된다. 말희라는 애첩 때문에 하나라가 기울었다는 것인데 이 말희라는 여인에게는 한 가지 특이한 점이 있다. '여자임에도 장부의 마음을 품고서 칼을 차고 관을 썼다'고 기록이 되어 있는 것이다. 왕의 사랑을 독차지했던 미인이 왜 향기로운 꽃이 아닌 칼을 차고 다녔을까?

말희는 본래 걸왕이 정복했던 유시씨국(有施氏國)에서 바쳐진 진상품이다. 혹 유시씨의 딸이라고도 하니 말희가 지녔다는 '장부의 마음'이란 조국의 원수를 갚고자 하는 날 서린 마음이 아니었을까? 그리고 그 칼은 자신과 자신의 조국을 지키려는 의지를 스스로 다지는 칼은 아니었을까? 나라를 위해 몸은 팔려왔으나 조국을 짓밟았던 자와 그 나라에 대한 원한은 가슴에 묻어 두고 한시도 잊을 수 없었을 것이다. 원수가 방심한 틈을 타 원수를 죽이고 스스로도 자결하는 쪽이 빠르고 쉬웠을 것이나 말희가 바랐던 것은 그보다 더 큰, 하나라의 멸망이었을지도 모르겠다. 그 시퍼렇게 날 선 원한, 그 굳은 마음을 잊지 않기 위해 '장부의 마음을 품'고 '관을 쓰고' 곱고 아리따운 왕의 여자로서 늘 칼을 허리에 차고 다녔던 것은 아닐지. 걸왕에게는 더없이 부드럽고 아름다운 처녀였을 것이나 실은 강철처럼 강한 여인이었고, 하나라의 충신들의 눈에는 독하고도 독한, 위험하기 짝이 없는 여인이었을 것이나 유시씨국 사람들에게 있어서는 절의와 충을 다한 여인이었던 것이다.

말희는 복수의 그날까지 항상 허리에 칼을 차고 다녔으며, 은애는 모함을 견디는 2년 동안 항상 마음속에 칼을 품고 지냈다. 두 여인 모두 '장부의 마음'을 지녀 절의를 위해 복수의 칼을 품고 있었던 것이다. 말희의 칼은 상징적인 것이었지만 은애는 직접 칼을 들어 휘둘렀다. 그러나 원수를 당장 찌르지 않고 나라가 망하기를 기다렸던 말희나 스스로 자결하는 방법을 택하기보다는 직접 원수를 갚은 은애, 두 사람 모두 쉬운 방법을 택하지 않았다는 점에서는 같다고 할 수 있다. 그들이 그럴 수 있었던 것은 두 사람 모두 강한 절의와 의지를 지니고 있었기에 가능한 일이었다. 그들의 칼은 의를 위해서는 언제든지 서슴없이 휘두를 수 있는 칼이었던 것이다.

우리나라 열녀들의 품 속에는 항상 칼이 있었다. 은장도. 그것은 노리개이며 때에 따라서는 호신용 무기이기도 했다. 그것은 스스로를 지키려는 칼이었지만 그 칼끝은 남을 향해 있었던 적보다는 스스로를 향해 있었던 적이 더 많다. 슬프게도 그것은 자결을 위한 칼이었던 것이다. 물론 스스로 자결을 결단하고 시행하는 것을 소극적인 행동이라고만 볼 수는 없다. 열녀전에 수없이 등장하는, 남편을 좇아 자결하는 여인들은 결코 여리고 약하지 않다. 여간 강건한 성격이 아니고서는 결단하기 어려운 일이기 때문이다. 그러나 은애는 그 열녀들과 똑같이 목숨을 걸되 그보다 더 강하고 독한 마음으로 기개와 절의를 드러냈던 것이다. 늘 정조의 뜻을 헤아렸던 채제공마저 은애의 그 '잔인한 살인'은 용서키 어렵다는 의견을 내 놓았을 때에도 정조는 은애의 행위를 옹호하였다. 스스로 자결하는 것보다 더 어려운 행위임을, 은애가 '강하고 사나운 성질'인 까닭에 그 절의와 기개를 드러낼 수 있었음을 정조는 알아주었던 것이다.

열녀(烈女)? 열녀(列女)

이덕무는 〈은애전〉에 찬을 붙이면서 '은애를 풀어주자 신하들은 충을 권하였고 여척을 풀어주자 자식들은 효에 힘쓰게 되었다'라고 하였다. 이덕무의 찬은 정조가 신하들의 반대를 무릅쓰고 무리하게 은애를 풀어 준 이유가 예교를 바로잡기 위함이었다고 하는 견해를 뒷받침하고 있다. 정조는 은애의 절행을 통해 신하들에게 충을 권면하고자 하였다는 것인데 전국시대 제나라 왕촉(王蠋)이 "충신불사이군(忠臣不事二君), 열녀불경이부(烈女不更二夫)"라는 말로 자신의 절의를 표명했던 데서도 알 수 있듯이 충신과 열녀는 절의의 다른 이름일 뿐이었던 것이다.

애초에 '열녀'는 지금과 같은 뜻은 아니었다고 한다. 열녀전의 가장 고본이라 간주되는 유향의 열녀전은 '열녀전(烈女傳)'이 아니라 '열녀전(列女傳)'이었다. 다양한 능력을 지닌 많은 여성들에 대한 이야기인 것이다. 정조가 은애와 같은 이름이라 하였던 섭정의 누이 섭영 또한 『사기』에는 '열녀(烈女)'라고 되어 있으나 여기서는 정절을 지킨 여인이라는 의미보다는 '의열한 여인'이라는 의미로 사용되고 있어 현재의 '열녀'와는 다른 의미를 지니고 있는 것이다. 우리나라는 중국 사서나 열녀서와는 달리 '열녀(列女)'대신 '열녀(烈女)'를 직접 쓰기 시작하였지만 임란 이전, 『삼강행실도』 열전에서는 정절뿐만 아니라 자식교육, 시부모 공양 등도 포함되어 보다 넓은 의미의 열전의 뜻에 접근하고 있음을 보여준다. 그러던 것이 임병양란을 거치면서 '자결'하는 여성들이 등장하기 시작하고 17세기 후반부터 특히 18~9세기에는 순절이 무조건적인 것으로 바뀐다.

그런데 〈은애전〉이 지어질 당시인 18세기 무렵의 열녀 중 주목할 만한 여인들은 '정절 모해에 맞선 여인들'이다. 절의를 위해 순절하는 여인들에게 가장 큰 시련은 정절 모해였는데, 남편이 죽었을 때는 스스로 자결을 서슴지 않던 열녀들이 정절 모해를 당했을 때는 수치를 참고서 자신의 결백이 입증될 때까지 오히려 기를 쓰고 죽지 않는다는 것이다.

남양 사람 홍씨는 납채한 지 얼마 안 되어 남편이 세상을 떠나고 만다. 이에 남편을 따라 자결하고자 하였으나 시아버지의 간곡한 만류로 이를 포기하고 시아버지의 사랑과 신뢰 속에서 집안 재산을 관리하게 된다. 이를 시기한 가족들이 그가 다른 사람과 사통하여 아기를 낳았다고 모해하여 관에 고발하자 홍씨는 직접 관에 나아가 옷을 벗어 판관에게 자신의 배를 보여주고 결백을 입증한 후 칼로 목을 찔러 자결한다. 홍씨의 이야기는 이재(李裁)의 〈홍열부전(洪烈婦傳)〉, 이시선(李時善)의 〈열녀홍씨전(烈女洪氏傳)〉에 전하는데 이재는 다음과 같이 찬을 붙이고 있다.

> 태사공이 죽음이 어려운 것이 아니라 죽음에 처신하는 것이 어려운 일이라고 말한 바 있다. …… 스스로 목매어 죽고자 했으나 지극한 억울함을 풀어 당세에 알게 할 수 없으면 부질없는 죽음이 무슨 이익이 되겠는가. 그리하여 구차히 사는 것을 참아 큰 수치로 갚고 조용히 죽음에 나아가니 마음에 부끄럽고 후회됨이 없었다. 이는 진실로 열사도 하기 어려운 것이니, 하물며 부녀자의 참고 견디는 성품에 있어서랴.

홍씨는 자신의 결백을 밝히기 위해 남들 앞에서 옷을 벗는 수치를 참고 견디었다. 죽음보다 더한 수치였음에도 스스로 목매어 죽어서는 억울함을 풀지 못하고 헛된 죽음만 되리라는 것을 잘 알고 있었기에 그러한 수치를 참고 견뎠던 것이다. 그러한 연후에야 스스로 목숨을 끊는다는 것은 정절 모해가 절부들에게는 얼마나 치명적인 것이었는지 알 수 있게 한다. 그 더러운 이름을 씻는 것이 그 무엇보다도 급하고 중요한 일이었던 것이다. 홍씨가 죽음보다 더한 수치를 참고 옳은 처신을 할 수 있었던 것은 조용히 '참고 견디는 성품'이 아니었기 때문이다.

여자는 어려서는 아버지를 따르고 시집을 가서는 남편을 따르며 남편이 죽으면 아들을 따른다 했으니 이것이 이른바 삼종지도(三從

之道)다. 여성에게 부과된 의무인 종사(從事)는 섬기고 따르는 일로서 여성에게 순종을 강요해 왔다. 그러나 남편을 따르는 여인들, 죽음까지 함께 하여 종사(從死)하는 여인들은 보통 사람들은 생각지 못할 정도의 '독한' 면을 지니고 있는 것이 특징이다. 이도령과의 이별을 앞두고 치마를 박박 뜯으며 악을 쓰던 기녀 춘향과 죽으면 죽었지 두 지아비는 섬길 수 없노라고 관정발악을 하던 열녀 춘향이 한 얼굴이었던 것을 상기해 보라. 죽어도 이별하지 못한다고 악을 쓰던 춘향의 기개라야 변사또에 맞서 죽기를 각오하고 수청을 거부하며 대항할 수 있었을 것이다.

윤지당(允摯堂)의 〈최홍이녀전(崔洪二女傳)〉의 최·홍 두 모녀 또한 효성과 의를 위해 칼을 품었던 열녀들이다.

> 최·홍 두 여인은 삼가의 무인 홍씨의 아내와 딸로, 무인이 다른 사람에게 살해되자 두 여인은 그를 위해 원수를 갚고자 서로 말하였다.
>
> "대저 사람이 금수와 다른 것은 인간에게 효성과 절의가 있기 때문이다. 아내가 남편의 원수를 갚는 것은 절개이고, 자식이 아버지의 원수를 갚는 것은 효도이다. 이제 어르신이 불행하여 다른 사람에게 해를 입었으니, 우리들이 살기를 욕심내어 원수를 갚지 않는다면 장차 지하에서 어찌 어르신을 만나 뵙겠으며, 또 어떻게 세상에서 설 수 있겠는가."
>
> 이에 칼을 품고 원수의 집을 엿보기 수년 만에 그를 만날 수 있게 되자 그를 찔러 죽이고 현에 들어가 사실을 고백했다.

모녀가 수년간 칼을 품고 원수의 집을 엿보다가 원수를 척살한 행위를 두고 윤지당은 '열행이며 효행이고 또 용기 있는 일로, 비록 남자라도 미칠 수 없는 것이다'라고 찬하였다. 본래 독한 성격이 열행을 가능하게 하였던 것인지, 지극한 절의가 그처럼 용기 있는 행동을 하도록 북돋운 것인지는 알 수 없으나 '열행'과 '독기'는 불가분의 관계에 있는 것이다.

이덕무와 절친하였으며 정조의 총애를 받았던 이옥(李鈺), 그가 쓴 전에도 독한 열녀가 나온다. 열녀 이씨는 선비 김 아무개의 처로 나이 스물 하나에 그 남편을 병으로 잃고 만다. 남편의 장례를 치르고 곧 따라 죽고자 하였으나 임신한 것을 알게 되고 졸곡 시에 곡을 하며 남편이 남겨준 생명이니 소상을 지내고 죽겠다고 한다. 아이를 낳아 계집종에게 젖을 먹이게 하고 자신은 거친 베옷을 입고 방안에 틀어박혀 있었다. 다시 소상을 치를 때 곡을 하면서 말하기를 "유복자가 이미 뒤를 잇게 되었으니 삼년상을 마치고 따라가겠습니다." 한다. 이씨가 기한을 늦추자 집 안 사람들이 경계를 하지 않았는데 대상을 마치고나자 이씨는 몸을 깨끗이 하고 사당과 시부모에게 하직을 고하더니 방으로 들어가 베개를 베고는 눈을 감고 죽었다.

이에 이옥은 다음과 같이 찬한다.

> 아, 예로부터 열녀가 어찌 한정이 있겠는가마는, 모두 창졸간에 행한 것이다. 칼이나 비녀로 스스로 찌르기도 하고, 목을 매기도 하고, 7일을 굶기도 하고, 물에 몸을 던지기도 하고, 몰래 짐약을 먹기도 하였다. 이씨는 유독 그렇게 하지 않으면서 그렇게 되었으니, 어찌 진실로 탁월한 열녀가 아니겠는가. 남편을 따른 것은 의이고, 약속을 지킨 것은 신이고 죽은 것은 성이다. 이 세 가지가 없었다면 어찌 이것을 능히 하였겠는가.

이씨는 비록 절의를 위해 원수에게 칼을 휘두르지도, 스스로의 목에 칼을 찌르지도 않았지만 누구보다 강인한 정신력을 가진 여인이다. 이옥이 찬하고 있는 바처럼 이씨는 '창졸'간에 목숨을 버리지 않고 오랫동안 남편의 장례를 치르고 자식을 키우면서 죽음을 준비해 왔던 것이다. 아니, 조금씩 조금씩 자신을 죽여 왔던 것이다. 이것은 보통 사람으로서는 할 수 없는 일인 까닭에 이옥은 '탁월한 열녀'라고 평하고 있다.

은애를 비롯하여 여기 언급된 '독하디 독한' 열녀들은 자신에게 부과된 이데올로기에 순응하여 스스로 목숨을 끊는 유약한 여성들이 아니다. 강인한 성격을 지니고 소신에 따라 용기 있게 행동함으로써 절의를, 자신들의 품은 뜻을 스스로 펼치는 적극적이고 자유로운 정신의 소유자들이다. 그들은 '강하고 모진' 성품으로 스스로의 의지에 따라 스스로 선택하고 결행한다. 그러기에 남편을 좇아 죽는 소극적인 '열녀(烈女)'가 아니라 더 넓은 의미의 기개와 절의를 지닌 '열녀(列女)'가 된다.

필자 : 진은진(경희대 강사)

참고

『정조실록』
신병주·노대환, 『고전 소설 속 역사 여행』, 돌베개, 2002.
이덕무 지음, 김성동 엮음, 『사람답게 사는 즐거움』, 솔, 1996.
이배용 외, 『우리나라 여성들은 어떻게 살았을까?』, 청년사, 1999.
이혜순, 김경미, 『한국의 열녀전』, 월인, 2002.
진재교, 『조선 후기 인물전』, 현암사, 2005.
한국여성연구소 여성사연구실 지음, 『우리 여성의 역사』, 청년사, 1999.

옹녀는 정말 남자가 필요했을까?

결혼과 섹슈얼리티

재벌가에 시집갔다가 이혼하고 복귀한 한 여배우가 주인공으로 나오는 드라마가 최근 인기를 끌었다. 하지만 한 시대를 풍미했던 그 여배우 덕분에만 드라마가 인기를 모은 건 아닌 듯하다. 오히려 최근 드라마에서 쉽게 볼 수 없었던 노골적인 성묘사가 사람들의 관심을 끌었던 주요 이유였던 것 같다. 특히 드라마 속의 성담론(性談論) 주체가 남성이 아닌 여성이고, 기존에 성(性)에 수동적이라고 생각되었던 여성의 입장에서 성묘사가 전개되니 사람들의 관심이 높아졌던 것은 당연했을 것이다.

이렇게 겉으로 드러내놓고 이야기하기 어려웠던 '성(性)'이 TV 드라마에서 적나라하게 묘사되는 것을 보면, 한국사회의 성관념도 많이 바뀐 듯하지만, 아직 우리에게 성담론은 남성의 전유물 또는 술자리 음담패설 정도로만 치부되는 것이 현실이다. 하지만 '성욕'은 인간이 가지고 있는 본능적인 욕구 중의 하나라는 것을 부인할 수 있는 사람은 없다. 더 나아가 '성욕'은 '종족 번식의 욕구'와 통하기도 한다.

이렇게 '성'은 인간과 분리될 수 없는 것이다. 인간은 태어나면서 자연적인 '성'을 부여받고, 사회적 환경 속에서 자신의 '성' 혹은 '성 역할'을 구분하기도 한다. 하지만 이러한 '성'이 의미화되고 개념화되는 과정은 인간의 본능이나 생물학적인 상황과는 관련이 없다. '성'에 관한 의미와 개념은 그 당대의 사회 문화적 시각에 따라 달라진다. '성'이 담론화될 때, '성'은 그 당대 사회의 분위기에 따라 정의되어 규범화된다.

결국 사회적 담론화가 이루어진 '성'이란 일정한 의도와 목적에 따라 특정한 방식으로 이해되고 표현되는 것이라 할 수 있다. 이러한 담론에 의해 우리는 예전부터 '성'을 어른과 아이, 즉 성인과 미성년을 구분하는 기준으로 여겨왔는지도 모른다.

예를 들어보자. '결혼하면 어른 된다'라는 말은 결혼 적령기에 있는 사람들이면 누구나 한 번씩 들어본 이야기이다. 하지만 '어른'이란 말이 뭘 의미하는지는 생각해 볼 문제다. 단순히 한 가정을 이루어야 어른이 되는 것일까? 사실 '어른'이란 말의 어원을 찾아 풀이를 해 보면 재미있는 결과가 나온다. '어른'은 '어룬이' 혹은 '얼우어 본 사람' 즉 성행위를 해본 사람이라는 뜻을 가진 말의 준말이다. 즉 '결혼하면 어른 된다'라는 이야기는 결혼을 통해 가정을 이루어 사회를 구성하는 기본 단위를 이룬다는 의미도 있겠지만, 결혼을 통해 사회적으로 규범화된 '성행위'를 알게 된 시점부터를 '성인'으로 취급한다는 의미로도 생각해 볼 수 있다. 실제로 과거에는 결혼한 남자만이 상투를 틀 수 있었으며, 결혼을 통해 한 가정을 이루고 약속된 상대방과의 성행위가 사회적으로 공인된 사람만이 진정한 어른으로 대접받을 수 있었다. 거친 표현임이 분명하지만, 결혼을 통해 인간은 '성'에 관련된 행위를 인정받고 한 사람의 진정한 사회 구성원으로 대접받았다는 이야기가 될 수도 있을 것이다.

앞서 지적한 것처럼 '결혼'이나 결혼을 통해 사회적으로 공인된 성행위가 성년과 미성년을 구분하는 기준이 되었다면, 결혼은 아직도 우리 사회를 지배하는 섹슈얼리티, 즉 사회적 섹슈얼리티의 기준이 될 수도 있다. 물론 개인적 섹슈얼리티를 '결혼'이란 사회적 제도를 통해 구분 짓는다는 것은 문제가 있다. 즉 결혼관계와 비결혼관계만을 가지고 남녀의 섹슈얼리티가 설명될 수는 없다. 특히 지금과 같이 급변하는 현대사회에서는 더욱 그러하다.

하지만 옹녀가 살았던 조선 후기를 생각해 보면 이야기가 달라진다. 조선이라는 국가가 명목상으로는 일부일처제 사회였으며, 혼인관계 이외의 모든 성행위를 간통으로 여겼다는 사실을 살펴본다면, 결혼은 사회적인 명령이었으며, 결혼 이외의 관계는 모두 비정상으로 규정할 수 있을 것이다.

결국 사회적 섹슈얼리티를 결혼이라는 조선 후기 당대 사회의 강제 규범에 의해 나누어 본다면 조선시대 여성 섹슈얼리티의 사회적 모델은 다음과 같은 4가지로 나누어 볼 수 있을 것이다.

먼저 결혼 생활을 영위하며 정숙하다고 평가받는 여성, 정확히 말하자면 열녀와 같이 당대 사회 규범의 표상이 될 수 있는 여성이다. 결혼한 여성은 사회적 지위에 따라 그 섹슈얼리티가 달라질 수 있겠지만, 일단 결혼한 여성은 유교 이념하에서 열녀 내지는 정숙한 여성이라는 이미지로 자신의 섹슈얼리티를 드러내고자 했을 것이다. 특히 결혼에는 반드시 정조라는 관념이 남녀에게 공히 요구되지만,

실제로 남성에게 정조는 반드시 지켜야 할 것이 아니었다. 하지만 여성에게는 강한 사회적 요구이자 명령이었다.

두 번째는 결혼하지 않았으며, 정조를 지킬 필요가 없는 여성이다. 이들은 기녀나 첩 등과 같은 낮은 사회적 신분을 가지고 있는 여성들이다. 이들은 지켜야할 정조가 없다. 왜냐하면 이들의 섹슈얼리티는 주체적으로 형성된 것이 아니라 남성에 의해 선택된 것이기 때문이다. 기생을 아무나 꺾을 수 있는 버드나무 가지나, 담 밑의 꽃[路柳墻花]이나 말하는 꽃[解語花]에 비유하는 것처럼 기녀와 첩의 섹슈얼리티는 남성들의 편의와 욕구에 의해 만들어진 것일 뿐이다. 즉 그들의 정조는 지킬 필요가 없고 사회적으로 그렇게 요구되었다.

세 번째는 결혼했지만 간통한 여성이다. 또는 결혼하지 않았지만 간통한 여성도 포함된다. 간통이란 표현이 좀 어색하지만, 앞서 설명한 대로 조선사회는 혼인 이외의 관계를 모두 간통으로 생각했기 때문에 간통은 사회적 금기에 가까웠다. 따라서 소위 결혼 이외의 관계를 가진 여성들은 여기에 모두 포함된다. 이러한 여성들은 소위 '음녀'로 불린다. 하지만 소위 이러한 간통이 여성의 주체적 의지에 의해 실현되어 '음녀'라는 불명예를 떠안는다면 그리 큰 문제가 되지 않겠지만, 조선사회에서는 여성이 강제적으로 정조를 빼앗긴 상황에도 적용되었다는 것이 문제였다.

네 번째는 결혼하고, 간통하지 않은 여성이다. 간통하지 않았다고 해서 소위 정숙한 여성을 의미하는 것은 아니다. 이 부류에 속하는 여성들은 남편의 사랑을 받지 못하는 아내나, 혹은 질투심이 많은 부인을 예로 들 수 있다. 이들은 성적으로 소외되어 있다는 점에서 성적인 욕구가 있어도 드러낼 수 없었던 열녀와 비슷하지만, 열녀처럼 사회적 이상이나 표상으로 대접받지 못하고 가부장제 이념하에서 문제 있는 여성으로 비추어진다는 커다란 차이가 있다.

그럼 옹녀의 결혼과 섹슈얼리티는 어떻게 설명할 수 있을까? 문제는 조선 후기 하층여성의 전형처럼 여겨지는 옹녀의 사회적 섹슈얼리티는 위에서 설명한 4가지 중 어느 곳에도 쉽사리 포함되지 않는다는 데 있다. 청상살(青孀煞)이 있었던 옹녀는 결혼이란 사회적 명령을 수행할 수 없었다. 더군다나 옹녀에게 아무것도 해 준 것 없이 죽은 변강쇠는 끔찍한 형상의 송장과 무시무시한 저주를 남겼다. 결국 옹녀는 쉽게 장례를 치를 수도 없었다. 하지만 옹녀는 이러한 조건 속에서도 변강쇠의 치상을 위해 남자를 유혹함에 서슴없었지만, 그렇다고 〈변강쇠가〉라는 작품에서 옹녀가 음녀라는 낙인 속에 직접적인 처벌의 대상이 된 것도 아니었던 것으로 보인다. 왜냐하면 작품의 말미에서 옹녀는 아무런 설명 없이 사라지기 때문이다. 오히려 변강쇠를 포함해서 옹녀에게 접근했던 수많은 남성들에게 징음(懲淫)의 교훈이 던져질 뿐이다.

그렇다면 〈변강쇠가〉에서 옹녀가 가지고 있는 의미는 무엇인가? 옹녀는 단순히 음란한 여성일 뿐인가, 아니면 말 그대로 '색(色)'의 화신인가? 아니면 비참한 여성의 한 모습을 대변하고 있는 것인가? 정말로 옹녀가 원한 삶은 무엇이었으며, 그녀의 섹슈얼리티는 어떠한 것이었을까?

소리를 잃어버린 〈변강쇠가〉

대부분의 사람들은 그저 〈변강쇠가〉를 고전문학의 대표적인 성애

(性愛) 문학쯤으로 생각하는 듯하다. '힘 좋은 남자', 혹은 소위 '밝힐 것 같은 남자'의 대표격으로는 언제나 '변강쇠'가 거론되며, '음녀'나 '색녀' 혹은 소위 '밝히는 여성'의 표상으로는 '옹녀'를 이야기 한다. 이는 아마도 많은 사람들이 〈변강쇠가〉를 직접 읽어 보지는 못하고 그저 〈변강쇠가〉의 내용이 80년대 유행했던 에로영화 시리즈 〈옹녀〉나 〈변강쇠〉 또는 〈가루지기전〉의 내용과 비슷할 것이라고 추측하기 때문일지도 모른다.

이렇게 '변강쇠'와 '옹녀'라는 성적 화신을 우리에게 처음 선보인 작품은 신재효에 의해 판소리 6마당의 하나로 정리된 〈변강쇠가〉다. '힘 좋은 남자'와 '밝히는 여자'의 대명사로 불리는 '변강쇠'와 '옹녀'를 등장시킨 이 작품은 그 성적 묘사가 적나라해서인지는 몰라도 지금까지 판소리로 전승되고 있지 못하다. 하지만 〈변강쇠가〉의 주인공들이 많은 사람들의 입에서 지금까지 오르내리는 것을 생각하면 〈변강쇠가〉가 소리를 잃어버린 것은 예상외의 결과라고도 할 수 있다.

사실 〈변강쇠가〉는 성적인 묘사가 과도한 작품으로 널리 알려져 있지만, 〈변강쇠가〉는 여러모로 독특한 특징을 가지고 있다. 문학의 본래 목적이 삶의 총체적인 모습을 드러내는 것이라면, 그 안에는 아름다운 것과 추한 것 정상적인 것과 비정상적인 것이 공존할 것이다. 이와 마찬가지로 선한 인물과 악한 인물, 긍정적 형상의 인물과 부정적 형상의 인물들이 함께 할 것이다. 하지만 왜 그런지 몰라도 〈변강쇠가〉 안에는 기괴한 묘사와 더불어 부정적 형상의 인물만이 가득하다. '천하의 잡놈'으로 인정되는 변강쇠부터 '삼남의 좆이 더 좋다'라고 외치는 옹녀까지. 문제는 부정적 형상의 인물인 '변강쇠'와 '옹녀'의 부정한 형상이 그들 스스로의 문제 때문에 나타난 게 아니라는 데 있다.

〈변강쇠가〉는 삶의 총체성을 드러내는 데 있어 긍정적인 부분보다는 부정적인 부분에, 그리고 정상적인 것보다는 비정상적인 것에 초점을 맞추고 있다. 따라서 작품의 내용은 인간의 신체, 성, 그리고 죽음에 대한 치밀한 묘사가 등장한다. 즉 대부분의 사람들이 오해하고 있듯이 '성'에 관한 서사와 묘사만이 매우 과장되는 것이 아닌 셈이다. 신체, 죽음, 성에 관한 핍진한 묘사는 그 높은 사실성 때문에 더욱 과장되어 있는 것처럼 보이고 과장된 묘사는 웃음과 함께 공포라는 양립할 수 없는 감정을 독자에게 유발한다. 결국 서로 다른 이 두 가지 감정의 결합은 기괴 혹은 그로테스크한 이미지를 드러내게 된다. 즉 〈변강쇠가〉는 과도한 성묘사와 함께 인간의 죽음이라는 커다란 문제가 아무렇지도 않은 듯 쉽게 일어나며, 거기다가 신체에 관한 핍진한 묘사를 통해 사람들에게 웃음과 공포라는 두 가지 감정을 동시에 유발하여 기괴라는 새로운 이미지를 작품 속에서 창출하고 있는 것이다.

결국 〈변강쇠가〉는 단순히 성적인 묘사에만 집중한 작품은 아니라고 할 수 있다. 현대적으로 말해서, 단순한 에로물이나 성애물로 보기에는 〈변강쇠가〉 안의 표현들은 너무나 기괴하다. 소름끼치도록 핍진한 묘사에서부터 실실실 웃음이 나오는 이야기까지 작품 전체에서 웃음과 공포가 교차한다. 무섭지만 소름끼칠 정도로 공포감을 몰아가면서도 그 안에는 웃음이 산재해 있고, 터놓고 웃어대기에는 웃음을 유발하는 이야기가 너무 적나라해서 독자를 곤란하게 만든다. 그리고 이러한 기괴한 묘사에는 '유랑민'으로 설명되는 변강쇠와 옹녀의 지난(至難)한 삶이 들어 있다.

날건달, 하층여성, 그리고 쫓겨난 사람들

부정적이고 비정상적이어서 기괴하게 보이는 두 주인공 '변강쇠'와 '옹녀'는 〈변강쇠가〉가 가지고 있는 기괴한 묘사 덕에 더욱 부정적인 형상의 인물로 그려진다. 하지만 〈변강쇠가〉는 이러한 기괴한 구성 안에서 '변강쇠'와 '옹녀'가 가지고 있는 삶의 이면을 잘 드러내고 있다.

〈변강쇠가〉는 조선 후기 작품이다. 조선 후기는 토지의 소유 · 경영의 집중화를 계기로 농촌사회에서 농민층의 분화가 뚜렷이 이루어지던 시기이다. 즉 농촌 사회에서도 가진 자와 못 가진 자의 구분이 뚜렷하게 드러나던 시기인 셈이다. 이러한 향촌 사회의 계층분화의 모순은 같은 판소리계 작품인 〈흥보가〉에도 잘 반영되어 있다. 비록 형제지만, 부농을 대표하는 놀보와 빈농을 대표하는 흥보의 이야기는 조선 후기 향촌사회가 어떻게 계층화되고 있는지를 잘 보여주는 대표적인 작품이다. 즉 농토를 소유하고 있던 사람들은 반복되는 재난에 빈농들의 생존권을 도리어 자신들의 무기로 삼아 더욱 농토를 확대하고, 농토를 팔아 빼앗긴 빈농들은 빈농에서 다시 유랑민으로 전락할 수밖에 없었던 것이다. 즉 자영농을 중심으로 하던 향촌사회의 평균적 소농이 부농 · 중농 · 소농으로 구분되고, 재난이나 가혹한 세금 덕에 농토를 잃게 되면 이들은 날품팔이나 유랑민으로 전락하게 되는 것이다.

〈흥보가〉가 소농에서 빈농으로 다시 날품팔이로 전락하는 당대 향촌사회의 모습을 보여주었다면, 〈변강쇠가〉는 날품팔이도 어려워진 유랑민의 모습을 그리고 있다. 그리고 그 유랑민들은 한곳에 정착하지 못하기에 정착민에게는 위협적인 존재가 되고, 이들은 아무

것도 가진 것이 없기에 기존의 사회 질서와 이념에 구애받지 않는 사회적 일탈을 이룰 수 있는 존재가 된다.

조선시대에는 유랑민의 문제가 언제나 사회의 골칫거리 중 하나였다. 조선전기에 유명했던 '임꺽정'과 같은 도적의 무리들은 모두 유랑민들에 의해 구성되었던 것이다. 하지만 조선 후기에 이르러서는 그 양상이 달라지게 된다. 조선왕조는 유랑민을 다시 정착시키기 위해 유랑민을 통제하고 정착시켜 세금을 다시 거둘 수 있도록 하는 유민 통제책, 유랑민을 본적지로 되돌리기 위한 유민 환송책, 유랑민을 구호하고 정착을 지원하는 유민 안집책 등이 다양하게 시도되었지만, 상품화폐경제의 발달을 통해 변화된 경제 상황 속에서 유랑민들은 가혹한 세금 착취를 피해 서울이나 평양과 같은 대도시로 흘러들어와 다양한 형태의 임시노동에 종사하거나 거사, 승려, 연희패 등을 이루어 전국을 배회하게 된다.

〈변강쇠가〉는 이러한 조선 후기 유랑민들의 생활상을 잘 보여주고 있다. 특히 변강쇠의 치상과정에 등장하는 사당패나 초라니 등의 모습은 조선 후기 유민들의 모습 중 거사패나 걸립패의 모습을 그대로 보여주고 있다.

거사란 간단하게 집에서 수도하는 불교신자를 의미한다. 하지만 실제로 조선 후기 거사들은 특정한 직업 없이 이곳저곳을 떠돌아다니며 날품을 팔거나 구걸을 하고, 점을 치거나, 행상을 했던 사람들이다.

특히 거사들은 같은 처지의 유랑민들을 규합해 다양한 연희를 가르치거나 스스로 배워 사당패라는 새로운 형태의 연희패를 조직하였다. 이들이 구성한 사당패는 주로 놀이판을 벌이기도 하지만 실제로 여사당들을 내세워 매춘을 주도하였다. 결국 주목할 만한 사실은 이러한 거사들의 무리가 사당패라는 새로운 직업군을 형성하게 되었다는 것이다.

또한 유랑민들은 화전을 이루어 살기도 하였다. 유랑민들이 화전을 이루게 되는 것은 가혹한 세금 착취를 피하기 위함이었는데, 〈변강쇠가〉에서도 이러한 모습을 찾을 수 있다. 옹녀와 변강쇠가 만나 처음 살림을 차린 곳은 도방 근처지만, 그 곳에서도 옹녀와 변강쇠는 온전한 가정을 이룰 수 없었다. 결국 이들은 깊은 산속으로 들어가 화전을 일구게 된다. 〈변강쇠가〉에서는 옹녀와 변강쇠가 화전을 이루게 된 이유를 변강쇠의 계속되는 악행 때문으로 간략히 설명하고 있지만, 실제로 유랑민들은 도시 변두리의 날품팔이도 얻지 못하면 마지막으로 깊은 산속으로 들어가 화전을 일구는 경우가 많았던 것으로 보인다.

화전을 일구는 것도 정착의 완전한 방법이 될 수는 없었던 것으로 파악된다. 유랑민들이 어렵게 어렵게 화전을 일구는 데 성공하면, 다시 관리들이 찾아와 세금을 징수하게 되고, 그렇게 되면 화전민들은 다시 가꾸었던 화전을 버리고 다른 화전을 일구기 위해 떠나게 되는 것이다. 결국 이러한 상황은 조선 유랑민들이 압록강과 두만강 같은 국경을 넘어 간도 일대와 연해주 일대까지 집단적으로 정착하게 되는 상황으로까지 발전되는 것이다.

결국 〈변강쇠가〉는 쫓겨난 사람들, 즉 유랑민들의 이야기이다. 변강쇠와 옹녀는 천하의 불한당이거나, 청상살로 인해 온 동네에 남자씨를 말리는 마녀(魔女)처럼 묘사되어 있지만, 그들의 유랑은 실제로 조선 후기 유랑민들의 처절한 삶의 모습을 그대로 대변하고 있다고 볼 수 있다.

하지만 정작 중요한 문제는 여기서부터다. 처절한 유랑민의 모습을 〈변강쇠가〉는 왜 성적인 묘사를 통해 드러내고자 했을까? '룸펜 프롤레타리아'나 '날건달'로 지칭되는 변강쇠의 모습이나 '색녀'나 '마녀' 쯤으로 치부되어 있는 옹녀의 오명은 어떻게 설명할 수 있을까?

다시 80년대 영화 이야기로 돌아가 보자. 실제로 영화 〈옹녀〉에서 '옹녀'는 '색녀'로서의 모습이 강하다. 원작에서처럼 청상살을 가지고 있던 옹녀는 남편이 죽고 나서 시어머니가 남편의 무덤이 마르면 재가하라는 말에 매일 남편의 무덤 앞에 가서 부채질을 해댄다. 그리고 이 모습을 본 시어머니는 옹녀가 떠난 뒤, 금쪽같은 아들 무덤에 물을 퍼붓는다. 부채질까지 해대며 무덤 마르기를 원하는 옹녀와 아깝게 죽은 아들 무덤에 물을 퍼붓는 시어머니. 정말 생각만 해도 웃음이 터지는 장면이지만, 한 번쯤 되새겨 볼 필요도 있다. 왜 '옹녀'는 그토록 남자를 원했을까? 남자를 통해 그 처절한 유랑민의 삶을 끝낼 수 있었기 때문일까?

유랑민의 일탈적인 삶과 옹녀의 생존 방법

〈변강쇠가〉는 변강쇠 이야기로부터 시작되지 않는다. '평안도 월경촌'이라는 의미심장한 이름을 가진 마을에 지독한 청상살을 가진 젊은 과부 옹녀로부터 시작된다.

옹녀 주변에는 어떠한 남자도 함께할 수 없다. 팔자에 청상살이 가득한 옹녀는 열다섯에 처음 시집가서 공식적으로 6명의 남편을 떠나보낸다. 그리고 그 남편들의 죽음은 우습지만, 그 수가 너무 많아

공포스럽기도 하다.

> 열다섯에 얻은 서방 첫날밤 잠자리에 급상한에 죽고, 열여섯에 얻은 서방 당창병에 튀고 열입곱에 얻은 서방 용천병에 페고 열여덟에 얻은 서방 벼락맞아 식고 열아홉에 얻은 서방 천하에 대적으로 포청에 떨어지고 스무 살에 얻은 서방 비상먹고 돌아가니 서방에 퇴가 나고 송장치기 신물난다

'튀고, 페고, 식고, 떨어진' 남편들의 죽음만이 문제가 되었다면, 어쩌면 옹녀는 마을에서 불쌍한 여자 취급만을 받았을지도 모른다. 하지만 옹녀에게 접근하는 모든 남자는 다 죽어나간다. 소위 '스치기만' 해도 죽어나가니 마을 사람들은 합심해서 옹녀를 내쫓는다. 쫓겨나가는 옹녀의 발언은 의미심장하다. '어이 인심 흉악하다 황평 양서 아니면은 살 데가 없겠느냐 삼남 좆은 더 좋다두고'라는 이 발언은 선언적이다. 어차피 마을에서 살 수 없다면 떠나면 그뿐. '청상살'로 점철된 비극적 삶은 '삼남 좆 더 좋다'라는 선언에 희화화되어 버리지만, 아무것도 가진 것 없는, 정확히 표현하면 하층여성에게 유일한 삶의 버팀목인 가정을 이룰 수 없는 '청상살'을 가진 옹녀에게 마을에서의 퇴출은 겁나는 일이 아니다. 아무런 사회적 질서나 이념에 구애받지 않기 때문이다.

이런 옹녀가 삼남으로 내려가는 길목에서 만나는 변강쇠도 옹녀와 비슷한 처지이다. '천하에 잡놈으로 삼남에서 빌어먹다'라는 서술자의 평가에서 확인할 수 있듯이 말 그대로 '잡놈'인 변강쇠는 쫓겨난 옹녀를 만나 대낮에 청석골에서 화끈거리는 정사를 나눈 뒤 쉽

게 함께 살기로 결정한다.

변강쇠의 파행적인 행동은 여기서부터 시작된다. 말 그대로 '잡놈' 이었던 변강쇠는 아무런 일을 하지 않는다. 가정 경제는 오롯이 옹녀의 몫인 것이다. 물론 변강쇠에게도 긍정적인(?) 점은 있다. 죽지 않고 옹녀의 청상살을 이겨내고 있는 것이다. 하지만 한 가정의 가장으로서 혹은 구성원으로서 가정 경제를 책임지지 않는, 사회적으로 무책임한 행동을 보여준다.

> 연놈이 손목잡고 도방 각처 다닐적에 일 원산 이 강경이 삼 푸주 사 법성이 곳곳이 찾아다녀 계집년은 애를 써서 들병장사 막장사며 낮불임 넉장질에 돈냥 돈관 모아놓으면 강쇠놈 허망하야 댓 냥내기 방때리기 두 냥 패에 가보하기 갑자꼬리 여수하기 미골회패 퇴기질 호홍호백 쌍륙치기 장군 멍군 장기두기 맞쳐먹기 돈치기와 불러먹기 주먹질 걸개두기 윷놀기와 한 집 두 집 고누두기 의복 전당 술먹기와 남의 싸움 가로막기 그 중에 무슨 비위 강새암 계집치기 밤낮으로 싸홈이니 암만해도 살 수 없다

위에서 확인할 수 있듯이 변강쇠는 아내를 '들병장사'로 몰아넣고 자신은 온갖 노름과 허튼짓으로 다 날리고 만다. 결국 참다 못한 옹녀는 이러한 변강쇠와 함께 깊은 산속으로 들어가게 된다.

하지만 산속에서의 강쇠는 별다를 바 없다. 나무라도 해오라는 옹녀의 채근에 기껏 강쇠가 해 가지고 온 나무는 멀쩡한 장승을 뽑아온 것이다. 강쇠는 장승동티를 걱정하는 옹녀에게 오히려 당당하게 걱정 말라고 소리치며 오히려 옹녀를 방 안으로 끌고 가 질펀하게 다시 한판의 정사를 벌인다. 그러고 나선 장승동티에 아무런 문제

없음을 당당히 선포하기도 한다.

이런 '천하 잡놈 변강쇠'가 그대로 살아간다면 〈변강쇠가〉는 정말 말 그대로 수준 낮은 에로물에만 그쳤을지 모른다. 하지만 장승을 장작으로 삼은 변강쇠에게는 실제 장승동티가 내려지고 사람 몸에 있는 온갖 구멍이란 구멍에 갖은 병이 걸리게 된다. 그리고 자기 마누라를 기껏 '들병장사'로 내몰았으면서도, 그러한 옹녀에게 수절하라는 말도 되지 않는 유언을 남긴 채, 벌떡 일어나서 최후를 맞는 비참한 죽음을 당하게 된다.

문제는 변강쇠가 죽은 이후다. 옹녀는 남편이 아니라 '웬수' 같았던 변강쇠의 죽음을 슬퍼하기 보다는 그 끔찍한 송장을 치우기 위해 다시 길로 나선다. 강쇠의 송장을 치워줄 남자, 다시 말해서 새로운 남편을 구하는 것이다. 여기서 다시 한 번 앞서 던진 질문을 생각해 볼 필요가 있다.

왜 옹녀는 새로운 남자를 구하러 나섰을까? 청상살을 가지고 있던 옹녀는 어지간한 남자와는 살 수 없었을 것이 분명하다. 특히 청상살로 묘사되어 있는 옹녀의 삶의 질곡은 옹녀와 같은 하층여성들이 자신이 살던 곳에서 쫓겨나는 상황을 희화화한 것인지도 모른다. 기껏 만난 변강쇠는 천하의 잡놈으로 아무것도 해 준 것 없이 세상을 떠나면서 오히려 평생 수절하라는 말도 되지 않는 유언과 끔찍한 송장만을 남겨 두었는데, 이런 상황에서도 옹녀는 치상을 치러 줄 남자를 구하러 나가고, 그들에게 결연을 약속한다.

처음부터 제기한 문제처럼 그렇다면 이러한 옹녀의 결혼과 섹슈얼리티는 어떻게 설명할 수 있을까?

앞서 설명한 것처럼 조선 후기 여성들의 사회적 섹슈얼리티는 4가지로 구분할 수 있다. 먼저 기존 사회 관념에 충실한 결혼관계를 대표하는 열녀, 그리고 그와 모순되는 기녀나 첩, 그리고 사회적 금기인 간통을 상징하는 음녀와 그와 모순되는 사랑받지 못하는 부인이 있을 수 있다. 하지만 옹녀는 이러한 사회적 섹슈얼리티 어느 곳에도 속할 수 없다. 왜냐하면 옹녀는 사회에서 버려진 유랑민이기에 당대의 사회질서나 규범에서 일탈되어 있기 때문이다. 더군다나 옹녀는 〈변강쇠가〉에서 비정상적이고 기괴한 표현을 통해 소위 '색녀'나 '음녀'의 화신처럼 묘사되어 있기 때문이다.

결국 비참한 삶의 현실에서 허덕이는 옹녀에게 결혼이나 간통과 같이 당대 여성에게 주어진 사회적 명령은 아무런 의미가 없게 된다.

옹녀의 결혼과 섹슈얼리티

'청상살'이라는 피할 수 없는 굴레를 가지고 태어난 옹녀에게 결혼이란 의미 없는 사회적 요구임이 분명하다. 어차피 만나는 남자마다 죽어나간다면, 새로운 남자를 새로운 남편을 구하는 것은 아무런 소용없는 일이기 때문이다.

하지만 작품의 후반부에서 옹녀는 강쇠의 치상을 담당할 새로운 남자를 끊임없이 구한다. 그리고 그 남자들은 하나씩 강쇠의 저주 앞에 죽음에 이르게 된다. 옹녀의 새 남자들은 무서운 형상을 하고 죽어간 강쇠의 시신을 보고 놀라 죽음에 이르는 것이다.

가장 희화화되어 있는 죽음은 바로 이 치상꾼들의 죽음이다. 치상꾼들은 앞서 지적한 것처럼 조선 후기 유랑민들의 또 다른 모습이다.

옹녀의 유혹으로 혹은 소문을 듣고 찾아온 치상꾼들은 모두 허무하게 죽어간다. 또한 재미있는 것은 그들의 죽음의 형상이 모두 자신들의 직업과 장기에 충실한 상태에서 죽음을 맞고 있다는 것이다. 승려는 강쇠의 시신 앞에서 문안하다가 '열반'했고, 초라니는 고사 도중 절정의 순간에 죽음을 맞이한다. 풍각쟁이 패들도 다를 바가 없다. 그들은 강쇠의 원혼을 위로하는 연행 도중에 죽음에 이르는데 가객은 절창의 순간에 부채를 펼치면서, 가야금 놀던 사람은 가야금 연주의 절창에서, 하다 못해 퉁소 불던 봉사는 강쇠의 시신을 보지 못했어도 독한 기운에 퉁소 소리가 작아지면서 죽음을 맞는 것이다. 이러한 죽음은 매우 유쾌하다. 유쾌하다는 것은 죽음에 대한 낭만이나 열망 같은 것이 보이지 않는다는 것이다. 그리고 자신의 직분에 충실하다가 맞는 죽음은 오히려 천한 신분으로 무시당했던 유랑연예인들의 삶의 가치에 대해 높은 평가를 내릴 수 있도록 한다.

문제는 이런 죽음이 의미하는 바다. 옹녀의 입장에서 보면 남자들의 죽음은 결코 옹녀에게 행복을 가져다줄 수 없기 때문이다. 최소한 변강쇠의 치상이 끝나야 옹녀에게는 새로운 삶이 시작될 수 있다.

치상꾼들의 죽음은 옹녀의 청상살이나 강쇠의 유언과 무관하지 않다. 하지만 청상살과 강쇠의 유언 때문에 남자들이 죽을지도 모른다는 사실을 알고 있는 옹녀가 치상꾼들을 유혹하는 것을 두고, 이 옹녀의 행위를 쉽게 옳지 않은 것으로 몰아세울 수는 없다. 왜냐하면 옹녀가 남자들을 유혹하는 것은 삶의 방편일 뿐이기 때문이다. 즉 옹녀는 강쇠의 치상을 통해 새로운 삶을 개척하려는 것이지 옹녀가 남자를 원해서 그러는 것이 아닌 셈이다. 만약 옹녀가 소위 '음녀'와 같은 사회적 섹슈얼리티로 평가된다면, 작품 속에서 음란한 행동을 하고 있는 옹녀는 다른 등장인물보다도 가장 먼저 죽음에 이르러야 하지만, 작품의 말미에서까지 옹녀에게 구체적인 징벌이 내려지는 내용은 없다. 오히려 옹녀는 어찌 되었는지 알 수 없는 결말로 끝난다. 결국 죽음에 이르는 것은 치상꾼들뿐이다.

결국 옹녀가 원하는 것은 생존이며, 더 나아가 모든 사람들이 바라는 평범한 삶이라고 볼 수 있다. 비록 살던 곳에서 쫓겨나 갈 곳 없는 신세가 되어 버렸고, 청상살을 이기는 남자를 만났지만 그도 역시 비참한 죽음을 맞았다. 아무것도 가지지 않은 옹녀에게 삶을 지속해 나갈 수 있는 유일한 방편은 재혼을 통해 새로운 가정을 꾸리는 것뿐이다.

옹녀에게 있어서 여성이라는 것과 여성으로서 아름다운 미모는 역설적이게도 삶을 지탱해나가는 무기가 된다. 살던 마을에서 쫓겨나 유랑하는 처지에 있는 옹녀에게 자신의 성적 매력은 스스로를 지탱해 나갈 수 있는 유일한 방편이 되는 셈이다. 결국 옹녀의 성은 결혼을 전제로 하고 있지만, 실상 그 결혼이란 보통의 사랑과 정조를 의미하는 것이 아니라 생존이라는 다른 의미를 내포하고 있다.

옹녀에게 결혼은 더 이상 사회적 명령일 수 없다. 청상살로 불리는 자신의 운명이 결혼이라는 사회적 명령을 앞서고 있기 때문이다. 하지만 유랑민인 옹녀에게 결혼은 동시에 삶을 지탱하는 수단이기도 하다. 결혼이란 제도가 사회적 섹슈얼리티를 나누는 기준이 될 수 있었던 것처럼 결혼하지 않은 여성, 그것도 하층여성이 결혼이 사회적 요구였던 조선 후기에 혼자서 삶을 꾸려 나가는 것은 거의 불가능했기 때문이다. 하지만 옹녀에게 결혼이라는 사회적 명령이 통하지 않았던 것처럼 결혼과 관련된 사회적 제약이 옹녀에게 적용

될 수도 없다. 열녀와 같이 수절하여 지킬 정조라는 것이 사회적 일탈세력인 옹녀에게는 아무런 의미가 없기 때문이다.

옹녀의 남자 찾기 혹은 남편 찾기가 생존이라는 의미를 획득하는 모습은 같은 판소리계 소설 〈춘향전〉의 주인공 춘향과의 비교를 통해 좀더 명확히 드러난다.

춘향이는 자신의 성을 통해 생산적인 관계를 이룩해 나간다. 비록 관기이기 때문에 사회적으로 옹녀와 비슷한 하층여성이겠지만, 춘향은 자신의 정조를 지켜나감으로써 얻어낼 수 있는 것이 분명하다. 이도령은 춘향의 아름다움에 반해 그녀와의 결연을 약속한다. 결국 춘향은 자신의 성을 통해 사랑을 쟁취하는 것이다. 또한 춘향이는 자신의 정조권도 수호한다. 변학도의 계속되는 수청 요구를 목숨을 걸고 거부하는 것이다. 이렇게 지켜진 춘향이의 성은 작품의 결말에서 승화된다. 춘향이는 자신의 결혼권, 정조권을 수호해서 신분상승과 행복을 이루어내는 것이다.

춘향의 섹슈얼리티는 앞서 지적한 사회적 섹슈얼리티의 관계로 설명하면 더 명확해 보인다. 춘향은 관기이기에 처음에는 기녀의 위치에 선다. 하지만 결혼도 하지 않은 양반 자제와 기녀의 사랑은 간통이란 사회적 금기를 위반한 것이다. 결국 그들의 사랑이 순수했건, 순수하지 않았건 간에 춘향은 사회적으로는 간통한 음녀가 되는 것이다. 거기다가 이루어질 수 없는 사랑의 주인공 이도령은 춘향을 버리고 떠나게 되고, 변학도의 수청요구로 인해 춘향은 버려진 여성 즉, 사랑받지 못하는 부인의 위치에 서게 된다. 하지만 여기서 끝이 아니다. 춘향은 끝까지 변학도의 수청요구를 거부하고 자신의 정절을 지킴으로 인해 결국 사회적인 열녀의 위치에 이르게 되는 것이다.

이렇게 춘향의 섹슈얼리티는 앞서 설명한 구분에 모두 부합한다. 즉 춘향은 자신의 성을 통해 생산적인 관계를 이룩해 나갈 수 있었고 사회적으로 인정받는 섹슈얼리티를 확보할 수 있었던 것이다.

하지만 춘향의 성이 이렇게 생산적일 수 있는데 비하여 옹녀의 성은 그렇지 못하다. 옹녀의 성은 작품 곳곳에서 유희적으로 표현되어 있으며 불모성을 가지고 있는 것으로 그려진다. 성을 유희적으로 바라본다는 것은 매우 위험한 지적이지만, 역설적으로 하층여성인 옹녀가 삶을 지탱해나가기 위해서는 재혼을 통해 새로운 가정을 꾸리지 않는 한 불가능하다는 점을 생각해 본다면 오히려 옹녀는 자신의 성을 통해 스스로의 삶을 지탱해 나가고 있다고 볼 수 있다.

어떻게 보면 옹녀에게 있어서 성은 유희적이며 도구적이다. 하층여성의 비참한 삶의 질곡을 대표적으로 상징하고 있는 옹녀는 춘향이처럼 사랑을 지켜야 할 대상을 만날 수 없다. 설사 변강쇠와 같은 '천하 잡놈'을 만난다 하더라도 같은 하층민이자 유랑민 계층인 변강쇠에게서 온전한 모습의 가정이나 남편을 기대할 수 없는 것이다. 옹녀에게 있어 남성에 대한 자신의 성은 지켜야 할 대상이 아니라 이용해야 할 대상인 것이다. 결국 옹녀의 성관념은 기존의 가치 체계가 중시하는 정조와 결혼, 사랑과는 관계가 없다. 기존의 성관념을 일탈하여 변모하는 모습을 보여 주고 있는 것이다.

즉 옹녀의 섹슈얼리티는 앞서 지적한 4가지 유형 어느 곳에도 포함될 수 없는 듯하다. 사회적 가치 규범을 지킬 필요가 없는 일탈세력인 유랑민이었던 옹녀에게 결혼과 간통이라는 사회적 명령과 금기는 아무런 의미가 없기 때문이다. 옹녀는 결혼을 위해 자신의 정조를 지킬 이유가 없다. 따라서 열녀의 항에 옹녀는 위치할 수 없다.

그렇다고 결혼하지 않고, 음란한 여성으로 설명되는 기녀나 첩에도 위치할 수 없다. 남성 이데올로기에 의해 자신의 섹슈얼리티가 수동적으로 선택될 수밖에 없었던 기녀나 첩과 달리 옹녀는 생존을 위해 자신의 성적 매력을 도구나 무기로 삼았기 때문이다. 마찬가지로 간통한 음녀의 모습으로도 설명할 수 없다. 옹녀의 삶은 생존 자체가 문제가 되었기 때문에 간통은 의미가 없기 때문이다. 이와 마찬가지로 청상살을 가지고 있어 결혼이란 명령이 문제되지 않았고, 사랑을 갈구할 만한 어떠한 대상도 만나지 못했기에 옹녀는 사랑받지 못하는 여성의 위치에도 설 수 없는 것이다.

결국 옹녀에게 정조권이나 행복권과 같은 여성의 기본적인 섹슈얼리티나 권리들은 사치에 불과하다. 하층여성이 정조를 지킨다는 것은 곧 죽음을 의미한다. 남편이 없는 상황에서 세상이 옹녀에게 요구하는 것은 그녀의 성적 매력뿐이기 때문이다. 결국 옹녀는 성을 유희적 도구로 이용한다. 당대의 사회 질서가 요구하는 성관념을 일탈하는 것이다. 이는 강쇠의 치상과정에서 자세히 살펴볼 수 있다. 강쇠가 죽은 상황에서 옹녀에게 남은 것은 자신의 몸뿐이다. 옹녀가 자신의 몸을 건사하기 위해서는 빨리 강쇠의 시신을 처리하고 다시 새로운 가정을 꾸리는 방법밖에 남은 것은 없다. 이제 옹녀는 자신의 성을 도구로 사용한다. 그리고 이렇게 사용된 성은 유희적이며 도구적인 성격을 가진다. 성은 생산이라는 기존관념에 묶이지 않고 불모성을 획득하고 불모성은 성을 새로운 관념으로 변모시킬 수 있다.

결국 규정할 수 없는 옹녀의 섹슈얼리티를 통해 기존의 성관념이 일탈될 때 〈변강쇠가〉가 보여 주는 성관념은 기존의 것과 다른 의미를 가질 수밖에 없다. 농도 짙은 성묘사가 〈춘향전〉에서 존재한다

하더라도 <변강쇠가>에 등장하는 성묘사와는 그 의미가 다르다. 춘향의 성은 지켜야 할 것이며 지켜야 할 가치가 충분히 제시되고 있기에 춘향이 기녀와 같이 묘사되더라도 춘향은 다시 열녀라는 이미지를 얻어낼 수 있다. 하지만 옹녀의 성은 그렇지 않다. 어느 곳에도 속하지 않는 하층 여성의 섹슈얼리티가 옹녀를 통해 표출될 때 성은 유희적 · 도구적 존재로 변모한다. 옹녀에게는 자신의 성을 통해 지켜야 할 대상이 존재하지 않기 때문이다.

변하지 않은 하층여성의 삶

그렇다면 옹녀가 정말 원한 것은 무엇이었을까? 사회적으로 버림받고 사회 규범이나 이념에서 일탈된 세력이었던 옹녀는 결혼이나 간통과 같은 사회적 명령이나 금기에 거리낄 것이 없었다. 하지만 그런 와중에도 옹녀가 가장 희구한 것은 최소한의 생존, 더 나아가 평범한 가정을 꾸리는 것은 아니었을까?

조선 후기 여성은 당대의 가부장제 이념하에서 자신의 몸에 주체가 될 수 없었던 것으로 보인다. 조선 후기는 아직 유교윤리의 사회적 지배가 표면적으로는 공고하면서도 동시에 실제적인 사회적 규범으로는 그 영향력이 약해지고 있었던 것이 분명하다.

문제는 옹녀로 대표되는 하층여성의 섹슈얼리티가 열녀, 기녀, 음녀, 사랑받지 못하는 부인과 같은 당대의 사회적 섹슈얼리티 어느 곳에도 포함될 수 없었다는 것이다. 즉 옹녀의 섹슈얼리티는 기존의 성관념이나 성담론에서 완전히 일탈하고 있는 것이다.

일탈된 옹녀의 성관념은 새로운 성관념이나 성담론을 모색할 수 있는 기회를 제공할 수 있다. 즉 기존의 사회적 규범에서 벗어난 여성 주체의 섹슈얼리티를 모색할 수 있는 것이다. 옹녀는 생존이라는 피할 수 없는 명제 앞에서 자신의 성을 삶의 도구로 삼았다. 그 결과 옹녀의 성은 도구적인 존재가 되었으며, 생산성을 얻지 못하는 불모성을 가지게 되었다. 가부장제 하에서 여성의 섹슈얼리티는 언제나 남성에게 종속될 수밖에 없다. 열녀라는 이미지는 가부장제의 성담론을 공고히 하는 것이었고, 설사 열녀의 이미지를 획득함으로서 여성 스스로가 자신의 존재의미를 드러낼 수 있었다 하더라도 마찬가지였다. 기녀나 첩은 남성에 의한 선택적 섹슈얼리티를 보여 주는 대표적 사례가 된다. 마찬가지로 음녀라는 사회적 의미는 자신의 의지와는 무관하게 남성들에 의해 정해진 것이었다. 하지만 옹녀는 비록 도구적 목적이었지만 자신의 성을 통해 아이러니하게도 스스로 몸의 주체가 될 수 있었다. 이는 여성 주체의 관점에서 여성의 사회적 섹슈얼리티의 새로운 구조를 제시할 수 있었던 것이다. 즉 남성중심의 성관념을 뒤엎는 대항적 담론을 보여줄 수 있었던 셈이다.

하지만 역설적이게도 옹녀는 이러한 성의 도구적 사용을 통해 결과적으로 평범한 가정을 꾸리는 것을 목적으로 삼았을지 모른다. 왜냐하면 의지할 곳 없는 하층여성이 생존이란 절대적 명제를 해결할 수 있는 유일한 방법은 결혼밖에 없었기 때문이다.

결국 기존의 성관념을 일탈한 옹녀의 성관념은 말 그대로 일탈 외에는 다른 대안을 제시할 수 없었다. 가부장제 사회에서 살아가기 위해서는 하층여성이 결혼이라는 방법 외에는 다른 선택이 없었기 때문일 것이다.

옹녀는 조선 후기 하층 여성의 전형을 보여 준다. 그녀의 섹슈얼리티는 기존 성관념을 일탈하고 있다. 하지만 옹녀는 결국 자신의 삶을 위해 다시 결혼과 행복한 가정을 희구한다. 이러한 옹녀의 태도는 조선 후기부터 지금까지 가부장제라는 사회질서 안에서 살아가고 있는 현대 여성들에게도 의미하는 바가 있지는 않을까? 더군다나 지금과 같이 경제적 불평등이 심해지고 있는 이때 옹녀의 섹슈얼리티가 의미하는 바는 무엇일까?

가부장제 하에서 여성에게 결혼은 어떠한 의미일까? 현대 여성의 사회적 섹슈얼리티는 옹녀가 살았던 그 시대의 섹슈얼리티에서 변한 것이 있을까? 옹녀가 지금 이 시대에 있다면 그녀에게 정말 남자가 필요했을까? 처음 제기했던 문제의 해답은 아직까지 진행중이다.

필자 : 서유석(경희대 강사)

참고

A.J. Greimas, 김성도 역, 『의미에 대하여』, 인간사랑, 1997.
강진옥, 「〈변강쇠가〉 연구」, 『동리연구』 창간호, 1993.
김종철, 『판소리의 정서와 미학』, 역사비평사, 1996.
박일용, 「〈변강쇠가〉의 사회적 성격」, 『고전문학연구』 6, 1991.
서유석, 「변강쇠가에 나타난 기괴적 이미지와 그 사회적 함의」, 『판소리연구』 16, 2003.
서종문, 「〈변강쇠가〉 연구」, 서울대학교 석사학위논문, 1975.
윤예영, 「조선 후기 문헌 설화의 여성 전형 연구」, 『한국고전연구』 12, 2005.
이숙인, 「열녀 담론의 철학적 배경」, 『조선시대의 열녀담론』, 월인, 2002.
정출헌, 「판소리에 나타난 하층여성의 삶과 그 문학적 형상」, 『구비문학연구』 9, 1999.
최혜진, 「〈변강쇠가〉의 여성 중심적 성격」, 『한국민속학』 30, 1998.

조선의 노비들, 신데렐라를 꿈꾸다

신분제의 역사는 되풀이 되는가?

얼마 전 온 나라를 떠들썩하게 했던 뉴스가 있었다. 모 아나운서가 모 재벌가의 며느리가 된다는 뉴스였다. 당시 TV며 신문에서는 연일 그와 관련된 기사가 쏟아져, 많은 사람들은 그들 결혼의 하객이 될 수밖에 없는 상황이었다. 온라인에서는 그와 관련된 설문조사도 이루어질 정도로 많은 관심을 받았다. 그런데 재미있는 것은 사람들의 반응이었다. 마치 평민이 귀족과 결혼해 신분이 상승되는 것처럼 말하고, 흥분했다. 그런데 이런 일은 이번이 처음이 아니다. 전에도 이와 비슷한 결혼이 여러 번 있었고, 사람들은 그때마다 마치 성공한 인생을 출발하는 것처럼, 갑자기 공주나 왕비가 되는 것처럼 부러워하고, 질투했다.

아주 오래된 이야기지만, 한 때 대통령의 아들을 사칭하며 수많은 여대생을 농락했던 사건도 있었다. 그때 많은 여대생들은 대통령 아들과의 결혼을 꿈꾸고 핑크빛 미래를 그리다 결국 상처만 떠안게 되었다.

그런데 오늘날에도 똑같은 일이 벌어지고 있다. 남성들이 온라인을 통해 검사·변호사·의사 등 전문 직업을 가진 것으로 속여 수많은 여성 피해자가 발생하는 사건이 성행하고 있다. 한 TV 프로그램에서 이 사건에 대해 다뤘는데, 그때 피해 여성들에게서 한결같이 들을 수 있던 말은 사람들이 선망하는 직업을 가진 남자 혹은 재벌 2세와 결혼하여 상류층이 되고 싶었다는 것이었다.

오늘날 우리에게 신분의 높고 낮음은 다른 사람보다 물질적으로 풍요로움을 누릴 수 있다는 상대적이며 선택이 가능한 사안으로 존재하지만 과거 수많은 선조들에게는 신분제라는 틀 속에서 규정된 삶만이 허락된 절대적인 것이었다. 우리가 이미 오래전에 사라진 신분제를 새롭게 부활시키고 있는 이 시점에서 과거 신분상승을 꿈꿨던 사람들의 이야기를 소개하고 싶다.

다른 삶, 가능성을 이야기하다

작자미상의 고전소설 가운데 〈김학공전(金鶴公傳)〉이라는 작품이 있다. 줄거리를 간략히 소개하면 다음과 같다.

김학공 집안의 노비 박명석은 학공의 아버지가 죽고 집에 여주인과 학공, 여동생만 남게 되자 동료들과 함께 학공 가족을 몰살하고 재산을 탈취하여 절도섬에 들어가 살 계획을 했다. 그러나 이들의 계획을 미리 알게 된 여주인은 학공을 먼저 도망시키고 자신과 딸은 노비들에 의해 죽게 되었다. 학공은 자신의 신분을 숨긴 채 이곳저곳을 떠돌다 김동지라는 사람의 집 사환으로 들어가게 되었는데, 김동지는 학공의 용모와 재능을 훌륭히 여겨 자신의 딸인 별선과 혼인을 시켰다. 그러나 혼인 후, 김동지와 별선은 학공이 바로 자신들이 재산을 탈취했던 댁의 아들임을 알게 되고, 학공 역시 이 마을이 절도섬이라는 것을 알게 되었다. 김동지와 별선은 자신들만 이 사실을 알고 발설치 않으려고 했으나, 별선어미의 술주정에 의해 마을 사람들에게 알려져 마을 사람들은 학공을 죽이려 했다. 마을 사람들이 학공을 살해할 것을 알고 있던 별선은 남편에게 자신과 옷을 바꿔 입을 것을 요구하고 대신 죽었다. 아내가 죽은 후, 학공은 여장을 하고 그 마을을 벗어나 지인의 도움으로 김낭자와 결혼을 하게 되었다. 별선은 죽은 후에도 학공의 꿈에 나타나 과거가 열릴 것을 알려주며 학공에게 부모 동생의 원수를 갚으라고 했다. 학공은 과거에 급제하여 강원 감사가 된 후, 절도섬을 찾아가 장인과 장모를 제외한 다른 사람들을 벌하고, 별선을 잊지 못해 제를 지내다 어떤 노장(老長)에게서 용왕께 제사하면 별선이 환생할 것이라는 이야기를 듣게 되었다. 이에 학공은 별선의 환생을 위해 칠일 동안 제를 정성껏 드렸고, 별선은 환생했다. 학공과 별선의 이야기가 조정에 알려져 별선은 정렬왕후에 봉해지고, 별선은 선부인이, 김낭자는 후부인이 되어 부귀를 누리고 지내게 되었다.

이 소설을 읽으면서 흥미로웠던 점은 이유야 어찌 되었든지 노비 신분인 별선과 양반인 학공의 혼인이 결국에는 인정을 받았다는 것이다. 그것은 별선이 신분 상승을 하게 되었다는 의미다. 조선 시대 열녀(烈女)의 개념으로 보았을 때, 별선이의 행동이 추앙받아야 마땅한 것이었다 하더라도 엄격한 신분제 사회에서 신분의 변동이라는 것은 사실 쉽게 납득되지 않는 일이다. 더구나 죽었던 별선이 환생한다는 소설적 장치 역시 그 점을 뒷받침한다고 본다. 고전소설에서는 억울한 일을 당해 뜻하지 않은 죽음에 이르렀을 경우에 환생이라는 장치를 이용하곤 했다. 환생이라는 방법이 비록 현실감은 떨어진다 하더라도 다수의 민중들은 그것을 원했기 때문에 그것에 대해 불만을 토로하거나 그것이 소설의 박진감을 떨어뜨리는 기능을 한다고 생각하는 독자들은 아마 없지 않았을까 한다. 그런데 여기서 재미있는 것은 같은 노비의 신분으로 반란을 주도했던 박명석 일당은 처벌을 받고, 별선은 신분이 상승되었다는 사실이다. 그렇다는 것은 소설이 권선징악이라는 차원을 넘어서 하층민의 신분 상승에 관한 일종의 가능성을 열어놓고 있었던 것은 아니었을까 하는 추측도 가능하다고 본다. 여기 〈김학공전〉의 별선과 유사한 여인이 등장하는 이야기가 있다. 『삽교별집(霅橋別集)』 권5와 『청구야담(靑邱野談)』 권7의 설화 속에 실려 있는 이야기가 그것이다.

한 궁한 선비가 호남의 해변으로 반노(叛奴)의 추심(推尋)을 나갔는데, 반노 일족은 번성하여 생업이 풍족하였다. 그들은 처음에 선비를 보고 더없이 공대하였고, 더욱이 한 아름다운 처녀를 침실로 들여보내기까지 하니, 선비는 그들을 아주 믿게 되었다. 어느 날 밤 그 처녀는 치마를 벗어서 방문을 가리고 자기 머리를 남자처럼 상투를 틀어 올리고, 선비의 머리는 풀어 여자 머리로 만들었다. 이상히 여겨 영문을 묻자 그녀는 울음을 삼키며 말했다.

"오늘 밤에 변을 일으키기로 했어요. 아비와 오라비가 소녀에게 살짝 빠져 나오라고 하셨어요. 서방님께서 소녀의 옷을 입으시고 변이 나는 것을 보아 방에서 뛰쳐나가 울타리 구멍으로 달아나세요. 가셔서 반드시 관가에 고발하시겠지만, 소녀가 서방님을 대신하여 죽는 것을 생각하셔서 소녀의 아비만은 살려 주세요."

과연 밤중에 칼을 든 장정 십여 명이 방문을 박차고 달려들어 상투를 더듬어서 끌어냈다. 그리고는 바깥 마당에서 작두로 목을 잘라 섬에 담아 가지고 바닷가로 가서 던져 버렸다.

선비는 여복을 하고 있다가 안마당으로 뛰어나가 뒤꼍 울타리를 뚫고 달아났다. 달아난 선비는 곧바로 고을 현감에게 이 사실을 알렸다. 현감은 크게 놀라 즉시 사령을 풀어 반노들을 잡아다가 문초하였다. 처녀의 아비와 오라비도 음모에 가담해 잡혀 왔는데, 선비는 현감에게 부탁해 그 아비만은 특별히 사면해 주었다. 현감이 아비에게 그 딸의 시체를 찾아 장사라도 지내 주라고 하였더니 아비는 땅을 치며 통곡하는 것이었다.

"칼로 짓이겨 흙덩이처럼 만들어서 섬에 담고 돌멩이를 채워서 새끼로 묶어 바다 속에 던져 버린 걸 어디 가서 찾아냅니까?"

현감은 이 사실을 감사에게 보고하였으며, 감사는 위에 장계(狀啓)를 올려 반도(叛徒)들을 사형에 처했다. 그 처녀에게는 정려문(旌閭門)을 세워 주었다.

이 이야기는 전체적으로 〈김학공전〉과 유사하지만, 마지막에 처녀의 신분이 바뀌지는 않았다는 차이가 있다. 그러나 두 작품에서 모두 노비들이 처한 신분에서 벗어나려는 의식 내지는 행동이 있었다는 것만은 분명히 드러난다.

학자들의 연구에 의하면 〈김학공전〉은 조선 후기 노비들의 신분상승의 욕망을 반영하는 작품으로 알려져 있다. 조선 후기에는 임·병양란을 비롯하여 흉년이 계속되었다. 이와 함께 민란도 잦았던 시기였다. 이러한 시기에 〈김학공전〉과 같은 이야기가 창작·향유되었다면 여기서 생각해 볼 수 있는 문제는 목숨을 보존하기조차 힘들었을 그 혼란의 틈을 타서 노비들이 신분상승을 꾀하려는 의도는 무엇이었을까 하는 것이다.

〈김학공전〉이나 위의 설화에서 보면 당시에는 노비들이 도망가는 일이 상당히 잦았던 것으로 보이는데, 그렇다면 노비들은 무슨 이유로 목숨을 걸면서까지 도망을 쳐서 현재의 신분에서 벗어나려 했을까? 목숨을 걸 만큼 절박하게 도망을 꿈꿀 수밖에 없던 노비들의 삶을 살펴보자.

조선시대 노비들은 어떻게 살았을까?

〈김학공전〉에서 반란을 주도했던 박명석은 이런 말을 했다.

> "우리들이라고 늘 남의 종노릇만 할 수 있는가? 지금 우리 상전의 부인과 아이들만 있으니 이때를 타 부인과 자식을 없애고 세간 재물을 수탐하여 가지고 절도섬으로 들어가 우리 동관들이 나눠 가지고 같이 살자."

박명석에게는 평생 변함없이 남의 종노릇을 해야 하는 상황이 억울했던 것이다. 그런데 이것은 비단 박명석이라는 인물에게 국한되었던 것은 아니었을 것이다. 당시 노비의 신분을 가진 사람들은 대부분이 이런 생각을 했을 것이기 때문이다.

그렇다면 조선시대 노비들은 어떤 삶을 살았을까? 조선시대는 기본적으로 유교적 신분제 사회로 가부장제 이데올로기가 지배했던 때였다. 그러나 양반지배계급 내에서는 부계혈통에 의한 신분세습을 엄격하게 실천하고 있던 반면, 일천즉천(一賤卽賤)의 관습에 따라 부모 어느 한쪽이 천민이면 자녀를 천민신분으로 귀속시킴으로써 사노비는 오히려 증가하였다. 심지어 가난한 양민들에게 양천교혼(良賤交婚)을 장려함과 더불어, 천민과 천민사이의 혼인에 있어서는 근친간의 혼인도 장려하는 등 철저하게 양반 중심의 사회였던 것이다.

이로 인해 양민 인구는 점점 감소되었고, 천민 인구는 과다해지는 현상이 발생하게 되었고 이것은 결국 국가의 방위와 생산 경제에까지 큰 타격을 미쳤으며, 지배계급의 천민신분에 대한 학대와 착취는 더욱 극심해지는 지경에까지 이르렀다. 이런 상황에서 노비신분을 가진 자들은 도망가거나 유랑을 하였으며 그 외 비합법적인 여러 가지 수단과 방법으로 신분상승을 꾀하였다. 이런 상황이 지속되다 나타난 신분제의 변화는 조선 후기에 이르러 호적상 노비 신분층이 격감하고 인구의 절대다수가 양반층을 이루는 결과를 가져오게 되었다.

물론 여기서 말하는 노비라고 해서 모두 다 같은 노비는 아니었다. 우선 노비는 누가 소유하느냐에 따라 공노비와 사노비로 나뉘는데 말 그대로 공노비들은 관아에 소속되는 노비들을 가리키는 것이다. 사노비는 주거형태에 따라 다시 솔거노비와 외거노비로 나뉘는데, 여기서 문제가 되는 것이 솔거노비이다. 외거노비는 주인과 따로 거주하며 각자 가정생활을 할 수 있어 재산의 소유가 가능했지만, 솔거노비의 경우에는 주인에게 의식주를 제공받으며 무제한, 무기한적으로 노동을 제공해야하는 사람들이었다. 그러므로 그들에겐 가정생활이란 있을 수 없었고 재산소유 역시 불가능했기 때문이다.

노비는 조선시대 사회계층 중 최하위에 속하는 신분이었다. 권리는 없고 의무만 있는 존재가 바로 노비였다. 그러므로 이들은 비인간적 존재로 취급되어 농토와 함께 소유와 매매의 대상으로 세전(世

傳)되는 주인의 상속물이었다. 특히 이들 가운데 주인과 함께 사는 솔거노비들은 주인집의 농토경작으로부터 모든 잡역을 담당했는데, 주인들은 이들에게 형벌을 마음대로 내릴 수 있었으며, 심지어는 죽일 수 있는 권한까지 가지고 있었다. 물론 주인이 노비를 죽일 때에는 관청의 허가를 받아야 했다. 하지만 노비들은 가족 중 한 사람이 억울하게 죽음을 당했을지라도 평생 그 집안의 종으로 살아갈 수밖에 없는 상황이었기에 신고라는 것은 꿈조차 꿀 수 없는 상태였다.

이렇듯 조선시대 노비와 관련한 법률이나 상황이 일방적으로 노비에게 불리하게 되자, 도망이나 유랑을 택하는 노비에서 때로는 주인을 죽이는 노비들도 나왔다. 『조선왕조실록』에는 조선 후기에 노비가 주인을 살해한 사건이 수십 건 기록되어 있기도 하다.

도망이나 유랑 이외에 노비신분을 면하거나 신분상승을 이루기 위한 합법적인 방법이 아주 없었던 것은 아니었다. 우선 납속(納贖) 정책이 있었다. 흉년으로 재정이 고갈되었을 때 속량가를 받고 속량시켜주는 제도인데 아무래도 노비들에게는 많은 혜택이 돌아가기 힘든 일이었다. 또한 군공(軍功)에 의한 면천 역시 한 방법이었다. 이것은 원래 군역에서 제외되었던 노비들로 하여금 군의 수요를 충당하기 위한 방법이었다. 그러나 이는 고역이 과중하였기 때문에 노비들이 입속(入贖)을 피하는 경향이 있었다. 경제적으로 여유가 있는 노비들은 대구속신(代口續身)의 방법을 이용하기도 했다. 쉽게 말해 자기를 대신할 다른 노비를 사서 충당시키고 자신은 면천하는 방법이다. 이것은 주로 왕가 천첩 후손들이나 사족의 천첩 소생들이 이용하였다.

이상의 방법들은 사실 누구나 이용할 수 있는 면천의 방법이 아니었을 것이다. 그래서 많은 노비들이 고되고 위험이 있을지라도 도망

또는 숨어사는 방법을 택할 수밖에 없었던 것이다.

단지 그들의 누이가 되고, 그들의 사돈이 되기를 바랄 뿐

신분상승을 바랐던 노비들은 어떻게 살기를 원했을까? 자신들을 부리던 양반들처럼 살고 싶었을까? 아니면 단지 고된 노역에서 벗어나고 싶었던 것일까? 이름 없이 사라진 수많은 이들의 사연은 알 수 없지만 그들이 원한 것은 결코 신분상승을 통한 권력이나 재력의 획득만은 아니었으리라 믿는다. 그 믿음에 힘을 실어주는 이야기가 있어 소개하고자 한다. 장한종(張寒宗)의 『어수신화(禦睡新話)』에 실린 이야기이다.

한 양반이 취처할 때 부인을 따라온 교전비(轎前婢)가 있었는데, 나이가 15,6세쯤으로 용모도 단정했지만 사람됨이 민첩하였다. 그래서 양반은 늘 교전비를 가까이하려 했는데, 그때 그녀는 이렇게 생각했다.

'나와 우리 아씨 사이에 명분은 비록 주인과 노비의 구분이 있지만 어린 시절부터 지금까지의 정의는 형제나 마찬가지잖아. 이제 와서 아씨와 맞서는 사람(첩)이 되면 하늘의 재앙이 있을 거야. 내가 이곳에서 살다가는 결국 주인님의 협박에 못 이길 것이니 아예 스스로 피하는 것이 좋겠어.'

그리고는 남복을 하고 아무도 모르게 집을 나왔다. 교전비는 길을 가다가 어떤 주모를 만났고, 그녀는 주모의 집에 사내가 없다는 것을 알고 그 집 담살이로 들어갔다. 주모는 그녀와 몇 달 지내면서 그녀가 사실 여자임을 알게 되었고, 그 후 여복으로 갈아입히고 딸처럼 애지중지

하였다. 그리고 몇 달이 지나, 과거 보러 가는 한 선비가 그녀의 자태를 보고 주모에게 통혼을 간청하였다. 주모가 그녀에게 의향을 묻자, 이렇게 대답했다.

"제가 비록 떠돌이로 여기 있지만 본래 양반의 딸입니다. 가난한 선비의 처가 될지언정 부귀가의 소실은 안 되렵니다."

그리하여 두 사람은 성혼이 되었고, 선비는 과거에 합격하여 그녀를 데려갔다. 그리고 선비는 높은 벼슬을 거쳤으며, 세 아들을 낳고 잘 살다가 죽었다.

선비가 죽은 후에 세 아들도 연이어 등과를 하여 모두 명관이 되었는데, 어느 날 그들 형제가 "아무개가 당록에 들 수 있으며, 아무개가 어찌 지평·장령이 될 수 있느냐? 그리고 아무개가 홍문관·이조에 들어갈 수 있느냐?" 하며 이야기를 주고받고 있었다. 이 이야기를 들은 그들의 어머니는 조용히 말했다.

"너희 지체로 어찌 남을 논란하고 있느냐? 내가 집안의 이목이 번다한데 구애가 되어서 아직 너희에게 이르지 못한 것이 있다. 지금 며느리들이 없는 자리라서 말하겠는데 나는 사실 모 고을 이생원댁 마님의 교전비였다. 그런 걸 이생원의 누이라고 꾸며 살았던 것이다."

그녀는 지나간 일을 이야기하며 상전을 생각하고 눈물을 흘렸다. 그 때 공교롭게 도둑이 대청마루 밑에서 전후 이야기를 엿듣게 되었다. 그리고는 이 일을 고하여 속량전(贖良錢)을 받기 위해 이생원의 집으로 갔다. 이야기를 들은 이생원은 누구에게도 이 사실을 알리지 못하게 조심시킨 후, 그 도둑놈과 함께 서울로 떠났다. 서울로 떠나는 길에 강변에 이르러 암암리에 도둑놈을 강물로 밀어 입을 막아 버리고는 교전비의 집을 방문했다. 그 집에 당도해 비복들에게 이르기를, "나는 대부인의 오라비다."라고 했다.

이생원과 그녀는 남매처럼 대면하여 통곡하고 회포를 나누었다. 가족과의 상견례도 행하고 그 집에서 몇 달 묵었는데 그 사이 그녀의 아들들이 전관에게 청탁을 넣어 이생원은 감역(監役)을 제수 받게 되었다. 이생원은 며칠간 벼슬을 하다 그만두고 환향하였는데, 그녀의 아들들은 이생원에게 땅과 집을 사주고 그 고을 원님과 도백에게 잘 보아 주도록 부탁했다.

교전비가 상전의 집을 빠져 나와 신분을 감춘 채 선비와 결혼하고, 출세한 그의 아들로 하여금 상전댁을 도와주었다는 이야기다. 이 이야기는 〈김학공전〉이나 노비 처녀 이야기 보다 구체적이며 개연성이 있다. 신분상승의 의지보다는 신분상승의 계기 및 그 후의 삶에 대한 이야기가 주를 이룬다. 그런데 흥미로운 것은 신분상승 후 그것을 숨기려 하지 않았다는 것이다. 전 주인과의 만남이 어쩌면 자신에게는 치부를 드러내는 일일 수도 있었을 텐데 오히려 어려운 처지에 있게 된 전 주인을 돕기에까지 이른 모습을 보인다. 이것은 어쩌면 그들이 원한 삶이란 이런 것이 아니었나 싶다. 함께 할 수 있는 것, 그 안에서 나눌 수 있는 것, 이런 소박한 바람에서 시작된 삶. 누리는 것보다는 해야 할 일이 많았던 사람들이 다른 삶을 꿈꾸었다고 한다면 그들이 원하는 삶은 어떠한 모습을 하고 있다고 생각할 수 있을까? 언뜻 생각하면 그동안 당한 것에 대한 보복의 차원으로 다른 사람을 억누르는 삶을 원했을 것 같다. 하지만 그들은 알 것이다. 그러나 억눌림과 소외의 고통을 알고 있기에 오히려 다른 삶을 꿈꾸지 않았을까? 다른 사람을 누르며 나만 누리는 사람이 아니라, 다함께 누리는 삶. 그런 삶을 바라지 않았을까?

『청구야담』 권6에는 교전비 이야기와 유사하지만 후반부가 조금 다른 이야기가 실려 있다. 제목은 〈노온여환납소실(老媼慮患納小室)〉로 되어 있는데, 어느 누구도 손해 보지 않고 상황을 마무리 짓는, 이름 하여 할멈의 win-win 작전이 대성공을 이루는 이야기가 바로 그것이다. 상전의 집을 떠난 여종과 가세가 몰락한 양반이 선대(先代)의 노비를 찾아가 재산을 얻으려다 만나게 되고, 궁지에 몰린 양반을 세월이 흘러 할멈이 된 여종이 구해주며 자신의 손녀와 혼인하게 한다는 내용이다. 교전비와 다른 후반부만 소개한다.

할멈의 여러 자식들은 인물들이 모두 건장하고 특출할뿐더러 재산도 부요해서 일향(一鄕)에 호령하고 지내던 사람들이었다. 이제 뜻밖에 그 어미가 일개 거렁뱅이 같은 것을 상전으로 모시고 자기들로 하여금 모두 노속(奴屬)이 되게 하니 분노가 끓어올랐다. 향중에 이런 수치가 있는가. 그러나 그 어미의 성품이 엄하여 자제들은 감히 뜻을 거역하지 못하고 마지못해 순종하였다. 양반이 할멈에게 이르기를,

"내가 집을 나온 지 여러 날 되었으니 속히 돌아가 봐야겠네. 얼른 떠나게 하여 주게."

하자, 할멈은

"며칠 더 묵으신다고 무슨 방해가 되겠어요?"

하더니 야심하기를 기다려서 아들들이 깊이 잠든 것을 보고 양반 귀에 대고 말하였다.

"서방님, 제 자식들의 기색을 살피지 못하셨습니까? 저 아이들이 어미의 명이라 부득이 면종(面從)은 하고 있지만 속셈은 측량할 수 없습니다. 만약 단신으로 회정하시다간 도중에 어떤 화를 당하실지 모릅니다. 저에게 한 가지 생각이 있는데 서방님 의향이 어떠신지요?"

"무슨 생각인가?"

"제게 손녀 하나가 있는데 나이는 이팔에 가깝고 자색도 볼만하지요.

아직 정혼하지 않았으니 이것을 서방님께 바치면 어떨까 하는데요?"

양반은 너무도 의외의 말에 당황하여 어떻게 대답할지 몰랐다.

"제 말을 들으시면 살아가실 수 있고, 제 말을 안 들으시다간 반드시 비명의 화를 보시고 마실 것입니다. 제가 옛 상전의 은덕을 잊지 못하여 이런 꾀를 낸 것이랍니다. 서방님은 듣지 않으시렵니까?"

이에 양반은 할멈의 말을 따르기로 하였다.

이튿날 할멈은 아들들을 불러서 분부하였다.

"내가 손녀 아무개를 상전님께 바치려 한다. 너희들 오늘 밤에 혼구를 준비하여라. 나의 말을 어기지 말아라."

여러 자식들은 말대답을 못하고 물러나왔다. 그날 밤 방 하나를 치워 신방으로 꾸몄다. 양반을 모셔 앉히고 손녀를 치장하여 들여보내 드디어 성혼을 시켰다. 이튿날 아침 할멈이 들어와서 문안을 드리고 다시 아들들을 불러 명했다.

"상전님이 내일 댁으로 회정하신단다. 아무개도 응당 데려가시지 않겠느냐. 안장 말 한 필과 교자 말 한 필과 짐말 수 필을 속히 준비하고 교자도 빌려 오너라. 그리고 너희들 중에 누구누구는 모시고 서울을 다녀오너라. 회로에 상전님의 서찰을 받아 와서 나로 하여금 평안히 행차하신 기별을 분명히 알게 하여라."

여러 자제들은 명을 좇아 분주히 신행길 떠날 채비를 하였다. 드디어 양반은 서울 길을 출발하였다. 금침 의복이며 양간의 전냥(錢兩)까지 짐바리에 싣고 무사히 상경하였다. 양반은 돌아가는 편에 편지를 써 주었다. 그로부터 매년 시골에서 하인 한 명이 올라왔다. 할멈이 세상을 뜨기까지 계속되었다 한다.

재미있는 이야기이다. 겉으로 할멈은 옛 주인을 구하기 위해 자신의 손녀와의 결혼을 추진하고 있지만 그 속에 이미 계산이 깔려 있었을 것이다. 비록 노비의 신분을 감추고 요족하게 살고 있을지라도 이왕이면 자신의 신분을 벗어버리고 싶었던 게다. 그러나 이제 자신의 손녀로 인해 할멈의 집안은 진정한 신분상승을 이룬 셈이다. 누이 좋고 매부 좋고, 할멈의 작전은 결국 성공했다.

교전비는 이생원의 누이가 되었으며, 할멈은 옛 주인의 사돈이 되었다. 이것이 바로 목숨을 걸고 도망치던 수많은 노비들이 원한 삶의 모습이었을 것이다. 갑오경장으로 노비제가 폐지될 때까지 너와 내가 다르지 않은 삶, 함께 엮을 수 있는 삶을 갈구하며 실제로 많은 사람들이 목숨을 잃었을 것이며, 그것을 꿈꾸는 많은 이야기가 만들어지고 회자되었던 것이다.

신데렐라를 꿈꾸던 조선의 노비들을 되새기다

앞서 나온 소설 속 별선과 설화 속 노비의 딸, 교전비, 할멈의 이야기는 단순히 옛날이야기로 보기엔 21세기를 살아가는 우리에게 많은 것을 일깨워 주고 있다. '왕후장상의 씨는 따로 없다'는 옛말도 있고, 모두들 입으로는 그렇다고 하고 있지만 우리는 정말 그렇게 생각하고 있는 것일까?

우리가 즐겨 보는 드라마의 내용 중에 단연 인기 있는 스토리는 가난한 여자와 재벌 2세의 사랑 이야기다. 사람들이 비슷비슷한 성격의 인물과 직업과 스토리에 열광하는 이유는 뭘까? 최근 들어 가난한 인물이 남성으로, 반대로 여성이 부잣집 딸인 설정으로 바뀌기도 하는 것 빼고는 거의 비슷한 이야기다.

이런 내용의 드라마를 아무 비판 없이 볼 때마다, 〈춘향전〉이 생각난다. 조선 후기 〈춘향전〉의 인기는 감히 상상할 수조차 없을 정도이다. 오늘날 인기 드라마나 베스트셀러 저리 가라 할 정도의 인기를 구가했다면 과연 믿겠는가? 셀 수 없을 만큼의 이본이 나올 정도로 〈춘향전〉의 인기는 대단했다. 과거 사람들이 〈춘향전〉에 빠져들 수밖에 없었던 이유는 단순히 춘향이와 이도령의 사랑 때문만은 아니었을 것이다. 그들의 사이에 존재했던 신분적 차이, 그 차이를 극복한 사랑이었기 때문에 사람들에게 커다란 호응을 얻을 수 있었을 것이다. 당시 춘향이와 이도령의 사랑은 책으로 읽히거나 판소리로 공연되고, 때로는 전기수(傳奇叟)에 의해 낭독되었는데 대다수의 관객 내지 독자는 민중이었을 것이다. 그렇다면 민중들이 신분 차이를 극복한 사랑 이야기에 빠져든 이유는 무엇이었을까? 그것은 다름 아니라 자신들과 춘향이를 동일시했기 때문일 것이다. 많은 사람들은 춘향과 이도령의 사랑이 이루어지는 것을 통해 일종의 대리만족을 느꼈을 것이다. 엄격한 신분제 사회 안에서 신분을 초월한 사랑 이야기란 대단히 흥미로운 일이 아닐 수 없으니 말이다.

그러나 아이러니한 점은 21세기를 사는 우리들이 이미 오래전 사라진 신분제와 신분을 초월한 사랑 이야기에 열광하며 스스로 그 굴레 안으로 걸어 들어가고 있다는 것이다.

필자 : 김현주(경희대 강사)

참고

김현룡, 『한국문헌설화』 3 · 4, 건국대학교출판부, 1999.
이영화, 『조선시대 조선사람들』, 가람기획, 1998.
이우성·임형택 역편, 『이조한문단편집』 중, 일조각, 1978.
이이효재, 『조선조 사회와 가족』, 한울아카데미, 2003.
이준상 소장 필사본, 〈김학공전〉
이홍두, 『조선시대 신분변동 연구』, 혜안, 1999.
한국고문서학회, 『조선시대 생활사』, 역사비평사, 2000.
한국역사연구회, 『조선시대 사람들은 어떻게 살았을까 1』, 청년사, 1996.

음악 그리고 세상과의 진정한 만남을 꿈꾼 기생, 계섬

21세기, 잊혀졌던 이름이 다시 기억되다

라디오 방송을 통해 낯선 한 여성 음악가에 대한 이야기가 흘러나오고 있었다.

> "여성음악가 계섬이 18세기에 확보했던 '개별 음악가로서의 주체'라는 호흡은 200여 년이 지난 지금 이시대의 자유로운 공기를 만나 비로소 길게 내뿜어집니다."

조선 후기 음악문화사 특집 방송중에 소개된 낯선 이름 '계섬'. 그녀에게 어울릴 만한 수식어구는 무엇일까. 18세기가 그녀를 '기생 계섬'이라 칭했다면, 21세기는 그녀를 '여성음악가 계섬'으로 부르고 있다.

계섬(桂蟾, 1736~?)에 대한 기록은 그리 많지 않다. 말년에 계섬은 경기도 파주의 시곡촌 산마을에 초가집을 짓고 자급자족하면서 살다 1797년 여름, 62세가 되던 해 심노숭((沈魯崇, 1762~1837)을 찾아가 그에게 자신의 평생에 대해 모두 털어놓았는데 이를 토대로 〈계섬전〉이 기록되었다. 자서전격인 〈계섬전〉과 야담집에 실려 있는 기록만이 그녀를 말해 주고 있다.

그녀는 서울의 이름난 기생으로, 본래 송화현의 여자 종으로 대대로 고을의 아전을 지낸 집안 출신이다. 일곱 살, 열두 살에 아버지, 어머니를 각각 여의고 평생 결혼도 하지 않았으며 자녀도 없었으니, 그녀는 평생 외로운 삶을 살아갈 수밖에 없었다. 오로지 한 친구가 있었으니 그것은 바로 음악이라고 할 수 있다. 열여섯 살이 되었을 때 주인집의 구사(丘史)로 예속되었는데, 이때 처음 소리를 접하게 된다. 이때부터 평생 함께 한 친구가 바로 음악인 것이다. 음악과 함께 했기에 이정보(李鼎輔, 1693~1766), 심용(沈鏞, 1711~1788) 등과의 인연을 맺으며 조선 후기 음악계의 주축을 이룰 수 있었던 것이다.

18세기의 한 여성을 21세기에 다시 거론하는 이유는 무엇인가? 그녀가 단지 소수 여성 음악가라는 사실에만 주목한다면, 그녀 삶을 올곧게 세우는 데 모자람이 있을 것이다. 우리가 그녀를 기억하는 것은 그녀이기 때문이다. 조선 후기를 살았던 한 기생, 음악가로만이 아닌, 현재 그녀를 기억하는 것은 그녀가 지닌 또 다른 매력 때문이다. 〈계섬전〉을 토대로 그녀의 삶을 조망하고, 조선 후기의 변화된 기생 제도와 음악세계 그리고 주체적 인간으로서의 한 면모를 읽고자 한다.

변모한 도시 속에서 기생들도 달라지다

지울 수 없었던 수식어, 기생. 계섬을 비롯한 기생들은 기생이었기에 신분적 제약이 있었지만, 역설적으로 기생이었기에 때문에 조선 후기라는 시대에서 음악을 할 수 있었다.

기생은 언제부터 어떠한 형태로 시작되었을까? 그 답을 찾을 수 있는 단서는 다음 두 기록을 바탕으로 한다. 구한말에 이능화는 『조선해어화사(朝鮮解語花史)』에서 "원화(源花)는 오늘날 기생과 같은 것이고, 화랑(花郞)은 오늘날 미동과 같은 것이고, 풍류낭도(風流郎徒)는 오늘날(20세기 초엽) 외입장(外入匠)과 같은 것이다."라고 하며 신라의 원화를 기녀의 기원으로 보았다. 한편 조선 후기 이익(李瀷)과 정약용(丁若鏞)은 고려시대 '양수척(楊水尺)'에서 기녀가 시작되었다고 보았다. 두 견해 중에 어떠한 것이 기녀의 출발인지 명확히 알 수는 없으나, 오랜 시간에 걸쳐 지속되어 온 제도임에는 분명하다.

조선시대가 되자 기생제도가 본격적으로 안착되는 모습을 보인다. 조선시대는 성리학을 국가 이념으로 택하고 교화정치를 표방하면서, 예(禮)와 악(樂)으로 백성들을 다스리기 위해 국가에서 직업적인 음악인을 두었는데, 그 중에 유일한 여성 악인이 바로 기생이었다. 기생은 국가에 예속된 신분이었으며, 여성들이 사회활동을 하는 것이 금기되었기 때문에 가무악을 했던 여성은 모두 천인(賤人)일 수밖에 없었다.

조선 전기에는 왕실 모임에서의 가무악을 수행하거나, 국가 각종 연향에 참가하여 기예를 뽐내기도 하였으며, 또 변방의 군사를 위로하는 등의 역할이 주어졌다. 지방기녀의 경우 지방관의 뒷바라지를 위해서도 동원되었기 때문에 비공식적인 첩이기도 하였다. 『경국대전(經國大典)』의 조항에 따르면, '기첩을 거느린 자, 수령으로부터 사사로이 기생을 얻은 관리, 그리고 기생을 쇄환하지 않은 자' 등을 벌하기로 했으나, 엄중히 시행될 수 없는 한계가 있었다. 그것은 양반관리들이 기생을 풍류·향락의 대상으로 삼았기 때문이었다.

오랜 역사 속에서 기생의 모습이 큰 전환점을 맞이한 시기는 바로 조선 후기라 할 수 있다. 임병양란 이후 문란해진 사회기강을 확립하고 위기를 극복하기 위한 방편으로 성리학을 규범화하여 향촌까지 정착시키게 된다. 한편 조선 후기는 생산력의 증대와 유통경제의 발달로 부가 축적되고 서울이 상업도시로 발전되면서 점차 경제적·문화적으로 성장하게 된다. 이러한 시기에 명분론 중심의 성리학은 더 이상 이윤이 중시되는 사회 속에서 효과적인 역할을 수행할 수 없는 한계를 드러내기 시작했다. 즉 성리학이 강하게 자리를 잡으면서 기생제도도 변화를 맞이하게 되었고, 서울이 상업도시로 발달하면서 기생의 실제 활동에도 변화를 맞이하게 된 것이다.

1623년 반정으로 즉위한 인조(仁祖)는 '폐조 때 창기를 궁궐에 드나들게 하여 지극히 황란(荒亂)했던 것을 경계하지 않을 수 없다.'는 대간(臺諫)의 제안을 받아들여 경기(京妓) 제도를 혁파하였다. 즉 경기는 더 이상 서울에 상주해 있는 것이 아니라, 내연을 베풀 경우만 각 지방에서 기생을 소집하고 행사가 끝나면 그들을 돌려보내게 된 것이다. 〈계섬전〉에서도 당시 이러한 정황을 보여주는 부분을 발견할 수 있다. 그녀의 스승이었던 이정보가 죽어 제를 지낼 때의 일이다. '마침 나라에서 큰 잔치를 하기 위해 잔치를 주관하는 관청을 설치하고, 여러 기생은 날마다 관청에 모여 기예를 익히도록 하였다.' 라는 부분이 보인다. 즉 나라 잔치를 위해 따로 소집되는 모임이 있었으며, 이후 다시 각자의 소임으로 돌아가는 것이다.

또한 서울에서 기생에 의해 행해졌던 외연, 사객연, 왕실의 소소한 연향, 사악, 친잠, 노상에서 올린 교방가요들은 모두 정지되었고, 오직 내연에서의 가무악만이 기생의 역할로 남게 된 것이다. 조선 전기의 경기가 오로지 가무악만을 담당했다면, 조선 후기는 의녀와 침선비는 평소에 의술과 바느질을 담당하고 필요한 경우에 가무를 했던 것이다. 즉 조선전기에 비해 참여하던 연향의 수도 줄어들고 정재만을 행했던 것을 보아, 그 역할이 많이 축소된 것을 알 수 있다.

공식적인 역할이 줄었을 뿐, 기생의 실제 활동 내용이 축소된 것은 아니었다. 본래 기생은 관노비로 관아 일을 하지만 기초적인 생계수단은 자신이 직접 해결해야만 했다. 국가가 점차 기생의 생계를 보장하지 않은 채 의무만을 부과했기 때문에 기생은 자신의 기예를 팔아서 살 수밖에 없었다. 특히 조선 후기 서울 기생은 전기와 달리 여악으로서의 역할이 축소되어 기업(妓業) 활동을 할 수 있는 시간적 여유를 가지게 됨으로써 민간에서의 활동을 더욱 활발하게 전개하였다.

기생은 각종 연회에 참석하여 가무를 행하였다. 경제적 여건도 개선된 조선 후기에 도시백성들은 그들만의 음악문화를 형성하게 되었는데, 그 문화권에서 기생들의 활약상을 빼놓을 수 없다. 기생들은 소속된 관청에서의 활동 외에도, 민간에서 가객들과 더불어 예능인 그룹을 형성하여 활발하게 활동하게 되었다.

그 중에서도 계섬・추월(秋月)・매월(梅月) 등의 기생은 가객(歌客) 이세춘(李世春)과 금객(琴客) 김철석(金哲石)과 함께 활동했다는 기록이 남아 있다. 이들은 심용(沈鏞)이라는 인물의 비호를 받으면서 활동하였다. 어느 날 심용은 평양에 큰 잔치가 있다는 소식을 듣고 기생 추월 등에게 평양을 가자고 한다.

어느 날 심공이 가객 이세춘과 금객 김철석, 기생 추월·매월·계섬 등과 초당에 앉아서 거문고와 노래로 밤이 이슥해 갔다. 심공이 말하기를

"너희들 평양을 가 보고 싶지 않으냐?"

"가 보고 싶은 마음은 간절하오나 아직 못 가 보았사옵니다."

"평양은 단군(檀君)·기자(箕子) 이래로 오천년의 문물이 번화한 고도이다. 그림 가운데 강산이요, 거울 속의 누대라, 가위 국중 제일이니라. 나 역시 아직 가 보지 못했구나. 내가 들으니 평양감사가 대동강 위에서 회갑 잔치를 벌인다는구나. 평안도 모든 수령들이 다 모이고 명기 가객이 뽑혀 오는데 육산주해(肉山酒海)를 이룬다고 벌써부터 선성이 대단하다. 아무 날이 바로 잔칫날이라는구나. 한 번 걸음에 심회를 크게 발산할뿐더러 전두(纏頭)로 돈과 비단을 많이 받아 올 것이니 이 어찌 양주학(楊洲鶴)이 아니겠느냐?"

이 글은 평양감사가 회갑 잔치를 벌인다는 이야기를 듣고, '한 번 걸음에 심회를 크게 발산하고, 전두로 돈과 비단을 많이 받아 올 것'을 염두하고 참여하자고 심용이 제안한 것이다. 이 잔치는 '명기, 가객들이 뽑혀 오'는 모습이다. 이들이 참여한 잔치에서 평양감사는 그들의 기예를 흡족히 평가하고 서울 기생에게 천금을 내렸고, 다른 관리들도 상금을 내놓아, 거의 만금에 이르는 돈을 받게 되었다. 심용이 제안한 내용으로 보아 그들이 받게 되는 경제적인 보상 '전두(纏頭)'를 염두하고 활동하였다는 것을 알 수 있다.

〈계섬전〉의 기록에서도 이러한 흔적이 보인다. 계섬이 이정보의 장례를 치른 후, 기생활동을 중단하고 산사에 들어가 있을 때의 일이다.

그때 역적 홍국영이 막 권세를 놓고 집에 머물면서 맘껏 노닐다가 구

> 사를 하사받았는데, 계섬도 거기에 들어 있었다. 홍국영이 공문서로 계섬을 오라고 재촉하니 계섬은 어쩔 수 없이 응할 수밖에 없었다. 계섬은 홍국영을 따라 잔치에 나갔다. 조정의 경대부들이 그 자리에 가득했고, 계섬이 한 곡을 하면 그들은 다투어 금과 비단을 내렸다.
>
> 계섬은 지금도 "그 사람들이 어찌 저의 재주를 사랑하고 소리를 감상할 줄 알아서 그러했으리오! 홍국영에게 아첨하려 한 것뿐이니, 세상사가 다 한바탕 꿈같구려. 홍국영의 그때 일은 참으로 가소로운 것이라 꿈에서도 박장대소하면서 깔깔대어 마지 않았답니다."고 그 당시의 일을 말하곤 했다.

계섬에게 별로 유쾌한 자리는 아니었지만, 기생의 신분으로 거절할 수 있는 자리는 아니었던 것으로 보인다. '다투어 금과 비단'을 내린 것으로 보아 음악에 대한 대가는 화려하였으나, 진실로 본인의 재주를 사랑하고 소리를 감상할 줄 모르는 사람들에 대한 비웃음이 있는 회상이다. 물론 보상을 염두에 둔 활동은 아니었지만, 이들의 활동에는 적절한 경제적 보상이 주어지고 있었다.

그러나 그들에 대한 대접이 한결같이 좋았던 것은 아니었다. 기생 추월이 기생시절을 남긴 한문단편 〈회상〉에 실려 있는 두 개의 에피소드는 이를 말해준다. 어느 대감집에는 불려가 노래를 한참 한 후에 형편없는 술상만을 받고 술잔을 놓고 그냥 나와야 했으며, 또 다른 집에서도 세속적인 노래에만 흥을 즐기다 박주에 건포가 보상의 전부였을 뿐이다.

크고 작은 연희뿐 아니라, 개인의 초청에 의한 자리에도 참여하였으며 집단적으로 혹은 개인적으로 활동하기도 한 것이다. 청하는 자리에는 거부권 없이 방문하고, 노래만 몇 곡을 한 후에 돌아온 모습들이 종종 나타난다. 이 당시에 음악을 듣고자 할 때 기생을 청하는 방법이 민간에서 취할 수 있는 가장 편리한 방법이었기 때문에 그 수요는 상당했을 것으로 보인다. 특히 상인과 중간계층들이 기악에 대한 새로운 수요계층으로 등장하면서 기생은 보다 적극적인 방법으로 그 수요에 응하게 되는데, 그것이 바로 기방이었다.

기방은 기생이 술과 춤, 음악, 노래 그리고 매음을 중요한 영업 종목으로 하는 유흥 공간이다. 이곳은 기생이 상주하면서 찾아오는 고객을 맞아들이던 상업공간으로 민간의 유흥에 대한 욕구를 충족시켜주고 있었다. 물적 토대를 마련한 중간계층들의 문화적 욕구는 신분적인 한계 때문에 은밀하게 형성될 수밖에 없었다. 즉 중간 계층의 향락적 욕구와 기생의 경제적 욕구가 맞아떨어져 기방이 유지될 수 있었던 것이다.

기생이 기방을 통해서 민간에서 영업을 시작한 것은 조선 후기에 이르러 본격화된 것으로 짐작된다. 『동평위공사문견록(東平尉公私聞見錄)』에서 오성군(鰲城君)이 기방에 구경을 갔던 기록을 통해 기방의 연대를 추정해 볼 수 있는데, 그 때는 17세기의 일로 보인다. 기방에 소속된 기생의 존재에 대해서는 『차산필담(此山筆談)』에 수록된 「혁미감승(嚇美酣僧)」을 통해 살펴볼 수 있다.

> "저는 본래 평양 교방(敎坊)의 일등이었지요. 개성의 대상(大商) 백유성(白惟性)이 만금을 투자하여 이 누대를 꾸미고 저를 술청에 앉혀두었습니다."

지방기였던 기생은 부유한 상인의 힘으로 서울에서 기방생활을 시작한 것이다. 혼자의 재력으로는 시작할 수 없었기 때문에 기생은 묵을 공간을 제공하는 '매니저' 즉 '기부(妓夫)'를 통해 활동할 수 있는 여건을 마련한 것이다. '대상(大商) 백유성(白惟性)이 만금을 투자하여' 활동할 수 있는 여건을 조성해 준 것이다. 기생 매니저 역할을 한 기부의 존재는 '광문'을 통해서도 확인할 수 있다.

> 서울의 명기(名妓)로 인물이 아무리 곱고 아리따와도 광문(廣文)이 이름을 내주지 않으면 일전의 값도 없었다.

'광문이 이름을 주지 않으면 일전의 값도 없어' 기업 활동을 하지 못했다는 구절을 통해, 광문을 통해서만 기생이 활동할 수 있었다는 것을 알 수 있다. 이는 광문이 실질적으로 기생을 지배, 관리하고 있었음을 보여주는 것이다.

조선 후기에 유흥의 핵심 공간으로 기방이 등장하면서부터 중간 계층을 위시하여 위로는 일부 양반 계층부터 아래로는 상점의 점원, 천민 신분의 갖바치까지 다양한 출신의 남성들이 기생을 중심으로 둘러앉아 유흥을 즐기게 된다. 기방은 기생과의 유흥을 위해 모여든 상층과 기층이 만나는 공간이 된 것이다.

조선 후기 기생들은 기방 혹은 요청되는 장소에서 자신의 기예를 '돈'을 매개로 하여 이전시대에 비해 좀더 적극적으로 활동하였던 것으로 보인다. 이러한 변화는 국가에서 기생의 역할을 축소한 것과 더불어 산업 발달로 유통 경제가 활성화되던 도시민들의 유흥에 대한 요청의 결과이다. 결국 조선 후기의 기생들은 시대의 변화와 요구에 맞추어 변모된 모습으로 활동한 것이다. 사회의 변화에 따라가

느냐, 변화를 주도하느냐 하는 몫은 개개의 기생에게 주어진 것이다. 계섬의 선택은 어떠했는가?

연예 그룹 활동을 시작하다

18세기 서울이 도시로 성장하면서 경제적으로 크게 성장한 중인계층이 문화·예술의 새로운 수용층으로 등장하였다. 이들은 도시화된 서울의 유흥적인 분위기를 주도하면서, 도시생활에 바탕을 둔 새로운 취향과 풍류를 추구하면서 예술 전반에 대한 변화를 추구하였다. 이들이 시조를 수용하여 여항의 시정 예술로 발달시킨 것도 이러한 변화의 한 양상이다.

중인계층이 시조의 새로운 향유층으로 등장하면서 시조 연행의 수요가 크게 증가하고, 여항에서 시조 연행은 급속하게 활성화되었다. 이러한 수요의 증가와 연행의 활성화에 힘입어 가객(歌客)이라는 가악의 전문가들이 대거 등장하였다. 이들은 연행의 장에서 이미 있었던 노래를 그대로 되풀이하여 부르지 않고, 향락적이고 유흥적인 분위기에 알맞은 형태로 변주시켜 부르면서 새로운 가곡의 곡조를 개발하기도 하고 노랫말을 새로 짓기도 하였다. 이처럼 가객들은 전대 사대부들의 시조를 수용하여, 이를 도시생활에 바탕을 자신들의 취향과 풍류에 적합하도록 변용하여 새로운 가악을 만들어내었던 것이다.

이후 중인계층을 중심으로 발달한 새로운 가악은 중인계층 내에서만 향유된 것이 아니라, 도시의 유흥적 분위기가 확산됨에 따라 상층의 사대부들도 새로운 가악을 향유하기 시작했다.

가객이 처음 출현하게 된 시기는 대개 17세기 중엽부터라고 추정되는데, 처음에는 자족적인 취미활동의 일환으로 가악활동을 시작하였으며, 그 규모도 개인적이거나 소규모의 동호인들의 모임에서 풍류로 거문고 반주에 맞추어 가곡창에 시조를 얹어서 즐기는 형식이었다. 그러나 18세기 중엽부터는 경제력을 바탕으로 중인층 내에서 문학·음악·회화·서예 등과 같은 다양한 문화활동을 전개하면서, 가객들의 가악 활동도 활기를 띄게 되었다.

동호인형 가객들이 그들의 예술에 대한 자부심과 긍지를 지니며 활동하면서 예술적 성취를 추구하였지만, 가악에 대한 물질적 대가를 전제하지는 않았다. 한편 18세기 중엽에 접어들면서 향락 소비적인 생활의 등장으로 새로운 음악의 수요가 창출되고, 제반 연예 활동이 활발하게 전개되자 이에 부응하여 제 나름의 기예를 파는 새로운 예능인들이 출현하게 된다. 유흥과 관련된 음악 수요의 증가는 혜원 신윤복의 그림에도 잘 나타나 있다. 혜원의 그림들은 남녀풍속에 대한 것이 많은데, 그 모습은 연희를 담은 것이 다수이며 그 중에도 음악이 중심에 있었다.

양반 사대부 가운데는 경제력을 바탕으로 자신의 예술적 욕구를 충족하기 위해 가객이나 악사들을 경제적이나 예술적으로 후원하고 그 대가로 이들의 가악을 즐기는 패트런이 나타났다. 이세춘 그룹은 사대부 심용의 후원 아래, 송실솔(宋蟋蟀) 그룹은 왕실 서평군(西平君)의 후원 아래 각기 활동하였던 것이다. 대체로 상층 패트런 휘하에는 소위 명가(名歌)로 알려진 가객들이 모여 있었던 것이다.

심용 심합천은 재물에 대범하고 의를 좋아하며, 풍류로운 생활을 스스로 즐겼다. 일세의 가희(歌姬) · 금객(琴客)과 술꾼이며 시인들이 몰려들어, 문전성시를 이루고 연일 손님들이 벅적거렸다. 장안의 잔치와 놀이에 심공을 청하지 않고는 벌일 수 없을 지경이었다.

당시 서평군(西平君) 공자 표(標)는 부자로 호협하였으며, 성품이 음악을 좋아하는 분이었다. 실솔의 노래를 듣고 좋아하여 날마다 데리고 놀았다. 매양 실솔이 노래하면 공자는 으레 거문고를 끌어 당겨 몸소 반주를 하는 것이었다. 공자의 거문고 솜씨도 또한 일세에 높았으니 서로 만남이 더없이 즐거웠다. ……공자가 음악을 좋아했으므로 일시의 가객들인 이세춘 · 조욱자 · 지봉서 · 박세첨 같은 사람들이 동류로 매일 공자의 문하에서 놀아 실솔과는 친구로 사이들이 좋았다.

각기 심용과 서평군이 후원한 그룹에 대해 소개되고 있다. 심용은 음악에 대한 높은 안목과 경제력을 가지고 여러 예능인들을 후원하면서 가악계에 큰 영향력을 행사하였으며, 그는 가객 이세춘과 금객 김철석, 기생 추월 · 매월 · 계섬 등이 패트런이었다. 한편 서평군은 본인은 거문고로 명성을 얻으면서, 실솔을 비롯하여 이세춘, 조욱자, 지봉서, 박세첨 등의 가객들을 후원하고 있었음을 알 수 있다.

계섬이 명창으로 이름을 얻자 각종 연회나 놀이판에 그녀가 없으면 부끄럽게 여겼다고 기록되어 있는 〈계섬전〉의 기록이나, 〈김성기전〉에 '잔치하는 집에서 아무리 예인들이 많이 불러도 김성기가 빠지면 흠으로 여겼다'는 기록이 있다. 또한 18세기에는 '철(鐵)의 거문고', '안(安)의 젓대', '동(東)의 장구', '복(卜)의 피리', '해금의 호궁기(扈宮基)' 등과 같이 각 분야에 전문 예인들이 널리 알려져 있었다. 이러한 사실들은 18세기 예술의 수요와 공급이 증대되고, 그

중 질적 차별성을 띤 전문인들이 양성되어 가고 있음을 보여준다.

이들을 후원한 재력가가 있었다면, 이들에게 음악을 지도한 스승은 누구였을까?

〈계섬전〉 속에서 스승에 대한 구체적인 언급은 없다. 다만 부모를 모두 여의고 '열여섯 살이 되자 주인집의 구사로 예속되었는데, 소리를 배워 자못 이름을 날렸다. 마침내 귀족의 잔치나 한량패들의 술잔치에 그녀의 소리가 없으면 부끄럽게 여길 정도가 되었다.'라는 내용만 전할 뿐이다. 그 후 그녀의 음악을 사랑한 원의손(元義孫)의 보호 아래 지낸 것이 10년, 이어 시조를 많이 남기는 등의 조예가 깊었던 이정보(李鼎輔)의 집에서 지내게 된다.

태학사를 지낸 이공 정보는 늘그막에 관직을 그만두고 소리를 즐기며 기생과 함께 지냈다. 그는 곡조와 가락의 오묘한 것까지도 잘 이해하여 남녀 명창들이 그의 문하에서 많이 배출되었다. 이정보는 그 중에서도 계섬을 가장 사랑하여 늘 자신의 곁에 두고 그녀의 재능을 기특하게 여겼다. 그렇지만 사사롭게 좋아한 것은 아니었다. 이정보는 새로운 곡조를 마련해서 수년 동안 계섬을 가르치고 수련을 시키니 계섬의 노래는 더욱 향상되었고 높은 경지에까지 오르게 되었다. 마침내 계섬의 노래는 억지로 잘 부르려고 하지 않아도 입에서 자연스럽게 나왔고, 그 소리는 집 대들보까지 은은하게 울려 퍼졌다.

이 내용은 〈계섬전〉이 계섬이 직접 말한 내용을 바탕으로 기술되었다. 때문에 그녀의 인생 전반을 축약적이지만 진실되게 그려내고 있는 부분이라 볼 수 있다. 이정보는 계섬이 음악의 세계로 인도한 스승은 아니었으나, 그의 음악 세계를 한층 더 높은 경지로 인도한 지도자였다. 때문에 이정보의 지도 후 계섬의 노래는 '억지로 잘 부르려고 하지 않아도 입에서 자연스럽게 나온' 경지에까지 이르게 된 것이다. 그래서 계섬은 온 나라에 이름을 떨치게 되었다. 지방에서 소리하는 기생들도 서울에 적을 두고 소리를 배울 때 모두 계섬에게 몰려들었으며, 학사와 대부들마저 노래와 시로 계섬을 기리는 일도 있었다. 이 모든 일들이 심용과 만나기 전으로 계섬의 음악세계의 틀은 이 시기에 거의 완성되었다고 보인다.

한편 다른 기생들을 지도한 스승의 흔적에 대해서는 다음 노래를 통해 추론해 볼 수 있다.

時有郢人歌	그때 한 가객(歌客)이
白雪恥里巴	잡된 소리 부끄러워하고 음악의 바른 길을 추구하였는데
歌從郢人習	이 가객 따라 노래를 배워
一年洗淫間	한 해 만에 천박한 품 씻겨졌고
寤寐喉舌間	자나깨나 목청을 가다듬어
唱吟三年多	소리 공부 삼 년의 세월이었네

홍신유(洪愼猷)가 추월을 보고 읊은 〈추월가(秋月歌)〉의 일부이다. 여기에는 추월에게 음악의 진수를 지도한 가객이 누군지 정확히 밝혀져 있지는 않지만 이세춘이었을 것으로 짐작된다. 도시 유흥의 발달로 다양한 놀이문화를 요구하는 과정 중 새로운 음악양식이 요구되었고, 그에 부응한 여창가곡이 출현하게 된다. 여성예인의 활동이 활발해짐에 따라 이들이 맡는 비중이 늘어나, 독립된 형태의 '여창가곡'이 성립된 것이다. 후원자의 비호 아래 가객들은 예능에 관한 한 종속적인 관계는 아니었다. 가객 송실솔이 노래를 할 때 후원

인인 서평군이 이에 맞추어 거문고 반주를 맡았던 것을 볼 때, 이들의 음악활동은 지음지기(知音知己)의 관계였던 것으로 보인다. 비록 경제적 비호를 입기는 했으나, 가객들은 상당히 예술인 대우를 받으며 활동했던 것이다. 악공과 기녀를 동반하고 활동한 이들 가객들은 예인그룹 중에서도 중심인물이었고, 후원자의 애정도 컸다. 송실솔 그룹을 실솔지도(蟋蟀之徒)라 일컬은 것도 예인들 중 가객의 중심적 위치를 암시적으로 보여주는 것이다. 예인그룹을 주도한 가객은 연행을 위해 여성 창자들을 가르치며 팀을 주도해 갔던 것이다.

初唱聞皆說太眞	첫 곡은 언제나 양태진을 노래한 시조를 듣게 되는데
至今如悍馬嵬驛	지금도 마외역에서 한 줌 티끌로 사라진 것을 한하는 듯하구나
一般時調非長短	일반으로 그 시조를 부를 수 있도록 장단을 배열해 준 이는
來自長安李世春	장안에 온 이세춘이었다네

관서 가생 '태진'은 자신의 이름과 같은 양태진을 노래한 곡을 잔치 때마다 첫곡으로 불렀는데, 이 작품에 시조 장단 배열을 해 준 것은 경성의 이세춘이라는 것이다. 즉 가객이 기녀에게 시조창을 가르쳐 준 것이다. 이로 보아 여창가곡을 이끌어 온 주도자는 남성 가객이었음을 알 수 있다. 가곡이 본디 남창 중심의 성악으로 출발했음을 감안할 때, 어쩌면 이는 당연한 일이었을 것이다.

이처럼 계섬을 비롯한 조선 후기의 기생들은 유흥적 도시 분위기의 요구에 맞추어 여창가곡의 문화를 창출하였고 음악을 도시민들에게 보급하였던 것이다. 그 중심은 지도자 역할의 가객과 후원인격인 거상이나 양반 사대부들이 있었으며, 음악을 사랑한 계섬과 같은 기녀들이 있었기에 가능했던 것이다. 시대적 요구를 주도적으로 이끈 음악인의 한 명으로서만 기억된다면 그녀를 온전히 그려내기에는 아쉬움이 남는다. 그녀의 인간적 면모를 통해 그녀가 추고하고자 했던 음악세계 그리고 삶의 태도를 엿보고자 한다.

진정한 만남을 소망하다

21세기를 살아가는 우리가 '계섬'이라는 이름을 다시 기억해야 하는 이유는 무엇인가? 조선 후기라는 시대적 배경 속에서 음악을 전문으로 했던 여성이기 때문에, 한 명의 여성음악가이기 때문에 기억해야 한다는 당위성을 부여하기에는 그 이유가 부족한 듯하다. 그녀가 기억되어야 하는 이유는 〈계섬전〉을 통해 그녀가 말하고 있다.

계섬은 한 생애가 저물어갈 무렵에 심노숭을 찾아가 자신의 삶에 대해 넋두리를 늘어놓다 이런 말을 하였다.

> "제가 오십 평생을 살며 세상물정을 많이 알게 되었지요. 세상 사는 즐거움이 한둘이 아니지만, 부귀는 거기에 들어 있지 않았습니다. 그런데 제가 가장 얻을 수 없었던 것은 진정한 만남이었지요."

그녀가 소망한 진정한 만남이란 무엇이었을까? 세상을 살아가는 여러 즐거움 중에서 가장 얻기 힘든 것을 진정한 만남이라 하였으니, 그녀가 삶의 이정표로 정해 놓았던 것도 '진정한 만남'이었을 것이다. 여기에 담겨져 있는 의미는 남녀간의 사랑을 바탕으로 한 만남만을 의미하는 것은 아니다.

부귀를 소망하지 않았다는 것으로 봐서, 그녀가 비록 기녀라는 명패를 달고는 있었으나 기녀라는 신분에 얽매여서 있었던 것은 아니라 여겨진다. 그러한 흔적들은 여러 곳에서 발견된다. 그녀가 처음 소리로 명성을 얻었을 때, 시랑 벼슬을 지낸 원의손이 그녀의 명성을 탐내어 그녀를 자기 집에 10년이나 두었다고 한다. 소리를 사랑하여 원의손이 그녀를 보살펴 준 것이다. 그러나 계섬은 그런 은혜를 베풀어 준 원의손과 의가 상한 일이 발생하자 바로 인사하고 그 집을 떠나 버린다. 그녀에게 물질적 후원만이 전부가 아니라는 사실을 말해준다. 그 후 이정보의 집에 기거하고 있을 때, 원의손이 이정보에게 자기에게 계섬을 보내 줄 것을 청탁하였다고 한다. 이때도 이정보가 갈 것을 요구하였으나 계섬은 이를 거절하는 모습을 보인다. 계섬은 자신의 원하지 않는 자리에는 어떠한 청탁이 있다 하더라고 가지 않았으며, 원의손과의 관계로 보았을 때 신의를 지키는 것을 중요하게 여겼던 것으로 보인다.

계섬은 호협한 젊은 무리와 노닐다가 술자리가 무르익으면 소리를 하였다. 한 번은 서울의 큰 부자 한상찬에게 갔는데, 그는 엄청난 재물과 돈으로 그녀의 환심을 사려고 했다. 하지만 계섬은 오히려 답답하기만 하고 즐겁지 않자, 끝내 그 곁을 떠나고 말았다고 한다. 그렇다면 그녀가 만나고자 하는 것은 '즐거운 만남' 그 자체라고 할 수 있다. 그녀는 젊었을 때부터 온 나라에 알려져 함께 노닌 이들이 한때의 현인과 호걸들이었다. 그들은 저마다 호화스런 저택과 휘황찬란한 비단으로 계섬의 마음을 맞추기 위해 노력하였으나, 그들이 가까이 올수록 계섬의 마음은 텅 빈 듯하였다. 그녀가 그들을 떠나고 나서,

그녀에게 그들은 그저 다 길 가는 사람들과 별반 다른지 않았다고 한다. 끊임없이 자신과의 마음이 맞는 사람을 찾고자 하였던 것이다.

그렇다면 계섬에게 진정한 만남을 준 사람은 없었을까? 심노숭은 〈계섬전〉 중에서 유독 이 부분만은 그녀의 목소리 그대로를 담아 곡진한 삶의 태도를 보여준다.

"이공께서 일찍이 '지금 세상에 남자로도 너만한 사람이 없으니, 너는 끝내 진정한 만남을 이루지 못한 채 죽을 것이다.' 하셨어요. 하지만 이는 그 재주와 현명함이 저만한 이가 없음을 말한 것이 아니라, 만남의 어려움을 말한 것입니다. 당시 저는 공의 말씀이 꼭 그렇지는 않을 것이라고 여겼지만 지금 와서 보니 그렇게 되어 버렸네요.

아! 공께서는 앞을 내다보는 것이 아마 신통한 경지인 듯합니다. 비록 그렇지만 제가 무슨 말을 할 수 있겠는지요?

지난 역사를 살펴보건대 진정한 만남을 한 이가 몇이나 되겠습니까? 저는 비록 진정한 만남을 이루지 못했지만 그래도 유유자적하며 살았습니다. 하지만 제대로 만나지 못하면서도 떠나지 못하다가 결국은 버림까지 받는 사람의 경우는 오히려 어떤 마음이겠습니까?

불교에 삼생과 육도의 설이 있으니, 제가 계율대로 수행하면 내세에서는 진정한 만남을 이룰 것입니다. 만약 그렇게 하지 못하더라도 석가여래에 귀의한 것만으로 만족합니다."

이정보가 계섬에게 한 말 속에는 다양한 의미가 담겨 있다. '지금 세상에 남자로도 너만한 사람이 없'다는 것은 계섬의 재주와 능력을 높게 평한 것이자, 그녀의 당찬 기상을 표현한 것으로 보인다. 이것은 당시 사회에서 그녀의 모습 그대로를 받아줄 수 있는 대상을 만나는 것 자체가 어렵다는 것을 또한 말한다. 결국 그녀의 인생에서 진정한 만남을 이루지는 못했다. 그렇다 하더라도 그녀의 삶이 유유자적하며 살 수 있었기 때문에 후회가 없다고 하였다. 그것으로 미루어 그녀가 누군가에게 매여 있다는 것은 상상하기 힘든 일이다.

그러나 그녀에게 진정한 만남이 없었던 것은 아니다. 바로 이정보와 심용 두 사람이 있다. 이 두 사람은 그녀에게 남성은 아니었으나, 스승이자 마음의 친구였던 것으로 보인다.

이정보는 1763년 은퇴 후 평소 좋아하는 음악을 누리기 위해 음악인들의 후원자로 나서, 기생들과 함께 지낸다. 그는 곡조와 가락의 오묘한 것까지도 잘 이해하여 남녀 명창들이 그의 문하에서 많이 배출되었다. 이정보는 그 중에서도 계섬을 가장 사랑하여 늘 자신의 곁에 두고 그녀의 재능을 기특하게 여겼다. 이때 계섬의 나이 28세였다. 이정보는 새로운 곡조를 마련해서 수년 동안 계섬을 가르치고 수련을 시켜 그녀의 노래를 높은 경지에 오르게 하였다. 마침내 계섬의 노래는 억지로 잘 부르려고 하지 않아도 입에서 자연스럽게 나왔고, 그 소리는 집 대들보까지 은은하게 울려 퍼졌다 한다. 즉 이정보는 그녀에게 소리를 완성시켜준 스승이었던 것이다.

그녀에게 이정보가 특별한 존재였음을 보여주는 일화가 있다. 이정보가 죽었을 때, 계섬은 자신의 아버지를 장사 지낼 때와 같이 공을 위해 곡을 하였다. 이때는 마침 나라에서 큰 잔치를 하기 위해 잔치를 주관하는 관청을 설치하고, 여러 기생은 날마다 관청에 모여 기예를 익히도록 하였다. 이때 계섬은 아침 저녁으로 관청을 오가면서 돌아가신 이정보의 제사 음식을 마련하여 제를 올렸다고 한다. 관청의 담당관이 이를 알고 그녀가 수고를 덜기 위해 말을 빌려 주었으며, 곡을 지나치게 하다 목소리를 잃을까 염려되어 자제하라 걱정하였다고 한다. 그녀가 이정보를 향한 마음이 어떤 것인지는 확실히 알 수 없으나, 자신의 온 정성을 다할 정도로 소중한 사람이었음은 틀림없다.

계섬만은 홀로 무덤을 지키며 떠나지 않고 쓸쓸한 머리카락과 애수에 젖은 눈동자로, 사람을 향하여 심공의 이야기를 들려주곤 하였다.

장례가 끝난 후에도 날마다 음식을 마련해서 공의 무덤을 돌보고, 술 한 순배에 한 곡조, 한 번 곡하는 것을 온종일하고 돌아왔다. 공의 자제들이 이를 전해 듣고 부끄럽게 여기자 계섬은 이를 중단하였다. 그녀의 행동은 공의 자제들이 보기에는 부끄러운 행동이었을 테지만, 스스로에게 위안을 주는 행동이었던 것이다. 특히 무덤을 돌보면서 노래를 바쳤다는 것은 그녀와 이정보 사이에 연결고리가 바로 '노래'였음을 보여준다. 즉 이정보는 계섬에게 노래의 스승이자 그녀의 음악을 제대로 인정하고 들어줄 수 있는 벗이었던 것이다.

그녀의 삶의 초중반기에 이정보가 있었다면, 후반기에는 심용이 있었다. 나이 마흔이 넘자 계섬은 문득 불도를 사모하여 산속으로 들어가 버렸다. 이후 계섬은 베치마를 걷어 올리고 짚신을 신고 손에는 조그만 광주리를 들고는 나물과 버섯을 따러 산꼭대기와 물가를 오가고, 밤마다 불법을 생각하며 조용하게 살았다. 그러다 역적 홍국영(洪國榮)에게 억지로 불려나가 노래를 하게 된 연후에 기생장부에서 그녀의 이름을 빼고자 하였다. 즉 세속과의 인연을 끊고자 한 것이다. 이때 만나게 된 것이 심용이다.

심용 또한 풍류를 즐기는 인물로, 계섬의 소리를 좋아했다. 앞서 살펴본 것처럼 그는 여러 가객과 기생을 후원하며 풍류의 생활을 즐겼던 인물이다. 심용은 집 뒤 산속 숲으로 울을 삼고 깎인 바위로 섬돌을 삼았던, 삶 그 자체가 자연이자 풍류였던 사람이다. 계섬과 함께 평양 감사 잔치에 참여했던 일을 통해 그들이 누렸던 풍류생활의 멋을 발견하게 된다.

그 다음날 잔치가 열렸다. 심공은 소정 일척을 전세 내여 청포 차일을 치고 좌우에 주렴(珠簾)을 드리우고 배 안에다가 기생과 가객·악기들을 실었다. 그리고 배를 능라도(綾羅島)와 부벽정(浮碧亭) 사이에 숨겨 두었다.

이윽고 풍악은 하늘을 울리고 돛배가 강물을 뒤덮었다. 감사는 층배에 높이 앉고 여러 수령들도 모두 모여서 잔치가 크게 벌어졌다. 맑은 노래와 묘한 춤에 그림자는 물결 위에서 너울거리고 성머리와 강둑에 인산인해를 이루었다.

심공은 이에 노를 저어 나아가서 층배가 마주 바라보이는 곳에 배를 멈추었다. 저쪽 배에서 검무(劍舞)를 하면 이쪽 배에서도 검무를 하고, 저쪽에서 노래를 부르면 이쪽에서도 노래를 불렀다. 마치 흉내를 내는 것 같았다. 저쪽 배의 사람들이 괴이하게 여기고 즉시 비선(飛船)를 내어 잡아오게 하였다. 이쪽에서는 노를 빨리 저어서 달아나 종적을 감추었다. 비선은 더 쫓지 못하고 뱃머리를 돌리고 말았다. 그러면 다시 노를 저어 나오는 것이었다. 이렇게 몇 번 거듭되매 비로소 심상치 않게 보았다.

"저 배를 바라다보니 검광이 번쩍이고 가무성(歌舞聲)이 구름을 가로막는구나. 결코 먼 시골의 심상한 사람들이 아니겠다. 그리고 저 주렴 가운데 학창의(鶴氅衣)를 입고, 화양건(華陽巾)을 쓰고, 백우선(白羽扇)을 든 저 노옹은 의젓이 앉아서 태연자약하게 담소하는 품이 어떤 이인(異人)이 아닐까?"

심용과 평양감사는 지인(知人)이었음에도 불구하고, 잔치에 몰래 참여하여 참석한 이들로 하여금 신비로운 느낌을 자아내게 하는 방법을 통해 웃음을 선사하였다. 보여주기 위한 풍류가 아니라 모든 참석자들이 즐길 수 있는 풍류가도를 추구한 인물이었다. 이런 풍류세계는 계섬이 추구했던 '진정한 만남'과 맥이 닿는 부분이 있다. 그렇기 때문에 그녀의 남은 인생을 심용과 함께 보낼 수 있었던 것이다. 심공이 죽을 때까지 그녀는 그와 함께 했다. 심공의 죽었을 때 파주(坡州)의 시곡(柴谷)에서 장례를 지냈는데, 그의 휘하에 있던 모든 가객과 기생들은 노래를 부르며, 거문고를 연주하며 눈물을 흘리며 이렇게 말한다.

> "우리들은 평생 심공의 풍류 가운데 사람들이었고, 심공은 우리의 지기(知己)이며, 지음(知音)이었다. 이제 노래 소리 그치고 거문고줄은 끊어졌도다. 우리들은 장차 어디로 갈 것인가."

그들은 시곡에 모여 심공을 장사 지내고 한바탕의 노래와 한바탕의 거문고로 마지막으로 심용 앞에서 통곡하고 각기 자기들 집으로 돌아간다. 그때에도 계섬만은 홀로 무덤을 지키며 떠나지 않고, 쓸쓸한 머리카락과 애수에 젖은 눈동자로 사람들을 향하여 심공의 이야기를 들려주곤 하였다고 한다. 그녀에게 심용과 이정보는 어떤 의미일까? 바로 지기(知己)이자, 지음(知音)이었다. 비록 평생을 함께 할 수 있는 '진정한 만남'을 이루지는 못하였으나, 이 두 사람은 그녀의 인생 상당부분을 함께 하였던 사람들이었다. 그녀가 소망하였던 진정한 만남이란 그녀의 소리를 들어줄 수 있는 사람, 그녀를 그녀 그 자체로 인정해 줄 수 있는 사람을 말한 것이리라. 즉 그녀의 주체적 자아를 인정해 줄 수 있는 인생의 동반자를 가리킴이리라.

그녀 스스로 회상하건대, 그녀에게 진정한 만남은 없었다고 하였다. 여성으로서는 기녀라는 신분적 제약이 있어 만족할 만할 인생을 펼치기에는 분명 한계가 있었던 것이다. 그러나 그녀는 인생중에 자신의 모습을 발견할 수 있는 음악과 만났으며, 그녀의 음악을 들어줄 수 있는 벗들을 만났으니 18세기의 행복한 음악인이었다고 할 수 있다.

떠올림에서 기억됨으로

自擬風流場	스스로 생각하실 풍류마당에
百年長豪奢	백년 내내 호사하리라 싶더니
世事飜奕棋	세상 일 바둑판처럼 뒤집히고
人生逝瀾波	인생이란 물결처럼 흘러가는 법
運雲舊甲第	고대광실 구름 속에 연이었더니
秋草夕陽斜	석양빛 긴긴 해에 이울어진 풀이로다
今人賤高調	요사이 사람들 예스런 가락 좋아하지 않고
所歌皆咬哇	부르나니 모두 시속의 천박한 소릴레라

홍신유의 〈추월가〉의 일부다. 추월은 계섬과 심용의 휘하에 함께 있었던 기생이다. 아마도 추월은 같은 여성이자 기생으로 활동하면서 계섬과 마음을 나눌 수 있는 친구이자 경쟁자였으리라. 위 시는 추월을 읊은 시이자 계섬을 읊은 시이기도 하다. 시대가 흘러갈수록 세상 사람들은 예스런 가락을 좋아하지 않고 시속의 천박한 소리를 좋아하게 되었다. 음악을 좋아하고 즐겼던 한 음악인으로 변화해가

는 음악을 바라보는 심정은 어떠했을까. 그녀가 지키고자 했던 음악은 시속의 음악과는 구별되는 풍류이면서도 높은 경지를 추구하였던 음악이었기에 마음이 상했을 것이다. 자신이 지키고자 했던 음악 세계, 그것이 그녀가 남긴 마지막 자존심이었는지도 모른다. 급속히 변화되어 가는 세상에 주체성을 상실한 채, 흐름에 유연히 적응하고 있는 현대인에게는 작은 경종이 될 수 있지 않을까?

〈계섬전〉의 결말 부분에서 심노숭은 다음과 같은 말을 남겼다. "계섬은 자기를 중하게 여기고 남을 가벼이 여기며, 이목구비를 가벼이 여기고 심지를 중하게 여겨, 마음이 탁 트여 어디에도 얽매이지 않은 경우일 것이다."

여러 방면으로 다양한 변화를 꾀했던 시대, 조선 후기. 그 속에서 자신을 잃지 않으며, 당당히 한 음악가로 살았던 계섬은 21세기를 살아가는 우리의 가슴 속에 살아 있다.

필자 : 안주영(경희대 강사)

참고

강명관, 『조선시대 문학 예술의 생성공간』, 소명출판, 1999.
이우성, 임평택 역편, 『이조한문단편집』상·중, 일조각, 1978.
임형택 역편, 『이조시대 서사시』하, 창작과 비평사, 1992.
조광국, 『기녀담 기녀등장소설 연구』, 월인, 2000.
진재교, 『조선 후기 인물전』, 현암사, 2005.
권두환, 「18세기의 '가객'과 시조문학」, 『진단학보』55, 진단학회, 1983.
김영진, 「효전 심노숭 문학 연구-산문을 중심으로」, 고려대 석사학위논문, 1996.
조재희, 「조선 후기 서울 기생의 기업(妓業) 활동」, 이화여대 석사학위논문, 2005.
조태흠, 「조선 후기 가객의 유형과 그 문학적 의의」, 『한국문학논총』23집, 1998.
조태흠, 「이정보 시조에 나타난 도시시정의 풍류」, 『한국문학논총』38집, 2004.

| 후기 |

이 책은 경희대학교 국어국문학과에 재직중인 미산(渼山) 김진영(金鎭英) 선생님의 화갑을 기리기 위하여 문하생들이 기획하여 만든 것이다. 선생님께서는 그동안 관례적으로 해오던 회갑기념논문집 출간과 부대 행사가 여러 사람들에게 폐가 된다며 평소 사양의 뜻을 분명히 밝히셨다. 우리 제자들은 선생님의 뜻을 따르고 다른 분들께 누가 되지 않는 범위에서 학은에 조금이나마 보답하는 길을 찾고자 숙의를 거듭하였다. 그래서 선생님께 박사과정을 지도받은 제자들만으로 한 권의 단행본을 엮기로 하였다.

선생님께서 그간 이룩한 학문적 성취는 고전문학 전 영역에 두루 걸쳐있고 제자들의 전공 또한 다양하여 어느 한 분야를 택하여 기획하는 일이란 쉽지가 않았다. 그렇지만 선생님의 최근 십 수 년간의 관심이 주로 판소리를 중심으로 한 조선후기 문학과 문화예술임에 착안하여 조선후기 소수자들의 삶과 그 형상을 조명하는 작업이 학문적으로도 필요하고 의미있는 작업이라는 합의에 이르게 되었다. 만 일 년의 시간 동안 저마다 공통 주제에 맞는 인물을 선정하여 집필한 뒤 완성된 원고를 몇 차례 나누어읽으며 전체적인 틀을 다듬었다. 그리고 비로소 선생님께 보여드리고 권두의 총설을 받았다.

원고가 완성되고는 선생님을 모시고 조촐한 자리를 마련하였고,

선생님 내외분께서는 답례로 치악산자락으로 우리 제자들을 초대하셨다. 모처럼의 사제동행 나들이는 선생님 문하에서 함께 공부해온 기쁨과 보람을 새삼 일깨워주었다. 장미산장의 곤드레밥과 절로 어우러진 예인들의 풍류, 그 날 함께 했던 우리들은 오래도록 그 겨울밤의 정과 흥을 잊지 못할 것이다. 늘 자상한 가르침으로 이끌어주시는 선생님, 넉넉한 배려로 품어주시는 사모님, 두 분 언제까지나 건강하시기를 기원하며 머리 숙여 감사드린다.

여러 가지 사정으로 필진에 참여하지는 못했지만 책이 나오기까지 성원하고 마음을 함께 해주신 분들께 감사드린다. 이번 공동의 작업이 힘이 되어 앞으로 더 의미있고 생산적인 기획들이 계속되기를 기대해본다. 우리 취지를 이해하고 흔쾌히 출간을 수락해주신 김흥국 사장님, 좋은 책을 만들기 위해 애써주신 박현정 부장님과 보고사 여러분께도 깊은 감사를 드린다.

2006년 12월 18일

미산 김진영 교수 문하생 일동

• 필진 •

김진영(경희대 교수)
홍태한(중앙대 대우교수)
안영훈(경희대 교수)
김필래(경희대 강사)
백미나(경희대 강사)
이 철(경희대 강사)
진은진(경희대 강사)
김현주(경희대 강사)
김영수(가톨릭대 연구교수)
이기형(경희대 강사)
차충환(서울여대 교수)
장영창(경희대 강사)
곽정례(경희대 강사)
김동건(경희대 교수)
서유석(경희대 강사)
안주영(경희대 강사)

200년 전 이 땅의 마이너리티, 그 삶의 보고서

조선 후기 소수자의 삶과 형상

초판 1쇄 발행_2007년 02월 28일
초판 2쇄 발행_2007년 07월 30일
초판 3쇄 발행_2008년 10월 10일

집필진_김진영 외
발행인_김흥국
펴낸곳_도서출판 보고사
등 록_제6-0429
주 소_서울시 성북구 보문동7가 11번지 2층
전화 922-5120~1(편집) 922-2246(영업)
팩스 922-6990
메일 kanapub3@chol.com
www.bogosabooks.co.kr

정 가_15,000원
ISBN_978-89-8433-532-5